Anciens, Modernes, Sauvages

François Hartog

Anciens, Modernes, Sauvages

Galaade Éditions

ISBN 978-2-7578-0686-9
(ISBN 2-35176-007-7, 1ʳᵉ publication)

© Galaade Éditions, 2005

À P. V.-N.,

historien de la cité ancienne
et moderne

> « *La plupart des hommes s'imaginent qu'ils ont oublié le grec. C'est qu'ils ne l'ont jamais su. C'est la langue du monde la plus difficile.* »

Montesquieu, *Spicilège*.

Introduction

« Adieu sauvages! adieu voyages! »

En 1935, au milieu de l'Atlantique, Claude Lévi-Strauss, en route sur un paquebot pour le Brésil, évoquait ses lointains prédécesseurs, les premiers découvreurs du Nouveau Monde. « De l'autre côté de la fosse, seraient-ils encore là pour nous accueillir, tous ces prodiges perçus par les navigateurs des anciens siècles ? En parcourant des espaces vierges, ils étaient moins occupés de découvrir un Nouveau Monde que de vérifier le passé de l'Ancien. Adam, Ulysse leur étaient confirmés[1]. » Il pense alors à Christophe Colomb, à Jean de Léry, voyageur comme lui vers le Brésil au milieu du XVIe siècle, mais aussi, et de façon plus surprenante, à Ernest Renan, voyageur en Orient, vers l'ancien de l'Ancien Monde, et non vers l'ouest. Il glisse, en effet, en quelques lignes, une réponse à la fameuse *Prière sur l'Acropole* de Renan ou, plutôt, lance une anti-prière sur l'Acropole. Comme tout élève de l'école de la IIIe République, il a dû lire ces pages dont le souvenir lui revient alors ! « Mieux qu'Athènes, le pont d'un bateau en route vers l'Amérique offre à l'homme moderne une acropole pour sa prière. Nous te la refuserons désormais, anémique déesse, institutrice d'une civilisation claquemurée[2]! » Le message est très clair : c'en est fini du voyage à Athènes et le miracle grec a bien perdu de sa force et de son éclat.

Publiée en 1876, la prière de Renan se présentait comme le souvenir d'une impression, celle que lui fit

Athènes quand, revenant du Moyen-Orient, il la visita en 1865, comme d'un lieu où « la perfection existe ». À côté du miracle juif, s'impose à lui l'évidence d'un « miracle grec ». Soit « une chose qui n'a existé qu'une fois, qui ne s'était jamais vue, qui ne se reverra jamais plus, mais dont l'effet durera éternellement, je veux dire un type de beauté éternelle, sans nulle tache locale ou nationale ». Là, le visiteur rencontre la « grandeur vraie et simple ». Mais malgré cet acte d'allégeance, Renan, toujours ondoyant et multiple, reprend insensiblement ce qu'il vient d'accorder. Pour lui-même, il est déjà tard : « tard je t'ai connue, beauté parfaite », et il annonce que viendront – peut-être sont-ils déjà là en fait – des siècles où les disciples d'Athéna passeront pour « des disciples de l'ennui ». « Le monde, ajoute-t-il, est plus grand que tu ne crois. » La prière n'est donc pas un texte univoque. Son registre est double et elle s'achève sur l'évocation de la mort des dieux : ils « passent comme les hommes [3] ». Athéna a passé déjà, comme Jésus passera aussi.

Ce paquebot moderne ne rappelle pas davantage le vaisseau qui servait de frontispice à l'*Instauratio magna* de Francis Bacon, publiée à Londres en 1620 (fig. 1). Toutes voiles dehors, le navire était sur le point de franchir les colonnes d'Hercule. S'élançait-il au-delà, vers le grand large de l'Océan, à la découverte de choses neuves, selon l'interprétation la plus fréquente ? Ou était-il déjà de retour, chargé de connaissances nouvelles ? L'orientation des voiles montrant le navire faisant route vers le spectateur fait pencher pour la seconde interprétation. Jusqu'alors, en tout cas, les colonnes d'Hercule ont marqué la frontière du connu et de l'inconnu. « Les sciences ont leurs colonnes fatales, écrivait Bacon dans sa préface, les hommes n'étant excités ni par le désir ni par l'espérance de pénétrer plus loin. » Une devise, où semble s'exprimer toute l'assurance du Moderne, accompagnait le dessin : *multi pertransibunt et augebitur scientia*,

S'être aventuré au-delà,
page de titre de l'*Instauratio magna*
de Francis Bacon, Londres, 1620.

« beaucoup feront la traversée et la science sera aug-
mentée[4]. » Avec ce livre inspiré pour guide, beaucoup
auront l'audace de s'aventurer sur des routes incertaines
et difficiles, ignorées des Anciens. Car les voyages de
Démocrite, Platon ou Pythagore n'étaient, en comparaison, que de modestes excursions.

Bien différentes étaient les dispositions et les attentes
de Lévi-Strauss, trois siècles plus tard. Tout l'édifice de
la science a non seulement été renouvelé de fond en
comble, mais il l'a été plusieurs fois. Les Modernes ont
accumulé les triomphes, et multiplié les catastrophes.
En février 1935, quand Lévi-Strauss embarque pour son
premier voyage, Hitler est chancelier depuis moins de
deux ans. En décidant de devenir ethnologue, il a justement choisi la discipline la mieux placée pour connaître
le prix élevé qu'a dû payer, au premier rang, le Nouveau
Monde pour ces traversées au-delà et cet accroissement
des connaissances. À qui chercherait aujourd'hui une
acropole, le pont mouvant d'un navire en route pour le
Nouveau Monde serait plus approprié. Celui qui n'était
encore qu'un apprenti ethnologue prend, en tout cas,
congé de l'Ancien Monde. Figuré par une Athéna qualifiée d'« anémique » et emblème d'une civilisation « claquemurée », il englobe tout à la fois le monde des
Anciens et celui des Modernes, qui, en l'occurrence,
n'en forment qu'un seul : de Renan à Athéna, en passant
par Bacon. En forme d'adieu à cet « ancien » monde, sa
« prière » semble choisir le Sauvage contre les Anciens et
les Modernes : « Hurons, Iroquois, Caraïbes, Tupi, me
voici ! » Dans cette déclaration se retrouve quelque
chose de Rousseau et du jeune Chateaubriand, lui-même
tout plein de Rousseau, qui avait hâte, en 1791, de
s'avancer dans les forêts du Nouveau Monde à la rencontre du Sauvage, porteur de la seule liberté véritable[5].

Mais à cette première traversée succédera bientôt une
autre : celle de 1941, à bord du *Capitaine Paul Lemerle*.

Ce que le lecteur sait déjà puisqu'elle lui a été rapportée dans la première partie du livre. Sur ce petit vapeur s'entassent alors trois cent cinquante personnes, républicains espagnols en nombre, sans oublier la « racaille », dans le vocabulaire des gendarmes, qui s'honore de compter Victor Serge, André Breton, Lévi-Strauss lui-même, et quelques autres. Cette fois, Lévi-Strauss va moins vers le Nouveau Monde qu'il ne quitte contraint et forcé l'Ancien, cette nouvelle Europe où il est devenu « gibier de camp de concentration[6] ». Débarqué à Fort-de-France, il finira par atteindre New York, en passant par Porto Rico. L'Amérique qui accueille l'exilé est l'Amérique moderne, celle de la démocratie.

Le voyage du « retour », titre de la dernière partie de *Tristes Tropiques*, n'aura véritablement lieu qu'après une visite en Asie du Sud en 1950, même si le livre laisse entendre que le voyageur passe directement du Brésil à l'Asie. Ne parle-t-il pas de *travelling* mental et de tapis volant ! *Tristes Tropiques* est un *Itinéraire de Paris à Jérusalem* aux dimensions du monde. Chateaubriand ne cessait de tirer des effets de réverbération de l'évocation, sur le mode du souvenir, du Nouveau Monde alors qu'il cheminait à travers l'Ancien. Lévi-Strauss ne peut revenir en Europe qu'en la prenant à revers, par l'Asie, après avoir traversé une part de l'ancien de l'Ancien Monde. Le « voyage de retour » implique ce détour par l'Asie du Sud. Ce second regard éloigné jeté sur l'Ancien Monde est une autre façon d'en marquer les limites et de cerner ce qu'il a, selon lui, « manqué », mais aussi de « renouer » avec son histoire. Le retour suppose ce détour. Le livre ne pouvait s'écrire à moins ni avant.

À la « prière » d'adieu, en plein Atlantique, de 1935, vient alors répondre, en 1950, la méditation solitaire du voyageur sur les ruines de Taxila, entre Rawalpindi et Peshawar, dans « ces monastères bouddhiques que l'influence grecque a fait bourgeonner de statues ».

Au-delà de l'Orient de Renan. Là, en effet, ont un temps
conflué hellénisme, hindouisme et bouddhisme. « À
l'exception de la chrétienne, toutes les influences dont
est pénétrée la civilisation de l'Ancien Monde sont ici
rassemblées […]. Moi-même, visiteur européen médi-
tant sur ces ruines, j'atteste la tradition qui manquait. »
Aussi « où, mieux qu'en ce site qui lui présente son
microcosme, l'homme de l'Ancien Monde, renouant
avec son histoire, pourrait-il s'interroger ?[7] ». À Taxila,
le voyageur est confronté à « cette chance fugitive qu'eut
notre Ancien Monde de rester un ». Avant que ne s'inter-
pose l'islam et que ne se consomme la scission entre
un Orient et un Occident « qui, sans lui, n'auraient
peut-être pas perdu leur attachement au sol commun où
plongent leurs racines ». La prise de conscience de
Taxila peut alors être suivie de la visite à l'humble
kyong, sanctuaire bouddhique de la frontière birmane.
En ce lieu, où régnait « une paisible atmosphère de
grange », il s'agissait de « rendre hommage à la réflexion
décisive qu'un penseur, ou la société qui créa sa légende,
poursuivit il y a vingt-cinq siècles, et à laquelle ma civilisation ne pouvait contribuer qu'en la confirmant[8] ».
Il n'est plus besoin d'autre acropole pour celui qui, tel
Ulysse, n'a non pas fait un beau voyage, mais a finalement bouclé son voyage, après avoir vu beaucoup de
villes, connu beaucoup d'usages et « souffert beaucoup
d'angoisse dans son âme ». Comme Ulysse, ce voyageur
est aussi un dernier voyageur[9] : « Adieu sauvages ! adieu
voyages ! »

Par la méditation qui le soutient, par les notations
qui le traversent, par son architecture déployée entre
Nouveau et Ancien Monde et son écriture tendue entre
départ et retour, *Tristes Tropiques* a toute sa place à l'orée
d'une enquête qui s'attache aux Anciens, aux Modernes,
aux Sauvages aussi, aux avancées et aux replis de chacun
de ces trois termes, à leurs alliances et à leurs écarts, à

leurs rapprochements et à leurs disjonctions finales. En
étant habité par toute une part de cette histoire et en la
remettant en jeu, à sa façon, au milieu du XXᵉ siècle, ce
grand livre offre non seulement des repères précieux,
mais aussi des ressources pour la réflexion. L'ouvrage,
qui habite plusieurs temporalités, à longs, très longs ou
courts rayons, passe constamment des unes aux autres,
les juxtaposant et les télescopant, leurs discordances ne
cessant de lancer et de relancer la réflexion de l'auteur.
C'est là une de ses grandes forces. *Tristes Tropiques*
récapitule et ferme un cycle ouvert, quatre siècles plus
tôt, avec l'irruption du Sauvage dans l'Europe de la
Renaissance.

Porté par son auteur pendant vingt ans, du milieu
des années trente au milieu des années cinquante, mais
rédigé en moins de six mois, le livre est écrit de part et
d'autre de la rupture de la Seconde Guerre mondiale, qui
a vu l'effondrement de l'Ancien Monde et la mobilisation, à Rome comme à Berlin, de précédents antiques.
S'adressant au lecteur de son *Itinéraire*, Chateaubriand
précisait qu'il s'agissait moins d'un « Voyage » que des
« Mémoires » d'une année de sa vie. « Il a fallu vingt
années d'oubli, avertit Lévi-Strauss, pour m'amener au
tête-à-tête avec une expérience ancienne dont une
poursuite aussi longue que la terre m'avait jadis refusé
le sens et ravi l'intimité[10]. » S'ouvrant par : « Je hais
les voyages », le livre s'achève sur : « Adieu sauvages !
adieu voyages ! » Dans le monde de l'après-guerre et de
la décolonisation, qui est devenu celui de « la première
civilisation mondiale », le temps des voyages comme
celui des Sauvages est en effet révolu. La poursuite est
achevée et le livre se referme sur une invite finale à
« se déprendre ». Au lecteur il est demandé de s'arrêter
quelques instants et, se plaçant « en deçà de la pensée
et au-delà de la société », d'apprendre à suspendre le
temps. S'étant, pour sa part, approché du bouddhisme,

le voyageur retrouve aussi, au cœur du Vieux Monde, quelque chose des *Rêveries du promeneur solitaire* de Rousseau.

Des Anciens aux Sauvages et aux Modernes, Lévi-Strauss avait lui-même proposé, en 1956, en réponse à un questionnaire, un schéma par lequel il voulait surtout marquer une continuité d'inspiration entre un humanisme encore limité, celui qui était lié à la redécouverte, au début de la Renaissance, de l'Antiquité gréco-romaine, et un humanisme généralisé, celui dont est justement porteuse l'ethnologie, qui est tout à la fois une discipline récente et ancienne. Si l'on reconnaît que toute société ne peut se penser sans termes de comparaison, les hommes de la Renaissance ne disposaient encore que des Grecs et des Romains comme vis-à-vis. Comme l'ethnographie, le latin et le grec ont été des techniques de dépaysement. Avec le XVIIIe siècle, se formula un « humanisme non classique ou exotique » plus large, qui fit place à la Chine et à l'Inde, mais qui, comme le premier, interrogeait les textes et privilégiait l'approche philologique. Enfin, pour l'ethnologie, tout à la fois héritière et dernière venue, qui « cherche son inspiration au sein des sociétés les plus humbles et les plus méprisées, rien d'humain ne saurait être étranger à l'homme [11] ». Il lui faut d'autres approches, puisqu'il s'agit de sociétés sans documents et sans monuments. Le « rien d'humain » prend aussi un autre sens et un autre poids, alors même que l'Ancien Monde venait de nier radicalement l'humanité de certains hommes. À l'ethnologue revient donc d'attester de l'égale humanité de tous et de chacun.

Avec cet ample voyage d'abord vers l'ouest puis vers l'est, inauguré depuis le pont d'un navire porté par la houle de l'Atlantique, le lecteur va de l'Ancien au Nouveau Monde (lui-même démultiplié), puis du Nouveau à l'Ancien, en passant par l'ancien, voire le très ancien de l'Ancien Monde. Il suffirait presque de les examiner dans toute leur épaisseur et de les déployer dans tous leurs attendus pour saisir, dans ses principales articulations, une histoire des Anciens, des Modernes et des Sauvages, des jeux et des enjeux qui se sont noués autour de ces trois termes jusque dans la seconde moitié du XXe siècle. Les pages qui suivent n'ont pas cette prétention. Elles s'arrêteront sur le parallèle – cette forme particulière de la comparaison –, sur des personnages, majeurs ou qui ont compté, sur des notions venues de l'Antiquité et reprises par les Modernes, et du même mouvement sur des moments d'ébranlement aussi. Car si ces figures, au sens large, sont transformées par ces crises, elles leur donnent aussi un visage, les informent, y contribuent au moins.

Cette longue histoire, toute ponctuée d'ébranlements successifs, parcourue de failles et de quiproquos, pourrait se résumer à grands traits ainsi. Il y eut d'abord des anciens, puis surgirent des modernes et, bientôt donc, des Modernes face à des Anciens, en position de vis-à-vis. Jusqu'au XVIe siècle, le jeu se menait à deux seulement. Et même, si l'on remonte avant le VIe siècle, il se jouait entre des anciens seulement, sans modernes. L'invention du Moyen Âge avec Pétrarque, comme temps intermédiaire, entraîna une valorisation simultanée des Modernes et des Anciens, ceux du moins de l'Antiquité grecque et, surtout, romaine, érigés en exemples et en modèles. En revanche, étaient rejetés tous ces obscurs « scolastiques », même si certains n'avaient pas manqué de se prétendre modernes face à d'autres qu'ils nommaient anciens, mais, en réalité, tout aussi anciens ou peu modernes qu'eux. Entre les Anciens et les Modernes, vint s'interposer désormais le Moyen Âge. C'est là un premier ébranlement et l'instauration d'une distance qui, paradoxalement, a conduit à un renforcement et à une spécification plus affirmée du couple formé par les Anciens et les Modernes. D'où cette question : s'il est exact que l'intelligibilité s'instaure dans un rapport à l'autre, qu'en est-il quand ce rapport emprunte durablement la figure et passe par la forme d'un couple ?

Mais, soudain, le tableau change quand vient s'ajouter, avec la découverte du Nouveau Monde, un troisième personnage : le Sauvage. « Notre monde vient d'en trouver un autre », inconnu des Anciens, comme en prenait acte Montaigne. L'onde de choc de ce deuxième ébranlement, majeur, se propagea et se fit sentir longtemps sur les rivages de l'Ancien Monde. Le Nouveau Monde, lui, s'en trouva bouleversé du tout au tout. C'est cette faille que les récits de la Découverte s'employèrent à saisir et à réduire. L'apparition d'un troisième terme a, dès lors, rendu le jeu plus ouvert, plus problématique aussi. Le couple des Anciens et des Modernes s'est trouvé déstabilisé, dans la mesure où tous les positionnements, toutes les combinaisons et les variations entre les trois termes devenaient, théoriquement, possibles.

Puis on s'habitua. Le choc de la découverte s'émoussa, l'ordre colonial régna, la domination s'organisa. On s'interrogea de moins en moins sur le Sauvage et on se mit en quête de toujours plus d'esclaves. Avec le XVIIᵉ siècle, le couple des Anciens et des Modernes revint au premier plan, mais pour être contesté par des Modernes de plus en plus assurés d'eux-mêmes et se sentant de plus en plus à l'étroit dans ces anciens liens de dépendance. Cette dramatisation était l'expression d'une mise en question. Nous autres Modernes, affirmat-on de plus en plus couramment, sommes les vrais Anciens, tandis que les Anciens ne sont que la jeunesse ou l'enfance de l'humanité. Commença le temps des grandes querelles – en France avec Charles Perrault, en Angleterre avec William Temple et Jonathan Swift –, jusqu'à la dernière, celle qui, en France du moins, se joua avec la Révolution. De ce dernier ébranlement, il ressortit que devait, désormais, être tenu pour caduc et dangereux tout parallèle entre les Anciens et les Modernes. Le couple avait vécu.

Chacun des trois termes se sépara alors et leurs rencontres ne furent plus qu'occasionnelles ou circonstancielles. Les Anciens, eux-mêmes, se scindèrent de plus en plus nettement en Grecs d'un côté, Romains de l'autre. On créa, en 1846, une École française d'Athènes et, en 1875, une École française de Rome [12]. La *Cité antique* de Fustel de Coulanges, qui se voulait à la fois grecque et romaine, se vit remplacée, en moins d'un demi-siècle, par la seule *Cité grecque* de Gustave Glotz, et peut-être fallut-il attendre 1976 et *Le Métier de citoyen* de Claude Nicolet pour avoir une *Cité romaine* [13]. Après avoir servi de miroir positif (le bon sauvage) ou négatif (le cannibale sans foi ni loi), avoir nourri, au XVIIIᵉ siècle, les réflexions ou les spéculations sur l'homme originel, le Sauvage se transforma au XIXᵉ siècle en primitif, objet d'une anthropologie comparée. Il venait témoigner de nos origines et confirmer les théories de l'évolution : dans le temps, certes, mais dans un temps qui n'était plus le nôtre depuis longtemps.

Et les Modernes ? Sans vis-à-vis désormais et de plus en plus occupés d'eux-mêmes, ils ont été incités à devenir de plus en plus modernes. Sous la conduite d'avant-gardes, politiques et artistiques, ils ont reçu l'injonction d'aller toujours plus vite et plus loin en direction de la modernité, en optant résolument pour les progrès, voire les révolutions. De plus en plus modernes, c'est-à-dire aussi de plus en plus authentiquement eux-mêmes. Ils se sont lancés dans la quête de ce qui leur était propre : le génie national, la race, la germanité ou le vieil esprit gaulois. L'art a été aux avant-postes comme éveilleur [14]. La Belle Époque a sûrement marqué un âge d'or du moderne, même si sa brillante carrière ascendante n'a pas été exempte de remises en cause ni d'interrogations. Que l'on songe à Nietzsche, à Péguy, critique acerbe des Modernes avec Renan dans le rôle du père fondateur, à bien d'autres. Mais c'est avec l'ébranlement de la guerre de 1914 que des failles se sont ouvertes et que des doutes ont été formulés qui, dès lors, n'ont jamais disparu, s'amplifiant ou s'exaspérant chez certains, jusqu'au rejet de l'idée même de moderne. D'où, dans les régimes fascistes notamment, le choix qui a été fait de mobiliser les Anciens. Refondateur de Rome, Mussolini s'est vu ainsi en nouvel Auguste, dont il a célébré avec faste, en 1937, le bimillénaire [15]. Les projets architecturaux d'Albert Speer sont autant de citations de grands monuments antiques offertes au Führer, mais avec l'objectif de les surpasser [16].

Pour se positionner par rapport à eux-mêmes, les Modernes ont aussi mis en œuvre toute une série de préfixes : *proto-*, *pré-*, *hyper-*, *ultra-*, *anti-*, et, en dernier lieu, *post-*moderne. À l'aide de ces mots composés, dont aucun n'a – et en fait ne peut avoir – de signification univoque, ils ont tracé des lignes sur le territoire de la modernité, opéré des partages, délimité des franges [17]. Dernier avatar des modernes aux prises avec eux-mêmes et avec les désastres qu'ils ont produits, né de la Seconde Guerre mondiale et des bouleversements technologiques récents, le terme « postmoderne » est aussi celui qui a connu le plus grand succès, un succès mondial. Accompagnant, voire caractérisant la globalisation, il est rapidement devenu un mot pour tout. Peut-être est-il plus employé désormais par tous ceux qui récusent le postmodernisme, c'est-à-dire ce qu'ils ont décidé, pour différentes raisons, de baptiser ainsi ? Par contre Jean-François Lyotard, qui avec la publication en 1979 de *La Condition postmoderne* a beaucoup fait pour sa diffusion, préférait opter, dix ans plus tard, pour le préfixe *ré-* et parler de « réécrire la modernité [18] ». Dans le même temps, celui d'un présent au poids grandissant, nos Modernes se préoccupaient toujours plus d'eux-mêmes, mais autrement. Ce ne sont plus les plongées vers les origines ni la recherche (et donc la défense) d'un génie national qui sont à l'ordre du jour, mais, à partir du sujet individuel, la mémoire, le patrimoine, l'identité : ma mémoire, ce qui pour moi est patrimoine, mon identité, maintenant. On va du même au même et du présent au présent : des contemporains aux contemporains. Et, pour le coup et pour l'heure, adieu voyages, adieu Sauvages, adieu Anciens et, probablement, adieu Modernes aussi.

Comme mes autres livres, ces pages sont faites d'allers et retours entre des temps différents. On va des Anciens aux Modernes, des Modernes aux Sauvages, des Sauvages aux Anciens, à travers une série d'ébranlements qui scandent le livre et organisent la réflexion. Traversée inévitablement rapide depuis l'Antiquité jusqu'à la seconde moitié du XXᵉ siècle, elles voudraient être une contribution à une histoire, oserai-je dire intellectuelle, de la culture européenne. Elles s'attachent surtout aux espaces d'entre-deux, aux écarts, aux discordances, aux interactions aussi entre les trois termes. Avec la conviction que demeurer dans le seul face-à-face des Anciens et des Modernes aurait certes été plus aisé mais insuffisant.

Le lecteur y trouvera ce que je nommerai la troisième composante ou dimension de mon travail. À côté des livres qui, relevant d'une histoire culturelle du monde antique, ont fait porter le vif de l'interrogation sur l'altérité et sur la frontière, à côté de mes travaux sur l'écriture de l'histoire tant ancienne que moderne (comment et pourquoi n'a-t-on cessé d'écrire de l'histoire, non pas la même, mais toujours de l'histoire quand même ?), il y a, depuis longtemps, place pour un troisième volet sur les usages et les appropriations modernes de l'Antiquité. D'un de mes livres à l'autre, et même à l'intérieur d'un même livre, ces trois dimensions sont présentes. Elles se mêlent ou s'entrecroisent, mais c'est la première fois que je distingue cette troisième composante pour en faire, avec *Anciens, Modernes, Sauvages*, un ouvrage à part entière. Il est clair aussi, pour moi au moins, que les interrogations et les propositions autour des rapports au temps, telles que je les ai rassemblées dans *Régimes d'historicité*, font se rejoindre ces trois dimensions et, je l'espère, les éclairent. Sur cette voie aujourd'hui bien travaillée, en France comme à l'étranger, des usages de l'Antiquité, Pierre Vidal-Naquet, lecteur de Moses Finley et d'Arnaldo Momigliano, a été un initiateur[19]. C'est en l'écoutant et en le lisant que j'ai découvert cette voie. Il publia en effet en 1976 « Tradition de la démocratie grecque », longue préface à la traduction de *Démocratie antique et démocratie moderne* de Finley, et, en 1979, parut « La formation de l'Athènes bourgeoise », ample étude rédigée avec Nicole Loraux[20].

Après une vue cavalière, qui nous mènera de la Grèce ancienne jusqu'au XVIIIᵉ siècle, en nous arrêtant sur la découverte du Nouveau Monde, nous arriverons à ce que j'ai appelé la dernière Querelle des Anciens et des Modernes, au moment de la Révolution française. De là, nous suivrons ensuite un Moderne chez les Anciens : J. J. Winckelmann ; puis un Ancien chez les Modernes ou, mieux, entre les Anciens et les Modernes, tant il fait pont des uns aux autres : Plutarque. Avec Winckelmann, nous irons d'Allemagne en France et, tout aussi bien, de Rome à Athènes, tandis qu'avec Plutarque nous passerons des hommes illustres aux grands hommes, puis au grand homme. Quittant alors les figures singulières, nous retiendrons quelques notions de poids qui, venues de l'Antiquité, ont été reprises, investies, voire ruminées par les Modernes : démocratie, cité, liberté, individu, mais aussi Europe. Il ne s'agit pas d'en résumer l'histoire en quelques pages, mais d'abord d'indiquer des écarts par rapport à ce qu'elles ont signifié dans l'Antiquité, en pointant leur part d'altérité, puis de montrer comment elles ont travaillé la pensée des Modernes et ont été travaillées par eux. Et celui qui a ouvert ces pages, Claude Lévi-Strauss, nous accompagnera, il sera du voyage !

Chapitre 1
Anciens, Modernes, Sauvages

Avant de nous arrêter sur le couple formé par les Anciens et des Modernes, sur tout ce qui s'est joué des uns aux autres et entre eux, reportons-nous vers les Anciens, ceux d'avant les Modernes. Car, des Anciens, il y en a toujours eu, dirait M. Homais ! Mais qu'en était-il des Anciens face à leurs propres anciens ? Comment posaient-ils et, surtout, réglaient-ils la question ? Les Grecs sont réputés avoir privilégié « le principe d'ancienneté[1] ». On connaît, entre mille exemples, le « vieux Nestor » des poèmes homériques, avec une propension aux interventions un peu longues et à l'évocation de ses souvenirs, mais unanimement respecté ; le Conseil des Anciens (*Gerousia*) à Sparte ou son pendant, dans les *Lois* de Platon, le Conseil nocturne. Les Romains, quant à eux, ont toujours proclamé la valeur qu'ils accordaient au *mos majorum,* à ces coutumes ou lois non écrites venues des ancêtres. Ils ont régulièrement rappelé les vertus de la Rome d'autrefois, qu'on n'invoqua jamais autant que lorsque la République était en passe de s'effondrer et que Rome ployait sous le poids de ses victoires. « Alors que nous errions dans notre propre ville comme des étrangers, des visiteurs de passage, écrit Cicéron, ce sont tes livres qui nous ont pour ainsi dire ramenés chez nous ; c'est grâce à eux que nous avons appris qui nous étions, où nous habitions. » C'est en ces termes fameux qu'il a célébré le travail d'antiquaire de Varron[2].

Les Grecs opposaient les *palaioi* (les anciens, les vieux, ceux d'avant) aux *neôteroi* (forme comparative de *neos*), aux plus jeunes. Les jeunes sont situés par rapport aux anciens comme « plus jeunes ». Mais ce même comparatif sert aussi à désigner une rébellion ou une révolution et le verbe *neôterizein* signifie « prendre des mesures nouvelles, faire une révolution ». Ce ne sont pas là, avouons-le, des indices d'une valorisation excessive de ce qui est récent. Au contraire, du nouveau, gardons-nous au mieux ! Si s'inscrit dans la langue une tendance de fond de la civilisation grecque, il est bien clair qu'il y eut, notamment dans la mouvance de la réflexion sophistique, tout un optimisme du progrès. Il suffit d'évoquer Thucydide promenant, au début de *La Guerre du Péloponnèse,* son étalon de la « grandeur » sur le passé, avant de conclure que les guerres précédentes, à commencer par celle de Troie, n'étaient pas grand-chose en comparaison de celle qui vient de débuter et dont il a, heureuse coïncidence, entrepris de se faire l'historien. Car elle est la plus grande. Il établit pareillement que « le monde grec ancien (*palaion*) vivait de manière analogue au monde barbare actuel (*nun*) ».

Mais il est non moins avéré que, aussitôt après la guerre du Péloponnèse, qui marque une nette rupture, le début du IVe siècle se caractérise par une valorisation du passé, sous différentes formes. Ainsi, les hommes politiques ne cessent d'invoquer la « Constitution des ancêtres », d'autant plus désirable qu'elle est introuvable, et font de Solon le père de la démocratie ; on s'intéresse aux antiquités (*archaia*), et les cités se soucient d'inscrire et d'écrire leur histoire sur leurs murs et dans des livres. Les orateurs entonnent le chant de la grandeur passée d'Athènes. Isocrate forge sa théorie de la *paideia*, de la grécité comme culture et d'Athènes comme école de la Grèce. Bien plus tard, au IIe siècle de notre ère, cet embaumement des ancêtres trouvera

sa forme canonique avec les *Vies parallèles* de Plutarque et, de façon plus large, dans tout le mouvement
de la seconde sophistique[3]. Ce qui ne signifie nullement, bien au contraire, que ces opérations ne répondaient pas à des enjeux du présent. Dans un monde
depuis longtemps déjà dominé par Rome, les notables
Grecs cherchaient non seulement à trouver une place,
mais à prendre toute leur place, en faisant valoir leurs
lettres de créance[4].

Avec la victoire de Rome et le fameux *Graecia
capta*, dû à Horace (conquise, la Grèce a conquis son
farouche vainqueur), les Grecs vont-ils être désormais
perçus comme des anciens (*antiqui*), dont il conviendrait
de suivre les leçons, et des modèles à imiter, culturellement parlant, eux qui sont aussi des vaincus ? Les choses
ne sont évidemment pas aussi simples. D'abord, les
Grecs sont toujours là, dans leurs villes comme dans
leurs sanctuaires. Quels conseils Cicéron prodigue-t-il,
par exemple, à son frère Quintus, dont, en 59, le pro-
consulat en Asie venait d'être prorogé ? « Si le tirage au
sort t'avait désigné pour gouverner des Africains, des
Espagnols ou des Gaulois, nations barbares et incultes,
il n'en eût pas moins été de ton devoir d'homme civilisé
de penser à leur bonheur, de te dévouer à leurs intérêts et
à la protection de leurs existences. Mais quand les
hommes placés sous nos ordres sont d'une race qui, non
contente d'être civilisée, passe pour être le berceau de la
civilisation (*humanitas*), à coup sûr ils ont droit au premier chef à ce que nous leur rendions ce que nous avons
reçu d'eux. [...] Nous avons, semble-t-il, un devoir particulier envers la race des hommes que tu gouvernes : ils
ont été nos précepteurs, il nous faut avoir à cœur de faire
paraître dans nos rapports avec eux ce qu'ils nous ont
appris[5]. » Cicéron exprime l'idée d'une dette impliquant
des devoirs particuliers, en considération du fait que les
Grecs ont été les précepteurs d'une *humanitas* née chez

eux. Mais la reconnaissance de ce « principe » d'ancienneté ne met nullement en question la légitimité de
l'exercice de la domination romaine. Le maître devrait y
mettre un peu plus de formes, c'est tout.

Le champ de la littérature, dès l'instant surtout où
la critique littéraire s'est exercée, a toujours fourni un
terrain propice aux interrogations et aux polémiques sur
les « Anciens ». Qu'est-ce qu'un Ancien, est-il possible
de l'égaler, voire de le dépasser, ou comment revenir à lui
ou le faire revenir ? Ainsi, l'âge d'Auguste voit de nombreux intellectuels grecs prôner un retour aux modèles
de la Grèce classique. En matière d'éloquence, Denys
d'Halicarnasse, rhéteur grec installé à Rome, salue le
retour de la « rhétorique ancienne », celle fondée sur la
philosophie, et travaille à le conforter en écrivant un
traité *Sur les orateurs antiques* (*archaioi*), c'est-à-dire
les plus fameux des orateurs attiques du IVᵉ siècle avant
notre ère[6]. Il est également l'auteur d'un traité *Sur l'imitation*, où il passe en revue les différents genres et leurs
principaux représentants, en indiquant chaque fois les
qualités qu'il convient le plus d'imiter[7]. Le même Denys
s'est beaucoup employé dans ses *Antiquités romaines* à
démontrer, avec toutes les ressources disponibles de
l'érudition, que les Romains étaient en réalité des Grecs
et avaient donc des ancêtres grecs venus de Grèce[8].

À la même époque, Strabon, grec originaire d'Asie, se
montre un ardent défenseur des Anciens en la personne
d'Homère, qu'il présente longuement comme l'« arché-
gète » (le fondateur) de la géographie. Consacrant un
chapitre de son *Institution oratoire* à l'imitation, Quintilien rappelle, à la suite d'Aristote, que l'art « consiste en
grande partie dans l'imitation », mais il insiste fortement
sur le fait que l'imitation seule ne suffit pas. Il faut aller
plus loin que le modèle qu'on imite, faute de quoi rien
jamais n'aurait été inventé[9]. Et, comme le remarquait
lucidement Horace, il n'y aurait rien d'ancien non plus :

« Si les Grecs avaient eu autant d'aversion que nous pour la nouveauté, y aurait-il rien aujourd'hui d'ancien [10] ? »

Ces débats, enfin, ont conduit à une relativisation de la notion même d'ancien. Où commence et où finit l'« ancienneté » ? Dans la même épître, Horace s'interroge sur la limite à partir de laquelle un écrivain peut recevoir l'appellation d'ancien. Pourquoi ne pas décréter en effet qu'est « ancien et de bon aloi, celui qui a cent ans accomplis [11] » ? Mais nul ne l'exprime plus nettement que M. Aper, un des protagonistes du *Dialogue des orateurs* de Tacite (publié dans les années 80 de notre ère). Ce texte, qui s'interrogeait sur la décadence de l'éloquence à l'époque, figura longtemps en bonne place dans les débats modernes sur les Anciens et les Modernes. Face à Messalla, admirateur intransigeant des anciens, Aper, pour défendre les contemporains, se demande où commence et où finit la notion même d'ancien. « Quand j'entends parler d'anciens, je pense à des gens d'un passé lointain, nés longtemps avant nous, et devant mes yeux se présentent Ulysse et Nestor, dont l'époque se place treize cents ans avant notre siècle ; vous, c'est Hypéride et Démosthène que vous me citez [12]. » Or, entre eux et nous ne se sont guère écoulés plus de trois cents ans. Rapporté à la « faiblesse de nos corps », cet intervalle de temps semble long, mais, en regard de la « grande » année (qui vaut 12 954 ans), il n'est rien, et Démosthène apparaît alors comme un quasi-contemporain, qui a vécu la même année, mieux, le même mois que nous. L'ancienneté est donc une notion relative.

Modernes et Anciens

Ces polémiques, d'abord littéraires, opposaient des anciens (*palaioi*, *archaioi*, *antiqui*, *majores*) aux plus jeunes (*neôteroi*), à leurs successeurs (*sequentes*), aux gens de notre temps (*nostrum saeculum*), mais pas expressément à des modernes. À l'égard des *antiqui* plusieurs stratégies étaient assurément possibles, mais aux *antiqui* ne répondaient pas des *novi*. Depuis toujours il y avait des anciens, mais pas encore de modernes. Se revendiquer et se faire reconnaître comme plus jeune, nouveau, amène à pointer le groupe de ceux qui viennent avant, qui vous précèdent, plus âgés : des anciens, donc. Mais marquant leur place, ces plus jeunes n'en sont pas moins dans le rang, le même rang que les anciens. Simplement, pour le temps d'une génération, ils viennent après et, surtout, ils ne sont pas d'abord là pour « faire du nouveau ».

Ernst Robert Curtius a relevé que le néologisme *modernus* n'apparaît qu'à la fin du Ve siècle. Formé sur l'adverbe *modo,* « récemment » – comme *hodiernus*, « d'aujourd'hui », l'était sur *hodie* –, l'adjectif *modernus*, « récent », glisse vers le sens de maintenant, actuel, du présent [13]. Au VIe siècle, Cassiodore se sert du nom *antiquitas* pour l'appliquer au passé romain (antique) et valoriser son exemplarité pour les *saecula moderna* et notre temps (*nostra tempora*). Deux siècles plus tard, l'époque de Charlemagne pourra se revendiquer, par la bouche de certains de ses représentants, comme « siècle moderne ». La mise en circulation de la notion de moderne rend possible un déplacement. Le moderne n'est en effet plus seulement ou simplement celui qui vient après. En se revendiquant comme *de maintenant*, il sort en quelque manière du rang et instaure un écart (une faille) avec ce qui vient avant, l'ancien. Cet écart rend lui-même (d'abord simplement) possible de porter un regard positif sur le nouveau, qui n'a plus à être d'emblée dévalorisé ou suspecté, précisément, comme nouveau. Mais rien n'était encore joué au VIe ou même au VIIIe siècle, seule l'histoire ultérieure du mot nous autorise à le postuler.

Avec l'entrée en scène de *modernus*, le couple
ancien/moderne est lancé. Le parallèle peut se développer, ainsi que les querelles qui vont scander ou, mieux,
faire son histoire. Il n'y a certes pas eu qu'une seule
Querelle ininterrompue, du haut Moyen Âge jusqu'à la
fin du XVIIᵉ siècle, mais des querelles, avec des formes et
des enjeux bien différents. Ces Modernes ne sont encore
que les premiers modernes, les gens du jour, qui se
contentent de marquer une frontière (mobile) avec des
anciens : celle de l'actuel. Les seconds modernes seront
habités par l'avenir : pour être pleinement d'aujourd'hui,
il faudra dès lors être tourné, de plus en plus fortement,
vers l'avenir. D'aujourd'hui, parce que de demain. Pourtant, par le simple fait de faire appel à cette forme du
couple, d'assigner aux uns la position d'Anciens, et aux
autres, celle de Modernes, les protagonistes successifs
seront longtemps comme des duellistes qui reviendraient
vider leurs querelles toujours sur le même champ.

À la différence du couple Grecs/Barbares, ou du
couple chrétiens/païens, celui formé par les Anciens et
les Modernes n'est pas susceptible de territorialisation
(sauf dans les espaces académiques). Pour lui, tout se
joue dans la temporalité. Il traduit, pour une culture, une
des formes de son rapport au temps, une manière de
redistribuer le passé, proche ou lointain, de lui faire une
place sans lui abandonner toute la place. Les « querelles »
sont des réponses (immanquablement sur le mode du
quiproquo) à des moments de crise et à des conflits. Dans
les cas les plus sérieux, une représentation du monde sur
laquelle on a vécu s'effrite, s'effondre ou bascule, et on ne
voit pas encore, on ne sait pas encore dire ce qui advient,
qu'on cherche à en hâter la venue ou, au contraire, à en
retarder l'émergence, qu'on l'espère ou qu'on le redoute.
Des interrogations sur le temps surgissent, l'ordre du
temps perd de son évidence. De nouvelles formes d'art
se cherchent, des formes anciennes sont reprises, et des

chassés-croisés s'opèrent entre des formes *anciennes* et des formes *nouvelles*, sans négliger les décalages (ou le jeu des inerties) entre les déclarations, les programmes, les slogans et les œuvres effectivement produites. Des lézardes ou des interstices se font jour[14].

De moindre conséquence que le couple païens/ chrétiens, le couple des Anciens et des Modernes ne le recoupe pas complètement. Au Moyen Âge, les *veteres* sont « aussi bien les auteurs chrétiens que les auteurs païens des temps anciens[15] ». C'est la Renaissance qui fera finalement équivaloir Antiquité et monde gréco-romain païen. Pour Pétrarque encore, la conversion des empereurs romains marque, pendant tout un temps, la ligne de partage, mais ensuite cette seconde période va devenir celle des âges obscurs, ce « temps intermédiaire » qui débute avec la prise de Rome par les Barbares pour ne cesser qu'avec le retour des Muses et de la lumière. Le Moyen Âge a connu deux moments nets de conflit. Au XIIe siècle, couramment désigné aujourd'hui comme Renaissance du XIIe siècle, Gautier Map, par exemple, célèbre la *modernitas* : « Les cent ans qui se sont écoulés, voilà notre modernité. » Alors que, de son côté, Jean de Salisbury déplore les bouleversements de la « nouveauté ». Aux XIVe et XVe siècles, plusieurs mouvements s'affirment « modernes » : la musique comme *ars nova*, la théologie et la philosophie choisissant, à la suite de Duns Scot, la *via moderna* contre la scolastique aristotélicienne, ou encore la *devotio moderna* face à la « superstition » du Moyen Âge[16]. On a là des usages polémiques et une recherche de légitimation. La frontière de la « modernité » est mobile : elle varie du siècle à une génération seulement.

Mais c'est aussi le Moyen Âge qui a formulé, employé et transmis la formule, souvent reprise et parfois mal comprise, sur les nains modernes et les géants anciens. « Bernard de Chartres, selon Jean de Salisbury,

disait que nous sommes comme des nains assis sur les
épaules des géants, car nous pouvons voir plus de
choses qu'eux, et plus distantes, non grâce à l'acuité
de notre propre regard ni à la hauteur de notre corps,
mais parce que nous sommes élevés et maintenus en
altitude par la grandeur des géants.» Nous sommes des
nains, et les anciens des géants, c'est un point sûr. Et
pourtant, nous voyons plus loin qu'eux, non en raison
de nos mérites propres, mais grâce à eux et à ce qu'ils
nous ont laissé. L'ancien n'est pas dépassé, mais
rehaussé par le nouveau. Tout comme l'Ancien Testament n'est pas supprimé par le Nouveau, mais porté
plus loin vers son accomplissement. À cette vision
«typologique» de la succession, sur le mode *quanto
juniores, tanto perspicaciores*, liant jeunesse et aptitude
à voir plus, s'ajoute une perception foncièrement ambi-
valente du temps[17]. S'il permet une accumulation des
connaissances, il est aussi destructeur. S'il est porteur
du Salut – la vocation de l'humanité est celle d'une
histoire du Salut –, il est également la marque de notre
misère. De plus, depuis la venue du Christ, le monde
est entré dans sa «vieillesse», dans ce temps «intermédiaire» pris entre l'attente de son retour et celle de la
fin des temps[18].

Quand Leonardo Bruni entreprend d'écrire, au début
du XVe siècle, une biographie du grand humaniste et
chancelier de Florence Coluccio Salutati, il rappelle:
«Nous gens d'aujourd'hui ne sommes que des nains
(*nos plane hoc tempore homunculi sumus*), et même si
nous ne sommes pas des nains par l'esprit, nos vies
n'ont pas l'étoffe nécessaire pour une gloire durable[19].»
Nous sommes encore dans le cadre temporel, dans le
rapport au temps défini par Bernard de Chartres, celui
de la succession typologique, mais il s'est «monda-
nisé». Car il s'agit de «gloire» et des grands hommes
de l'Antiquité classique. Mais demeure encore vive chez

Bruni la conscience de l'infériorité et de la déchéance
du présent. Sa biographie de Salutati n'a d'ailleurs
jamais été achevée. Or, moins de dix ans plus tard (vers
1418), le même Bruni écrit, dans la préface de son
Histoire du peuple de Florence, que, par rapport aux
hauts faits de l'Antiquité, ceux accomplis par les Florentins ne sont « en rien inférieurs » et tout aussi dignes de
mémoire[20]. Que s'est-il donc passé entre les deux ? Les
victoires militaires de Florence, certes, mais aussi la
prise de conscience que l'imitation des Anciens doit
s'entendre, non pas comme copie, mais comme *aemulatio*, en vertu de quoi le présent, vivifié par cette renaissance de l'antique portée par les humanistes, pourrait
finir par se hausser à la hauteur du passé antique[21].

Si la Renaissance rapproche le moderne de l'antique,
si être moderne c'est imiter les Anciens, c'est d'abord
une façon de se débarrasser du Moyen Âge, de rompre
avec lui, en le rejetant dans les ténèbres. « *O seculum !
O litterae ! Iuvat vivere !* » lance avec enthousiasme
Ulrich von Hutten dans une lettre de 1518, vantant le
siècle, les bonnes lettres et le bonheur de vivre. Le long
exil des Muses a cessé, l'image du réveil et de la résurrection, celle du phénix renaissant de ses cendres,
viennent sous la plume des humanistes[22]. Conçue
comme *aemulatio*, l'imitation revendiquée est en effet
tout sauf passive, et le « retour » à l'Antiquité n'est rien
moins qu'un mot d'ordre passéiste[23].

À la fin du siècle, Loys Le Roy publie un livre touffu,
De la vicissitude ou variété des choses en l'univers
(1575). Traducteur de Platon, Aristote, Isocrate, Démosthène, critique acéré (Du Bellay qui en avait fait les frais
se moquait de son savoir pédantesque), il occupe la
chaire de grec au Collège royal. Dans ce livre, il fait un
pas de plus en exprimant un point de vue qui traduit
un changement dans le rapport au temps. D'où il ressort
que celui-ci n'est plus, fondamentalement et uniformé-

ment, décadence. Il est progrès ou, plus exactement, il y a *du* progrès en lui. « Platon dict que les Grecs ont rendu meilleur ce qu'ils avaient pris des Barbares. Cicéron est d'advis que les Italiens ont d'eux-mêmes mieux inventé que les Grecs, ou faict meilleur ce qu'ils leur emportaient. Pourquoy n'essayerons nous faire le semblable, amendans ce que les Barbares, Grecs et Romains ont laissé [24]. » Faisant ce que les Anciens eux-mêmes ont pratiqué, nous pouvons prendre notre place dans cette chaîne d'améliorations. Tout n'a donc pas été dit et nous ne sommes pas seulement voués aux commentaires et aux gloses. Mais cette vision d'un temps porteur de progrès s'inscrit elle-même dans une conception plus large de l'histoire conçue encore comme cyclique [25]. Mieux peut-être, le cours du temps suit une sinusoïde. Si bien que, le sommet une fois atteint, on ne peut que redescendre. Le progrès n'est naturellement ni continu, ni indéfini, ni uniforme, mais la décadence non plus. À la différence du schéma précédent, si le temps demeure la marque de notre misère, la pente n'est pas uniformément descendante, et le moment où se produit une inflexion ou un retournement n'est pas déjà connu.

Au début du XVIIe siècle, Francis Bacon en Angleterre et Descartes en France marquent, toutefois, le moment d'un renversement de perspective explicite à l'égard des Anciens. De nouveaux rapports au temps trouvent leurs premières formulations, qui vont nettement plus loin que la position exprimée par Le Roy. Pour Bacon, nous, modernes, sommes en effet les véritables anciens, ceux-ci étant la jeunesse du monde. Comme nos expériences et nos observations sont infiniment plus nombreuses, nous avons un avantage indiscutable, dont nous n'usons pas encore bien [26]. Toutefois, le philosophe de la nouvelle science qu'il veut être ne s'embarque pas en ayant rompu toutes les amarres. Au principe de son audace agit un texte ancien, qui lui sert de point d'appui

et d'inspiration : la Bible. *Instauratio*, en effet, qui
signifie en latin l'action de renouveler et de restaurer, est
employé dans la Vulgate pour désigner la restauration
du Temple de Salomon. Ainsi la *Grande Instauration* est
une restauration, mais aussi un renouvellement majeur et
complet, entrepris par un nouveau Salomon. Davantage,
à la fin du livre de Daniel, il est annoncé que « *beaucoup
passeront et [que] la connaissance s'accroîtra*[27] ».
Bacon, qui fait sienne la formule, en remplaçant toutefois
connaissance par science, tente de reprendre pour son
propre compte la force de la prophétie.

Sur l'ancienneté respective des Anciens et des
Modernes, Descartes redira la même chose, pratiquement
dans les mêmes termes[28], tandis que Pascal, distinguant
entre les connaissances qui relèvent de l'autorité (des
Anciens) et celles qui reviennent à l'exercice de la raison,
en donnera bientôt la formulation la plus frappante et la
plus aboutie : « [De sorte que] toute la suite des hommes,
pendant le cours de tant de siècles, doit être considérée
comme un même homme qui subsiste toujours et qui
apprend continuellement ; d'où l'on voit avec combien
d'injustice nous respectons l'Antiquité dans ses philosophes. [...] Ceux que nous appelons anciens étaient
véritablement nouveaux en toutes choses et formaient
l'enfance des hommes proprement ; et comme nous
avons joint à leurs connaissances l'expérience des siècles
qui les ont suivis, c'est en nous que l'on peut trouver cette
antiquité que nous révérons dans les autres[29]. »

Les nains ont disparu, et les géants aussi, remplacés
par ce *même homme* universel subsistant toujours. Les
nains sont devenus un géant ! Même si le vocabulaire est
partiellement repris, c'en est bel et bien fini de la succession « typologique ». Qu'en est-il alors de cette vieillesse
glorieuse qui est la nôtre ? Va-t-elle durer des siècles et
des siècles ? Cette image, qui réactive le schéma augus-
tinien de la vieillesse du monde, le naturalise, l'inscrit

dans un cycle biologique, et sort de l'eschatologie. Alors que la vieillesse augustinienne, régénérée par la venue du Christ, précédait et annonçait la fin des temps, la vision de ce « même homme », qui subsiste toujours et apprend sans cesse, va de pair avec une conception positive du temps comme vecteur permettant l'accumulation des connaissances : jusqu'à quel point ? Indéfiniment, répondra finalement Condorcet. On n'en est évidemment pas là, la misère de l'homme demeure encore, mais le temps destructeur ou, au moins, ambivalent a disparu.

Les nains vont, malgré tout, reprendre encore du service quand éclate, à la fin du XVIIᵉ siècle, la Querelle anglaise. Celui qui se fait le champion des Anciens, Sir William Temple, publie, en 1690, son *Essay upon the Ancient and Modern Learning*. Ce fut le début d'une rude bataille, nommée, par Jonathan Swift, du nom même du court pamphlet qu'il écrivit pour voler au secours des Anciens et de son protecteur Temple, *The Battle of the Books*[30]. Cette « bataille des livres » dura jusque vers 1740, sans qu'aucun des deux camps ne l'emportât nettement : les « Anciens » cédèrent du terrain dans le domaine des sciences et de la philosophie, conservèrent encore l'histoire et gardèrent la haute main sur la littérature et les arts. Temple repart tranquillement de la certitude que les Modernes sont des nains, ou les élèves, inférieurs aux maîtres. Contre l'idée de Fontenelle, qui vient tout juste d'être reprise par Perrault, de la permanence des forces de la nature, qui produit les mêmes arbres et les mêmes fruits aujourd'hui qu'hier, il réaffirme le principe de la décadence, au moins des lettres.

Trois ans plus tôt, en France cette fois, l'occasion de la Querelle avait été le poème de Charles Perrault *Sur le siècle de Louis le Grand,* lu dans une séance de l'Académie pour célébrer la convalescence du roi[31]. Il débutait ainsi :

La belle antiquité fut toujours vénérable
Mais je ne crus jamais qu'elle fût adorable.
Je vois les Anciens sans plier les genoux :
Ils sont grands, il est vrai, mais hommes comme nous ;
Et l'on peut comparer, sans crainte d'être injuste,
Le siècle de Louis au beau siècle d'Auguste.

La Querelle était lancée. Elle se joua d'abord non
seulement entre contemporains, mais entre gens de
lettres partageant le même espace académique. Les
réceptions à l'Académie furent d'ailleurs, pour les deux
camps, l'occasion de grandes mises en scène (avec
Fontenelle, pour les Modernes, et La Bruyère, pour les
Anciens). Puis, avec son *Parallèle des Anciens et des
Modernes*, Perrault porta, à partir de 1688, le débat sur
la place publique, devenant ainsi le principal avocat du
parti des Modernes. Conçu sous la forme d'une succession de dialogues, le *Parallèle* argumentait chaque fois
en faveur de la supériorité des Modernes. Les Anciens
ne se firent pas faute de répondre, par la plume de
Boileau, notamment. Ensuite, la Querelle déboucha sur
une réconciliation entre Perrault et Boileau, avant de
rebondir au début du XVIIIᵉ siècle, autour, cette fois,
des traductions d'Homère.

L'un des enjeux de ces querelles était la question de
l'éducation et du programme des études [32]. L'Université
protesta contre Perrault, qui, d'ailleurs, s'en prenait à
ces hommes à robe noire et bonnet carré qui proposaient aux jeunes gens les ouvrages des Anciens, « non
seulement comme les plus belles choses du monde,
mais comme l'idée du beau ». De même, en Angleterre,
on ne conçoit pas d'autre éducation que la pratique des
auteurs grecs et latins [33]. L'abbé Rollin, auteur d'une
Histoire ancienne que tout le XVIIIᵉ siècle a lue, mais
aussi recteur de l'université de Paris et auteur d'un

volumineux *Traité des études* (1726), a nettement exprimé cette primauté des Anciens, en la rattachant à la notion de goût. S'adressant aux maîtres de l'Université, il préconise la fréquentation des Anciens comme façon d'empêcher « la ruine du bon goût ». « Le bon goût, qui est fondé sur des principes immuables, est le même pour tous les temps, et c'est le principal fruit qu'on doive faire tirer aux jeunes gens de la lecture des Anciens, qu'on a toujours regardés avec raison comme les maîtres, les dépositaires, les gardiens de la saine éloquence et du bon goût[34]. » Ces exemples et ces maximes qu'on leur fait connaître ont la vertu, en les « transportant dans d'autres pays et d'autres temps, [de] les préserver de la contagion du siècle présent ». Il y a là l'idée d'un usage prophylactique du « dépaysement ». Il faut d'autant plus aller vers les Anciens que le siècle en est à mille lieux, en espérant que grâce à cette instruction on pourra « faire renaître dans les hommes d'aujourd'hui le goût de l'élégance attique et de l'urbanité romaine[35] ».

Sauvages

Avant de développer plus avant cette vue cavalière, jusqu'au moment de la grande ou, mieux, de la dernière Querelle des Anciens et des Modernes, désignant ainsi les usages de l'Antiquité au cours de la Révolution française, revenons en arrière quand, entre les Anciens et les Modernes, surgit et s'impose soudain un troisième terme : le Sauvage. « Notre monde vient d'en trouver un autre », ainsi qu'en prenait acte Montaigne, presque un siècle après : le *Nouveau* Monde[36]. Depuis les premiers récits de la Découverte, le seul face-à-face des Anciens et des Modernes n'est plus tenable. L'affaire se joue désormais à trois : les Anciens, les Modernes *et* les Sauvages.

Loin d'être évacués, les Anciens demeurent activement et même doublement présents. Comme Anciens, bien sûr, mais aussi comme ceux qui ont, les premiers, décrit des Sauvages et pensé la sauvagerie. Avec quel œil *voir* en effet les sauvages du Nouveau Monde, sinon en se faisant d'abord l'œil ancien, en les *reconnaissant* à travers le regard que les auteurs anciens avaient porté sur leurs propres sauvages ? En mobilisant le savoir que, d'Hérodote à Pline l'Ancien, ils avaient produit et compilé sur les Barbares et autres non-Grecs.

Quels ont été l'impact sur le moment, puis les effets à long terme de cette nouvelle donne ? De quels déplacements, difficultés, mais aussi recompositions, était-elle porteuse ? « Les Anciens et les Sauvages » peut relever du parallèle, figure bien établie, mais pourra aussi glisser plus tard vers le *comme* : les Anciens *comme* les Sauvages. Précisément, pas pour les ramener vers ou les assimiler à des Sauvages. Par cette opération intellectuelle s'indiquera, au contraire, la possibilité d'une approche faisant place à la comparaison, attentive aux ressemblances ainsi qu'aux différences et, plus encore, aux âges, positionnant les uns et les autres sur une échelle du temps, celui de l'évolution. Entre les Anciens et les Sauvages existait, malgré tout, une dissymétrie initiale. Alors que les premiers étaient là depuis longtemps déjà, vis-à-vis plus ou moins familiers, ou de nouveau familiers, les seconds venaient de faire irruption. Étaient-ils jeunes, récents, ou bien des enfants ? Ils bouleversaient, en tout cas, tous les repères, mettaient en branle la curiosité, excitaient des convoitises de toutes sortes, inquiétaient aussi.

Limitons-nous, pour l'heure, à repérer quelques-uns des rapports nouveaux qui viennent à se dessiner ou à s'esquisser entre les trois termes : entre les Anciens et les Sauvages, entre les Sauvages et les Modernes, mais aussi, pour finir, entre les Anciens et les Modernes. Pour les voyageurs, comment passer des textes qu'ils ont pratiqués aux faits, des livres des Anciens à l'observation de ce qui n'a encore jamais été décrit ? Comment voir ce qu'on n'a jamais vu, et de quelle façon le faire voir à des lecteurs ? Découvrir, n'est-ce pas d'abord avoir l'audace de quitter l'Ancien Monde et le monde des Anciens ? C'est bien cette capacité à oser aller au-delà, à franchir (en ayant en vue de revenir) les colonnes d'Hercule, dont Francis Bacon a encore fait le frontispice de son *Instauratio magna*, qui devient et demeurera longtemps le signe et le *motto* de l'esprit moderne [37].

Avant toutefois de pouvoir faire cet usage de la découverte, il y eut les premiers voyageurs, qui, eux, étaient encore dans l'ignorance de ce qu'ils allaient rencontrer au-delà de l'horizon. Dans leurs récits, ils se montrèrent moins occupés à découvrir le Nouveau Monde, écrivait Lévi-Strauss, qu'à vérifier le passé de l'ancien. Oui, à ceci près que, l'œil étant l'organe de la tradition, découverte et vérification, au début du moins, allaient de pair. De fait, on discuta longuement sur la localisation exacte du paradis terrestre ; de fait, Christophe Colomb, au cours de son premier voyage, ne manqua pas de rencontrer des Sirènes, s'enquit des Amazones et précisa, dans une lettre, qu'il n'avait pas rencontré de monstres (fig. 2). Bref, le Nouveau Monde ne fut pas d'emblée appréhendé comme « nouveau », mais plutôt comme un mélange de fantastique et de familier. Et même il parut d'autant moins « nouveau » que Colomb, attentif lecteur de Marco Polo, pensait avoir atteint la Chine ou le Japon. Et bien qu'il fût à peu près certain que les Anciens n'avaient jamais directement vu ces espaces, on avait à disposition leurs recueils de *mirabilia*, commodes catalogues de faits extraordinaires où pouvaient puiser les voyageurs modernes pour mieux asseoir leur crédibilité. Stephen

Tritons, Néréides, Neptune entourent la caravelle
de Christophe Colomb, mais nulle Sirène ne se montre,
Johannes Galle, *Speculum diversarum speculativarum*,
Anvers, 1638.

Greenblatt a scruté l'émerveillement intense qui a saisi l'Europe dans le siècle suivant le voyage de Colomb[38].

Consultons *Les Singularités de la France antarctique* d'André Thévet, parues en 1557[39]. Père de l'Oratoire, rapide voyageur au Brésil et bientôt cosmographe du roi, il ouvre la série des récits de voyage vers le Brésil. On ne peut qu'être frappé par la fréquence des allusions et références antiques. Comment, par exemple, se battent ces « Sauvages » du Brésil ? En un corps à corps violent et confus, mais aussi bruyant. Fort bien. Puis, à cette « description » succède tout aussitôt un rapprochement antique : ils semblent « observer l'ancienne manière de guerroyer des Romains » qui, eux aussi, poussaient des cris épouvantables. Sur sa lancée, l'auteur ajoute alors que les Gaulois en faisaient autant, si l'on suit Tite-Live, mais que les Achéens, selon Homère, ne faisaient, eux, « aucun bruit et se retenaient totalement de parler », avant de lancer l'assaut[40]. La stratégie est claire : par touches successives s'opère la « domestication » des Sauvages, que l'on vient inscrire dans un réseau de références commodes et assez bien connues. Thévet est un exemple d'autant plus convaincant de cette manière de procéder que l'on sait que les *Singularités* sont le produit d'un travail à plusieurs mains. Thévet a, en effet, eu recours aux services d'un nègre, en la personne de Mathurin Héret, bachelier en médecine et traducteur d'auteurs anciens[41]. On peut donc estimer que la « main antique » est celle de Héret, qui vint opérer ce travail de suture entre le nouveau et l'ancien.

Le recours aux Anciens fournit, dans un premier temps, des points de repère dans et pour une géographie des confins qui vont se désenchanter. D'où la mobilisation des Sirènes, des Amazones, et les notations sur la présence ou l'absence de monstres. Mais, assez rapidement, on va quitter les marges du monde des Anciens, ses périphéries sauvages, pour le centre, passant des *mirabilia* aux *nomoi* de la cité. Ainsi, les pratiques guerrières ou funéraires des Sauvages ne sont pas ou plus à mettre en rapport avec celles des seuls Scythes, fameux depuis Hérodote et sauvages de renom, mais tout aussi bien avec celles des Spartiates ou des Romains[42]. Que ce soit pour marquer des ressemblances ou des écarts, on s'autorise le parallèle. À procéder ainsi on contribue insensiblement à construire l'idée importante et nouvelle qu'il peut y avoir une analogie entre l'éloignement dans l'espace et celui dans le temps. Car « voir » les Sauvages, les décrire en mobilisant des références antiques, conduit, sans même qu'on s'en rende compte, à une mise à distance des Anciens. On appréciera, presque physiquement, la distance qui nous en sépare, et pourra s'ouvrir le chemin de la différence moderne des temps. Entre les Anciens et nous, il finira par y avoir un océan !

Le récit de Thévet est celui d'un cosmographe pressé (notamment de faire carrière). Mais à la question : « Qui sont les Sauvages ? » s'attachaient, on le sait, des enjeux théologiques, philosophiques et politiques essentiels. Et singulièrement celui-ci : qu'est-ce qui légitime le *dominium* de la couronne espagnole sur les Indiens d'Amérique ? Dans l'élaboration des réponses, les théologiens de l'école de Salamanque vont jouer un rôle de premier plan[43]. Si bien que penser l'Indien a d'abord été l'œuvre d'intellectuels, d'universitaires, de théologiens, mobilisant leurs catégories, leurs références, leurs *corpus*, mais sans avoir jamais vu un Indien de leurs propres yeux. Sans doute, Bartolomé de Las Casas, José de Acosta ou, plus tard, Joseph-François Lafitau se réclameront-ils, à juste titre, d'une expérience directe des Indiens, mais il n'empêche qu'en leurs articulations essentielles leur langage et leurs catégories ont été forgés dans ce milieu de théologiens.

Anthony Pagden a bien montré toute l'importance dans ces débats de la référence à Aristote, qui est certes loin d'être un nouveau venu, puisque, à travers saint Thomas d'Aquin, il représente une des autorités majeures du Moyen Âge. C'est en effet la théorie de l'esclavage par nature, telle qu'elle est exposée dans la *Politique*, qui va fournir un premier cadre pour penser et classer l'Indien. On la trouve très clairement présentée, dès 1519, par un théologien écossais, John Mair[44]. La catégorisation aristotélicienne n'est évidemment pas traitée comme une description historique valant pour le IVe siècle avant J.-C., mais comme une proposition générale et généralisable. Les Indiens sont rapportés à la catégorie des esclaves par nature, auxquels il est donc légitime de donner des maîtres.

Le problème semblait résolu. Des objections, pourtant, ne tardèrent pas à s'élever. De fond d'abord. Quand une cause produit un effet qui, en langage aristotélicien, ne peut atteindre son *telos* (finalité), c'est qu'il y a un défaut dans la cause. Pour avoir créé des hommes sans la capacité suffisante de recevoir la foi et de se sauver eux-mêmes, il faudrait admettre un défaut de Dieu[45]. Ne pas risquer de tomber dans cette contradiction est donc impératif et urgent. Viennent aussi des objections de fait. Avec la multiplication des récits de voyage, on en sait plus sur les Indiens ; on a bientôt rencontré les grands empires du Mexique et du Pérou, où il était impossible de ne pas reconnaître de véritables organisations politiques. Montaigne n'hésitera pas à écrire que rien dans le monde des Anciens ne se pouvait comparer en utilité, difficulté ou noblesse au chemin qui se voit au Pérou, « dressé par les Roys du pays, depuis la ville de Quito jusques à celle de Cusco (il y a trois cens lieuës)[46] » ; enfin, des missionnaires n'ont pas manqué de s'élever contre une telle vision réductrice de l'Indien.

Il reviendra à l'école de Salamanque de produire, entre 1520 et 1530, une nouvelle catégorisation acceptable par la Couronne et ses agents, mais aussi par les théologiens et les missionnaires. À partir d'une exégèse du *jus naturae* de saint Thomas, on va passer, toujours au moyen d'Aristote, de la théorie de l'esclavage par nature à celle de l'enfance : les Indiens ont une nature d'enfant. Telle est la conclusion du *De Indis* de Francisco de Vitoria (1557). Les Indiens ne sont ni *irrationales* ni *amentes*, mais, ainsi que le démontrent leurs pratiques franchement monstrueuses (cannibalisme, sacrifices humains, sodomie, etc.) ou déviantes, ils ne sont pas toujours capables d'interpréter correctement le monde naturel. Ils sont des êtres rationnels qui, à certains moments, se conduisent comme s'ils ne l'étaient pas ou pas encore. Conclusion, toujours avec Aristote : leur rationalité n'est pas en acte, mais en puissance. Faisons un pas de plus : « Je crois, écrit Vitoria, que s'ils paraissent si insensés, cela provient, pour l'essentiel, de leur éducation pauvre et barbare [47]. » D'ailleurs, « même chez nous, nous pouvons voir beaucoup de paysans qui diffèrent peu des bêtes brutes ». L'Indien est donc assurément un homme, inférieur certes, mais, tout comme l'enfant, susceptible de progresser sur la voie de la raison et capable d'interpréter un jour correctement le droit naturel. C'est une affaire d'éducation, donc de temps, qui relève de notre responsabilité.

À nouveau, s'introduit le temps qui, certes, marque une distance entre les Sauvages et nous, mais qui les inscrit aussi dans un même horizon temporel, ouvert sur un futur où ils ont une place. Les enfants deviendront, dans un avenir, sans doute encore lointain, adultes. Et ces paysans qui diffèrent peu des bêtes brutes, où faut-il les placer ? La comparaison avec notre monde rural vient en effet parachever ce travail de disjonction-conjonction, en ensauvageant les paysans de chez nous. La coupure se relativise et se déplace. Grâce à la médiation d'Aristote, relu par Vitoria, on change de paradigme : l'Indien n'est plus un « homme naturel », un *outsider*, mais, même si c'est au plus bas, il fait pleinement partie de l'humanité. Le *dominium* est justifié, aussi longtemps que les Indiens sont des enfants, et seulement à condition qu'il s'exerce dans leur intérêt [48]. Il constitue un devoir, une responsabilité qui nous incombe (*accipere curam illorum*). En expliquant ce que signifiait être un enfant, Vitoria a ouvert sur le monde amérindien une perspective non pas évolutionniste, mais où il y a place pour une évolution. Introduire le Sauvage dans le couple des Anciens et des Modernes amène à rapprocher les Sauvages, en les identifiant, les localisant, les « domestiquant » par tous les jeux (de références, d'allusions, de citations) qui font passer des Anciens aux Sauvages. Mais, du même mouvement, on éloigne les Anciens, par l'analogie qui, peu à peu, s'installera entre éloignement dans l'espace et dans le temps. Si bien qu'entre Anciens et Modernes une distance, qui n'est pas seulement celle marquée par les siècles obscurs du Moyen Âge, s'instaure.

Mais nul n'en tire plus d'effets, entendus comme capacité d'interroger et de déstabiliser les partages établis, que Montaigne. Nous sommes en 1580. Pour s'approcher insensiblement du cannibalisme, qui représente le cœur scandaleux de la sauvagerie, il part des Anciens. Il commence par montrer que le terme « barbare », si généreusement employé par les Grecs, sert à désigner ce qui n'est pas soi : « Chacun appelle barbarie ce qui n'est pas de son usage [49]. » Il se débarrasse ensuite aisément du point de savoir si ce monde récemment découvert est réellement nouveau. Oui, car ni l'Atlantide de Platon ni la grande île du Pseudo-Aristote ne sont en accord avec « nos terres neufves [50] ». Il en arrive alors à la sauvagerie, qu'il aborde par le biais de la nature. Un fruit sauvage est un fruit naturel. Tout ce qui relève de la

domestication et de la culture est aussitôt marqué négativement comme artifice, abâtardissement, produit de notre
goût corrompu. Si bien que, si les nations indiennes sont
dites barbares, c'est en ce sens qu'elles sont « encore fort
voisines de leur naifveté originelle[51] ». Il est d'ailleurs
– nouveau retour aux Anciens – dommage que ni
Lycurgue ni Platon ne les aient connues. Comme ils
n'ont pu imaginer une naïveté si simple, il s'ensuit que la
législation de l'un et la république de l'autre sont bien
éloignées de cette perfection.

Vient alors la description du genre de vie des Sauvages, tout empreint de simplicité, d'amitié et de noblesse.
Montaigne cite même le premier couplet d'une chanson
amoureuse, qu'il juge « tout à fait anacréontique » ! Arrive
enfin la guerre, principale occupation des hommes, à côté
de la chasse, mais il n'est jamais question chez eux de
guerres de conquête. Ce qui domine, c'est la vaillance
– au combat, et après si, d'aventure, le guerrier est capturé.
C'est là que la mise à mort et la consommation des prisonniers ont leur place. La scène est décrite de façon neutre,
en mettant en valeur le courage des prisonniers jusqu'au
dernier instant. Et l'explication vient aussitôt : ce qui se
joue là n'est pas une affaire de nourriture, mais de vengeance. Par une telle pratique, on « représente une extrême
vengeance[52] ». Sans contester « l'horreur barbaresque »
de tels actes, Montaigne voudrait qu'on ne soit pas
aveugle à ce qui se pratique du côté des conquistadores et
même chez nous, « entre des voisins et concitoyens, et, qui
pis est, sous prétexte de piété et de religion ». L'autorité de
Chrysippe et de Zénon, les fondateurs du stoïcisme, est
même un instant convoquée pour témoigner qu'il n'y a
aucun mal à se servir de notre charogne, y compris pour se
nourrir en cas de besoin. Peut alors venir la conclusion,
non pas encore du chapitre, mais de ce qui concerne les
cannibales. On peut bien les appeler barbares, eu égard

aux règles de la raison, mais non pas « eu égard à nous qui les surpassons en toute sorte de barbarie[53] ».

Cette méditation sur barbare et barbarie prépare le trait final : « [...] mais quoy ils ne portent point de haut de chausses ! » Il ne s'agit plus du cannibalisme, mais de la nudité du Sauvage. Ancien parmi les Anciens, dont il a fait dans sa bibliothèque ses compagnons les plus proches, Montaigne les appelle et les sollicite à chaque pas, à chaque phrase ou presque de ses *Essais* : ils sont ses vis-à-vis quotidiens. Or, il est aussi celui qui a su produire entre les trois termes des circulations inédites. S'il se sert des Anciens pour aller vers les Sauvages, il en ressort non pas une « réduction » systématique du Sauvage, mais la reconnaissance d'une singularité, qui aurait été digne d'être connue des Anciens. Tandis que l'*alliance* des Anciens et des Sauvages produit une mise en question de nous, les Modernes ou les civilisés qui, se montrant experts en barbarie, se vantent de « mechaniques victoires », obtenues, non pas à la loyale, mais par la fourberie.

Avec le XVIIe siècle, ces configurations se transforment profondément. Le couple des Anciens et des Modernes vient occuper, un temps, le devant de la scène, à travers les querelles qu'il suscite, tandis que les Sauvages passent au second plan. C'est le triomphe du parallèle, mais aussi son chant du cygne[54]. Dans le rapport aux Anciens, Descartes fournit un repère parfaitement clair par la volonté de rupture qu'il indique. « C'est quasi le même – lit-on au début du *Discours de la Méthode* (1637) – de converser avec ceux des autres siècles, que de voyager. Il est bon de savoir quelque chose des mœurs des divers peuples afin de juger des nôtres plus sainement. [...] Mais lorsqu'on emploie trop de temps à voyager, on devient en fin étranger en son propre pays ; et lorsqu'on est trop curieux des choses qui se pratiquaient aux siècles passés, on demeure ordinairement fort ignorant de celles qui se pratiquent en celui-ci[55]. » Voyager à l'étranger tout comme lire les anciens livres sont de fort bonnes choses, à condition de ne pas durer. Devenue une évidence, l'équivalence entre voyager dans l'espace et dans le temps est plus traitée par Descartes sur le mode de la clôture que sur celui de l'ouverture. De même, sa fameuse déclaration : « Un honnête homme n'est pas plus obligé de savoir le grec ou le latin, que le suisse ou le bas breton, ni l'histoire de l'Empire que celle du moindre État qui soit en Europe[56] », montre bien qu'il écarte les Anciens, les Sauvages ou les autres, au principal profit des Modernes et du présent. Le grec ne vaut ni plus ni moins que le bas breton ! Qu'en pensent aujourd'hui les défenseurs des langues régionales ? Il faut, en revanche, veiller à ne pas devenir « étranger » en son propre pays. L'histoire est une digression, qui risque de devenir proprement « divertissement », si elle vous détourne du présent. Si l'honnête homme doit avoir des clartés sur tout, il n'a nul besoin de s'embarrasser de tout un fatras de connaissances inutiles, décrié comme érudition. Telle serait la version cartésienne (ou moderne) du « Adieu sauvages ! adieu voyages ! » de Lévi-Strauss.

Le Sauvage revient dans l'actualité au XVIIIᵉ siècle, avec les grands voyages de circumnavigation, les explorations des continents – Bougainville, Cook et tant d'autres – et les nombreux récits de voyage anciens et nouveaux publiés alors. Et les philosophes qui s'interrogent sur la nature de l'homme, l'homme originel, l'homme sauvage, l'état de nature[57]. Rousseau dirait bien plutôt : « Bonjour voyages, bonjour sauvages ! » Il l'a d'ailleurs écrit dans le *Discours sur l'origine de l'inégalité*, où il déplore que « nous ne connoissons d'hommes que les seuls Européens », bien que « depuis trois ou quatre cents ans les habitans de l'Europe inondent les autres parties du monde et publient sans cesse de nouveaux recueils de voyages et de relations[58] ». Aussi voudrait-il de vrais voyageurs (des philosophes), observant, décrivant, animés par le souci d'instruire leurs contemporains. Pour lui, soucieux de démêler par le raisonnement « ce qu'il y a d'artificiel » et « ce qu'il y a de naturel » dans la nature actuelle de l'homme, les peuples sauvages ne coïncident pas avec le Sauvage ou l'homme sauvage, celui de l'état de nature, même s'ils en ont conservé quelques traits : moins endurants que le premier, ils le sont plus que les Européens. Ils ont su tenir un « juste milieu entre l'indolence de l'état primitif et la pétulante activité de notre amour propre ». Cet état est « la véritable jeunesse du monde[59] ».

La lecture du *Discours*, publié en 1755, mit, on le sait, Voltaire en fureur. Les annotations qu'il a portées dans les marges de son exemplaire en font foi. Ainsi, l'idée d'un « juste milieu » tenu par les peuples sauvages n'est pour lui qu'une « chimère » ; celle que, dans l'état primitif, n'existaient ni « cabanes » ni aucune propriété lui paraît une « ridicule supposition ». Sur la question de la propriété comme origine de la société civile et de l'inégalité, Voltaire ne manque pas de revenir plus d'une fois à la charge. Dans l'« Introduction » à l'*Essai sur les mœurs*, il consacre quelques pages aux Sauvages. D'abord publié séparément, sous le titre *Philosophie de l'histoire*, ce texte a été ajouté à l'*Essai* en 1755. Voltaire y soutient que l'homme a toujours vécu en société et que nous n'étions pas faits « pour vivre comme des ours ». Il insiste fortement sur la continuité entre nature et société, ne croyant pas que « cette vie solitaire attribuée à nos pères soit dans la nature humaine[60] ».

S'étant ainsi débarrassé, pense-t-il, de l'état de nature de Rousseau, les Sauvages ne lui sont guère plus qu'un prétexte pour faire rejouer l'opposition entre les Sauvages et les Modernes, ou les civilisés. « Ceux qu'il nous a plu d'appeler sauvages », les peuples du Canada et les Cafres, en particulier, sont « infiniment supérieurs » à nos sauvages, ces « rustres », vivant une vie d'abrutissement et d'exploitation « dans des cabanes avec leurs femelles et quelques animaux ». Et, pour faire bonne mesure, les Anciens sont même appelés à la rescousse. Ainsi des Spartiates, pour caractériser les Canadiens face aux « rustres » de nos villages et aux « sybarites » de nos villes. Et Plutarque, pour la réponse digne de ses « grands hommes » qu'aurait faite un chef canadien à qui on demandait de céder son patrimoine : « Nous sommes nés sur cette terre, nos pères y sont ensevelis ; dirons-nous aux ossements de nos pères : levez-vous, et venez avec nous dans une terre étrangère[61] ? »

Chapitre 2

La dernière Querelle :
Révolution et illusion

Passons maintenant à cette grande ou dernière Querelle. Comment le couple des Anciens et des Modernes traverse-t-il la Révolution française ? Que devient alors le parallèle ? « Notre Révolution a été produite en partie par des gens de lettres qui, plus habitants de Rome et d'Athènes que de leur pays, ont cherché à ramener dans l'Europe les mœurs antiques[1]. » Ainsi s'exprime, en 1797, le tout jeune Chateaubriand alors émigré à Londres, dans son *Essai historique sur les révolutions*, où lui-même se livre à une débauche de parallèles entre les révolutions antiques et modernes, ou à des rapprochements parfois cocasses entre des lieux, des événements et des protagonistes. « Un chaos, jugera-t-il dans la préface ajoutée en 1826, où se rencontrent les jacobins et les Spartiates, la *Marseillaise* et les chants de Tyrtée… » Conformément au sens encore habituel du mot, la Révolution y est présentée comme un retour[2]. Le projet était bien de faire revenir les Anciens, avant tout les Spartiates. Lycurgue était « indubitablement » le modèle des jacobins. La « fatale copie » présente cependant deux différences importantes : les imitateurs ont été plus radicaux que le maître qui, « laissant à ses compatriotes [les Spartiates] leurs dieux, leurs rois et leurs assemblées du peuple, n'égorgea point les citoyens pour les convaincre de l'efficacité des lois nouvelles ». Au principe de leur action il y avait un postulat complètement inconnu de l'Antiquité : celui de la perfectibilité, le « fameux système de perfection[3] ». Voilà qui devrait empêcher de prendre l'affirmation précédente sur le retour au pied de la lettre ! D'ailleurs Chateaubriand, qui reviendra plus tard sur la question de la perfection, changera de position.

En attendant, si l'on chante alors la vertu des Anciens, on célèbre la liberté romaine et l'égalité spartiate. On préfère Lycurgue à Solon, l'*eunomia* spartiate à l'*anarchie* athénienne. Très isolé parmi les révolutionnaires, Camille Desmoulins opte résolument, au moment où il publie *Le Vieux Cordelier*, pour la démocratie athénienne, car elle seule connut « la liberté de la presse[4] ». De cette interprétation de la Révolution comme retour (malheureux) aux Anciens, le jeune vicomte n'a ni la primeur ni l'exclusive. Davantage même, la critique de ce rapport à l'Antiquité avait été formulée dès avant le début des événements révolutionnaires. Il suffit d'évoquer les polémiques déjà suscitées autour de Sparte, dans la seconde moitié du XVIIIe siècle, et les reproches (ou éloges empoisonnés) adressés, tant à Mably qu'à Rousseau. « Que ne donneraient-ils pas [mes adversaires] pour que cette fatale Sparte n'eût jamais existé », eux dont « l'embarras est visible toutes les fois qu'il faut parler de Sparte », notait déjà ce dernier dans sa réponse aux objections soulevées par le *Discours sur les sciences et les arts*[5].

Quant à « l'illustre Mably », lecteur admiratif de Platon, on sait que, pour lui, « Lacédémone, en sortant des mains de Lycurgue, eut un gouvernement tel que le désire Platon[6] ». Tous les bonheurs en même temps ! Dans les *Entretiens de Phocion*, conçus sur le modèle des dialogues platoniciens, Sparte apparaît en effet comme cette réalisation anticipée et durable de la République parfaite de Platon. La critique, qui n'a pas épargné l'abbé de son vivant, viendra malignement se loger jusque dans son éloge funèbre, composé par Pierre-Charles Lévesque, qui entrera à l'Académie des Inscriptions en 1789, mais qui, jusqu'alors, s'était fait connaître par une *Histoire de Russie*. Son rapport à Sparte y est présenté comme l'« illusion dont son cœur avait besoin », donc comme une « erreur », bien que « respectable[7] ». Mais nous ne sommes encore qu'en 1787.

C'est autour de Thermidor[8], puis dans la première moitié du XIXe siècle, que le thème de l'illusion, repris, amplifié, systématisé, vulgarisé, deviendra un *topos*, autour duquel convergeront critique de « gauche » (émanant, notamment, du milieu des Idéologues et des libéraux) et critique de « droite » (contre-révolutionnaire, puis traditionaliste) : « c'est la faute à Rousseau », c'est-à-dire à Rousseau enthousiaste lecteur de Plutarque, et à Mably, lecteur combien naïf de Platon[9]. Sans doute l'illusion, peut-être généreuse au départ ou foncièrement impie, ne sera-t-elle pas perçue exactement de la même façon par les uns ou par les autres. En tout cas, encore en 1864, Fustel de Coulanges estimera utile d'ouvrir sa *Cité antique* en repartant de l'illusion révolutionnaire et de ses méfaits. Ce, pour marquer d'autant mieux la distance qui nous sépare et qui aurait dû, de fait, nous séparer des Anciens[10]. Que l'on songe aussi à Taine dénonçant les méfaits de la culture classique, quand, après 1870, il s'engagera dans la longue recherche des *Origines de la France contemporaine*.

Mais, dès 1795, Volney, « l'idéologue Volney[11] », avait accusé le système d'éducation qui prévalait en Europe depuis plus d'un siècle : « Ce sont ces livres classiques si vantés, ces poètes, ces orateurs, ces historiens, qui, mis sans discernement aux mains de la jeunesse, l'ont imbue de leurs principes ou de leurs sentiments. Ce sont eux qui, lui offrant pour modèles certains hommes, certaines actions, l'ont enflammée du désir si naturel de l'imitation ; qui l'ont habituée sous la férule collégiale à se passionner pour des vertus et des beautés réelles ou supposées, mais qui étant également au-dessus de sa conception, n'ont servi qu'à l'affecter du sentiment aveugle appelé *enthousiasme*[12].» Par la suite, les deux analyses les plus élaborées de ce rapport illusoire à l'Antiquité, ou plutôt de ses effets, seront produites d'abord par Benjamin Constant puis par Karl Marx, qui repartira de ce cas pour réfléchir sur les usages du passé dans les crises du présent, esquisser le concept d'idéologie et appeler, finalement, à faire du passé table rase. Bien entendu, la notion d'illusion a déjà une longue carrière derrière elle. Peut-être faudrait-il faire remonter son entrée en lice à Copernic et Galilée : à ce moment où il fallut admettre que les « levers » et les « couchers » du soleil n'étaient que des métaphores, reliant ainsi illusion des sens et fonctionnement du langage ? Non seulement ce que l'on voit n'est qu'une infime partie de ce que l'on pourrait voir, mais ce n'est pas obligatoirement ce qui est.

Une scène politique

Simple pourvoyeuse d'*exempla* pour d'anciens élèves qui, ayant fréquenté les mêmes collèges des Pères, avaient tous lu – au moins en traduction – Tite-Live et Plutarque, référence commune voire à la mode pour s'entretenir facilement du présent, rhétorique scolaire immédiatement mobilisable par qui a été formé à la langue de Cicéron, l'Antiquité n'a-t-elle été que cela pour les hommes de la Révolution : un espace partagé de lieux communs, dans un siècle qui s'était lui-même progressivement entouré de tout un décor antique[13] ? Ou, à ces nouveaux acteurs faisant irruption sur la scène politique, a-t-elle offert davantage ? Et d'abord des modèles d'action héroïque (et politique) : du Plutarque en acte[14] ? « Tout un peuple s'est écrié par des millions de voix : "Être libre ou mourir" », relèvera Edgar Quinet, avant d'ajouter aussitôt : « Pourquoi des hommes qui ont su si admirablement mourir n'ont-ils pu ni su être libres [15] ? » Que l'on pense aussi aux innombrables évocations, allusions et variations sur la mort de Socrate, Sénèque ou Caton ou, en 1795 encore, à la suite de la journée du 1er Prairial, au suicide de ceux surnommés alors les « derniers des Romains » : les conventionnels Soubrany, Bougon et Romme.

Pourtant, l'idée même de modèle n'a-t-elle pas été explicitement rejetée par Saint-Just, qui est un des principaux accusés dans la polémique surgie autour de l'imitation des Anciens et de ses méfaits, lui que tenta, à plusieurs reprises, l'identification avec Brutus ? « N'en doutez pas, annonce-t-il, tout ce qui existe autour de nous est injuste ; la victoire et la liberté couvriront le monde. Ne méprisez rien, mais *n'imitez rien* de ce qui est passé avant vous ; l'héroïsme n'a point de modèles. C'est ainsi, je le répète, que vous fonderez un puissant empire, avec l'audace du génie et la puissance de la justice et de la vérité [16]. » Un monde finit, un autre commence. Saint-Just retrouve et reprend le discours de la Révolution sur elle-même dans son désir de se penser et de se poser comme commencement absolu et rupture instauratrice. Pour d'autant mieux contredire le fait, Tocqueville sut en donner la formulation la plus tranchante. « Les Français ont fait en 1789 le plus grand effort auquel se soit jamais livré aucun peuple, afin de couper pour ainsi dire en deux leur destinée et de séparer par un abîme ce qu'ils avaient été jusque-là de ce qu'ils voulaient être désormais [17]. »

Quels peuvent dès lors être le sens et la portée de la référence aux Anciens : évoquer sans cesse les modèles illustres, Lycurgue et Sparte, Brutus ou Caton, se battre par citations de Tacite interposées tout en récusant fondamentalement l'idée et la pratique de l'imitation ? Et pourquoi, justement, ce passé-là ? Alors que la Querelle des Anciens et des Modernes avait tranché, depuis plus d'un siècle, en faveur des Modernes et que le XVIIIᵉ siècle n'avait pas manqué de bons esprits, de Voltaire à Condorcet en passant par les physiocrates, pour inventorier tout ce qui séparait désormais les États modernes des petites républiques anciennes, et inviter à devenir résolument modernes [18]. Par-delà la culture commune (aussi bien d'ailleurs aux admirateurs qu'aux détracteurs des Anciens), on retrouve le rôle essentiel de Mably et de Rousseau. Passés au filtre de leurs œuvres, les Anciens jouent un rôle et occupent une place dans les argumentaires des deux philosophes. Et c'est là que leurs lecteurs vont les trouver ou les retrouver, avant d'en faire usage à leur tour.

Tel cet avocat au parlement de Bordeaux, Guillaume-Joseph Saige, que l'historien Keith Baker voit comme un « républicain classique ». S'il appartenait à une famille de marchands ayant pignon sur rue, il ne fit guère carrière. Avant de lancer en 1775 un *Catéchisme du citoyen*, pamphlet anonyme dont le parlement de Bordeaux ordonna la destruction, il avait déjà publié, en 1770, un *Caton ou Entretien sur les libertés et les vertus politiques*. Alors que la République se meurt, trois philosophes – Caton, Cicéron, Favonius (le narrateur) – s'entretiennent du rapport existant entre libertés publiques et vertus civiques d'une part, despotisme et luxe d'autre part. Un tel dialogue, tout plein de Rousseau (celui du *Second discours*) et de Mably (jusque dans le choix du titre), ne peut manquer de faire, à son tour, l'éloge de Lycurgue et de la Constitution de Sparte. Elle est présentée comme « le chef-d'œuvre de l'esprit humain et la limite de la perfection politique », que tout législateur moderne devrait s'efforcer d'approcher au plus près. Alors que les institutions modernes ne sont qu'un agrégat d'intérêts discordants, il faudrait retrouver la simplicité qui avait fait, avec Lycurgue, la force et la durée du corps social [19]. En cette période prérévolutionnaire, le recours à l'Antiquité et la mise en scène et en mots du républicanisme antique fournissent une des voies d'attaque contre l'autorité monarchique. Selon la formule de Baker, le langage du républicanisme classique permettait à Saige une redécouverte et une réappropriation du politique comme tel [20]. Il lui fournissait un cadre conceptuel (si l'on revient à Rousseau) pour se représenter, au sens propre, le passage de ce que « les hommes ont été à ce qu'ils peuvent être [21] ».

On saisit là un premier usage possible des Anciens dans cette période : aider à construire une scène politique pour concevoir un espace politique (qui n'existe pas, devrait exister, mais a existé). La Révolution va très vite avoir un effet de radicalisation jusqu'à produire ce qui, dans le discours de Saint-Just, paraît le paradoxe de l'imitation. Comment concilier l'appel aux héros de l'Antiquité, le portrait du républicain moderne en républicain antique et le refus de l'imitation – « n'imitez rien » –, au nom de l'absolue nouveauté proclamée de l'entreprise révolutionnaire ? Mais il n'y a au fond nulle contradiction entre les deux propositions : l'imitation ne s'oppose pas à la nouveauté ; c'est au contraire parce que la Révolution se veut commencement qu'elle peut se tourner vers une Antiquité, elle-même conçue, tout particulièrement à travers l'omniprésente figure du législateur, comme surgissement originaire et moment où il n'y avait, pour ainsi dire, nul écart entre l'institué et l'instituant [22]. L'Antiquité « n'est pas du tout un moment de l'histoire humaine comparable à d'autres moments. Elle a un privilège absolu, car elle est pensée comme commencement absolu. C'est une figure de rupture et non de continuité [23] ».

Rupture, oui, surgissement aussi, mais, de plus, l'Antiquité ainsi perçue, voire vécue, fondamentalement, rassure. Car le législateur se dresse comme ce démiurge qui, tout à la fois, exprime et domestique, traduit et maîtrise ce surgissement, en modelant la cité à

l'image de sa nouvelle Constitution. Avec lui, la rupture
est consommée : elle est immédiatement incorporée,
instituée, institutionnalisée. Grâce à Lycurgue, Sparte
passe presque sans transition d'un désordre pré-
politique (*kakonomia*) au bon ordre de la vertu civique
et de la loi, à une *eunomia* presque définitive ; Machiavel
la voyait durer près de huit cents ans. Pour une large
part, en effet, la fascination qu'a exercée Sparte, depuis
l'Antiquité déjà, provient de ce qu'elle est réputée avoir
su conjurer le changement, en empêchant, grâce à sa
bonne Constitution, que ne se creuse la distance entre
institué et instituant. La « décadence », nous le savons
depuis Xénophon au moins, a commencé avec l'« oubli »
de Lycurgue.

La figure (paternelle) du législateur (sage, génial ou
divin) confirme que l'Antiquité des révolutionnaires
n'est guère historique et que leur rapport avec elle n'est
en rien historien. Même si Hérault de Séchelles, apparemment soucieux de disposer des documents originaux,
voulait qu'on lui procurât « sur-le-champ » le texte des
lois de Minos pour rédiger un texte constitutionnel ! De
toute manière, bien plus que d'histoire, il s'agissait de
jurisprudence et de la recherche d'un précédent. Ils
n'entendent pas se faire antiquaires ni généalogistes, en
renouant le fil d'une tradition interrompue par tous les
siècles obscurs sur lesquels s'est étendu le despotisme de
l'Église et des rois, moins encore faire de l'histoire, au
sens moderne, c'est-à-dire produire au terme d'une
enquête une différenciation entre un passé et un présent[24]. Tout au contraire, ils cherchent à faire venir le
« passé » dans le présent, à le convoquer ou à l'invoquer
dans l'immédiateté du présent, dans l'urgence et dans
l'angoisse aussi. Leur démarche, qui est bien plutôt pré-
historique ou an-historique, a pour premier opérateur
l'analogie, où Nietzsche reconnaîtra le ressort principal
de l'« histoire monumentale ». C'est là sa force – « Si la

grandeur passée a été possible au moins une fois, elle sera encore possible à l'avenir » – mais aussi son défaut. Rapprochant ce qui ne se ressemble pas, posant « comme monumentaux, c'est-à-dire exemplaires et dignes d'être imités, les effets au détriment des causes, elle nous trompe au moyen d'un jeu d'analogies [25] ». En cela, elle « fait tort » au passé.

Quel est au total le statut de la référence aux Anciens quand elle est brandie par les révolutionnaires ? Relevant de l'histoire monumentale, fondamentalement analogique, elle obéit de surcroît à une logique du quiproquo. Court-circuitant le temps, elle fait littéralement venir le « passé » dans le présent, l'introduit dans la place, sinon à la place du présent. Ils y gagnent de pouvoir « se reconnaître », par exemple en Lycurgue, et de trouver des mots pour dire l'inédit de leur propre action ou, du moins, le croire. Elle est aussi quiproquo, au sens ordinaire de malentendu, puisque ça ne colle ni pour le passé ni pour le présent (les analogies « font tort » à l'un et à l'autre), mais un malentendu producteur d'effets : une vision du monde des Anciens (que l'on peut partager ou qu'il faut, au contraire, combattre et récuser) et une manière d'appréhender, donc de dire et de faire le présent.

Or, pour leurs adversaires, le quiproquo sera vu, démonté et dénoncé comme une pure et simple illusion. On ne tarde pas à reprocher à ces hommes, qui pourtant croyaient résolument au progrès en paroles comme en actions, d'avoir ignoré par aveuglement la marche de l'histoire et confondu les étapes de l'esprit humain, qui rendent l'expérience antique incommensurable avec les situations et les exigences modernes. Cette critique est aussi indiscutable que peu pertinente, dans la mesure où toute leur démarche, pour permettre le pont analogique et les jeux de l'identification, postule, à certains moments, ce court-circuit temporel et l'expérience de la contradiction. Il y a là deux univers intellectuels, deux démarches, deux rapports au monde et au passé complètement différents, qui se heurtent, avec chacun sa logique propre : tous deux sont politiques, mais l'un est pré- ou an-historique, alors que l'autre trouvera son accomplissement dans l'historicisme.

Une nouvelle Sparte

De façon plus large encore, à travers ce cas de l'usage des Anciens par la Révolution, s'est trouvée posée la question, sans cesse reprise depuis et jamais réglée, de l'articulation du passé avec le présent, d'abord du point de vue de l'action : de l'usage du passé dans l'action. Quelle place faire au passé ou comment s'en débarrasser ? Est-il modèle et leçon, ou « cauchemar » et « fardeau », recours, ressource ou entrave ?

Quels sont les arguments de ceux qui, avant et pendant la Révolution, ont critiqué, écarté la référence aux Anciens, ses usages ou, plutôt, ses mésusages ? Car leurs réflexions ont foncièrement un tour polémique. S'organisant contre ceux qui seront très vite accusés d'avoir voulu faire de la France une nouvelle Sparte, elles vont elles-mêmes largement contribuer à accréditer l'idée d'une imitation, ayant culminé dans l'épisode montagnard (à travers les discours de Robespierre, les théories républicaines de Saint-Just, les projets éducatifs de Le Peletier, la dramaturgie des fêtes révolutionnaires) et dont la Terreur représenterait la vérité : tout à la fois son ultime accomplissement et l'expression (inévitable) de son échec. Ce discours critique semble donc prendre au pied de la lettre l'appel aux Anciens et ne l'entendre qu'au premier degré. Quand ils apparaissent dans les discours de tel ou tel, on fait comme s'il s'était bien agi de « régénérer » la France, en faisant effectivement revivre les anciennes républiques. S'introduit du même coup la problématique de l'illusion, d'une double illusion plutôt : sur le présent et sur le passé. Ces révolutionnaires se sont doublement mépris, sur la réalité présente de la France et sur la réalité passée des républiques classiques. Ce double aveuglement ne pouvait conduire qu'à l'échec de l'action. Ils n'avaient pas de mots pour dire leur action et ceux qu'ils mobilisèrent étaient par trop inadéquats : les analogies qu'ils déployèrent, trop forcées, et les quiproquos, trop flagrants.

Dans l'élaboration de ce discours critique qui, une fois encore, ne naît pas en 1794 ni même en 1789, Thermidor représente un moment, les Idéologues le milieu dans lequel les arguments vont se mettre en forme, et la conférence de Benjamin Constant « De la liberté des Anciens comparée à celle des Modernes », prononcée en 1819, sa formulation la plus achevée. Même si cette problématique a traversé le XVIIIᵉ siècle. À côté des pages nombreuses à la gloire des républiques antiques, et de Sparte tout particulièrement – qu'il s'agisse de Mably, ou du chevalier de Jaucourt dans ses articles de l'*Encyclopédie* [26] –, s'est développé, au cours du XVIIIᵉ siècle, un courant critique, voire franchement opposé au modèle laconien. Luciano Guerci a montré comment il s'est renforcé après 1770, et comment le recul de Sparte s'est accompagné, dans un mouvement pendulaire, de la montée d'Athènes, cité commerçante, mais jusqu'alors toujours condamnée à cause de son régime proprement « anarchique ». Là aussi, la polémique est allée bon train. Concentrant leurs attaques sur Sparte, les physiocrates ont dénoncé le monstrueux esclavage des hilotes. Dans leur offensive, les Modernes ont mis en garde contre une admiration trop peu critique de l'Antiquité. Les Spartiates ne sont que des moines-soldats, Sparte, un vaste cloître, et Athènes, la proie du « despotisme démocratique ».

Condorcet, qui a beaucoup écrit sur les Grecs, s'est toujours montré critique à l'endroit de leurs républiques.

Déjà en 1774, il s'en prenait, dans un mémoire inédit sur l'éducation, à Lycurgue qui n'avait songé qu'à « faire d'excellents soldats, peu lui importait que les Lacédémoniens fussent braves et qu'ils demeurassent libres[27] ». Avec cette conséquence importante : l'Antiquité n'est plus actuelle et les Anciens ne peuvent plus servir de modèle. On a plus à apprendre en se tournant vers l'Angleterre ou bientôt, mieux encore, vers l'Amérique. En 1786, Condorcet publie *De l'influence de la Révolution d'Amérique sur l'Europe*. De cette dernière surgit, en premier lieu, l'exemple des droits de l'homme : « exposition simple et sublime de ces droits si sacrés et si longtemps oubliés[28] ».

Sur proposition de Daunou, la Convention décrète, en avril 1795, l'achat et la distribution de trois mille exemplaires de l'*Esquisse d'un tableau historique des progrès de l'esprit humain*, rédigé pendant les mois où, proscrit, Condorcet se cachait[29]. Où la Grèce trouve-t-elle place dans cette vaste fresque divisée en dix époques ? Elle occupe la quatrième époque. Après avoir parlé de la science, de la philosophie, de l'esprit grec, de la mort de Socrate (premier crime dans la guerre entre la philosophie et la superstition), Condorcet ajoute qu'on aurait peine à trouver, « dans les républiques modernes et même dans les plans tracés par les philosophes, une institution dont les républiques grecques n'aient offert le modèle ou donné l'exemple ». Modèle ? Exemple ? Il évoque alors les différentes ligues avec leurs « constitutions fédératives », l'établissement d'un « droit des gens, moins barbare », et de « règles de commerce plus libérales ».

Mais « presque toutes les institutions des Grecs, ajoute-t-il aussitôt, supposent l'existence de l'esclavage, et la possibilité de réunir, dans une place publique, l'universalité de citoyens, et pour bien apprécier leurs effets, surtout pour prévoir ceux qu'elles produiraient dans les grandes nations modernes, il ne faut pas perdre un instant

de vue ces deux différences si importantes [30] ». Non
seulement rétablie, la distance l'emporte sur toute proximité possible. Il est donc vain, sinon dangereux, de se
tourner vers les anciens législateurs pour emprunter telle
institution ou tel mécanisme constitutionnel, dès lors que
les présupposés sont tout autres. Une « grande nation
moderne » ne peut ni se fonder sur l'esclavage ni s'en
remettre à la participation de tous aux affaires : il faut un
régime représentatif. Par sa brève remarque sur l'impos-
sibilité de réunir sur une même place l'ensemble des
citoyens, Condorcet retrouve la question de la représentation (qui est si difficile à appréhender pour les hommes
de la Révolution) et marque, sans s'y arrêter, ce qui va
devenir le principal point d'écart, de rupture plutôt, entre
les républiques antiques et une république moderne :
entre la liberté des Anciens et celle des Modernes.

En 1792, dans son *Rapport sur l'Instruction publique*,
il avait déjà pointé cet écart par le biais d'une interrogation
sur l'éloquence. Les anciens orateurs peuvent-ils encore
être des modèles d'éloquence ? Non, car les conditions ont
radicalement changé. Alors que Démosthène parlait aux
« Athéniens assemblés », aujourd'hui on ne s'adresse plus
au peuple directement, mais à ses représentants. « Si une
éloquence entraînante, passionnée, séductrice, peut éga-
rer quelquefois les assemblées populaires, ceux qu'elle
trompe n'ont à se prononcer que sur leurs propres intérêts ;
leurs fautes ne retombent que sur eux-mêmes. Mais des
représentants du peuple, qui, séduits par un orateur, céde-
raient à une autre force qu'à celle de leur raison, trahiraient
leur devoir, puisqu'ils se prononcent sur les intérêts
d'autrui, et perdraient bientôt la confiance publique, sur
laquelle toute constitution représentative est appuyée [31]. »
Nécessaire chez les Anciens, cette éloquence serait aujour-
d'hui « le germe d'une corruption destructrice ». En outre,
la rapide circulation de l'imprimé retentit sur l'exercice
oral de la parole et donc sur la rhétorique qui doit l'organi-

ser. Presque aussitôt imprimé, le discours va rencontrer ses
vrais destinataires : des lecteurs ou des « juges froids et
sévères ». Autre temps, autre éloquence, autre forme de
persuasion, et donc autre système d'éducation. Depuis
lors, la radio, la télévision, aujourd'hui Internet ont changé
tout cela.

Lévesque et Volney

Qu'écrivent au même moment ceux qui se livrent à
des études ? Comment voient-ils les républiques anciennes ? Tournons-nous vers deux hommes en charge
d'écrire l'histoire – ou de l'histoire. Pierre-Charles
Lévesque est titulaire, depuis 1791, de la chaire d'histoire
et de philosophie morale du Collège de France[32]. Dans
ses cours comme dans les copieux mémoires lus avec
grande assiduité devant le nouvel Institut, Lévesque
concentre ses travaux sur les Grecs et les Romains.

Né en 1736, il commence par apprendre la gravure,
poursuit des études classiques, se lie avec Diderot, grâce
à qui il enseigne pendant sept ans à l'École des cadets
nobles de Saint-Pétersbourg. Il en rapporte son *Histoire
de Russie* (1781). Dans *L'Homme moral*, publié en 1775,
il avait soutenu que c'est « vice et folie » de prétendre
changer la forme d'un gouvernement. Il était et demeura
attaché aux Bourbons. En 1788, paraît son étude, *La
France sous les cinq premiers Valois*, qui lui vaut d'entrer
l'année suivante à l'Académie des Inscriptions et Belles
Lettres. Dans son introduction, évoquant les temps de la
pure féodalité, il décrit une France couverte de fiefs, où
« tout ce qui n'était pas noble gémissait dans le plus dur
esclavage ». Comme la plupart de ses confrères, il se fait
discret après la suppression des académies, mais il reste
à Paris et ne cesse pas, semble-t-il, d'assurer ses cours au
Collège de France[33].

Or, en l'an II de la République, paraissent les *Apoph-thegmes des Lacédémoniens,* extraits de Plutarque traduits par Lévesque, dans la collection des « Moralistes anciens » de Didot, dont il fut le principal collaborateur. Avec cette double datation : l'an II de la République et 1794. D'où la question immédiate : avant ou après Thermidor ? Après, il n'y a que peu de semaines, tout juste sept, entre le 27 juillet 1794 et la fin de l'an II (21 septembre). Avant, il faut alors admettre que la censure n'a pas été au-delà de la première page. Ou qu'elle n'était pas ce que l'on pourrait croire. Le volume s'ouvre, en effet, par un bref « Avis » où l'on annonce la reprise, après une longue interruption, de la collection, puis on justifie le choix de ce texte. « On a cru devoir commencer par les Apophthegmes et les Instituts des Lacédémoniens [...] parce que ce petit recueil respire l'amour de la liberté joint au plus ardent courage. On y a joint les Pensées du même auteur sur la superstition, parce qu'il n'est pas moins utile d'anéantir la superstition qui dégrade l'âme que d'exciter au courage, qui l'élève au-dessus d'elle-même [34]. » Jusque-là, rien à redire pour un censeur, mais tout change avec les pages immédiatement suivantes consacrées à la « Constitution politique des Lacédémoniens ». Où l'on répond à la question : faut-il « confirmer tous les éloges qu'on a prodigués à leur constitution politique » ? Réponse : non, cent fois non. Parler même de lois spartiates est déjà un abus de langage. Puisque, refusant la loi écrite, Sparte n'a jamais connu qu'un « droit coutumier ».

Lévesque démonte ensuite le mythe du législateur. De Lycurgue, notait déjà Plutarque, on ne sait en fait rien. Sa *Vie* n'est donc que le « résultat de traditions incertaines, dont la plupart s'évanouissent au flambeau de la critique ». Quant à son œuvre ? « On voit qu'il n'établit à Sparte que l'aristocratie la plus oppressive, ou plutôt il la trouva établie et la laissa subsister. » [35] Ou encore, après avoir évoqué les mœurs « dures », « grossières »

des hommes et « déréglées » des femmes, l'auteur conclut :
« Il [Lycurgue] donna aux Spartiates la constitution qu'ils
étaient le plus disposés à recevoir, et qui ne faisait que
légitimer les vices dont il n'avait pas le pouvoir de les
corriger[36]. » S'annonce la formule de Benjamin Constant :
« Plus de Lycurgue, plus de Numa[37]. » Bien loin d'être un
démiurge, le législateur, s'il veut réussir, doit s'adapter.
Pas plus qu'il n'y a de commencement absolu, il n'y a de
législateur « absolu ». Il faut détruire le mythe du législateur. Même Lycurgue, « s'il est l'auteur de ce qu'on
appelle les lois de Lacédémone », a dû composer !

Pour le reste, l'égalité spartiate est expliquée et dénoncée au moyen d'une longue comparaison avec le régime
féodal. On retrouve le Lévesque de l'étude sur les Valois.
Les Égaux ? Ce sont des seigneurs. Leurs lots de terre ?
Des fiefs cultivés par leurs serfs, les hilotes. Humiliation
et oppression pèsent sur toute la population. « Sparte
offrait donc le tableau de ce qu'on vit en France sous la
première et la seconde race, lorsqu'une caste peu nombreuse et privilégiée s'attribuait à elle seule le nom de
peuple français[38]… » Par le moyen de cette comparaison
provocatrice, Sparte, loin d'être un modèle disponible
ou une utopie possible, se trouve ramenée à un moment
bien daté et, fort heureusement, depuis longtemps
dépassé de l'histoire de la France. « C'est le même état
de barbarie dans lequel languissaient nos pères, lorsque
le régime féodal était encore dans toute sa force[39]. »

Telle est cette démolition, probablement la plus radicale par sa volonté de faire s'équivaloir Sparte, féodalité
extrême et barbarie. Jusqu'alors, Lévesque ne l'avait
jamais écrite ou conçue et quand, quelques années plus
tard, il reprendra dans un mémoire sa démonstration, il
atténuera plutôt la comparaison, sans toutefois la supprimer. Assurément, il n'a jamais été un zélateur de Sparte,
comme on pouvait déjà s'en convaincre en lisant, ironie,
son *Éloge historique* de Mably, grand laconolâtre devant

l'Éternel. Rappelant les grands traits de la Lacédémone de l'abbé, il la qualifie de «bel apologue» à finalité morale. Mais, surtout, les critiques se font plus précises dans les «Observations et discussions» placées à la suite de l'*Éloge* lui-même. Contre les attaques que lui a évidemment portées Mably, il défend Solon, en exprimant déjà cette idée que le législateur doit s'adapter : Lycurgue, à la dureté spartiate ; Solon, aux mœurs «douces et décentes» des Athéniens, qui voulaient non un législateur, mais un réformateur. «Il recrépit, il étançonna l'édifice qu'on ne lui permettait pas de reconstruire[40].» *L'Homme moral* avait déjà exposé qu'il était extrêmement dangereux de chercher à reconstruire de fond en comble. Le législateur n'est qu'un réformateur. Mieux vaut Solon, dont ce fut d'emblée le projet, que Lycurgue, qui, en fin de compte, ne put faire autrement que de s'adapter à la nature vicieuse des Spartiates. En revanche, l'assimilation entre égalité spartiate et féodalité n'était pas encore suggérée, alors même qu'il était en train d'achever son livre sur les Valois. Il faudra donc d'autres circonstances pour que les deux domaines interfèrent et que le court-circuit analogique opère.

Les *Apophthegmes* se situent, pour ainsi dire, de chaque côté de Thermidor : avant et après. Selon qu'on insère ou non le texte sur la Constitution de Sparte, la publication change en effet de sens. Sans lui, c'est une contribution très ordinaire au mythe spartiate ; avec, c'est sa démolition. Au point qu'on peut se demander si les *Apophthegmes* proprement dits sont alors beaucoup plus qu'un prétexte ou une occasion permettant de dissiper les illusions sanglantes, où certains se complaisaient hier encore. Travailler sur l'Antiquité n'était donc pas nécessairement, ou pas seulement, un refuge, mais comportait un enjeu, voire une urgence[41].

Cette même dénonciation est reprise avec, par moments, le ton du pamphlet par Volney dans les *Leçons d'histoire* qu'il a prononcées à l'École normale dans les premiers mois de 1795[42]. Créée le 9 Brumaire an III, l'École normale avait pour mission de « former les formateurs », eux-mêmes chargés de répandre ensuite les lumières dans toutes les parties de la République. Volney, tout juste libéré de prison (il avait été arrêté pour dettes), y est appelé pour occuper la chaire d'histoire. Dans l'édition séparée qu'il donnera des *Leçons*, un long sous-titre résume son projet : « Ouvrage élémentaire, contenant des vues neuves sur la nature de l'Histoire ; sur le degré de confiance et le genre d'utilité dont elle est susceptible ; sur l'abus de son emploi dans l'éducation de la jeunesse ; et sur le danger de ses comparaisons et de ses imitations généralement vicieuses en matière de gouvernement. »

Éducation, comparaisons, imitations, abus, ce sont autant de mots qui visent tout particulièrement les usages récents de l'Antiquité. Feu sur le parallèle et l'analogie ! De fait, la sixième leçon est une charge extrêmement violente contre la « secte nouvelle » qui « a juré par Sparte, Athènes et Tite-Live ». Et, tout aussitôt, vient la problématique de l'illusion : « Ce qu'il y a de bizarre dans ce nouveau genre de religion, c'est que ses apôtres n'ont pas même eu une juste idée de la doctrine qu'ils prêchent, et que les modèles qu'ils nous ont proposés sont diamétralement contraires à leurs énoncés ou à leurs intentions[43]. » On retrouve l'aristocratie spartiate et ses serfs. Volney voit « une aristocratie de 30 000 nobles », tandis que les hilotes apparaissent aussi comme des « espèces de nègres ». Puis la comparaison s'élargit. Défilent alors toutes les grandes figures de la barbarie : Attila, Gengis Khan, les Mamelouks, les Huns, les Vandales, et jusqu'aux Iroquois (les Spartiates sont les « Iroquois de l'Ancien Monde »). C'est exactement en cette aimable compagnie qu'il convient de placer ces Grecs et ces Romains qu'on a voulu ériger en modèles. Par un retournement complet, c'est en rapprochant les Anciens des plus sauvages qu'on leur assignera leur vraie place.

Vient alors la dénonciation du second moment de l'illusion (celle portant sur le présent). Ni pour l'étendue, ni pour le nombre de la population, ni pour les mœurs, ni, en vérité, pour quoi que ce soit, ce « grand corps de nation » qu'est la France n'est comparable avec ces peuples « pauvres et pirates », sinon « à demi sauvages ». Politiquement, il n'y a rien à admirer chez eux, « puisqu'il est vrai que c'est dans l'Europe moderne que sont nés les principes ingénieux et féconds du système représentatif, du partage et de l'équilibre des pouvoirs »[44]. Suit un éloge du libéralisme politique. Bref, la religion de l'Antiquité oscille entre le ridicule (quand elle s'en tient à la mode) et l'odieux (quand elle en vient à la politique). Volney, toutefois, n'appelle pas à être résolument moderne, à la façon du Voltaire des *Nouvelles Considérations sur l'histoire*, en se détournant d'une histoire ancienne qui se ramènerait entièrement ou presque à la fable. Tout au contraire, estime-t-il, la « mine de l'histoire ancienne ne fait que s'ouvrir », toutes les compilations et autres prétendues histoires universelles sont complètement à refaire et, bientôt, on pourra présenter un « meilleur tableau » de l'Antiquité, qui aura « l'utilité morale de désabuser de beaucoup de préjugés civils et religieux[45] ». La voie de l'érudition est le chemin ingrat du désabusement et l'instrument pour dissiper les illusions.

Le dernier acte de la Convention est le vote de la loi sur l'Instruction publique, qui prévoyait, comme couronnement de l'édifice, la création d'un Institut national. Daunou, principal inspirateur de la loi et qui en fut le rapporteur, le présentait ainsi : « Ce sera en quelque sorte l'abrégé du monde savant, le corps représentatif de la République des Lettres. » Là également le principe

doit être celui de la représentation. Ouvert en 1795, le
nouvel Institut est divisé en trois classes : l'Antiquité
est rattachée à la troisième classe, celle de la littérature
et des beaux-arts, tandis que l'histoire relève de la
deuxième, celle des sciences morales et politiques[46].
Repaire des Idéologues, Bonaparte la dispersera en
1803, pour reformer, précisément, une classe d'histoire
et de littérature ancienne, qui, avec la Restauration,
retrouvera son titre d'Académie des Inscriptions et
Belles Lettres. En attendant, ce découpage thermidorien
indique une mise à distance des Anciens, institutionna-
lise, en quelque sorte, leur sortie de l'histoire vivante.
Leur place est désormais davantage du côté de la littérature et des beaux-arts. Toutefois, même aux Sciences
morales, l'histoire, c'est aussi ou encore l'histoire
ancienne, dans la mesure où la classe accueille plusieurs
membres de l'ancienne Académie des Inscriptions.

Parmi eux, le plus actif et le plus prolixe est certai-
nement Pierre-Charles Lévesque, rappelé dès 1795. Il y
donne une impressionnante série de mémoires, principalement consacrés à l'Antiquité grecque. Mais auparavant, il publie, au cours de cette même année 1795,
la première traduction française moderne de Thucydide. Par ce travail, il avait vainement cherché, écrit-il
dans la préface, à s'abstraire du présent, alors « esclave
d'une oligarchie féroce ». Surtout, *La Guerre du Péloponnèse*, en venant briser la Grèce idéalisée de Plutarque, contribuait aussi à dissiper l'illusion. Plus que
Tacite (tenu par Desmoulins encore pour « le plus sage
et le plus grand politique des historiens »), Thucydide
est, selon Lévesque, « l'historien des politiques ».
Parce qu'il présente « l'action politique des peuples
envers les peuples », alors que Tacite s'en tient aux
rapports entre le prince et les courtisans. Enfin, par le
rôle qu'y jouent les discours, il est, de tous les historiens, « celui qui doit être le plus étudié dans les pays

où tous les citoyens peuvent avoir un jour quelque part au gouvernement[47] ».

Lévesque revient encore sur les constitutions antiques à travers deux mémoires sur Athènes et sur Sparte[48]. Des phrases entières du texte de 1794 sur Lycurgue et sa législation ou le caractère des Spartiates sont passées dans le mémoire sur Sparte. La comparaison avec la féodalité demeure, mais elle est moins appuyée, tandis que la situation de Sparte est présentée désormais comme pire encore. « On voyait à Sparte, mais sous un plus noir aspect, l'odieuse aristocratie qui affligeait la France sous la première et la seconde race. » Les notes, renvoyant aux auteurs anciens, sont plus nombreuses. Plutarque est éclairé et critiqué par Aristote à qui revient le dernier mot : « Il ne faut pas admirer le bonheur d'une république ni en célébrer le législateur parce qu'elle s'est exercée à usurper la domination sur ses voisins… » À bon entendeur !

Quant à Athènes, à laquelle sont consacrés trois longs exposés, la critique en est évidemment plus mesurée. Même si l'étude s'achève en rappelant, au nom de la perfectibilité, que « nous l'emportons sur toutes les républiques de la Grèce ». La distance une fois posée, on peut examiner dans le détail les institutions et pointer leurs défauts, qui se ramènent tous à un seul : l'excessive souveraineté du peuple, en qui se confondent tous les pouvoirs. Manque en effet une puissance modératrice. Déjà, la réforme de Clisthène avait fait pencher le régime vers « l'excès de démocratie », mais l'abaissement de l'Aréopage par Éphialte a été « funeste à la République ». La procédure de l'ostracisme n'est présentée que comme une manœuvre permettant à la « faction » la plus puissante de l'emporter. Bien loin d'être une garantie, le grand nombre des juges siégeant au tribunal populaire de l'Héliée semble constituer, au contraire, un danger. Car une foule est plus sujette aux

passions et à l'emportement. Cléon, le rival de Périclès,
n'est qu'un « méprisable démagogue ». Sont donc déjà
en place les traits de la vision ou de la critique libérale
du régime athénien, repris jusqu'à l'époque contemporaine. Sur la seule question de la représentation,
Lévesque adopte une position singulière et, au vrai, pas
très claire. Selon lui, l'idée n'est pas complètement une
invention moderne, car son cher Solon y avait déjà
songé : « On a dit que les Anglais avaient eu les premiers
l'idée du gouvernement représentatif : on s'est trompé.
Solon chez les Anciens avait conçu cette grande pensée. » De quelle manière ? Au moyen de la création des
nomothètes, ces magistrats chargés périodiquement de
la révision des lois, dans lesquels Lévesque veut voir
l'embryon d'une représentation populaire.

Pendant ces mêmes années, Rome n'échappe ni à
son attention ni à ses critiques, d'abord dans ses cours
du Collège de France, puis, en 1807, dans un livre
au sous-titre en forme de manifeste : « Ouvrage dans
lequel on s'est proposé de détruire des préjugés invétérés sur l'histoire des premiers siècles de la République,
sur la morale des Romains, leurs vertus, leur politique
extérieure, leurs constitutions et le caractère de leurs
hommes célèbres. » Préjugés invétérés ou illusions te-
naces, Lévesque n'y va en tout cas pas de main morte.
Tite-Live et Plutarque sont à nouveau visés. La fameuse
« constitution mixte » vantée par Polybe, creuset de la
puissance romaine, cumule en réalité les inconvénients
des trois régimes monarchique, aristocratique, démocratique. Puisque « l'État sans pilote éprouve les tempêtes
successives ou simultanées de la tyrannie, de l'anarchie
et de la guerre intestine[49] ». Globalement, les Romains,
qui n'ont jamais dépouillé leur « férocité première »,
sont en proie à un « double fanatisme » : « un amour
de la liberté qui fit naître chez eux les plus grands
désordres […] un amour de leur patrie qui leur faisait

trouver honnêtes et beaux les moyens les plus odieux d'en augmenter la puissance [50] ».

À partir de telles prémisses, on comprendra qu'aucun de leurs hommes illustres ne puisse résister : ni les deux Brutus ni Mucius Scaevola, ni même Caton. Il ne reste plus à Lévesques qu'à s'acheminer vers cette paisible conclusion : « Si je puis affaiblir, dans quelques esprits, l'enthousiasme qu'elle [la République romaine] a trop longtemps inspiré, je croirai avoir bien mérité, dans ma vieillesse, de ma patrie et de l'humanité. » Comme pour Volney, la tâche de l'histoire consiste à désabuser. Avec malgré tout, nous sommes en 1807, cette génuflexion finale : « Est-ce donc à des Français de fléchir le genou devant la grandeur romaine ? Toute grandeur s'affaisse devant celle de notre nation, devant celle de notre héros [51]. » La courtisanerie est de retour. Lévesque retrouve quelque chose de Perrault et de son poème à Louis le Grand ! D'ailleurs, l'année suivante, en tant que président en exercice de sa classe de l'Institut, il présente au dit héros et avec un discours de circonstance le Rapport Dacier sur l'histoire et la littérature anciennes en France depuis 1789 [52].

La référence aux Anciens, telle que la brandissait l'oligarchie féroce stigmatisée par Lévesque, se révèle donc n'avoir été qu'une complète illusion. Esclavage omniprésent et cruel, aristocratie extrême ou excessive souveraineté populaire, ignorance presque complète de l'idée de représentation, telle est la réalité qui surgit, sitôt qu'on regarde, qu'on corrige, par exemple, Plutarque par Aristote ou par Thucydide. S'impose, en outre, l'idée de la différence des temps, par suite de la perfectibilité et du progrès [53]. Pour cette double raison, de principe (le passé n'est pas imitable) et de fait (il n'y a vraiment rien à imiter), l'Antiquité n'est pas, ne doit plus être un modèle. Il ne faut plus, pour parler comme Walter Benjamin, évoquant justement l'usage du passé par Robespierre, de temps rempli « d'à-présent » – Rome était pour lui « un passé chargé d'à-présent » surgi du continuum de l'histoire[54]. Le temps de l'histoire « monumentale » et celui des analogies sauvages sont révolus. Estimer sans plus qu'est venu celui de l'histoire (tout court) serait trop expéditif, un autre rapport au passé se cherche tandis que se dessine le régime d'historicité moderne. Les jacobins et leurs affidés ont commis ce qui va devenir la faute majeure de la discipline historique naissante : l'anachronisme. Le parallèle postule une temporalité homogène, indifférenciée. Au total, eux qui se voulaient les plus modernes ont été conduits à raisonner comme des Anciens, reconduisant le parallèle et l'imitation, vivant dans l'analogie.

Les deux libertés

Il allait revenir à Benjamin Constant, ou plutôt à Mme de Staël et Constant, d'élaborer la distance entre une nation moderne et les petites républiques de l'Antiquité, de la systématiser en relançant le parallèle des Anciens et des Modernes, mais en le spécifiant comme liberté des Anciens et liberté des Modernes, pour mieux le briser. La présentation la plus complète et la plus achevée de Constant intervient en 1819, quand il prononce sa conférence, devenue fameuse, à l'Athénée royal de Paris[55]. Mais une version antérieure en a déjà été publiée en 1814 dans *De l'esprit de conquête et de l'usurpation* et, d'esquisses en ébauches, on remonte jusqu'aux années mêmes de la pleine activité de la classe des sciences morales.

La liberté moderne est la liberté civile ou individuelle ; la liberté ancienne, la participation collective des citoyens à l'exercice de la souveraineté. Si cette mise en forme et en formules procède de tout le courant critique de l'Antiquité évoqué plus haut, elle n'est pas seulement une critique de plus, qui déboucherait sur une réévaluation – même relative – d'Athènes aux dépens de Sparte, au motif qu'à Athènes, cité commerçante, l'individu était incomparablement moins assujetti qu'ailleurs en Grèce. Elle ne procède pas de l'érudition (la lecture de nouvelles sources antiques, par exemple) et, d'une certaine façon, elle rendra même inutile de prolonger l'enquête. En donnant l'impression de tirer des faits le constat des deux libertés et d'en déployer les conséquences, Constant ne récapitule pas les critiques déjà émises, il va plus loin. Désormais, il y a la liberté des Anciens et celle des Modernes. La première n'est pas l'ébauche de la seconde. On ne passe pas de l'une à l'autre. Inscrites dans deux univers différents, avec leurs systèmes de valeurs et leurs logiques, elles représentent deux types ou deux modèles.

Constant ne déploie donc pas, même à grands traits, une histoire proprement dite de la liberté depuis l'Antiquité jusqu'à l'époque moderne. Il propose bien plutôt une sorte d'idéal-type, dans lequel les deux éléments du couple se définissent en s'opposant. De surcroît, ce n'est nullement l'Antiquité, mais le présent qui est en jeu à travers cette fiction théorique[56]. Il s'agit bien plus de réfuter Mably, et surtout Rousseau, que de lire Platon, Aristote ou même Isocrate. Aussi le paradoxe de cette vision libérale de l'Antiquité est-il qu'elle reconduit, en la retournant, une certaine lecture rousseauiste des républiques anciennes, en la prenant pour point de départ de sa réflexion. Plutarque est encore là, même si le caractère « tout à fait moderne » d'Athènes est reconnu[57] !

Or, le même homme qui, théorisant les deux libertés, met radicalement à distance les Anciens, peut noter presque au même moment dans son *Journal* : « Je vivrais cent ans que l'étude des Grecs seuls me suffirait[58]. » De fait, Constant, qui, outre le latin, avait appris le grec, ne cessa de pratiquer les auteurs de l'Antiquité. Lors de son séjour à Édimbourg en 1783-1784 – lieu de sa véritable formation universitaire –, il avait suivi entre autres un cours de littérature grecque. Peu après, il avait entrepris de traduire l'histoire grecque de l'Écossais John Gillies (1786)[59]. Sous le titre *Essai sur les mœurs des temps héroïques*, il publia à Paris la traduction du chapitre deux. Mais, surtout, la Grèce ne cessa de l'accompagner dans ce qui fut le grand sujet de réflexion de toute sa vie : la religion[60]. À la différence de l'Orient, toujours soumis à des castes sacerdotales, la Grèce s'est révélée « institutrice » de la liberté d'abord dans sa religion qu'aucun collège de pontifes n'a dominée. C'est là une liberté primordiale. S'il participe aussi au culte lancé par Winckelmann de la beauté grecque, Constant met nettement l'accent sur la spontanéité, la liberté, l'humanité du « génie grec » qui est jeunesse et jaillissement[61]. Depuis, le monde a progressé, mais il a également vieilli et la spontanéité s'est bien émoussée. Aussi, lire les Grecs, évoquer leur vie suscite la nostalgie, eux qui, en ces années, sont vus comme les premiers, les initiateurs, qui n'ont pu avoir d'autre modèle que la nature.

Indubitablement présente chez Constant (même dans un texte apparemment de pure réflexion politique comme la conférence de 1819), la nostalgie n'en est pas moins étroitement contrôlée. À la différence des philosophes, tels Mably et Rousseau qui, eux, ne s'en « doutaient » point, on se doit d'avoir pleine conscience des « modifications apportées par deux mille ans aux dispositions du genre humain[62] ». Entre l'homme antique et l'homme moderne la distance s'est creusée. Au premier revient « la participation active et constante au pouvoir collectif », source d'un « plaisir vif et répété » naissant de « l'exercice réel d'une souveraineté effective » ; au second, une souveraineté qui n'est plus qu'une « supposition abstraite » et la « jouissance paisible de l'indépendance privée[63] ».

Le plaisir « vif » est du côté des Anciens, tandis que les Modernes aspirent à une jouissance « paisible », « tranquille », un peu grise et ennuyeuse, bourgeoise en somme, très précieuse pourtant, difficilement acquise, à laquelle il ne saurait être question de renoncer. La « sécurité dans les jouissances privées », tel est le mot d'ordre des Modernes. Confondre les temps et les libertés a causé des « maux infinis », mais l'erreur même, estime Constant, était « excusable » (Lévesque, en 1787, écrivait, à propos de Mably, « respectable »). Pourquoi ? « On ne saurait lire les belles pages de l'Antiquité […] sans ressentir je ne sais quelle émotion d'un genre particulier que ne fait éprouver rien de ce qui est moderne. » De l'émotion surgit la nostalgie et, « lorsqu'on se livre à ces regrets, il est impossible de ne pas vouloir imiter ce qu'on regrette ». D'autant plus qu'on vivait alors sous des « gouvernements abusifs qui, sans être forts, étaient vexatoires, absurdes en principe, misérables en action[64] ». S'expliquent ainsi l'attrait et la force de contestation de ces modèles antiques qui, par-delà la longue nuit féodale, brillaient et faisaient signe. Jusqu'à la fameuse exclamation de Saint-Just : « Le monde est vide depuis les Romains ; et leur mémoire le remplit, et prophétise encore la liberté. »

Mais, en refusant de glisser de la nostalgie au désir d'imitation, Constant se garde d'oublier que l'enjeu initial de sa réflexion concerne le présent de la France. Son adversaire principal est Rousseau, et l'Antiquité un moment obligé de l'argumentation, puisque *Le Contrat social* a noué les trois termes : liberté, esclavage, représentation.

En faisant jouer l'opposition de la liberté et de l'esclavage, Rousseau avait en effet jeté un interdit catégorique sur le régime représentatif. Après avoir souligné le lien existant entre la liberté des uns et l'esclavage des autres, en particulier à Sparte où se voyait l'union de la

parfaite liberté et de l'extrême esclavage (« les deux
excès se touchent »), il continuait : « Pour vous, peuples
modernes, vous n'avez point d'esclaves, mais vous
l'êtes ; vous payez *leur* liberté de la vôtre. […] À l'instant qu'un peuple se donne des Représentants, il n'est
plus libre, il n'est plus. » Jouant sur le sens du mot
« esclave », il passait du sens réel au sens métaphorique,
opposant ainsi la liberté des Anciens à l'« esclavage »
des Modernes.

Reprenant le débat justement à ce point, Constant
concentre sa réflexion autour des trois mêmes termes.
De la liberté des Anciens et des Modernes, ou pourquoi
les Modernes ne peuvent-ils se passer du gouvernement
représentatif que les Anciens ont ignoré ? Il commence
par récuser l'idée que les hommes de l'Antiquité aient
jamais réellement connu le principe de la représentation. Contrairement à ce qu'on a parfois soutenu, ni les
éphores spartiates ni même les tribuns romains ne sont,
à proprement parler, des représentants. Il ne fait nulle
mention des nomothètes chers à Lévesque. Quant au
régime gaulois, parfois invoqué, tout à la fois théocra-
tique et guerrier, il se situe aux antipodes du régime
représentatif. Les Anciens ont ignoré et ne pouvaient
qu'ignorer un système qui est « une découverte des
modernes. […] Ils ne pouvaient ni en sentir la nécessité,
ni en apprécier les avantages. Leur organisation sociale
les conduisait à désirer une liberté toute différente de
celle que ce système nous assure [65] ». Tel est le postulat
que l'histoire vient confirmer.

À la suite de Rousseau, Constant reconnaît le lien entre
la liberté antique (dans sa possibilité même) et l'esclavage,
sans lequel « vingt mille Athéniens n'auraient pu délibérer
chaque jour sur la place publique [66] ». Comme lui, il glisse
du sens premier au sens second du mot « esclavage »,
mais pour conclure à l'esclavage de l'individu antique
« dans tous ses rapports privés [67] ». Opératoire, l'esclavage

l'est doublement, mais dans les seules limites du monde antique, pas au-delà. En revanche, la représentation, loin d'être un signe d'asservissement, est à concevoir comme l'indispensable corollaire de la liberté moderne, définie comme « jouissance paisible de l'indépendance privée ». Elle fonctionne comme une « procuration », et le représentant occupe la place d'un « intendant ». En permettant à l'individu de ne pas être un « esclave » dans le domaine public, tout en ne gouvernant pas directement lui-même, la représentation vient bloquer le tourniquet de la liberté et de l'esclavage mis en place par Rousseau. Les Anciens sont libres et esclaves. Pour être libres, ils doivent à la fois avoir des esclaves et être esclaves. Les Modernes sont libres et représentés. Pour être libres, ils doivent être représentés. Le grand partage s'opère bien sur le principe représentatif.

C'est ce que reconnaîtra à son tour Chateaubriand, dans la préface de 1826 à son *Essai sur les révolutions*. Prenant ses distances (non sans coquetteries) avec son livre de jeunesse et ses parallèles sauvages entre la Révolution et la Grèce, il explique : « J'ai toujours raisonné dans l'*Essai* d'après le système de la liberté républicaine des Anciens [...] je n'avais pas assez réfléchi sur cette autre espèce de liberté, produite par les lumières et la civilisation perfectionnée : la découverte de la république représentative a changé toute la question[68]. »

Imitation, action, illusion

Esclavage, au sens propre ou au sens figuré, illusion et action et, plus largement, rapport au passé dans les révolutions modernes sont autant de questions que Marx, lecteur de Constant, retrouve, reprend et tranche. Dans *La Sainte Famille* (1845), où il critique les jeunes hégéliens et leur théorie de la passivité des masses comme cause de l'échec du gouvernement révolution-

naire, il est amené à revenir sur le projet de Robespierre
en le citant : « Quel est le *principe fondamental* du gouvernement démocratique ou populaire ? […] La vertu.
J'entends la vertu *publique* qui a fait de si grandes merveilles en *Grèce* et à *Rome* et qui en accomplirait encore
de plus admirables dans la France républicaine ; de la
vertu qui n'est autre que l'amour de la patrie et des
lois. » Et Robespierre désigne alors formellement les
Athéniens et les *Spartiates* comme des « peuples libres ».
Il évoque à tout moment le *peuple* au sens de l'Antiquité
et cite ses héros et ses corrupteurs : Lycurgue, Démosthène, Miltiade, Aristide, Brutus et Catilina, César, Clo-
dius, Pison. Passant ensuite à Saint-Just, Marx rappelle
la fameuse phrase sur la vacuité du monde depuis les
Romains, le portrait qu'il a tracé du républicain tout à
fait dans le style antique (inflexible, frugal, probe, etc.)
et son mot d'ordre : « Que les hommes révolutionnaires
soient des Romains ! »

Peut alors venir la conclusion qu'une phrase
ramasse : « Robespierre, Saint-Just et leur parti ont suc-
combé parce qu'ils ont confondu l'antique république,
réaliste et démocratique, qui reposait sur les fondements
de *l'esclavage réel*, avec *l'État représentatif moderne*,
spiritualiste et démocratique, qui repose sur *l'esclavage
émancipé*, la *société bourgeoise*[69]. » La république
antique est réaliste. Il y a, d'un côté, les esclaves, clairement et réellement esclaves, de l'autre, les citoyens, qui
ont la charge et le monopole de la politique. Pour
employer un vocabulaire, qui n'est pas alors celui de
Marx, il n'y a nulle place pour l'idéologie. En revanche,
la démocratie moderne est un État « spiritualiste ». Elle
dissimule et se dissimule à elle-même son fondement
réel, qui est le salariat. Traduction de la domination de la
bourgeoisie, l'État moderne n'est donc qu'un esclavage
« émancipé ». Le régime représentatif, en lieu et place
de la démocratie directe, s'impose comme le corollaire

du remplacement de l'esclavage réel par un esclavage émancipé. On a là une sorte d'écho transformé de la position de Rousseau. Loin d'être, comme pour Constant, l'indispensable garant de la liberté moderne (privée), la représentation est aussi inévitable que mystificatrice.

La confusion entre l'ancien et le moderne génère l'illusion et l'échec. Mais, de cette illusion initiale – l'illusoire identification avec les Anciens, dont Constant, plus et mieux que d'autres avant lui, s'était fait l'analyste rigoureux –, Marx passe aussitôt à une autre forme ou modalité de l'illusion : celle qui frappe les acteurs eux-mêmes au cours de leur action. Le décalage entre ce qu'ils croient accomplir et ce qu'ils font réellement : « Quelle énorme illusion : être obligé de reconnaître et de sanctionner dans les *droits de l'homme* la société bourgeoise, la société de l'industrie, de la concurrence générale, des intérêts privés poursuivant librement leurs fins, la société de l'anarchie, de l'individualisme naturel et spirituel aliéné de lui-même, et vouloir, en même temps, anéantir après coup dans certains individus les manifestations vitales de cette société, tout en prétendant remodeler *à l'antique* la *tête politique* de cette société ! » Robespierre et Constant incarnent, au total, deux visages et deux moments de l'instauration du règne de la bour-geoisie. Simplement, le premier ne le sait pas, ne peut, ne veut pas le savoir. D'où le « tragique » de cette illusion, par exemple, quand Saint-Just, le jour de son exécution, montrant du doigt le grand tableau des *Droits de l'homme* accroché dans la salle de la Conciergerie, s'écrie d'un air de fierté : « C'est pourtant moi qui ai fait cela ! » Justement, ce tableau proclame « le droit d'un *homme* qui ne peut pas être l'homme de la communauté antique, pas plus que ses conditions d'existence économiques et industrielles ne sont antiques[70] ». Tout est dit dans cette scène de tragédie que Marx esquisse d'un crayon rapide. Le quiproquo éclate, crève les yeux même. Saint-Just meurt précisément de ne pouvoir le voir : l'homme des *droits* ne peut pas être celui de la république antique.

Il n'y a pas lieu, ajoutait encore Marx, de « justifier historiquement l'illusion des Terroristes ». Reprenant à son compte le concept d'illusion, Marx tout à la fois s'inscrit dans ce courant critique de la Révolution, le récapitule et se sépare de lui, en faisant valoir une autre dimension de l'illusion, dont on ne sait encore si elle est constitutive de toute action historique.

À partir du mauvais *remake* politique que la France se joue entre 1848 et 1851, placé sous le signe de la caricature (avec, pour finir, le neveu dans le rôle de l'oncle), l'analyse sera reprise et élargie. En examinant le rapport des hommes avec le passé, dans les périodes de crise surtout, le préambule du *Dix-huit Brumaire de Louis Bonaparte* (1852) vient apporter cette « justification » historique laissée en suspens. Important du point de vue théorique, ce texte, selon un de ses commentateurs les plus attentifs, a été minoré dans l'œuvre de Marx[71]. Peut-être, déjà, parce qu'il commence par une boutade, avec l'invocation de la célèbre loi hégélienne de la répétition historique des événements et des personnages, avec cet additif ou ce correctif : à la tragédie succède la farce[72] !

Marx définit ensuite le rapport que les hommes entretiennent avec le passé[73] : ils font leur propre histoire, mais dans des « conditions directement données et héritées du passé » ; « la tradition de toutes les générations mortes pèse comme un cauchemar (*Alp*) sur le cerveau des vivants ». Tel est, semble-t-il, le régime ordinaire de l'action. Éveillés, les vivants sont pourtant comme des dormeurs en proie à un mauvais rêve, auquel ils cherchent à échapper. Les morts, qui ne cessent de revenir, les hantent.

Or, en temps de crise, quand les hommes cherchent le plus à créer du nouveau, ce rapport de dépendance à l'égard du passé, loin de s'abolir, devient plus fort encore, plus nécessaire. « C'est précisément à ces époques de crise révolutionnaire qu'ils appellent craintivement les esprits (*Geister*) du passé à leur rescousse, qu'ils leur empruntent leurs noms, leurs mots d'ordre, leurs costumes, pour jouer une nouvelle scène de l'histoire sous ce déguisement respectable et avec le langage d'emprunt. C'est ainsi que Luther prit le masque de l'apôtre Paul, que la Révolution de 1789 à 1814 se drapa successivement dans le costume de la République romaine, puis dans celui de l'Empire romain. » Plus on cherche du nouveau, plus on est amené à se tourner avec anxiété vers le passé. Simplement, le « cauchemar » des jours ordinaires s'est transformé en rêve éveillé, et le passé subi en passé choisi (Luther prit le masque de Paul, la Révolution le costume romain). Mais l'angoisse demeure la même : ne pas disposer des mots pour dire l'action présente.

À ce point, Marx introduit une éclairante comparaison avec l'apprentissage d'une langue étrangère. Aussi longtemps que le débutant retraduit dans sa langue maternelle, il ne possède pas réellement la langue nouvelle. Il ne s'en sera « approprié l'esprit » et ne sera en mesure de s'en « servir librement que lorsqu'il saura se mouvoir dans celle-ci sans réminiscence en oubliant en elle sa langue d'origine ». Le passé est comme une langue maternelle qu'il faut « oublier » pour s'approprier l'esprit du présent : pour ne plus traduire (ou imiter) mais créer.

Reste une troisième modalité du rapport au passé : ni sa présence cauchemardesque ni l'appel angoissé aux générations antérieures et l'imitation, mais carrément la parodie. Comme l'a montré 1848, cette troisième modalité est sans doute la plus mécanique et, finalement, la plus illusoire. Ce qui ne signifie nullement qu'elle soit sans portée ou sans effets bien réels. Il est clair que l'obsession de Louis-Napoléon est venue rencontrer celle des Français, qui «tant qu'ils firent leur Révolution, ne purent se débarrasser des souvenirs napoléoniens».

Si le passé, ce sont les morts rôdant aux abords des vivants, Marx exprime d'une autre façon encore ce rapport aux morts. Dans un langage, qui fait penser à Michelet et aux attitudes du XIXe siècle devant la mort, il distingue en effet la «résurrection des morts» (Luther et Paul, Cromwell et les prophètes, la Révolution et les héros antiques) de l'«évocation des spectres» (1848 ne fit «qu'évoquer le spectre de la grande Révolution française»). De la résurrection à la simple évocation, de l'imitation à la caricature : autant la première démarche, dans sa volonté mal assurée mais certaine de créer du nouveau, peut susciter l'héroïsme et rencontrer la tragédie, autant la seconde, dans son souci de créer l'illusion de l'ancien («réapparaissent les anciennes dates, les anciens édits [...] et tous les vieux sbires qui semblaient depuis longtemps tombés en décomposition»), pratique la manipulation et se meut dans la trivialité. On reconnaît facilement «l'aventurier qui dissimule ses traits d'une trivialité repoussante sous le masque mortuaire de fer de Napoléon». Règnent seulement la reconstitution historique, la parodie, le charlatanisme.

Ce cadre général posé, se «justifie», du moins s'explique historiquement l'illusion des Terroristes. Tous en fait, Robespierre et Saint-Just mais aussi Cromwell ou Luther, vivent dans l'illusion. Et l'appel aux morts, qu'ils ont tour à tour lancé, apparaît d'abord comme une condition de possibilité de leur action – vaincre la peur et disposer de mots pour la dire à eux-mêmes et aux autres. «La résurrection des morts dans ces révolutions servit à magnifier les nouvelles luttes, non à parodier les anciennes, à exagérer dans l'imagination la tâche à accomplir, non à fuir sa solution en se réfugiant dans la réalité, à retrouver l'esprit de la Révolution et non à faire revenir son spectre. » Nécessaire, inévitable, ce rapport aux morts est d'abord ce qui permet aux acteurs d'accomplir la « tâche » de leur époque.

Quelle était pour les révolutionnaires français cettte tâche ? Libérer et instaurer la société bourgeoise, répond Marx. Vient s'articuler là l'autre dimension de l'illusion ou se substitue son autre définition : l'illusion comme façon de se dissimuler à soi-même la portée réelle, effective de ce que l'on est en train d'accomplir. D'où le costume, les mots d'emprunt, l'excès de la phrase sur le contenu. Bref, le jeu « forcé » des acteurs. Des révolutionnaires, qui reviennent dès lors dans le texte costumés en « gladiateurs » de la société bourgeoise, Marx écrit qu'ils trouvaient dans les sévères traditions classiques de la République romaine « les idéaux et les formes d'art, les illusions dont ils avaient besoin pour se dissimuler à eux-mêmes le contenu limité, bourgeois de leurs luttes et pour élever leur enthousiasme au niveau de la grande tragédie historique ». Gladiateurs, ils font un spectacle, se donnent en spectacle et sont, pour finir, le spectacle. Mais, une fois la nouvelle forme de société établie, la « Rome ressuscitée » retourna au tombeau, ou encore on remisa les accessoires dans les coulisses de l'histoire : Constant et Guizot purent remplacer les tribuns.

Ce rapport imaginaire au passé (pour prendre un autre vocabulaire) et cette fonction de l'imaginaire dans l'histoire – qui, là, ne sont pas expressément rabattus sur la lutte des classes – ne sauraient pourtant se perpétuer. À la Révolution du XIXe siècle, sociale d'abord et non plus politique, il est imparti de « laisser les morts enterrer leurs morts » : elle doit, elle devra tirer sa « poésie », non plus du passé, mais « seulement de l'avenir ». Elle sera futuriste et devra du passé faire table rase. La tradition, qui jusqu'alors pesait sur le cerveau des vivants, se révèle n'être finalement rien d'autre qu'une « superstition », qu'on doit commencer par « liquider ». « Les révolutions antérieures avaient besoin de réminiscences historiques pour se dissimuler à elles-mêmes leur propre contenu. [...] Autrefois, la phrase débordait le contenu, maintenant, c'est le contenu qui déborde la phrase. » Marx ne pouvait prévoir les « débordements » du contenu sur la phrase qui fit pourtant, elle aussi, de grands bonds en avant aux pays du socialisme réel. En opposant, pour finir, révolutions passées et révolution à venir, il est conduit à restreindre la portée de son texte, en semblant ne plus retenir que l'illusion-dissimulation. Ne relevant que de la superstition (une religion du passé qui, comme toutes les religions, va s'évanouir), elle n'est plus qu'une forme d'autodissimulation déployée par les acteurs eux-mêmes. D'où l'excès de la phrase sur le contenu : l'appel aux héros antiques et à la tragédie, alors qu'il ne s'agit plus que d'un drame terriblement bourgeois.

Tel allait être l'avenir politique du concept d'illusion, convoqué pour rendre compte, tout particulièrement, du rapport que les jacobins ont entretenu avec l'Antiquité. En se réclamant des républiques anciennes, ils ont « confondu » les temps et les lieux, les circonstances et les hommes. Ils ont voulu faire de la France une nouvelle Sparte : d'où la catastrophe. L'anachronisme ne pardonne pas. Il faut laisser le passé être le passé. Confusion, illusion et échec de l'action ; échec lui-même préparé par une confusion, une illusion et une erreur de la pensée, opérée et colportée par des philosophes, comme Mably et, surtout, Rousseau. Et voilà pourquoi il y eut la Terreur. Ci-gît en ce point de confusion son origine intellectuelle.

Marx ne récuse pas cette explication par l'imaginaire forgée dans le milieu des Idéologues. Mais il la transforme, en élargit le champ d'application, y voit comme une loi de l'histoire, avant finalement de la contrôler (cette religion du passé n'est qu'une superstition) et de la restreindre en y dénonçant un rapport devenu caduc au passé. L'avenir doit désormais commander, non les morts. Il faut laisser les morts enterrer les morts.

Resterait à revenir, un instant, sur le postulat de la thèse initiale. Est-il si assuré que les jacobins (avant tout Robespierre et Saint-Just) aient voulu proprement « imiter » Rome et la Grèce ? Rien n'est moins sûr, ou du moins aussi simple. L'appel aux Anciens joue, nous l'avons vu, comme invocation, irruption du « passé » dans le présent sur le mode de l'analogie. Elle est conjuration d'un avenir insaisissable, qu'elle permet de dire (et de « faire »), et donc réassurance, mais aussi paradoxale imitation. Puisque, dans le moment même où elle convoque des modèles, elle proclame son écart par rapport à tout modèle. Elle est quiproquo surtout. Elle a pour foyer unificateur une vision de l'Antiquité d'abord conçue comme inauguration et rupture, mais rupture instauratrice ou institutrice. D'où la place cardinale occupée par la figure du législateur ou, pour reprendre les mots de Hannah Arendt, le rôle essentiel d'inspiration joué par « le pathos romain de la fondation[74] ». Pourtant, par-delà l'aspect de polémique à chaud qui, dans l'air de Thermidor, a touché juste – quand Volney dénonçait la nouvelle secte des idolâtres de l'Antiquité –, l'accusation de l'imitation a pris jusqu'à devenir un *topos*. Le modèle de la liberté des Anciens et des Modernes, qui en représente une version refroidie, permettait de comprendre et d'expliquer l'erreur, d'abord intellectuelle, de ceux qui, à travers Mably et Rousseau, avaient voulu imiter les anciennes républiques. Instrument d'intelligibilité, il aidait à penser la Révolution négativement : ce qu'il n'aurait pas fallu qu'elle fût. Mais, en faisant ce détour polémique et politique par l'Antiquité, on se dispensait (non pas délibérément, mais parce qu'on n'en avait tout simplement pas les moyens) d'une réflexion sérieuse sur l'ambiguïté originaire de la Révolution[75] : affirmer l'individu et ses droits, mais à travers le collectif, tandis qu'on s'engageait dans une lutte inouïe pour substituer la souveraineté de la nation à celle du roi.

En développant cette perspective vigoureusement critique, les Thermidoriens, les Idéologues, les libéraux proposaient un modèle d'action débarrassé du « fardeau » du passé, eux qui, par cette dénonciation du recours aux Anciens, avaient l'« illusion » de comprendre ce qui s'était passé et qui ne devait, surtout, plus se reproduire[76]. Contre l'histoire monumentale et pour en finir avec elle, ils se réclamaient de l'« histoire critique » – celle qui, toujours selon la typologie nietzschéenne, traîne le passé en justice et le condamne au nom et à partir du présent –, tout en encourageant bientôt une approche « antiquaire », soucieuse de filiation, de généalogie, de continuité. Mais, avant tout, à propos de l'histoire de la France, ainsi que cela apparaîtra clairement avec la Restauration[77]. Il leur paraît en tout cas stratégiquement urgent et utile de dessiner à grands traits une autre Antiquité (la vraie) où, le parallèle étant banni et l'analogie n'opérant plus, l'identification ne soit plus possible. Entre les mains des Idéologues puis des libéraux, le modèle des deux libertés, lentement forgé tout au long du XVIIIe siècle, a été une arme pour les luttes du présent, un cadre interprétatif général, un outil heuristique pour revisiter le monde des Anciens.

Radicale mise à distance politique, il pèsera, non sans reprises et déplacements, durablement au XIXe et au XXe siècle, sur les rapports qu'on entretiendra désormais en France avec ce qui deviendra l'Antiquité classique. Avec lui, on tient quelque chose comme une contrainte de longue durée ou une singularité culturelle française qui n'est pas séparable, bien sûr, de la Révolution. Ailleurs en Europe, les traditions allemande, anglaise, italienne, obéissant à d'autres contraintes et répondant à d'autres enjeux, s'organiseront différemment. Sans omettre, de l'autre côté de l'Atlantique, la Révolution américaine et la tradition portée par les Pères fondateurs. Car, « sans l'exemple classique dont l'éclat traversait les siècles, aucun des hommes des révolutions, des deux côtés de l'Atlantique, n'aurait eu le courage d'entreprendre ce qui devait se révéler une action sans précédent[78] ». Ce jugement de Hannah Arendt suffit à pointer ce qu'il a pu y avoir de commun dans les deux expériences ou, mieux, ce qui a pu les rendre possibles et, au total, si différentes.

En 1931, Benedetto Croce osa introduire une réflexion sur la liberté en repartant de la conférence de Constant, qu'il n'hésite pas à qualifier de « mémorable ». Même si pour lui, théoricien de l'historicisme et philosophe de la liberté, le problème était à l'évidence mal posé. Historiquement, on ne peut opposer le moderne et l'ancien, la liberté des Modernes à celle des Anciens. « En face de la Grèce, de Rome et de la Révolution française, qui aurait fait sien l'idéal gréco-romain, se trouvait dressé le moment présent, comme si le présent n'était pas la confluence de toute l'histoire et le dernier acte de l'histoire, comme si l'on pouvait, par une opposition statique, briser ce qui forme une série unique de déroulement[79]. » Le présent ne bénéficie d'aucune exterritorialité. En outre, Croce ne manque pas de relever que, si Constant a opéré cette dichotomie, c'était par hostilité au jacobinisme, avec toute son imagerie gréco-romaine, et par répugnance vis-à-vis de la Terreur. Mais, poursuit-il, il faut remonter plus haut : le jacobinisme ne trouve pas son origine ni son inspiration première dans l'Antiquité et son imitation, mais d'abord dans l'anti-historisme des XVIIᵉ et XVIIIᵉ siècles, avec leur culte de la nature et de la raison. Si Lycurgue figurait une invitation au sublime, Sparte était, avant tout, une approximation de l'état de nature. Aussi un historiciste conséquent doit-il remonter jusqu'aux théoriciens classiques du droit naturel pour trouver les ultimes responsables qui, intellectuellement au moins, ont rendu possible cette confusion. Tout en critiquant à bon droit les jacobins, Constant demeurait finalement pris dans la même matrice intellectuelle qu'eux.

Du côté anglais domine, au milieu du XIXe siècle, la figure de George Grote[80]. Banquier, homme politique radical, disciple de James Mill, il est l'auteur de la grande histoire de la Grèce, la première à être très largement lue et traduite, dans laquelle s'exprime une vision libérale et démocratique de la cité grecque, athénienne avant tout. Sans surprise, le thème des deux libertés n'y occupe aucune place. La mise à distance politique des Anciens n'a pas lieu d'être, au contraire. Athènes est une préfiguration et une source d'inspiration. On y trouve en effet les origines du gouvernement démocratique, les principes de la liberté de pensée et de la recherche rationnelle. Dans cette même ligne, Grote réhabilite les sophistes. La liberté est celle de l'individu : elle valait sur l'agora, à l'Assemblée du peuple, comme elle vaut aujourd'hui à Westminster. Et si les Athéniens ont péri sous les coups des prétendus « excès » de la démocratie, ce n'est pas, en réalité, d'avoir été trop démocrates, mais plutôt de ne pas l'avoir été encore suffisamment.

Dans une vision plutarchéenne du monde antique, on avait parlé jusqu'alors, en France, des « Anciens » pour désigner indistinctement les Grecs et les Romains. Le parallèle les avait longtemps réunis et ils le demeuraient encore. En Allemagne, les choses ont été plus complexes : de Winckelmann à Nietzsche et au-delà, on se veut grec avant tout, plus que tout. Mais les Romains auront aussi leur place, qui n'est pas petite. Que l'on songe aux *Leçons sur la philosophie de l'histoire*, de Hegel, ou à ce monument qu'a été en Europe l'*Histoire romaine* de Mommsen. Les Romains sont les inventeurs du droit et de l'État. On ne peut donc faire l'économie de Rome, surtout aussi longtemps que l'Allemagne s'assigne de réussir ce que les Grecs n'ont pas su réaliser : un État national. Pour cette raison déjà, un simple modèle à deux termes, comme celui des deux libertés ancienne et moderne, ne saurait donc être opératoire.

Mais surtout, dans la perspective française marquée par la Révolution, l'imitation de l'Antiquité est seulement envisagée comme copie forcée. Marquée négativement, elle est stigmatisée comme un obstacle à l'action ou, plus grave, comme son dévoiement. L'imitation procède d'une illusion et est, elle-même, productrice d'illusions, clament les thermidoriens, jusqu'à ce que l'idée que les jacobins auraient effectivement voulu régénérer la France, en la transformant en une ancienne ou une nouvelle république antique, ne devienne un lieu commun. Elle sera abondamment reprise tout au long du XIXe siècle et même encore au-delà, en attendant que l'historiographie récente de la Révolution, engagée dans d'autres batailles (avec la révolution bolchevique), se désintéresse de la question.

De leur côté, les Allemands s'emploient à fonder leur rapport aux Anciens sur une définition positive de l'imitation comme imitation créatrice, retrouvant ou reprenant le sens du latin *aemulatio* ou du grec *zêlos*. Ainsi que Winckelmann, Humboldt et beaucoup d'autres s'en feront les avocats convaincus. En France, la Révolution et ses « mauvais » usages de l'Antiquité, stigmatisés pour condamner ses excès mais aussi pour les expliquer, avaient fermé la voie de l'imitation créatrice (déjà mise en question par les Modernes, tel Perrault) et imposé un autre modèle de la rupture (une variante critique de celui, plus général, que la Révolution avait voulu instaurer) : celui de la liberté des Anciens et de la liberté des Modernes. Entre les deux désormais, un hiatus, un fossé plutôt, qu'il ne faut plus tenter de franchir.

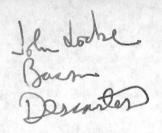

LIBRAIRIE LA HUNE
170, BD ST-GERMAIN - 75006 PARIS
TEL : 01.45.48.35.85

FACTURE AU COMPTANT
14/10/11 21h19 01009324

```
 1*2757806866 ANCIENS MODERNE      9.00
NET TTC                      EUR   9.00
Dont TVA        0.47     8.53 HT
Taux 5.50%      0.47     8.53
   ** ESPECES                      9.00
```

ECHANGE SOUS 5 JOURS AVEC TICKET

Chapitre 3

Un Moderne chez les Anciens :
Johann Joachim Winckelmann

Prolongeons encore un peu l'interrogation sur le couple des Anciens et des Modernes, en revenant vers les abords de la dernière querelle, par le biais cette fois d'un auteur, dont l'œuvre comme la vie s'inscrivent entre les Anciens et les Modernes : J. J. Winckelmann. Parti de Dresde, il est venu s'installer à Rome en 1755 ; là, il a rêvé d'Athènes, où il n'est finalement jamais allé ; il n'est pas passé par Paris, et est mort assassiné, à Trieste, en 1768. Certains ont voulu voir en lui un Ancien chez les Modernes, d'autres plutôt un Moderne chez les Anciens. Nous ne nous attacherons, ici, qu'à un aspect et à un moment de sa trajectoire : sa réception française à partir de la publication, en 1755, des *Réflexions sur l'imitation des œuvres grecques en peinture et en sculpture*, qui ont été immédiatement traduites. Sur la façon de travailler et sur le projet intellectuel de Winckelmann, on sait plus et mieux désormais grâce à la fine enquête qu'Élisabeth Décultot a menée sur un fonds d'archives jusqu'alors quasiment inexploité. Les cahiers d'extraits, que Winckelmann n'a cessé de copier, représentent en effet quelque 7 500 pages serrées. « Selon une coutume érudite ancienne, il avait en effet pris l'habitude de consigner par écrit des passages entiers de ses lectures, constituant par là une vaste bibliothèque privée, portable et manuscrite qui ne le quittait jamais [1]. » Or, la littérature française moderne occupe la première place dans ses cahiers. S'il lit et médite

Voltaire, il s'attarde longuement sur Perrault et les auteurs de la Querelle. Et, par une cocasserie ou une ruse de l'histoire, ses papiers, apportés dans les bagages de l'armée d'Italie avec tous les chefs-d'œuvre qui étaient censés enfin rejoindre leur « dernier domicile » au pays de la liberté, finiront à la Bibliothèque nationale !

Politique et esthétique

Présenter le XVIIIe siècle, surtout dans sa seconde moitié, comme un « retour » à l'Antiquité, serait trop simpliste, même s'il est certain qu'il s'est plu à s'entourer de tout un décor à l'antique. Comme il n'est pas douteux que la mise au jour des villes ensevelies sous la lave du Vésuve, Herculanum en 1738, et Pompéi dix ans plus tard, a représenté un choc et a eu un effet d'amplification. Pour la première fois, on pénétrait, comme par effraction, *dans* l'Antiquité. Brusquement elle était là, sous nos yeux, à portée de nos mains, dans sa vie même surprise par la mort[2]. Mais, plus profondément, le XVIIIe siècle a été conduit à revisiter l'Antiquité et à singulariser la Grèce, qui n'occupait qu'une place congrue dans les études, en particulier en France[3]. Dans sa lutte contre l'absolutisme, il s'est en effet employé à retravailler la référence aux Anciens, à « repolitiser » le rapport aux anciennes républiques. Là où le XVIIe siècle voulait voir et retenir des exemples de morale, des modèles d'héroïsme et de bon goût, le XVIIIe siècle s'attache, en priorité, à la dimension politique, voire trouve des modèles politiques. Ce qui ne signifie naturellement pas que la Querelle, inaugurée par Charles Perrault, n'avait pas d'implication politique : louer le présent et son monarque, supérieur aux modèles antiques, et en ce sens devenu inimitable. Mais les Anciens eux-mêmes n'étaient questionnés que sur le terrain des arts et des savoirs ou évoqués sur celui de l'éducation morale et du goût, comme fournissant aux jeunes gens des modèles à suivre (ou à éviter).

Si ce nouveau regard « politique » est partagé, aussi bien par Montesquieu que par Mably, par Rousseau que par Condorcet, et par tous ceux, connus ou inconnus, qui viennent à réfléchir sur les affaires du royaume, c'est-à-dire sur les « affaires communes », la façon de regarder et les conséquences qu'on en tire, elles, divergent largement. Les uns, nous venons de le voir, mettent l'accent sur la distance, les autres sur la proximité ; les uns considèrent les anciennes républiques comme du passé, certes admirable, mais qui ne saurait plus revenir, les autres comme un avenir radieux à faire advenir ou, ce qui revient au même, revenir. Cette tension, active, effective jusqu'à la Révolution, indique deux rapports aux Anciens chez des hommes qui, par ailleurs, ont fréquenté les mêmes collèges et partagent, en gros, la même culture classique.

Ce passage de la seule morale à la politique était très clair chez Montesquieu. Répondant aux critiques qu'on lui avait adressées, il précisait que la « vertu », dont il fait le ressort de la République, ne devait pas s'entendre comme vertu, au sens de la morale et de la religion, mais bien comme « la vertu politique », c'est-à-dire « l'amour de la patrie *et* de l'égalité ». Plus largement, si les Anciens ont accompagné sa réflexion, ce qu'il nous donne, pour finir, ressemble fort à un inventaire des différences entre eux et nous. Le temps des anciennes républiques est bel et bien révolu et les prendre pour modèles serait donc déraisonnable. « Il faut, notait-il, connaître les choses anciennes, non pas pour changer les nouvelles, mais afin de bien user des nouvelles. » La prudence est donc de règle : connaître d'un côté, user de l'autre, et ne pas vouloir faire servir cette connaissance à un changement des choses nouvelles.

La distance n'était, au total, pas moins grande chez quelqu'un qui fut pourtant un des acteurs importants de la Révolution : Condorcet. Face à la cohorte des nombreux admirateurs de Sparte, il a toujours exprimé ses réserves et ses critiques à l'encontre de la cité de Lycurgue et pensé qu'il y avait plus à apprendre en se tournant vers l'Angleterre ou même l'Amérique que vers les républiques anciennes, fût-ce Athènes. Dans l'*Esquisse d'un tableau historique des progrès de l'esprit humain*, la Grèce est certes appréciée positivement, mais il est aussitôt rappelé qu'à la base de l'expérience politique des Grecs il y a l'esclavage et la possibilité de réunir sur une place publique « l'universalité des citoyens ». Une « grande nation moderne ne peut ni se fonder sur l'esclavage ni s'en remettre à la participation de tous aux affaires » : il faut un régime représentatif. Voilà qui sépare profondément les Anciens des Modernes[4].

Face à ce courant critique qui à la fois politisait ou, plutôt, repolitisait les Anciens et les mettait à distance en insistant sur le caractère révolu et non réitérable de leur expérience, il y avait le groupe des admirateurs, ou des zélateurs des Anciens et, surtout, de Sparte. Parmi eux, Mably et Rousseau, mais aussi des hommes beaucoup moins connus, tel cet avocat au parlement de Bordeaux, Guillaume-Joseph Saige, déjà mentionné, avec son *Catéchisme du citoyen* et son *Caton ou Entretien sur les libertés et les vertus politiques*[5].

Dans cette présence renouvelée des Anciens dans le champ intellectuel et sur la scène politique, il y a place aussi pour l'esthétique et, mieux encore, pour une politisation de l'esthétique. C'est précisément cette dimension que Winckelmann va représenter en France, et le rôle qu'il va jouer avec ses *Réflexions* d'abord, puis avec l'*Histoire de l'art de l'Antiquité*. Très vite il devient en effet le héros éponyme de ce passage de l'esthétique à la politique, en prouvant que les Grecs en avaient donné l'exemple, eux dont, justement, l'art a été grand aussi longtemps qu'ils ont été libres.

Les Réflexions *et l'imitation*

L'accueil est immédiat. Les *Réflexions* paraissent à Dresde en 1755, à seulement cinquante ou soixante exemplaires[6]. Il n'empêche qu'en moins d'un an deux traductions en français sont disponibles[7]. Et il en ira de même pour l'*Histoire de l'art de l'Antiquité,* publiée en 1764. Dès 1766, deux versions françaises – l'une parue à Paris, l'autre à Amsterdam – sont en circulation. Sans doute trouve-t-on comme agent et relais de cette diffusion l'action d'un certain nombre d'Allemands de Paris, à commencer par Johann Georg Wille, ami de Winckelmann[8]. Mais l'écho, déjà rencontré par les *Réflexions,* indique bien que le livre était arrivé sur un terrain favorable et avait trouvé immédiatement sa place dans un débat en cours. À première vue, l'auteur des *Réflexions* semblait simplement réaffirmer la doctrine de l'imitation des Anciens dans toute sa rigueur la plus classique : les Anciens, d'abord les Anciens, les Anciens seulement[9]. Mais il le faisait depuis Dresde.

Le livre, ensuite, rencontrait les préoccupations des tenants du « grand genre » ou « grand beau » ou « genre antique ». Dénonçant le « petit goût », la « petite manière », ils s'étaient élevés contre le maniérisme et le style rococo, qui apparaissaient comme un affadissement et une falsification de l'antique. Jacques-Louis David était encore à venir. Mais en 1739, par exemple, le président de Brosses évoquait avec regret « le grand goût de l'antique, qui régnait dans le siècle précédent[10] ». C'était là un premier sens du « retour » à l'antique que l'on voulait encourager et Winckelmann pouvait y aider comme éloquent avocat des Anciens.

De plus, dans un monde jusqu'alors beaucoup plus romain que grec, le projecteur se trouvait tout à coup braqué sur la Grèce, et sur une autre Grèce. Non plus sur la cité qui faisait vibrer Mably et « enrager » les adversaires de Rousseau, non plus sur Sparte, donc, mais sur Athènes. Non plus sur une Grèce purement littéraire, avec Homère et encore Homère, sur qui avait rebondi la Querelle entre les Anciens et les Modernes au début du siècle, mais sur une Grèce visible, tangible, celle de l'art, de la sculpture avant tout. Et de ce peuple de statues venait à surgir la Beauté même ! Une beauté, hélas, oubliée ou défigurée par les Modernes, une beauté perdue. Celle-là même qu'un siècle plus tard, en 1876, Renan écrira avoir rencontrée en lui adressant sa *Prière sur l'Acropole*.

Qu'était-elle, cette Beauté ? On parlait alors de « belle nature », de « beau idéal », de « noble simplicité[11] ». Chacun y allait de sa définition. Ces mots, alors inévitables, à la mode, disputés, chargés de sens différents, équivoques, fournissaient d'excellents lieux de quiproquo, qui sont comme des points d'eau trouble, où la réflexion aime à venir pêcher. C'est avec eux que l'esthétique moderne a cherché à se formuler, et autour d'eux, au moins en partie, que s'est opéré le passage des Lumières au Romantisme. En contribuant à cette pêche, les *Réflexions* étaient un livre pleinement d'actualité. Diderot, qui a lu Winckelmann et plus que quiconque médité ces problèmes d'esthétique, notait au même moment ou presque : « Je ne me lasserai point de crier à *nos Français* : La vérité ! La nature ! Les Anciens[12] ! » Les trois mots sont, dans ce contexte, presque synonymes. Et le comte de Caylus, qui représente ce que Diderot et ses amis de l'*Encyclopédie* détestaient, l'antiquaire (*Le Singe antiquaire* peint par Chardin), vantait lui aussi « la noble simplicité » et « la manière noble et simple du bel antique[13] ». Son cabinet est alors le haut-lieu de la recherche antiquaire. « Les antiquailles m'arrivent, écrit-il, je les étudie, je les fais dessiner à des jeunes gens dont le goût se forme. Ce que je leur donne les met en état de vivre et d'étudier [14]. »

Deux exemples, empruntés à l'*Encyclopédie* (le premier à *L'Encyclopédie* proprement dite, le second aux *Suppléments*), offrent un bon indice de cette réception et de son évolution. L'article « Grecs » de l'*Encyclopédie* paraît en 1757 [15]. Il a pour auteur le chevalier de Jaucourt, connu pour sa plume plus qu'abondante. Après avoir passé en revue les différents âges de la Grèce, Jaucourt termine par des « Réflexions sur la prééminence des Grecs dans les sciences et dans les arts ». Viennent-elles conclure un article déjà passablement composite ou sont-elles un appendice ajouté à la toute dernière minute pour tenir compte de l'actualité ? Car, après avoir rappelé que les Grecs sont la nation la plus illustre, ayant produit les plus grands hommes de l'histoire, Jaucourt se livre ensuite, mais sans en rien dire, à un pur et simple démarquage des premières pages des *Réflexions*. Plus exactement encore, il reprend mot pour mot un certain nombre de phrases qu'il « emprunte » au « compte rendu » qu'en avait donné Fréron, dans le *Journal étranger*, dont il était alors le rédacteur [16]. Car il est clair que Jaucourt ne s'est pas reporté au texte même des *Réflexions*. Il préfère utiliser Fréron, qu'il doit avoir sous la main. Le temps devait presser et il fallait faire flèche de tout bois. Mais, en l'occurrence, cela ne manque pas de sel, puisque Fréron, adversaire déclaré de Voltaire et du parti des philosophes, se retrouve ainsi, sans le savoir, dans l'*Encyclopédie* !

« C'est sous le ciel de la Grèce […] que le seul goût digne de nos hommages et de nos études, se plut à répandre sa lumière la plus éclatante », écrit Jaucourt, c'est-à-dire Fréron. « Les inventions des autres peuples qu'on y transportait n'étaient qu'une première semence,

qui changeait de nature et de forme dans ce terroir
fertile. Minerve, à ce que disent les anciens, avait elle-
même choisi cette contrée pour la demeure des Grecs ;
la température de l'air la lui faisait regarder comme le
sol le plus propre à faire éclore de beaux génies [17]. »
Suivent les remarques sur les Romains imitateurs (la
Didon de Virgile n'est qu'une « pâle copie » de la Nau-
sicaa d'Homère), sur la beauté des corps et sur la belle
nature que les artistes, l'ayant constamment sous les
yeux, ont su si parfaitement exprimer.

À ce point, Jaucourt abandonne Winckelmann pour
retrouver le programme de l'*Encyclopédie* et, plus largement, cette revendication essentielle des hommes de
lettres à la veille de la Révolution : que les talents soient
reconnus [18]. Or, parmi les causes de la supériorité des
Grecs, il faut faire toute sa place à la reconnaissance et à
la considération qu'ils savaient apporter aux « talents »
ainsi qu'à leur souci de l'éducation. Ils savaient aussi
entretenir l'émulation entre les artistes par l'établissement de concours. On ferait donc bien de s'inspirer
de leur exemple. L'article s'achève alors par un rappel
placé sous l'autorité de Caylus : on ne trouve pas chez
les Romains ces « productions sublimes » de l'art, qui
« servent et serviront toujours de modèles aux nations
civilisées capables de goût et de sentiment ». Winckelmann (non nommé) et Caylus concourent donc à établir
la position des Grecs en modèles éternels [19]. On semble
être dans le cadre d'une classique défense des Anciens,
avec toutefois la reconnaissance de la supériorité des
Grecs, qui vient contredire l'idée (des Modernes), exprimée par Perrault notamment, que le temps a perfectionné
les arts : Virgile est donc supérieur à Homère.

La traduction-adaptation de Fréron opère des choix,
qui sont autant d'interprétations tranquillement reprises
par Jaucourt. Ainsi, la Grèce est bien cette terre exceptionnelle où les semences venues de l'étranger changèrent

de nature et de forme. Mais, alors que Winckelmann parlait du « bon goût qui se répand de plus en plus et qui a commencé à se former (*bilden*) en Grèce », Jaucourt voit la Grèce comme le lieu où s'est répandu, « avec la lumière la plus éclatante, *le seul goût* digne de nos hommages et de nos études » (Fréron écrivait « le bon goût, le vrai goût, le seul goût… »). Si la formulation de Jaucourt est classique, banale même, la phrase de Winckelmann est, elle, l'amorce d'une question.

Quel rapport peut en effet se nouer entre cette première *Bildung* grecque (qui est aussi une *Bildung* première) et l'aujourd'hui [20] ? Peut-on rejoindre les commencements (que veut dire l'expression « puiser aux sources » de l'art grec ?) ou peut-on (seulement) les réitérer ? Elle contient, en tout cas, en elle-même, le temps comme problème. Ou encore elle juxtapose deux approches en fait incompatibles l'une avec l'autre : celle, classique, reprise d'une esthétique conçue comme normative (les Anciens, c'est-à-dire la Grèce comme modèle éternel) et celle, qui ne se formule pas encore clairement, de l'historisme (l'unicité d'une expérience admirable qui ne peut revenir).

D'un point de vue plus général, peut-être saisit-on, à travers l'emploi des catégories de « modèle » et de « source », le cheminement de cette problématique ? Le modèle, c'est ce qu'on a ou ce qu'on choisit d'avoir devant les yeux. Il est face à vous, comme il l'était hier et le sera demain ; alors que la source, on se tourne ou retourne vers elle : il faut la chercher, la trouver, y puiser, la goûter. « Les sources les plus pures de l'art sont ouvertes : heureux qui les trouve et y puise. Chercher ces sources, cela signifie partir pour Athènes ; et Dresde sera dorénavant Athènes pour les artistes [21]. » Pour puiser à ces sources, il faut aller à Athènes, mais Dresde est désormais Athènes pour les artistes… Cette phrase des *Réflexions* précède immédiatement celle, fameuse, sur

l'imitation comme seule voie pour devenir grands.
Comme si Winckelmann hésitait, passant de l'une à
l'autre, entre la « source » et le « modèle ». Le modèle
entraîne avec lui l'imitation et, aussitôt, surgit la question
de savoir s'il est possible ou non de dépasser le modèle :
pour un temps ou définitivement ? Depuis le XVIIe siècle,
la réflexion tournait autour du problème de la perfection.
Dans son *Parallèle des Anciens et des Modernes*,
Perrault la caractérise tantôt comme « sommet de la
perfection », proche de « la dernière perfection » (celle
atteinte par les Modernes), tantôt comme « point de
perfection », apogée qui annonce une descente et renvoie
à un modèle cyclique de l'histoire. Ce qui allait bien pour
rendre compte de la perfection atteinte par les Anciens,
mais beaucoup moins bien pour parler des Modernes [22].

« Chercher les sources de l'art veut dire faire le
voyage d'Athènes. » Winckelmann, on le sait, ne réussit jamais à aller jusqu'à Athènes, il quitta toutefois
Dresde pour Rome. Mais, indépendamment même de
ce trait biographique, il est clair que la métaphore de la
source s'inscrit dans un tout autre réseau cognitif que le
modèle. La source présuppose l'absence (jamais on
n'atteindra Athènes). En buvant à la source, c'est soi-
même que l'on transforme, on se fait soi-même Ancien,
on voit avec leurs yeux. En ce sens on imite, mais de
« modèle » les Anciens sont devenus « idéal ». Derrière
nous, irrémédiablement, ils sont aussi devant nous : le
futur est ouvert. C'est l'un et l'autre. À nous de les
inscrire sur notre horizon d'attente ; à nous, pour être
grands, de savoir nous *faire* Anciens.

Revenons à Jaucourt. Il ignore complètement la
phrase sur l'imitation comme seul moyen pour *nous* de
devenir grands et, si c'est possible, inimitables, alors que
Fréron y voyait le sens même de l'ouvrage contre « les
sots détracteurs de l'Antiquité dont ce siècle abonde [23] ».
Sur ce point Jaucourt se sépare-t-il de Fréron ? Reprendre

la phrase aurait-il signifié se ranger trop résolument du côté des «fanatiques» de l'Antiquité[24] ? Ou bien, explication plus plate, Fréron donnant cette phrase comme venant de lui, Jaucourt (qui ne connaissait pas le texte original) ne l'a évidemment pas reprise !

La supériorité de la beauté grecque, à laquelle concourent les «efforts de la nature et de l'art», lui agrée en revanche parfaitement, mais il ne retient que la «belle nature» et laisse de côté l'étape ultérieure de la «beauté idéale[25]». Winckelmann vient en somme donner une chair, un corps, un cadre à cette perfection grecque jusqu'alors avant tout littéraire. Il la rend visible et il l'explique. Puisqu'elle est conçue comme le produit d'un climat et d'une forme d'organisation de la vie en commun. La cité (le mot n'est pas employé) est seulement envisagée comme un dispositif, une machine à façonner de beaux corps, depuis la naissance – et, déjà, avant même la naissance – jusqu'à «l'âge fait». Si une contrainte et un contrôle (rigoureux) s'exerçaient sur les corps, ils n'avaient d'autre finalité que d'empêcher que l'on contrariât la nature. Il s'agissait seulement de prévenir ou de réduire les déformations du corps par la surveillance et l'exercice. Pour le reste, c'était la règle de la moindre contrainte qui avait cours, notamment en matière vestimentaire : rien qui serre, comprime le corps et bride la nature. D'où l'absence de langes pour les nourrissons et les fameuses jeunes Lacédémoniennes «montreuses de hanches», inlassablement citées ou exhibées par la tradition, et ainsi expliquées par Winckelmann.

Sélective, cette réception de Winckelmann l'a été d'autant plus qu'elle a tout ignoré de la dimension de polémique antifrançaise qui habite son projet intellectuel. Si les *Réflexions* n'en portent pas une trace directe, sa correspondance au cours de ces années-là en témoigne clairement. Contre le mauvais goût français, contre la

« peste » française qui sévit dans les cours allemandes, contre la médiocrité des artistes et l'ignorance des savants français, contre leur incapacité foncière à comprendre l'Antiquité, on trouve des remarques acerbes et vengeresses, fondées, dans quelques cas, sur des considérations ethniques aussi simples que péremptoires [26]. Ce qui n'empêche nullement leur auteur d'écrire, au même moment et en français, des lettres respectueuses et un peu mielleuses à Caylus ou à l'abbé Barthélemy.

À partir de ce constat, on peut faire deux remarques. Dans son projet même, la critique à l'endroit des Français va de pair avec une critique contre les Allemands : contre ces Allemands qui, depuis trop longtemps, se laissent impressionner et qui croient et font croire qu'il n'y a d'autre choix que d'imiter la culture française. Toujours dans ses lettres, Winckelmann stigmatise ces Allemands qui ne pensent qu'à « singer les Français et déplore que dans les cours un Arlequin français vaille plus qu'un vrai Allemand [27] ». Il « vaut plus » veut dire, très concrètement, qu'on le paie plus et, pourtant, il n'est qu'un Arlequin, un pantin aux gestes convenus et attendus. Toujours superficiel, il ne sait rien profondément : de la politesse elle-même, qu'il a toujours à la bouche, il ne possède que les côtés enfantins [28]. Le Français ne « saurait être un véritable honnête homme » (*Keiner kann ein ehrlichen Mann sein*). On touche là au point essentiel. Le goût français ou la politesse classique sont superficiels, tout en surface : le Français n'est qu'un acteur, jouant un rôle de *Commedia dell'Arte*. Que fait alors un Allemand imitant un Français ? Redoublant l'imitation, il n'est qu'un singe imitant un Arlequin.

Davantage encore, la France c'est Rome. La culture française est fondamentalement perçue comme romaine, comme ayant imité les Latins et relayé l'Empire. Ce qui ajoute encore un degré supplémentaire dans l'imitation. Et quand, pour parcourir tout le cycle de l'imitation, on aura rappelé que les Romains, eux-mêmes, ont imité la culture grecque et sont devenus pleinement romains en imitant les Grecs, on comprendra mieux la proposition de Winckelmann aux Allemands (« pour nous ») d'imiter *directement* les Grecs. C'est seulement en allant « puiser » directement aux sources de l'art grec qu'ils auront la possibilité, en court-circuitant le cycle de l'imitation et le parcours de la *translatio*, de s'épargner de se faire les singes d'Arlequins pour devenir pleinement eux-mêmes grecs ou véritablement allemands. La question de fond qui est posée est clairement celle de la *Bildung* aujourd'hui. Or, la Grèce étant le lieu où le bon goût a commencé à se former (*bilden*), l'imitation des Grecs se présente bien comme « l'unique façon de devenir grands et, si c'est possible, inimitables [29] ». Se marque là le tranchant d'une rupture et s'indique, l'espace d'un instant, la possibilité d'un *Sonderweg* pour les Allemands. L'imitation est un combat pour l'identité et, en fait, le choix de l'originalité.

Mais la dissonance ne fut ni entendue par les lecteurs français ni creusée par Winckelmann lui-même. À première vue, la formule pouvait en effet passer pour une simple transposition de celle de La Bruyère – « On ne saurait en écrivant rencontrer le parfait et, s'il se peut, surpasser les Anciens que par leur imitation [30] » – et la réaffirmation de la doctrine classique de l'imitation. C'est d'ailleurs bien ainsi que l'ont comprise les traducteurs des *Réflexions*. Seul Jaucourt, en ne la mentionnant pas, prit peut-être une position différente mais sur le mode négatif. « Le seul moyen que nous ayons d'exceller, et même de devenir, s'il était possible, inimitables, c'est d'imiter les Anciens [31]. » « Ce n'est qu'en imitant les Anciens qu'on peut parvenir à exceller, et même à devenir inimitables [32]. » Quant à Fréron, qui faisait la phrase sienne sans même l'attribuer à Winckelmann, il y plaçait la morale du texte. Le but de l'auteur, notait-il dans son introduction, est « de prouver que l'imitation des Grecs est la voie la plus sûre, peut-être la seule, pour atteindre le plus haut point de perfection[33] ». On demeurait donc encore dans la problématique classique du modèle, de la perfection et du point de perfection à la Perrault. Pour les traducteurs, « devenir grands » ne peut qu'être rendu par « exceller » (« rencontrer le parfait », écrivait La Bruyère).

Or, comment s'est formée la pensée de Winckelmann ? Largement, par la lecture des classiques français : les protagonistes de la Querelle, mais aussi les auteurs postérieurs comme l'abbé Batteux ou l'abbé Dubos ; bref, tous ceux qui, en France, et pas seulement en France (notamment en Angleterre), ont écrit sur le Beau. L'examen de ses manuscrits de Dresde le prouve de façon sûre[34]. Il convient d'accorder aussi une place non négligeable (et, en tout cas, plus importante qu'on ne l'a généralement fait) au *Traité du sublime* du Pseudo-Longin que Winckelmann ne connaissait pas seulement à travers la traduction qu'en avait donnée Boileau[35]. Longin lui fournissait non seulement une définition du sublime (littéraire), mais aussi des instruments pour critiquer et dénoncer le faux sublime de l'art baroque. Il y trouvait également le rapprochement opéré entre la possibilité du sublime et la démocratie.

Mais le point intéressant concernant sa réception est que Winckelmann avait forgé les armes de sa critique de la culture française en grande partie à partir de cette culture même. C'était, en somme, une critique de l'intérieur mais qui avait l'avantage de venir de l'extérieur. Alors que Caylus, l'antiquaire, ne pouvait être largement entendu, lui le pouvait, à condition naturellement de ne le placer d'abord que sur l'échiquier hérité de la Querelle et de méconnaître sa « dissonance » (antifrançaise ou allemande).

Art et liberté

En 1776, l'*Encyclopédie* fait à nouveau place à Winckelmann. Sous le titre « Histoire des arts chez les Grecs », l'auteur de l'article[36] veut présenter leur naissance, leur progrès et leur décadence. Il ne cache pas, tout au contraire, qu'il s'appuie avant tout sur Winckelmann, dont le nom revient tout au long de l'article, mais il mentionne également les recherches de Caylus et de Goguet[37]. Le schéma d'exposition est repris de Winckelmann : les origines de l'art, ses débuts plutôt tardifs en Grèce, les causes des particularités de l'art dans les différentes nations. Parmi elles, le climat. Le ciel d'Ionie, avec son printemps perpétuel, est le plus propre à produire la beauté, à favoriser les arts et les sciences. Mais la domination perse sur l'Ionie fit que « le trône des arts et des sciences alla se fixer dans Athènes, dès que l'on en eut expulsé les tyrans. Pour lors, le gouvernement démocratique éleva l'âme de chaque citoyen et la ville même au-dessus de toutes les autres cités de la Grèce[38] ». On passe du régime climatique au régime politique, ou, pour parler comme les Grecs, de la *phusis* au *nomos*, de la nature à la loi.

Apparaît là, directement associé au nom de Winckelmann, le thème de la liberté politique. Elle est nécessaire au développement de l'art et elle scande son histoire. Jaucourt ne prononçait pas le mot de liberté, et les *Réflexions*, elles-mêmes, l'envisageaient moins comme liberté directement politique que comme liberté des mœurs ou dans les mœurs. Il ne s'agissait certes pas de licence, mais d'un dispositif visant – y compris par un strict contrôle – à favoriser la nature. Se référant toujours à Winckelmann, l'auteur de l'article relève qu'une appréhension correcte de ce qu'est l'art implique d'« analyser les monuments laissés par les Grecs, dans les temps où ils jouissaient de leur liberté ».

Puis, des Grecs anciens, il passe aux Grecs modernes, en développant un petit apologue. Les voyageurs de ce siècle prétendent que, s'ils recouvraient leur liberté, à l'instant même renaîtraient « l'héroïsme, le génie, les talents, les vertus ». Mais, bien vite, les Grecs ne sont plus qu'un prétexte pour une tirade républicaine, chantant la valeur des spectacles publics et les vertus de l'éducation publique et de la vénération des grands hommes, tels Miltiade, Aristide, Thémistocle ou Cimon, qui n'étaient ni « mieux nourris » ni « mieux logés » que les autres citoyens. On ignorait alors l'« abus de ruiner les provinces pour élever des palais » aux commandants ou aux intendants. Aussitôt après, l'auteur revient, certes, à des considérations sur la nature et l'art, avant de terminer par des remarques sur les proportions. Mais il n'empêche que nous avons là une première claire politisation de l'œuvre de Winckelmann, préparant son enrôlement dans les rangs des combattants de la liberté. La cité grecque était un dispositif capable de « produire » une beauté supérieure à la beauté moderne, grâce à la liberté des mœurs. De plus, d'un point de vue historique plus large, s'observe une corrélation directe entre la liberté et la grandeur de l'art. Quand la Grèce a cessé d'être libre, son art a cessé d'être grand. L'*Histoire de l'art* s'emploie à valider ce schéma.

Les *Réflexions* avaient ravivé le thème de l'imitation, apporté des arguments en faveur de la reconnaissance des artistes, contribué au débat sur le beau, la nature et l'idéal et, surtout, rendu la Grèce plus présente. Sur tous ces points, les références et les enjeux sont en Grèce, et non à Rome. Curieusement, l'*Histoire de l'art dans l'Antiquité*, où les Modernes sont pourtant beaucoup moins directement présents que dans les *Réflexions,* contribue à accentuer encore ce mouvement : par la place assignée à la liberté[39]. Comme l'a déjà indiqué

l'article des *Suppléments* de l'*Encyclopédie* et ainsi
que le prouvent nettement les usages de Winckelmann
pendant la Révolution. Lu dans cette optique, le livre a
joué en ces années-là un rôle sur le plan intellectuel,
dans les échanges qui s'opèrent entre esthétique et
politique. Il contribue à rendre possible ou plus facile
une esthétisation de la politique et une politisation de
l'esthétique, à travers la référence grecque. Jusqu'alors
la réflexion politique avait principalement regardé vers
Rome. En tournant les regards vers la Grèce, les débats
sur le Beau ne tardent pas à en faire surgir aussi la
dimension politique, par ce lien reconnu entre beauté et
liberté. Jusqu'à en faire un slogan.

Dans l'*Histoire de l'art*, Winckelmann écrit : « De
toute cette histoire il est clair que c'est par la liberté que
l'art fut élevé. » Dans la traduction italienne de 1783, la
phrase devient « Il résulterait [...] que l'art doit son progrès et sa perfection *principalement* à la liberté » et, dix
ans plus tard, la même phrase se dit en français : « Il résul-
tera de cette histoire, que la liberté *seule* a élevé l'art à sa
perfection [40]. » Sur ce simple détail de traduction, on voit
comment a pu s'imposer l'équation Beauté-Liberté. En
1795, Winckelmann est traité comme un véritable auteur
officiel : une nouvelle édition de ses œuvres est prévue et
le comité d'instruction publique de la Convention est
invité à « prendre un arrêté portant que la nouvelle édition
[...] sera placée dans chaque musée d'art et dans les principales bibliothèques de la République et qu'à cet effet il
sera souscrit un nombre suffisant d'exemplaires [41] ».

Régénération et conservation

Plus tôt, au début de 1791, le libraire hollandais (et
traducteur de Winckelmann) Jansen invite à opérer la
« régénération » des arts en France, en invoquant le

modèle grec : « Sous l'empire de la liberté, les arts s'élèvent […] l'auguste assemblée de nos représentants n'a qu'à vouloir, et les mêmes merveilles qui ont illustré les plus beaux siècles de la Grèce vont s'opérer parmi nous[42]. » Il suffit d'avoir foi dans le miracle de la liberté. Régénérer par l'imitation apparaît comme la version française du *bilden* de Winckelmann.

En 1794, en pleine Terreur, le peintre Jean-Baptiste Wicar présente, sur un problème d'apparence mineur, un rapport fort instructif du point de vue du mode de raisonnement. L'objet : la collection de moulages des antiques ayant appartenu au roi et à l'Académie et son déplorable état actuel. Très vite, les moulages ne sont plus vus comme de simples moulages, mais comme les « débris » même de la liberté grecque expirant, qu'il convient de « venger », en réparant les outrages commis par une « chaîne de siècles barbares[43] ». Davantage, il y a un droit de succession qui crée aussi un devoir. Car ces glorieux témoins de la liberté ont, au fond, été conservés pour *nous*, qui avons ouvert l'ère de la liberté. Il n'y a « que *nous* qui puissions les apprécier ». Opérant alors un court-circuit chronologique, Wicar réunit la Grèce des guerres médiques et l'aujourd'hui : « Oh siècle à jamais mémorable ! Il va donc se réunir au nôtre, et nos principes immuables, en se confondant avec les siens, nos victoires avec ses lauriers, nous anéantirons pour jamais de notre mémoire le souvenir du despotisme. » La mémoire est un combat : la mémoire « grecque » contre le souvenir du despotisme. On choisit l'une pour effacer l'autre.

Ce discours enfin pose le problème du patrimoine artistique et de sa conservation. Pour Wicar, il n'est pas douteux que *notre* véritable patrimoine est la Grèce, car c'est de là que doit partir et par là que doit passer la régénération de l'art : sa libération de tous les académismes. Entre les Grecs et nous, il n'y a rien, pourrait s'écrier Wicar (Saint-Just disait : « Le monde est vide depuis les Romains »). Au même moment, Boissy d'Anglas publiait un ouvrage où les Grecs étaient célébrés comme « nos maîtres et nos modèles », justement à cause de cette « réciprocité » qu'ils avaient su créer entre l'art et la liberté : « Les arts et la liberté furent les premières et les plus énergiques passions de leurs âmes [44]. » Mais, allant plus loin, il arrivait à l'idée que leur « patrie était cet amas de chefs-d'œuvre » qu'ils avaient protégés contre les tyrans et qui leur avait survécu. Cet héritage de la liberté nous revenait de droit, mais nous en étions aussi comptables. Par un dernier élargissement, l'héritage n'est plus seulement celui de la Grèce, mais il englobe ce qui appartient « au talent de tous les pays et de tous les siècles ». On voit comment se dessinent les glissements qui mènent d'une conception exclusive de l'héritage (la Grèce à l'exclusion de tout le reste, la Grèce contre le despotisme) à une conception inclusive (le talent de tous les pays et de tous les siècles). L'idée sera soutenue par la seconde conception, que les grands chefs-d'œuvre, même s'ils ont été produits pendant des siècles de despotisme, témoignent toujours en quelque façon pour la liberté. Aussi ont-ils vocation à être recueillis, c'est-à-dire « accueillis », dans le pays de la Liberté, à qui il revient d'être, selon l'extraordinaire formule alors forgée, leur « dernier domicile [45] ». Jusqu'à ce jour, dans l'attente de cette mort-résurrection à venir, ils n'ont pu délivrer complètement leur message et accomplir leur destin. Ce n'est que maintenant qu'on pourra les regarder et les comprendre totalement.

Ces glissements du patrimoine de la liberté au patrimoine national prendront une forme très visible et concrète dans la politique culturelle du Directoire. La fête du 9 Thermidor an VI, organisée pour l'entrée triomphale à Paris des œuvres d'art saisies en Italie par

Bonaparte, en marquera le point d'orgue. Le discours
prononcé à cette occasion par François de Neufchâteau,
le ministre de l'Intérieur, est la présentation la plus
éloquente et la plus articulée de cette mystique de la
liberté et de la nation (sur fond de pillage). Tous ces
chefs-d'œuvre, qui trouvent ici leur « dernier domicile », en venant « décorer le berceau de la liberté »,
sont en même temps un « dépôt » remis « par l'estime
de l'univers ». Il y a là une mission et une responsabilité
devant l'histoire. D'autant plus que les grands artistes
du passé, « jetés dans des siècles de servitude », ont
en réalité travaillé avec une sorte de « conscience de
l'avenir ». Les propos encore un peu vagues de Boissy
d'Anglas sont maintenant très clairs. Si bien que « leurs
tableaux sublimes furent le testament par lequel ils
léguèrent au génie de la liberté le soin de leur offrir
la véritable apothéose et l'honneur de leur décerner la
véritable palme dont ils se sentaient dignes ». La France
ne libère pas seulement le présent, mais aussi le passé
qu'elle sauve en l'accomplissant. Elle est la nation
rédemptrice et le Jugement dernier de la Liberté. « Vengeresse des arts longtemps humiliés, elle a brisé les
chaînes de la renommée de tant de morts fameux. Elle
couronne à la même heure les artistes de trente siècles ;
et ce n'est que par elle, ce n'est que d'aujourd'hui qu'ils
montent effectivement au temple de la mémoire[46]. »

La fête des arts a aussi une fonction plus immédiate
concernant le passé proche de la Révolution elle-même.
Célébrer ainsi l'anniversaire du 9 Thermidor (an II),
c'est, comme le dit encore F. de Neufchâteau, « effacer
tous les souvenirs » : le cortège, qui rappelle le triomphe
romain, doit en même temps être vu comme « la pompe
expiatoire des crimes de la tyrannie renversée le 9 Thermidor ». Par cette offrande triomphale, on expie, donc on
efface la Terreur et les épisodes de violence iconoclaste
contre tous les symboles du passé ; par cette mise en

scène, on rend visible le lien étroit, intime, permanent entre l'art et la liberté, entre la Révolution et les arts. On propose une histoire « acceptable » de la Révolution : dans cette fête de l'an VI, la Révolution se regarde au miroir d'une histoire d'elle-même qu'elle voudrait bien donner à croire.

N'apercevoir que Winckelmann derrière tous ces discours serait absurde. Mais il est là cependant. À la limite, il n'est même pas besoin de prononcer son nom, dans la mesure où son œuvre a été réduite à la formule : l'art *et* la liberté, quelque chose comme le théorème de Winckelmann. Le Winckelmann invoqué par Jansen ou même, à l'extrême, par Wicar relève plutôt, par leur usage de la notion de régénération, du programme des *Réflexions* : faire de Paris une nouvelle Athènes, en prenant les Grecs pour modèle. Mais il est un autre Winckelmann, un autre usage de son œuvre qui surgit des problèmes mêmes posés par tous ces monuments qui, précisément, nous séparent des Grecs. Ce Winckel-mann-là, celui de l'*Histoire de l'art dans l'Antiquité*, est celui rencontré, médité et instrumentalisé par Alexandre Lenoir, l'inventeur du musée des Monuments français[47].

Que faire des « monuments des arts » ayant appar-tenu au clergé et devenus biens nationaux ? Telle est la question à laquelle Lenoir a peu à peu trouvé une réponse. On décida qu'une partie serait vendue et une autre conservée dans des dépôts provisoires. À Paris, on choisit le couvent des Petits-Augustins, et Lenoir, qui avait étudié la peinture avec Doyen, en obtint grâce à lui la garde (en juin 1791, il est nommé « garde » du Dépôt). À partir de ce moment, Lenoir va se livrer à une intense activité d'inventaire, d'acquisition, de restauration, de reconstruction des monuments, en accordant une place croissante au Moyen Âge, jusqu'à obtenir, en 1795, que le Dépôt devienne musée des Monuments français et qu'il en soit le « conservateur ».

Et Winckelmann ? Lenoir le cite dès la première page d'un ouvrage présentant son musée[48]. Il s'agit de l'évocation (célèbre depuis Hérodote) d'Athènes après l'expulsion des tyrans et le choix de la démocratie : « Dès lors tout le peuple prit part aux affaires publiques, l'esprit de chaque habitant s'agrandit, et Athènes même s'éleva au-dessus de toutes les villes de la Grèce. Le bon goût étant devenu universel, et les citoyens opulents s'étant attiré la considération de leurs concitoyens par l'érection de superbes monuments publics, l'on vit affluer dans cette puissante ville, comme les fleuves affluent dans la mer, tous les talents à la fois. Les arts s'y fixèrent avec les sciences. » Il vaut la peine de relever que cette citation, qui pourrait faire partie de morceaux choisis sur l'art et la liberté, est en fait décalée par rapport au propos de Lenoir : il ne s'agit pas de construire, mais de conserver des monuments venus du passé. Or, c'est le décalage lui-même qui est intéressant, car il témoigne de la difficulté à penser cette activité de conserver qui, peu à peu, concrètement, s'est imposée à des hommes comme Lenoir. Comment la considérer, où la placer, quelle signification lui donner ? Alors que Winckelmann évoquait une floraison artistique et intellectuelle, Lenoir fait appel à cette image d'Athènes et à l'*aura* de Winckelmann pour, si j'ose dire, donner ses lettres de noblesse à la conservation. La juxtaposition de l'Acropole de Périclès et du musée des Monuments français doit entraîner la conviction que la conservation, qui contribue à la formation du « bon goût », a une place reconnue parmi les « bâtisseurs » de l'Acropole de la République. Le geste de conserver équivaudrait à celui de construire.

Présent dans l'« Avant-propos » de Lenoir, Winckelmann l'est aussi dans le musée même. Lenoir a en effet installé son buste dans le cloître du couvent : « Le respect que cet homme sublime m'a inspiré, la reconnaissance que lui doivent les artistes, tout m'a engagé à lui ériger un monument[49]. » Autour du buste de Winckelmann, nous avons quelque chose comme la « prière sur l'Acropole » de Lenoir ! Winckelmann est, de surcroît, le seul étranger à être ainsi honoré. Comme prophète d'Athènes et de la liberté, bien sûr, mais aussi, voire surtout, comme découvreur de l'histoire de l'art : une histoire conçue comme système et différant d'une simple histoire des artistes. Grâce à lui, Lenoir pouvait transformer son « dépôt » en musée, c'est-à-dire en parcours d'histoire. Par cette opération, ces objets qui, de biens du clergé, étaient devenus « chose publique », acquéraient le statut d'objets historiques. Ils étaient porteurs d'une histoire et témoignaient aussi, par toute une série de marques d'identification, que l'art a lui même une histoire. On pouvait les regrouper, les classer ; bref, organiser le voyage ou la visite. À ce premier principe de classement qui, pour être vraiment opératoire, supposerait le dégagement de la notion de style, Lenoir ajoute, substitue plutôt, un autre instrument, plus tranchant, plus parlant et plus immédiatement utilisable : le siècle. En avançant dans le musée, le visiteur « voyagera successivement de siècle en siècle ». De fait, les salles sont distribuées par siècle, de façon à donner à chaque siècle « le caractère qui lui convient[50] ».

Si, par son souci de la chronologie – « base principale de [son] travail », notait-il –, Lenoir échappe à la téléologie rétrospective de la liberté et du dernier domicile, il n'échappe pas, en revanche, à celle de la Nation. Le musée s'entend comme « pris sous les deux rapports de l'histoire, et de l'histoire de l'art relativement à la France[51] ». D'où une première conséquence logique : le musée ne doit renfermer que « des monuments français » ; aussi les monuments antiques « qui ont cessé par leur caractère d'appartenir à ce Musée » sont-ils

« retournés à leurs musées respectifs[52] ». Et une seconde : le voyage se mue en parcours des grands hommes qui ont fait la France. Souvenons-nous que c'est en visitant ce musée que Michelet assure y avoir reçu « la vive impression de l'histoire ». « Un génie bienfaisant, poursuit Lenoir, a sans doute enfanté le dix-septième siècle pour l'honneur de la Nation Française ; guerriers, poètes, hommes d'État, peintres, statuaires, graveurs, etc., tous ont marché sur la même ligne vers l'immortalité[53]. » Nous sommes loin désormais des siècles de despotisme que la mémoire de Marathon et de Salamine devait effacer. Ainsi, parti de et accompagné par Winckelmann, Lenoir trouve, chemin faisant et paradoxalement, les Antiquités nationales. L'Antiquité qui nous appartient en propre n'est, au total, ni la Grèce ni Rome, mais le Moyen Âge. Dans le fatras de son dépôt, il construit, bricolant, restaurant, rêvant, la première histoire nationale postrévolutionnaire. La Restauration pourtant ordonna, en 1816, la fermeture du musée[54].

Imiter, ne pas imiter

Dans le domaine de l'art, la régénération passait par l'imitation des Grecs et, logiquement, la critique de la régénération amène une remise en cause de l'imitation. En politique, nous l'avons vu, les jacobins sont accusés d'avoir voulu « régénérer » la France en la transformant en une nouvelle Sparte. Sans revenir sur la logique de cette accusation et sur ses enjeux, rappelons la phrase de Saint-Just, lui qui se vit plus d'une fois en Brutus : « N'en doutez pas, tout ce qui existe autour de nous est injuste ; la victoire et la liberté couvriront le monde. Ne méprisez rien, mais *n'imitez rien* de ce qui est passé avant vous ; l'héroïsme n'a point de *modèles*. C'est ainsi, je le répète, que vous fonderez un puissant empire, avec l'audace du génie et la puissance de la justice et de la vérité [55]. » On semble être là aux antipodes de l'appel lancé par Winckelmann dans les *Réflexions* : « La seule façon pour *nous* de devenir grands et, si c'est possible, inimitables, c'est d'imiter les Anciens. » Et, pourtant, dans les deux cas, il s'agit de commencements. Puisque le bon goût avait commencé à se « former » en Grèce, le former et le répandre en Allemagne ne peut qu'emprunter le chemin de l'imitation. Puiser aux sources de l'art grec ne veut pas dire s'habiller à la grecque, mais, dans la mesure du possible, s'efforcer de voir avec les yeux des Grecs. De proche en proche, cette exigence fait apparaître tout ce qui sépare les Modernes des Anciens : les corps étaient alors plus beaux, grâce au climat, mais aussi parce que les règles de la vie en commun tendaient vers le Beau [56]. Voir avec les yeux des Grecs, c'est se mettre en état de percer à jour le sublime forcé du baroque, de discriminer la fausse grandeur, de compenser l'infériorité de la nature moderne et, pour les meilleurs, tel Raphaël, de produire une œuvre qui atteigne à la vraie grandeur. Se faire le regard grec est ainsi pour l'artiste moderne se mettre en état de commencer.

Quand Saint-Just récuse l'imitation et le modèle, il le fait au titre d'une vision de la Révolution comme commencement absolu. Mais cette proclamation ne vient pas contredire les appels lancés par ailleurs aux Anciens. Parce qu'entre les Romains et nous, il n'y a rien, et que le monde est « vide », selon la figure de cette élision du temps (déjà rencontrée chez Wicar, le vengeur de la liberté grecque), le passé surgit dans le présent, sous la forme d'un éclair, dont la fulgurance est telle qu'il rend obscur tout le reste. Parce que, aussi, l'Antiquité, à laquelle il est fait appel, est elle-même perçue comme rupture et comme commencement. On ne cesse de se référer à la chute des rois et à l'établissement de la

République romaine, au renversement des tyrans à Athènes, à la législation de Lycurgue à Sparte. Joue alors à plein la figure de l'analogie, cette forme particulière du parallèle, condensée dans ce que Walter Benjamin a nommé, dans d'autres temps difficiles, l'à-présent.

Ainsi, Winckelmann et Saint-Just n'apportent, certes, pas la même réponse mais, dans des contextes et des registres différents, du moins répondent-ils à une même question : comment commencer ? Avec cet écart supplémentaire entre eux, qui engage deux rapports aux Anciens en Allemagne et en France, l'un se soucie de *Bildung* et n'est que grec, tandis que l'autre, se préoccupant d'institutions et d'empire, est romain avant tout (spartiate à l'occasion, mais il s'agit de la Sparte « instituée » par Lycurgue). L'un propose l'imitation pour que *nous* devenions inimitables, l'autre la récuse parce que *nous* sommes (déjà) inimitables.

Pourtant, l'accusation d'imitation politique s'est imposée jusqu'à devenir un lieu commun permettant d'expliquer la Révolution elle-même. De même, on voit se développer une critique parallèle de l'imitation dans l'art, qui atteint directement Winckelmann. François R. J. Pommereul, officier d'artillerie et futur préfet de l'Empire, publie dans *La Décade*, la revue des Idéologues, un mémoire intitulé *Des institutions propres à encourager et perfectionner les beaux-arts en France*[57], dans lequel il invite les jeunes artistes à élargir leur horizon. Aussi récuse-t-il l'exclusivisme grec : « On a trop dit que les Grecs étaient un peuple favorisé par des circonstances particulières. » C'est là un « miracle que l'enthousiasme des Winckelmann et des Meng n'apprend pas toujours à estimer avec justesse ». Cet enthousiasme établit « la tyrannie des opinions », et Winckelmann, l'homme sublime de l'art et de la liberté, se trouve rangé parmi les « despotes des arts[58] ». Le vocabulaire employé est éloquent : d'un despotisme à un autre, la politique se venge de l'esthétique. Et le miracle doit être ramené à ses justes proportions.

Vaines, en vérité, sont les multiples dissertations sur la question de savoir si les Grecs peuvent être surpassés. « Cherchez le vrai beau, poursuit Pommereul, il est dans la nature ; les Grecs l'y trouvèrent sans le secours d'aucun modèle de leurs devanciers : faites comme eux, trouvez-le ; peut-être vos chefs-d'œuvre nouveaux surpasseront-ils les anciens ; peut-être plus heureux encore que les Grecs, nous montrerez-vous qu'ils n'avaient pas atteint le sublime ou la perfection de l'art. [...] Mais dussiez-vous faire moins bien qu'eux, *faites de vous-même*, ne restez pas un servile *plagiaire*. Rien n'est fatal au génie comme l'*esclavage* de l'imitation[59]. » L'imitation n'est plus la condition préalable pour être à même de commencer, désormais il faut, au contraire, commencer par se débarrasser de l'*esclavage* de l'imitation. La liberté moderne de l'artiste ou celle de l'artiste moderne est celle de « faire de soi-même ». On s'achemine d'un bon pas vers l'activité artistique conçue comme création originale[60].

L'imitation se retire : elle est chassée de la politique, écartée de l'esthétique. Mais cette éviction se fait aussi sur un malentendu : il fallait d'abord réduire l'imitation à la simple copie. Venu de loin, le malentendu était alors probablement inévitable : il aidait à comprendre comment la Révolution avait pu dévier de sa route jusqu'à se nier elle-même, et contribuait à justifier qu'on entreprît de donner à la France le régime *moderne* dont elle avait un urgent besoin ; il justifiait qu'on invitât les artistes à sortir de Rome, à regarder le monde qui les entourait et à trouver la nature partout. Intellectuellement, artistiquement, politiquement utile, ce quiproquo offrait donc pas mal d'avantages. Imiter, ne pas imiter, ce serait, en somme, deux stratégies opposées et pourtant inséparables, pour avoir l'audace de commencer ou pour faire face à l'angoisse des commencements, quand, dans un monde qui a perdu son *archê*, le sol se dérobe sous le pas.

Ainsi dans les confrontations entre les Anciens et les Modernes se sont succédé phases de politisation et phases de dépolitisation, qui sont comme des oscillations de longue durée, avec des temps forts d'interférences, voire des différends violents. De cette dernière Querelle, portée sur les terrains de la politique la plus chaude et de l'esthétique la plus engagée, le vieux couple est ressorti brisé. Et dès lors, l'Antiquité, celle venue de l'humanisme de la Renaissance, celle qu'avait partagée la République des Lettres et en laquelle elle avait cru, se trouva éclatée entre et reprise dans les différentes traditions nationales.

Chapitre 4

Un Ancien chez les Modernes :
Plutarque

Chacun connaît le jeu : « Quel livre emporteriez-vous sur une île déserte (ou aujourd'hui sur la lune) ? » On y jouait au XVᵉ siècle déjà, puisque à cette question Théodore de Gaza, « personnage grec d'érudition singulière », pour reprendre les paroles de Jacques Amyot à son endroit, répondit qu'il « élirait Plutarque ». Grec, passé en Italie et lié au cardinal Bessarion, Théodore de Gaza n'était pas le tout premier venu, lui qui a traduit, entre autres, Aristote. Je doute fort qu'aujourd'hui il vienne à l'idée de quiconque de répondre « Plutarque » ! Pas plus que nous ne redirions, à la suite de Nietzsche : « Rassasiez vos âmes de Plutarque et en croyant à ses héros, osez croire en vous-mêmes. » Ce n'est là qu'une autre formulation du paradoxe de l'imitation (imiter pour devenir inimitable), tel que l'a énoncé J. J. Winckelmann. S'il est incontestable que Plutarque n'est plus parmi nous, il a longtemps fait partie de nos bagages et, par son truchement, c'est d'abord tout le chemin qui mène des Anciens aux Modernes, puis la distance qui s'est installée et creusée entre eux que nous parcourons et récapitulons.

J'ai vu des choses dont les livres parlent à tort et à travers. Plutarque à présent me fait crever de rire. Je ne crois plus aux grands hommes. » Ces phrases, Paul-Louis Courier, officier d'artillerie dans l'armée impériale, pamphlétaire à ses heures et helléniste le reste du temps, les adresse de Rome, en 1809, à l'orientaliste Sylvestre de Sacy, justement pour lui annoncer qu'il a « enfin » quitté son « vilain métier[1] ». Démissionnaire, après une campagne difficile et peu glorieuse en Calabre, il avait « vu » et ne croyait plus aux traîneurs de sabre ni à la gloire militaire, alors qu'il voulait croire à l'immortalité littéraire et artistique. Il avait manqué la première et espérait quelques miettes de la seconde. Inversement, dans les mêmes années, Beethoven croyait, lui, à Plutarque. Évoquant sa surdité, il écrivait à un ami : « Plutarque m'a conduit à la résignation. Pourtant, s'il est possible, je veux braver mon Destin. » Plutarque était pour lui ce compagnon qu'il avait toujours sous la main dans sa bibliothèque portative. D'où il tirait des exemples et son modèle du grand homme[2]. Adieu aux armes et adieu à Plutarque dans un cas, présence vivante dans l'autre, pour un homme que le destin accable. Relevons que la guerre de 1914, qui a donné six maréchaux à la France, a aussi fourni l'occasion de révoquer les mânes de Plutarque, avec le *Plutarque a menti* de Jean de Pierrefeu. Sous ce titre, l'auteur, venu pourtant du barrésisme, dénonçait le « bourrage de crânes » des chefs militaires, de la presse et des gouvernants, faisant assaut de grandiloquence : du Plutarque en apparence, mais la réalité du Grand Quartier Général, pour ne pas parler de celle des tranchées, était tout autre[3].

Qu'est-ce qu'un grand homme ? « Grands hommes ? Voir Panthéon », serait la première réponse : « Aux grands hommes la patrie reconnaissante », annonce la devise du fronton. Certes, mais tous n'y sont pas et ceux qui y sont sont-ils tous grands ? Puis, le Panthéon a connu une histoire troublée, institution de division plus que d'union, en sommeil pendant longtemps[4]. Pourtant, il a été rouvert depuis une quarantaine d'années et on panthéonise à nouveau. Après y avoir accueilli Jean

Moulin et son « immense cortège des ombres » en 1964, André Malraux y a lui-même été reçu en 1996.

« Grand homme ? A sa biographie », serait une seconde réponse. Et Jean Lacouture ne pourrait-il être vu comme une sorte de Plutarque français ? Peut-être, mais, sans préjuger d'autres différences, il est un journaliste, qui a écrit d'abord sur ses contemporains : les grands hommes du XXe siècle ? Quant au critère de la biographie, il est clairement insuffisant, puisqu'on a publié et on publie, surtout depuis vingt-cinq ans, des biographies d'inconnus et, plus largement, toute une littérature de et sur des anonymes (récits autobiographiques, carnets, journaux). À la limite, tout le monde pourrait avoir sa biographie, même le dernier des inconnus ou des imbéciles. « Si nous écrivions la vie du duc d'Angoulême ? Mais c'était un imbécile ! » Nonobstant, les deux historiens néophytes de Flaubert, Bouvard et Pécuchet, se mettent au travail avec ardeur.

Qui est Plutarque, dont le destin, au moins moderne, semblerait lié à celui des grands hommes ? Un personnage familier, mais aussi une sorte d'inconnu illustre. Si connu que Molière peut faire dire au Chrysale des *Femmes savantes*, quand il s'adresse à sa sœur : « Et hors un gros Plutarque à mettre mes rabats, / Vous devriez brûler tout ce meuble inutile, / Et laisser la science aux docteurs de la ville [5]. » Plutarque est là, si familier qu'on peut le traiter fami-lièrement, lui qui, à lui seul, équivaut à une bibliothèque. Une maison bourgeoise qui se respecte possède un « gros » Plutarque, voilà tout, qui fait pour ainsi dire partie des meubles. Et si on l'a lu (étant jeune), on ne l'ouvre plus guère ensuite.

Plutarque, en second lieu, est un auteur sans parallèle. Nul autre Plutarque chez les Anciens : on a écrit des biographies, avant et après lui, on a composé des traités moraux, nombreux, mais le projet de vies, conçues comme parallèles, est unique. Chez les Modernes non plus, car il a fonctionné, si j'ose dire, comme son propre parallèle. « Tu n'eus oncques au monde de semblable », écrit Amyot dans sa préface, prêtant sa plume à un soi-disant poète grec. On l'a édité, traduit et retraduit, complété, imité. On a écrit les vies perdues, on en a écrit d'autres ; on l'a abrégé, on l'a « nationalisé », on a fait des à la manière de, on l'a tant décliné en tant d'éditions pour la jeunesse qu'à la fin on ne l'a plus lu ou si peu, lui qui a bien mérité une concession à perpé-tuité dans le cimetière des classiques ou à l'entrée de celui des grands hommes.

Il est en effet ce grand massif d'écriture qui a long-temps récapitulé l'histoire de la Grèce et de Rome. Mieux, qui en a été l'histoire : il l'a donnée à voir et a fixé durablement la manière de l'écrire et de la raconter. Les jeunes gens l'ont découverte et épelée chez lui, le trouvant dans les bibliothèques familiales, l'étudiant dans les collèges des Pères. On commençait par Corne-lius Nepos, puis on continuait avec Plutarque. L'histoire de la liberté grecque expirant en 338 avant J.-C. face à Philippe de Macédoine, à Chéronée, c'est lui, lui aussi, comme ce sera la thèse de tout ce mouvement intellec-tuel (et politique) connu sous le nom de « seconde sophistique ». Chez lui, nos classiques se sont pénétrés des grands noms d'Athènes et, surtout, de Rome ; chez lui, les premiers humanistes ont redécouvert la sagesse des Anciens et ont été émerveillés par cette capacité à réfléchir à haute voix. Il a été une des pierres angulaires de l'homme des Humanités.

Mais ces grands noms ne sont plus. Longtemps, ils se sont survécus à eux-mêmes, portés, répercutés et trahis tout à la fois par un système éducatif qui avait charge de transmettre, vaille que vaille, ce qu'on a appelé « Humanités », puis « Culture classique ». Les professeurs d'humanités, disait H. G. Wells, sont des gens qui manient indéfiniment des clefs pour ouvrir

des pièces vides[6]. Depuis quand ont-ils sombré ou
commencé de sombrer ? *Docti certant !* Depuis hier,
avant-hier ou plus longtemps encore ? Quelle réforme
scolaire faudrait-il incriminer ? Celle de 1902, consacrant l'intégration du « moderne » dans l'enseignement
secondaire, celle qui, en 1968, supprime le latin en
sixième ? Celle qui, aujourd'hui, sans dire son nom
oblige pratiquement les enfants à choisir entre le latin
et le grec ? Mais, en 1732 (déjà), l'abbé Rollin déplorait
– il s'agissait du grec – que « la plupart des pères
regardent comme absolument perdu le temps qu'on
oblige leurs enfants de donner à cette étude ». Les
réformes, en particulier de l'école, n'ont pas de ces
pouvoirs, elles ne font qu'entériner, souvent plutôt mal
que bien, des mouvements de plus grande amplitude.
Retracer, en tout cas, le destin posthume de Plutarque,
Plutarque chez les Modernes, conduirait, compte tenu
de la place exceptionnelle qu'il a occupée dans la
culture européenne, à proposer une histoire de la culture
classique, soit un gros morceau de l'histoire intellectuelle de l'Europe.

Revenons à l'entrée, fournie par les ricanements de
Courier, « Plutarque et les grands hommes ». Aujour-
d'hui, croyons-nous encore aux grands hommes, alors
que nous avons fait beaucoup mieux en matière de gloire,
militaire ou autre ? Notre société produit-elle de grands
hommes ? Que sont les héros devenus ? Les statues se
sont fissurées ou ont été déboulonnées. Et il n'y a pas de
grand homme pour son valet de chambre. Nous avons, en
principe, rompu avec le « culte de tous ces demi-dieux »
et ne croyons plus à une « histoire arbitrairement réduite
au rôle des héros quintessenciés », comme l'écrivait
en 1950 Fernand Braudel. Alors même qu'il venait de
montrer d'éclatante façon, dans sa *Méditerranée*, que, si
« héros » il y avait, c'était moins le roi Philippe II que
la Méditerranée elle-même, dont il avait composé la

« biographie[7] ». L'écrivain le plus connu du temps, Jean-Paul Sartre, terminait son essai autobiographique, *Les Mots* (1964), par la phrase célèbre : « Tout un homme, fait de tous les hommes et qui les vaut tous et que vaut n'importe qui », non sans avoir rappelé qu'à l'âge de neuf ans il avait lu et relu un petit livre, qui s'intitulait *L'Enfance des hommes illustres*, où Jean-Sébastien (Bach), Jean-Jacques (Rousseau), Jean-Baptiste (Molière) faisaient signe à leur futur et déjà condisciple, Jean-Paul !

La croyance aux grands hommes devrait-elle être, pour autant, un préalable à la lecture de Plutarque ? Pas nécessairement. Il convient, en revanche, de comprendre comment et pourquoi Courier en est venu à cette formulation, c'est-à-dire, en élargissant la question, quel a été le rôle joué par les *Vies parallèles* dans la généalogie du grand homme en France. En somme, Plutarque et la naissance du Panthéon[8] ? Plus en amont encore, en préalable justement, on peut s'interroger sur ce que Plutarque, lui, avait voulu faire : pourquoi écrire des *Vies* ? Quelle place occupaient-elles dans l'économie générale de son œuvre, puisqu'il est bien loin de n'avoir écrit que des biographies ? Suivre donc Plutarque des Anciens aux Modernes, mais aussi entre les Anciens et les Modernes, lui qui fut d'abord pour les Modernes le visage même des Anciens.

Les Vies *par les* Vies *: un miroir philosophique*

Des cinquante *Vies* qui nous sont parvenues, quatre, écrites antérieurement (celles de Galba, Othon, Artaxerxès, Aratos), ne font pas partie du projet des *Vies parallèles*. Les autres, dédiées au Romain Sosius Senecion, ont probablement été rédigées entre 100 et 115 de notre ère, sous le règne de Trajan, par un Plutarque ayant atteint la soixantaine. Professeur réputé, notable de l'Empire, il est alors l'auteur de nombreux traités philosophiques.

Que sont les *Vies* ? En l'absence d'une préface générale, qui aurait expliqué l'entreprise, nous ne pouvons qu'utiliser des réflexions éparses et des notations ponctuelles de l'auteur sur le comment et le pourquoi de son travail, mais surgit inévitablement la question de savoir si ces indications valent pour l'ensemble des *Vies* : pour celles qui avaient déjà été publiées en particulier ? Sont-elles circonstantielles ou généralisables ? Mieux vaut aussi considérer que le projet n'est pas sorti tout armé de la tête de Plutarque à la suite d'une conversation avec son ami et protecteur Sosius Senecion, mais plutôt qu'une œuvre de si longue haleine s'est faite aussi en s'écrivant : au fur et à mesure que s'allongeait la galerie des portraits.

Quelques traits généraux peuvent cependant être dégagés. Le but premier des *Vies* n'a jamais été de raconter des histoires du temps passé, quand les Grecs étaient libres et les Romains vertueux. Elles doivent faire réfléchir et aider à vivre « comme il [le] faut » aujourd'hui [9]. Il ne s'agit pas d'histoire, entendue comme connaissance désintéressée du passé, mais de philosophie morale. Elles sont autant réflexion sur que préparation à l'action. Plutarque définit la philosophie comme un art de vivre [10]. Comment le biographe peut-il se fixer cet objectif et par quel dispositif l'atteindre ? Pour définir la vie philosophique, Pythagore usait de la comparaison des grands jeux de la Grèce. Trois catégories d'hommes les fréquentent : les premiers pour concourir et pour gagner ; les deuxièmes pour commercer ; en dernier viennent ceux qui sont là pour voir (*theas eneka*) [11] : contempler. Ils représentent exactement la position du philosophe par rapport au monde. Or, les *Vies* veulent justement faire du lecteur (et, avant lui, de l'auteur) un

spectateur, au sens de Pythagore. Spectacle choisi, préparé, elles sont donc, en leur mouvement de fond, invite
à la vie philosophique et machine à philosopher.

Les jeux se terminent par la remise d'une couronne
au vainqueur, de même le récit de deux vies parallèles
s'achève le plus souvent par une comparaison, que peut
résumer et dramatiser l'attribution de prix aux deux
compétiteurs. Si le lecteur est plus que jamais un spectateur, le biographe, lui, joue aussi le rôle de l'arbitre. À
Philopoemen, à qui est resté le surnom de dernier des
Grecs, reviendra, par exemple, la couronne de l'expérience militaire et de l'aptitude au commandement, tandis que Flamininus, le vainqueur des Macédoniens et le
« libérateur » de la Grèce, recevra celle de la justice et
de la bonté [12]. Ou Lysandre, le prix de la tempérance, et
Sylla, celui du courage [13]. Ils sont donc jugés en fonction d'une essence, celle de la justice, de la tempérance,
etc., dont leur carrière offre une réalisation plus ou
moins achevée. « Ne sous-estimons pas, rappelle le
sociologue Jean-Claude Passeron, la force tranquille de
cette structure essentialiste qui a, dans nos traditions
littéraires […], marqué d'une évidence machinale l'idée
qu'on ne peut raconter des vies qu'en les rapportant à
un modèle de *vie exemplaire* […]. Les *Vies parallèles*
ne comparent qu'en apparence César et Alexandre ; la
mise en parallèle des deux vies est une mise en raisonnement par le récit d'une question qui doit trancher de
la remise d'un prix, la question de savoir quelle est de
César ou d'Alexandre la vie qui incarne le mieux la
figure du Grand guerrier, du Grand conquérant [14]. »

Poussons encore un peu la métaphore du spectacle,
non plus avec Pythagore, mais en compagnie cette fois
de Platon, le maître revendiqué de Plutarque. Notre âme,
écrit Plutarque, a, par nature, « le désir d'apprendre et de
contempler ». Il faut donc lui proposer des spectacles
dignes de son attention, l'entraînant vers le beau et

l'utile. Mais, attention, nulle méprise ! Contempler une statue de Phidias ou lire un poème d'Archiloque peut bien nous charmer, mais, point capital, ne nous donne nullement l'envie d'être nous-même Phidias ou Archiloque, qui ne sont que des artisans. En revanche, « la beauté morale nous attire à elle de manière active : elle suscite aussitôt un élan qui nous pousse à l'action » ; il ne s'agit pas seulement d'une imitation passive, car « la narration des faits (*historia tou ergou*) entraîne chez le spectateur la volonté d'agir [15] ». Tel est l'exact point d'application de l'entreprise biographique et ce qui la justifie : produire de l'imitation chez le lecteur.

Alors pourquoi, s'il en est ainsi, raconter des vies qui, loin d'être des modèles, seraient bien plutôt des contre-modèles ? Comment justifier le récit des turpitudes de Démétrios et des plaisirs mortifères d'Antoine ? Ou celui des trahisons d'Alcibiade ? Parce que, fait valoir sans surprise Plutarque, « nous mettrons plus d'ardeur pour contempler et imiter les vies les meilleures si nous ne restons pas dans l'ignorance de celles qui sont méprisables et blâmables [16] ». La valeur formatrice du mauvais exemple restera dans l'arsenal argumentatif des moralistes ultérieurs.

L'imitation encore. Le lecteur est un spectateur et l'auteur est comme un peintre. Mais ce n'est évidemment pas l'apparence physique du modèle qui importe (il y a d'ailleurs des statues pour cela auxquelles Plutarque renvoie son lecteur), mais le caractère (*êthos*), qu'il faut savoir saisir à partir d'indices. Écrire une vie, c'est faire « le portrait d'une âme [17] » : rendre visible l'invisible. « Les peintres, pour saisir les ressemblances, se fondent sur le visage et les traits de la physionomie et ils ne se soucient guère des autres parties du corps ; que l'on nous permette à nous aussi, de la même manière, de nous attacher surtout aux signes qui révèlent l'âme et de nous appuyer sur ces signes pour donner forme (*eidopoiein*) à la vie de chacun de ces hommes [18]. » À la différence de l'historien, le biographe n'a pas à être complet, surtout quand il s'agit d'un homme comme Alexandre : on ne doit pas attendre de lui le récit de toutes les batailles, mais le portrait de l'âme de celui qui les a livrées.

Il doit, en revanche, être fidèle. Tout comme un peintre qui reproduit une figure comportant un léger défaut se doit de ne pas le supprimer, sans pour autant s'y attarder, le biographe doit signaler les fautes de conduite de son sujet, mais sans trop d'insistance, en se rappelant qu'au total la nature humaine n'offre jamais « aucun caractère entièrement noble ou irréprochable [19] ». La condition humaine n'est en effet jamais que mélange. Ce postulat posé comme partagé, les *Vies* sont justement l'exploration des proportions et de leurs variations.

Une autre comparaison avec la peinture (elles sont fréquentes chez Plutarque) ramène une fois encore le spectateur. Devant des tableaux, il y a, disait un peintre, deux types de spectateurs : les profanes, qui ressemblent à des gens qui saluent d'un seul geste toute une vaste assemblée, les connaisseurs, qui sont « comme les personnes qui ont un mot de bienvenue pour chacun de ceux qu'ils rencontrent ». Les premiers n'ont des œuvres qu'une vue générale et imprécise, tandis que les seconds exercent leur jugement critique sur chaque détail. « Il en va de même pour les actions réelles : les esprits un peu paresseux se satisfont de connaître en gros la suite de l'histoire et sa conclusion », alors que l'homme ami du bon et du beau, lorsqu'il est spectateur d'actions dont la vertu est le principal artisan, « trouve plus de plaisir à en considérer les détails ». Plus que le résultat final, qui dépend largement de la Fortune, ce qui importe, ce qui est instructif, ce sont en effet les manières de faire face aux diverses circonstances et les résolutions qui sont prises [20]. Tel est le genre de spectateurs auquel s'adresse le biographe.

De ce premier examen il ressort déjà – c'est là une première remarque de portée générale – qu'il ne devait pas y avoir pour Plutarque de différence de nature entre écrire des vies et composer des traités (proprement) philosophiques. Cette coupure, introduite ultérieurement par les éditeurs de l'œuvre, et finalement instituée, entre le Plutarque des *Vies*, d'un côté, et celui des *Œuvres morales*, de l'autre, n'existait pas d'emblée. C'est le même Plutarque, passant des unes aux autres, reprenant dans un certain nombre de cas les mêmes exemples, mobilisant les mêmes lectures, poursuivant en somme la même fin, mais par des voies différentes. Car il est bien clair que le genre biographique, dont Plutarque n'est en aucune façon l'inventeur, avait ses règles de composition, une logique propre, bref une tradition. Ainsi, sans Varron et Cornelius Nepos (pour ne pas parler de l'*Agésilas* de Xénophon ou de l'éloge d'*Évagoras* d'Isocrate avant eux), Plutarque est impossible. Le premier réunit dans ses *Imagines* ou *Hebdomades* sept cents portraits d'hommes célèbres (pas uniquement romains), accompagnés chacun d'une épigramme le caractérisant. Le second composa un recueil de biographies où des Romains côtoyaient des Grecs, et même des Carthaginois et des Perses [21]. Il est non moins clair qu'à un certain moment – peut-être quand le nombre des *Vies* déjà rédigées a constitué une masse critique – l'œuvre a acquis une sorte d'autonomie, avec son rythme, son système d'échos et de renvois, son architecture et sa visibilité propres. Mais cela ne signifie nullement que plus il écrivait de *Vies*, moins Plutarque était philosophe et plus il devenait « biographe ». Tout au contraire, je croirais volontiers que mieux il maîtrisait la biographie, plus elle devenait philosophique, plus et mieux il savait conjuguer le récit d'une vie et l'inspiration philosophique de son écriture, faisant surgir du (simple) récit des faits le désir d'imitation, sans passer par le détour ou l'intermédiaire d'un commentaire.

Les traités moraux et les *Vies* s'inscrivent dans le même horizon de questionnement : l'action (*praxis*), la fortune (*tuchê*), la vertu (*aretê*) et leurs rapports. Alors que le traité entre dans son sujet par un exemple, une situation, ou simplement en se présentant comme une réponse à une question posée, la *Vie* se doit de suivre la linéarité du récit biographique. Mais on pourrait aisément trouver dans bon nombre de *Vies* des formules (d'inspiration platonicienne le plus souvent) à même de générer tout le récit. Ainsi la citation de Platon « les grandes natures sont aussi capables de grands vices que de grandes vertus » peut-elle fonctionner comme la matrice de la vie d'Antoine, qui, tel un cheval rétif (Platon toujours), regimba contre tout ce qui était bon. En Égypte, il en viendra à former avec Cléopâtre une extraordinaire association dite des « Vies inimitables », placée sous le signe du luxe et de la volupté, avant de se transformer, quand la fin approche, en association de « ceux qui vont mourir ensemble [22] ». Même la courte *Vie de Galba* peut être rapportée à une maxime de Platon sur la vertu d'obéissance, qui, « comme la vertu royale, exige une nature généreuse et une éducation philosophique » – ce dont les prétoriens étaient bien dépourvus. La vie vérifie la formule et la formule explique la vie. Dans plus d'un cas, Plutarque se sert de la sentence « l'arrogance est la compagne de la solitude » : formule de liaison et capsule d'intelligibilité, elle explique tel épisode ou annonce tel échec. Elle vaut, en particulier, pour décrire, mais aussi pour expliquer la vie de Coriolan. Les *Vies* de Pélopidas et de Marcellus, deux généraux qui sont allés bêtement au-devant de la mort, sont deux illustrations de la formule « le mépris de la vie n'a rien à voir avec la vertu », par laquelle Plutarque les introduit. Enfin, à l'arrière-plan des

Vies des grands législateurs, Lycurgue et Numa, sont présentes, comme une sorte de patron, les *Lois* de Platon.

La Fortune : si chaque vie la rencontre, si elle est un protagoniste inévitable, elle est, dans un certain nombre d'entre elles, plus active encore (positivement ou négativement). Davantage, on peut s'interroger sur les parts respectives de la Fortune et de la Nature dans les événements de telle ou telle vie. Ainsi, pour Démosthène et Cicéron, « si la Nature et la Fortune entraient en compétition, comme des artistes, il serait difficile de décider si c'est la première qui les a rendus plus semblables par le caractère, ou la seconde par les événements de leur vie[23] ». Le biographe s'intéressera, tout particulièrement, aux stratégies face à la Fortune : qui s'oppose à elle, l'accompagne ou s'y abandonne ? « Ton souffle me pousse et c'est toi aussi, je crois, / qui me consumes », lançait Démétrios à la Fortune, en citant Eschyle[24]. À partir d'un certain moment, le vent favorable qui accompagnait Lucullus parut tomber : il déployait la même ardeur et la même valeur, voire davantage, mais « ses actions ne rencontraient plus ni gloire ni faveur[25] ». Au point qu'il finit par abandonner la vie politique. Nicias avait une autre stratégie : il s'effaçait derrière la Fortune, n'attribuant ses succès ni à sa prudence, ni à son autorité, ni à sa vaillance, pour se soustraire à l'envie que suscite la gloire. De dérobade en dérobade, il périt dans le désastre de l'expédition de Sicile[26]. Sylla, prenant le surnom de *Felix*, mettait toujours la Fortune en avant. La vie de Paul-Émile, le vainqueur de Persée, est tout entière une méditation sur la Fortune, qui culmine dans l'échange qui semble s'opérer entre malheur privé et prospérité publique : au moment même de son triomphe le consul victorieux paie le succès de Rome de la mort soudaine de ses deux enfants. Il l'admet, allant jusqu'à s'en réjouir pour Rome, car il sait bien que jamais

aucune faveur n'est sans mélange[27]. Il y a enfin l'aveuglement d'un Marius qui meurt en se plaignant de sa
Fortune, alors qu'il a été le premier homme à être élu
sept fois consul. À l'opposé, Platon, sur le point de
mourir, remercie sa Fortune d'avoir fait de lui un
homme, un Grec, et de l'avoir fait naître au temps de
Socrate[28]. Mais, d'humeur intraitable, Marius a toujours estimé « ridicule d'apprendre des lettres [le grec]
enseignées par des gens asservis à autrui[29] ».

Comment travaille le biographe ? À la différence de
l'historien, nous l'avons déjà vu, il n'est pas tenu à
l'exhaustivité. Il choisit le détail significatif, le geste, le
mot révélateurs. Il ne va pas raconter toutes les actions
d'Alexandre, mais seulement faire voir quel il était, quel
était son caractère. Quand il évoque Nicias, il ne peut
certes passer complètement sous silence ce qu'en a écrit
Thucydide (sinon on le tiendrait pour incompétent), mais
ce qu'il recherche, en fait, ce sont « les éléments ignorés
du plus grand nombre », en vue de « transmettre ce qui
sert à la compréhension d'un caractère et d'un comportement[30] ». Le rapprochement de deux grands personnages se fait sur la base de ressemblances, déjà connues,
parfois établies, voire inédites, mais toujours le travail de
l'analyste consiste à pousser les ressemblances jusque
dans le détail pour en faire surgir de la différence, avant
d'arriver à la comparaison finale (la *sunkrisis*) qui dresse
le bilan et distribue les prix. Ces comparaisons locales (à
l'intérieur d'un couple) peuvent elles-mêmes préparer
des comparaisons globales (entre plusieurs vies) : le courage d'Alcibiade diffère de celui d'Épaminondas, l'intelligence de Thémistocle de celle d'Aristide, la justice de
Numa de celle d'Agésilas. On peut même imaginer une
sorte de spectre dont, pour ce qui est par exemple du
courage, Alcibiade et Épaminondas représenteraient les
deux extrémités. Or, Phocion et Caton représentent, pour
Plutarque, une sorte de cas limite : leurs destins ont beau

avoir été différents (Phocion a été condamné à mort, Caton s'est donné la mort), ils ont pourtant des vertus profondément semblables. Si loin qu'on pousse l'investigation, on ne découvre en effet nulle différence dans leurs deux caractères, qui « mêlent, à proportions égales, l'humanité à l'austérité, le courage à la tranquillité, la sollicitude pour autrui à la sérénité personnelle, l'aversion pour le laid et la tension de l'âme vers la justice, en une même harmonie [31] ».

Sur un autre registre, les *Vies* peuvent aussi se lire comme un manuel politique, un recueil de conseils, d'anecdotes, de phrases historiques (il y en a pour toutes les occasions) [32]. Plutarque a, par ailleurs, composé un traité, intitulé *Préceptes politiques*, qui se donne explicitement comme une série de conseils adressés à un jeune notable de la cité de Sardes désireux d'entamer une carrière politique. Plus d'une centaine de parallèles ont été relevés entre le traité (rédigé au début du IIe siècle) et les *Vies*. C'est une sorte de *digest*, rassemblant une variété d'exemples, à l'usage de qui n'a pas « le temps d'être spectateur d'exemples en acte ni de suivre un philosophe engagé dans la politique ». Pour un spectateur pressé ! Dans les biographies, il est avant tout question, comme le dit Plutarque, de *politeia* et d'*hegêmonia*, de politique concrète et de commandement militaire. Cicéron est présenté non comme un théoricien de la politique, mais comme un homme de terrain, mémorisant non seulement les noms de ses concitoyens, mais aussi « l'endroit où habitait chacun des notables, les domaines qu'ils possédaient à la campagne, les amis qu'ils fréquentaient et leurs voisins [33] ».

Au-delà de ce *vademecum* du politicien en campagne, la *Vie de Phocion*, par exemple, s'ouvre sur une réflexion de portée générale sur la politique en temps de crise : comment doser fermeté et concessions, sachant que « la cité entraîne dans sa perte celui qui parle par

complaisance, après avoir fait périr celui qui refuse de
lui complaire [34] » ? Le destin des Gracques est l'occasion
de faire méditer sur le désir de gloire et de popularité.
« Vous ne pouvez demander au même homme de vous
diriger et de vous suivre » : voilà ce que doit répondre
l'homme politique à la foule qui le presse. Ces
réflexions, écrit Plutarque (qui n'a pas eu la chance de
connaître l'heureux temps des sondages quotidiens !),
« me sont venues à l'esprit, car j'ai pu mesurer les effets
[du désir de popularité] en observant les malheurs qui
s'abattirent sur Tibérius et Caïus Gracchus. Ils étaient
d'excellente naissance, ils avaient reçu une excellente
éducation et leurs débuts en politique avaient été excellents, mais ce qui les perdit fut moins un désir immodéré
de popularité que la crainte de l'impopularité [35] ».

Ultime enseignement : la mort fait complètement
partie de la vie. Comment meurent les hommes politiques ? Leur mort doit, elle aussi, servir la cité. Elle
n'est pas une affaire privée. En règle générale, ils ne
meurent jamais seuls. Il y a ceux qui ne savent pas
mourir, comme Marius, ceux qui le savent au plus haut
point, tel Caton, ceux dont la mort courageuse rachète
les faiblesses, Démosthène par exemple. Il y a aussi les
ironies de l'histoire : Antoine avait depuis longtemps
chargé un esclave, nommé Éros, de lui donner la mort,
mais, brandissant son glaive, Éros se frappe lui-même !
Cicéron, en fuite, a été trahi par Philologus, un affranchi de son frère !

Il y a toutefois une différence de taille entre la politique selon les *Vies* et la politique aujourd'hui (au temps
de Plutarque). Les affaires des cités n'offrent plus de
guerres à diriger, de tyrannies à abattre, de grandes
alliances à conclure [36]. La politique est désormais sans
enjeux majeurs. Alors que Périclès devait se rappeler à
lui-même : « Périclès tu commandes à des hommes
libres, à des citoyens athéniens », l'homme politique

d'aujourd'hui se doit de ne jamais oublier : « Toi qui commandes, tu es un sujet ; tu commandes dans une cité soumise aux proconsuls, aux procurateurs de César. "Ce n'est plus le temps des batailles" [37]. » Inutile en effet de rappeler les combats glorieux des ancêtres et de jouer les matamores : mieux vaut se ménager l'amitié d'un Romain puissant. Ce sentiment d'une histoire étriquée, guère exaltante, sinon presque finie, précieuse pourtant, se trouve nettement exprimé dans les traités sur les oracles, écrits par Plutarque sur la toute fin de sa vie. Aujourd'hui en effet, les oracles ont presque cessé de faire retentir leurs voix, la tranquillité règne partout et on n'a plus besoin de remèdes nombreux et extraordinaires. Aussi les questions qu'on leur pose encore portent-elles sur les petites préoccupations de chacun (faut-il se marier, entreprendre telle traversée, que seront les prochaines récoltes ?), et les réponses peuvent être simples, directes et courtes [38]. Cette même époque est aussi celle où a été annoncée la mort du grand Pan. Le pilote d'un navire encalminé, en route pour l'Italie, entendit une voix lui intimer l'ordre d'annoncer la mort du grand Pan. Lorsque, placé à la poupe du navire et tourné vers la terre, il lança la nouvelle dans la nuit, un grand sanglot lui répondit [39].

Les *Vies* parlent surtout d'un temps d'avant. D'avant la perte de leur liberté par les Grecs, dans la bataille de Chéronée – contre Philippe de Macédoine en 338 ; elle fut justement précédée d'oracles effrayants de la Pythie. Plutarque a été un des principaux inventeurs de la coupure de Chéronée comme fin de la cité, sur laquelle s'est largement construite et a vécu toute une représentation moderne de la Grèce classique. D'un temps d'avant pour les Romains aussi : les guerres civiles marquant la fin tumultueuse de la République. La mort de Démosthène et de Cicéron, les deux plus grands orateurs aux destins si semblables, a coïncidé avec la fin de la liberté pour leurs concitoyens[40]. Phocion et Caton viennent trop tard : Caton est un « fruit hors de saison » ; il se conduit comme s'il vivait dans la *République* de Platon[41].

Pour la Grèce, il y eut toutefois une rémission : la restitution de sa liberté par Flamininu*s*, après sa victoire sur Philippe V de Macédoine (en 196), proclamée à l'occasion des Jeux Isthmiques. Flamininus a même fait mieux que la plupart des généraux grecs d'autrefois. « Les Agésilas, les Lysandre, les Nicias, les Alcibiade ont certes été des chefs habiles à bien conduire les guerres et à remporter des batailles sur terre et sur mer. Mais ils n'ont jamais su faire servir leur succès à une réalisation généreuse, belle et noble. Si l'on excepte l'exploit de Marathon, la bataille navale de Salamine, Platées, les Thermopyles et les succès de Cimon sur l'Eurymédon et près de Chypre, toutes les autres batailles qu'a livrées la Grèce l'ont été contre elle-même et ont entraîné son esclavage. Tous les trophées qu'elle a érigés ont fait son malheur et sa honte, et elle a été conduite à sa perte par la méchanceté et la jalousie de ses chefs. Or voici que des étrangers qui semblaient n'avoir que de faibles lueurs et de vagues traces de parenté avec l'ancienne race grecque, et dont il eût été étonnant que la Grèce pût recevoir le moindre conseil ou avis utile, ont affronté volontairement les plus grands dangers et les plus grands efforts ! ils l'ont arrachée à des despotes et à des tyrans cruels, ils l'ont libérée[42] ! » Ces paroles, que Plutarque présente comme « les réflexions des Grecs » ayant assisté à la scène, sont le fondement idéologique de la « collaboration » avec Rome et ont nourri cet autre grand thème moderne (surtout au XIXᵉ siècle et en Allemagne) d'une Grèce ayant échoué par son incapacité à s'unir : ayant passé le plus clair de son temps à lutter contre elle-même, elle a été en quelque façon restituée à elle-même par les Romains.

À ces réflexions font écho celles que Plutarque prête,

un siècle et demi plus tard, à quelques Grecs – autres évidemment et, pourtant, les mêmes – et à «un petit nombre de Romains, les meilleurs», juste avant que s'engage la bataille de Pharsale, opposant Pompée à César. Cette fois, la discorde est dans Rome même : deux généraux, réputés jusqu'à ce jour invincibles, combattent «sans pitié pour leur gloire, à laquelle ils sacrifient leur patrie». «Des armes parentes, des formations sœurs, des enseignes communes, tant de vaillance et de force, issues de la même cité, se retournaient contre elles-mêmes, ce qui faisait bien voir combien la nature humaine devient aveugle et folle sous l'effet de la passion[43].» Rome certes continuera et prospérera, mais la grande et vieille République ne s'en relèvera plus. Brutus, le meurtrier de César, n'a jamais poursuivi qu'un seul but : rendre aux Romains «la constitution de leurs ancêtres», «mais l'État ne pouvait plus supporter, semble-t-il, d'être sous le contrôle de plusieurs hommes ; il exigeait une monarchie»[44]. De la nécessité de l'Empire, nul «Romain», en tout cas, ne pouvait venir sauver les Romains de leurs divisions.

Revenons, pour achever cet éclairage des *Vies* par les *Vies*, sur le biographe au travail : les *Vies* comment, mais aussi pourquoi, et pourquoi le parallèle ? Si, dans la perspective philosophique rappelée plus haut, vivre c'est savoir contempler, la *Vie*, elle, se donne comme un spectacle dans le spectacle, qui a la propriété de susciter instantanément le désir d'imitation. Au début de la *Vie de Timoléon*, le général corinthien favorisé de la Fortune, Plutarque livre, en passant, une précision capitale : «Lorsque j'ai entrepris d'écrire ces *Vies*, c'était *à cause d'*autres personnes ; mais si je persévère et me complais dans cette tâche, c'est à présent *à cause de* moi.» *À cause* (*dia*) *d'autres* personnes peut signifier : pour leur faire plaisir, ou parce qu'elles m'en ont fait la demande. Viendraient se ranger dans cette première catégorie les

Vies isolées, justement sans parallèles, écrites d'abord,
comme celles d'Artaxerxès, Galba, Othon, Aratos (dont
il précise qu'il l'a effectivement composée à l'intention
des descendants d'Aratos, pour qu'ils « soient élevés au
milieu des exemples familiaux »).

À cause de moi, en revanche, ce sont celles écrites
pour moi, pour mon propre usage, dans un premier
temps au moins. Ces histoires sont alors « comme un
miroir où je me regarde, m'efforçant en quelque sorte
d'embellir ma vie et de la conformer aux vertus de ces
grands hommes. J'ai vraiment l'impression d'habiter et
de vivre avec eux. C'est comme si en les racontant
j'offrais l'hospitalité à chacun d'entre eux tour à tour,
l'accueillant et le gardant près de moi ; je contemple "ce
qu'il a eu de grand et ce qu'il fut" (*Iliade*), et je choisis
les plus nobles et les plus belles de ses actions afin de
les faire connaître[45] ». Le but est la « correction » des
mœurs. Montaigne repartira de cette dimension d'usage
« domestique et privé » des exemples, sur laquelle Plutarque ne s'arrête pas longuement. À quoi conduit en
effet ce commerce avec les grands hommes : les imiter
pour devenir de plus en plus (comme) eux ou de mieux en
mieux soi ? L'alternative ne saurait se poser en ces termes
pour Plutarque. Il imite certes pour embellir sa propre vie
au miroir de celles qu'il raconte, mais tout autant pour en
faire connaître les plus beaux traits. Dans ce miroir, c'est
eux qu'ils voient l'invitant à devenir de plus en plus
comme eux, alors que Montaigne, regardant ce même
miroir, s'y découvrira de plus en plus lui-même.

« Je contemple "ce qu'il a eu de grand et ce qu'il
fut". » Par cette citation d'Homère, Plutarque indique,
en outre, que les *Vies* voudraient jouer aujourd'hui le
rôle qui avait été (ou qu'on imaginait qu'avait été) celui
de l'épopée autrefois. Porteuse des valeurs de l'aristocratie, elle chantait la mémoire des guerriers fameux qu'elle
proposait en exemple. Évoquant un temps d'avant (le

temps des héros), l'épopée était tout entière une œuvre de mémoire. Les *Vies* ont, elles aussi, leur temps d'avant et une dimension de mémoire : celui avant la fin de la liberté en Grèce ou de la République à Rome, et elles recueillent « ce qui est digne de mémoire » des hommes « les meilleurs et les plus estimables ». On est certes passé de l'épopée à l'histoire, de l'aède au biographe, travaillant à partir d'une documentation écrite, mais ce dernier entend bien s'inscrire dans la continuité d'une culture et de ses usages. Donnant à voir des exemples historiques, les meilleurs, il convoque en même temps et récapitule, sous forme de citations très nombreuses (que l'on peut prendre tantôt au premier, tantôt au second degré), les enseignements portés par les genres littéraires antérieurs (l'épopée, mais aussi, fréquemment, la tragédie et l'histoire).

Ce projet, philosophique en son fond, n'impliquait en aucune façon le parallèle. L'exercice d'imitation ne le présupposait nullement. Ce fut pourtant le coup de génie de Plutarque d'en faire, à partir des années 100 environ, la loi de son écriture biographique, en appariant un Grec à un Romain ou un Romain à un Grec. L'exemple est dès lors dédoublé ou redoublé, recueillant une mémoire grecque et une mémoire romaine, qui, par l'entrecroisement de la comparaison, devient une mémoire commune gréco-romaine. Le parallèle présuppose et vérifie chaque fois que Grecs et Romains participent d'une même nature, reconnaissent les mêmes valeurs et partagent, sinon la même histoire, du moins un même passé (fournissant des exemples valant pour les uns et les autres). Aujourd'hui, ils habitent un monde commun. Un notable romain ou grec du cercle de Sosius Senecion peut regarder aussi bien dans le miroir de la *Vie d'Épaminondas* (perdue) ou de *Timoléon* que dans celui de la *Vie de Scipion*, s'y reconnaître, être traversé du même désir d'imitation et en tirer les mêmes préceptes d'action. On est encore dans la philosophie morale, mais on est aussi dans la politique, plus exactement on y a toujours été, dans la mesure où le parallèle, ainsi manié, légitime et donne sens à un Empire se concevant comme gréco-romain.

Les Vies *au-delà des* Vies : *le miroir des princes et l'homme des humanistes*

Si le Moyen Âge n'a pas complètement ignoré le nom de Plutarque, il correspondait à celui du légendaire précepteur de Trajan et à l'auteur d'une apocryphe *Institution des princes*. Sa redécouverte se fait d'abord à la cour pontificale d'Avignon, où, en 1373, Simone Atumano traduit en un latin mot à mot le traité *Du contrôle de la colère*, retraduit vingt ans plus tard, en un latin plus élégant, par Coluccio Salutati (qui ignorait le grec). Dès lors le mouvement est lancé et va en s'amplifiant et en s'accélérant : de nouveaux traités, tel celui *Sur l'éducation des enfants*, les *Apophtegmes*, et bientôt les *Vies* se mettent à circuler[46]. En 1509 sort, chez Alde Manuce à Venise, la première édition du texte grec des *Œuvres morales*. Henri Estienne publie à Genève, en 1572, la première édition complète : avec, d'un côté, les *Vies parallèles*, de l'autre, les *Œuvres morales*. Le partage des deux, esquissé déjà au XIIIᵉ siècle dans le travail de collation et de copie dû au moine byzantin Maxime Planude, est définitivement institué.

Les premiers des humanistes lisent Plutarque avec enthousiasme et le traduisent. Guillaume Budé et Érasme s'empressent de traduire plusieurs de ses traités en latin. Ils le considèrent comme un auteur assurément difficile par ses tours abrupts et sa pensée subtile, riche de toute une tradition antérieure, mais de première importance, méritant de ce fait leur zèle et leur application. Car chacun peut trouver un grand profit à le fréquenter, même s'il a une vocation particulière à être l'instituteur des princes, lui qui fut, comme on le répétera jusqu'au XIXᵉ siècle (Michelet voudra encore y croire), le précepteur de l'empereur Trajan. Pour Érasme, si Socrate a ramené la philosophie du ciel sur la terre, Plutarque est celui qui l'a introduite au cœur de la maison et jusque dans la chambre à coucher. Si bien qu'il est difficile de comprendre pourquoi on ne le trouve pas dans les mains de tous et pourquoi « on ne fait pas étudier aux enfants tout ce qu'il nous a transmis dans le domaine de la morale [47] ». Pour distraire François Iᵉʳ, Guillaume Budé, alors secrétaire du roi, traduit en français une série d'*Apophtegmes*, empruntés à Plutarque pour la plupart (aux *Œuvres morales* et aux *Vies*). Ce qui n'empêche pourtant pas l'ouvrage de s'ouvrir sur une collection d'aphorismes de Salomon. Repris après la mort de Budé par des éditeurs peu scrupuleux, le livre paraîtra en 1547 sous le titre *Le Livre de l'institution du prince* [48].

De même, Érasme dédie, en 1531, à Guillaume, duc de Clèves, les *Apophtegmes* qu'il a rassemblés « dans tous les meilleurs auteurs ». Car rien n'est plus adapté pour un jeune prince qu'un recueil de sentences remarquables. « Celui qui naît pour le pouvoir doit réaliser la vertu sur le champ, et non pas en discuter à loisir [49]. » Il n'a pas le temps de se perdre dans les labyrinthes de Platon. Or, Plutarque est le maître de ce genre : « Après avoir publié un ouvrage exceptionnellement profitable sur les *Vies des hommes illustres*, où sont rapportés, pêle-mêle, leurs actes et leurs paroles, il a rassemblé pour Trajan, le plus estimé parmi les Césars, les apophtegmes des divers personnages, parce que le caractère de chacun en particulier s'y reflète comme dans un miroir très fidèle. » Après une dizaine de pages, où il n'a été question que des hommes de l'Antiquité, l'ultime phrase (il était grand temps !) de cette longue lettre préface invite le jeune homme à se souvenir, malgré tout, qu'il ne lit pas «des Apophtegmes de Chrétiens, mais bien de Païens». Afin, faut-il le préciser, qu'il lise «avec discernement».

Présentant à Charles IX sa traduction des *Œuvres meslées* (comme on appelait encore les *Œuvres morales*), Jacques Amyot, alors grand aumônier de France et évêque d'Auxerre, est plus explicite encore : il les nomma «voix de sapience», étant entendu que ces opuscules moraux «tendent et conduisent à même fin que les livres saints» : à savoir «rendre les hommes vertueux[50]». On peut donc légitimement faire une lecture chrétienne de Plutarque. Amyot est toutefois resté fameux, d'abord et surtout, pour sa traduction des *Vies parallèles*, qui deviennent sous leur nouveau titre les *Vies des hommes illustres Grecs et Romains comparées l'une avec l'autre*. Dédiées à Henri II, par un Amyot alors précepteur des enfants royaux, elles sont publiées à Paris en 1559. Hommes *illustres*, l'ajout de l'épithète qui, dans la tradition française au moins, va s'imposer et perdurer, est un petit coup de pouce, finalement important (dont Amyot n'a même peut-être pas eu vraiment conscience). Car, par ce moyen Plutarque devient non seulement un inspirateur, mais aussi presque un contemporain des hommes de la Renaissance : il leur parle de ce qui les concerne.

Tant l'époque s'est placée, depuis Pétrarque et son *De viris illustribus* (1338-1353), sous le signe et l'inspiration des hommes illustres : on veut les connaître, les imiter, on veut les voir, on veut avoir chez soi leurs médailles et leurs bustes. Soulignant le lien entre le développement de l'individu et la gloire moderne, Jacob Burckhardt y reconnaissait la sûre signature de ce temps[51]. Plutarque devient du coup un intermédiaire évident et obligé, ou mieux un précieux compagnon. Tout commence avec les médailles et les bustes antiques, puis on se met à composer un peu partout des recueils de portraits des hommes illustres : le premier en 1517 dû à Andrea Fulvio, collaborateur de Raphaël, réunit les portraits des hommes célèbres, en commençant par Alexandre[52]. Guillaume Rouillé, éditeur lyonnais, publie en 1553 un *Promptuaire des médailles des plus renommées personnes qui ont esté depuis le commencement du monde, avec une briève description de leurs vies et faicts, recueillie des bons auteurs* (il va d'Adam à Henri II). La collection, rapidement la plus fameuse, est celle réunie par Paul Jove, médecin, historien, courtisan et évêque, qui rassemble dans sa villa de Côme quatre cents portraits, non pas imaginés, mais « fidèlement reproduits » à partir des originaux (ou de ce qui était alors tenu pour tel, en particulier les médailles)[53]. Une courte biographie figurait sous chacun des portraits regroupés en plusieurs séries : les « génies créateurs » du passé, ceux du temps présent, les artistes, enfin les papes, les rois et les généraux. L'inspirateur direct de Jove n'était pas Plutarque, mais le grand érudit romain Varron avec ses *Imagines*. L'effet de ce « musée » des illustres fut démultiplié du fait des visiteurs étrangers qu'il reçut, envoyés notamment par les princes. On fit des copies, qui furent à leur tour copiées et recopiées, des recueils enfin furent publiés. Ainsi, en 1559 (la même année que les *Vies* d'Amyot), paraît une édition française, avec de courtes notices biographiques, sous le titre *Les Éloges et Vies des plus illustres hommes de guerre qui se voyent à Côme.* Il ne faut pas non plus négliger le fait que les éditions d'Amyot, qui se succèdent au long du XVIe et du XVIIe siècle, sont elles-mêmes illustrées.

Dans la même lignée, André Thévet, le cosmographe du roi déjà rencontré, connu par ses récits de voyage au Brésil et au Levant, travaille trente ans à la préparation d'un vaste ouvrage, finalement publié un an après sa mort, *Les Vrais Portraits et Vies des hommes*

illustres grecs, latins et payens, recueillis de leurs
tableaux, livres, médailles antiques et modernes (Paris,
1584)[54]. La « prosopographie » est pour lui l'achève-
ment de la « cosmographie », conçue comme savoir
universel. Il voulait, lui aussi grâce à des portraits
authentiques, « ressusciter et réveiller du sombre et
oublieux tombeau de l'ancienneté les cendres, actions,
gestes et renommée de très illustres personnages ».
Plutarque, qui est là dès le titre, ainsi que dans un
certain nombre de notices biographiques (reprises
d'Amyot), a lui-même droit à un beau portrait barbu
et à une notice où on lit sans surprise un éloge du
Plutarque des princes, qui « devraient faire graver ses
maximes dans leurs cabinets ». Naturellement, il n'y a
plus seulement les Grecs et les Romains, mais aussi les
Païens, plus seulement les vies, mais aussi et même en
priorité les portraits. Donc *exit* le parallèle. Mais, en
réalité, à cette tripartition initiale (et intenable) s'en
superpose très vite une autre : les Chrétiens, les Païens,
les Barbares. Aussi trouve-t-on à côté des rois de
France, les conquérants Cortès et Pizarre, mais aussi
Motzume, roi du Mexique, le Brésilien Quoniambec,
ou Saladin, roi d'Égypte et Chérif, roi de Fez et de
Maroc. Pour la première fois, les Sauvages font leur
entrée dans la cohorte des hommes illustres.

Pourquoi des « portraits » ? L'« Épître au lecteur » de
Thévet s'ouvre par une réflexion sur l'image : elle « représente en foy celui duquel elle est le portrait, fait (ce
semble) revivre celui, qui dès longtemps décédé ou
absent, se représente devant nos yeux ». À ce pouvoir
d'évocation de l'image, s'ajoute une claire défense de
la supériorité de la vue : « À dire la vérité les portraits et
images ont une énergie et vertu intérieure à vous faire
chérir la vertu et détester le mal. » Au fond, Thévet
reporte complètement sur le portrait peint cette capacité
de susciter le désir d'imitation que Plutarque, en plato-

nicien, accordait au seul portrait de l'âme : il allait du visible vers l'invisible, saisi à travers une série de signes. En conférant une forme, en la mettant en forme (*eidopoiein*), l'écriture biographique rendait visible (et imitable) une vie. Alors que Thévet, bien convaincu « qu'entre les sens de l'homme la vue émeut davantage », perçoit le portrait comme le réceptacle et la vérité de l'invisible : on va, en quelque façon à rebours, de l'invisible vers le visible qui le « représente ». D'où aussi l'exigence de la ressemblance.

Que les *Vies des homme illustres* soient de l'histoire, personne n'en doute alors. L'« Épître aux lecteurs » d'Amyot est d'abord un éloge de l'histoire, comme mémoire et comme « école de prudence ». On retrouve la peinture (d'histoire justement) : « C'est une peinture qui nous met devant les yeux, ne plus ne moins qu'en un tableau, les choses dignes de mémoire, qu'anciennement ont faicts les puissants peuples, les roys, et princes magnanimes, les sages gouverneurs, et vaillans capitaines, et personnes marquées de quelque notable qualité. » Si l'histoire est profitable à beaucoup, elle peut être dite, à bon droit, « maîtresse des princes », car, contrairement aux courtisans, elle ne leur « flatte rien » et suscite l'envie d'imitation. À ce point, la rencontre au sommet de Plutarque et de Trajan est, une nouvelle fois, célébrée. Existent, selon Amyot, deux espèces principales d'histoire : celle qui s'appelle du « nom commun d'histoire » (« elle expose au long les faits et aventures des hommes »), l'autre *Vie* (« elle déclare leurs natures, leurs dits, leurs mœurs »). L'une est plus « publique », l'autre plus « domestique » ; l'une, plus intéressée par les « événements », l'autre, plus soucieuse de « conseils », mais elles sont, l'une et l'autre, également de l'histoire.

L'exemple et l'exemplaire

C'est justement cette seconde forme que Montaigne, reprenant les mêmes termes, goûtera particulièrement. Parmi les historiens, notera-t-il, « ceux qui écrivent les vies », « ceux-là me sont plus propres. Voilà pourquoi, en toutes sortes c'est mon homme que Plutarque[55] ». « Mon homme » ? En quoi et pourquoi, le retour à soi passe-t-il par Plutarque ? Montaigne a lu et relu Plutarque dans la traduction d'Amyot : « nostre Plutarque », comme il l'appelle. De leur commerce prolongé et subtil, je ne retiendrai ici que ce qui touche à la question de l'exemplaire[56]. À son tour, Montaigne recourt à la citation de Pythagore et au modèle de la vie théorétique, pour évoquer « ceux qui ne cherchent autre fruict que de regarder comment et pourquoi chaque chose se faict, et estre spectateur de la vie des autres hommes, pour en juger et regler la leur ». La régler comment ? Justement, en établissant Caton, Phocion et Aristides « contrerolleurs » de toutes nos intentions. Car, l'exemple est « la figure qui, mise à part (*ex-emplum*), mais appelant l'imitation et la généralisation, peut conforter l'individu, dans sa singularité vertueuse : faisant effort pour se maintenir en état de ressemblance continue à l'égard de ceux qui furent des miracles de constance, il s'exercera à devenir identique à soi-même[57] ». En ce point, on va au-delà de l'usage possible de l'exemple selon Plutarque, qui, en recevant sous son toit ses « hôtes », voulait « embellir » sa vie et « faire connaître » les plus nobles de leurs actions. Le mouvement est en effet double. En regardant Caton, Phocion et Aristides, je me place aussi en permanence sous leur propre regard : d'où l'incitation, en me laissant habiter par « la loi de l'exemple », à devenir non pas Caton ou Phocion, mais véritablement moi-même. L'exemple est une figure qui réussit à conjoindre passé et futur. Quoique éloigné dans le temps, venu de l'Antiquité, il est « secrètement habité par le futur du devoir-être ». Il est là, préexistant, disponible et « séparé aussi de notre monde comme la scène à l'italienne l'est de la salle ». Se déployant en une scène mémorable, il est à la fois « sentence et acte », il nous jauge, nous oblige, nous juge[58].

Mais, de l'accumulation même d'exemples naît le doute, dès l'instant où l'on s'avise qu'à un exemple on peut toujours en opposer un autre, qui vient le contredire. Puisque, comme l'annonçait déjà le titre du premier chapitre des *Essais*, « Par divers moyens on arrive à pareille fin ». Dès lors que l'exemple n'est plus séparé, isolé, arrêté, mais réintroduit dans la variété des lieux et appréhendé dans la diversité des temps, il se mue en *singularité* : il est « un élément de ce monde désordonné, un instant, de son branle », dénué « d'autorité normative »[59]. L'exemple se défait. Aussi, l'admirable méditation du dernier chapitre des *Essais*, intitulé « De l'expérience », conclura logiquement et tranquillement qu'à la fin « tout exemple cloche », et qu'à tout prendre la vie de César « n'a poinct plus d'exemple que la nostre pour nous ». La protection de l'exemple s'éloignant, il faut pourtant tenter de vivre.

C'est alors au livre (le sien et non plus ceux des autres) comme « rolle » que sera dévolue « la fonction que Montaigne avait d'abord attribuée à Caton, Phocion et Aristides. Ce qu'il n'aura pu obtenir en cherchant directement à régler sa vie, à la soumettre à l'exemple normatif, il découvrira qu'il peut en déléguer la responsabilité à son livre, en s'y représentant fidèlement, à la manière du sculpteur et du peintre[60] ». « C'est moi que je peins » annonce l'adresse « Au lecteur ». Mais attention, ce que propose, pour finir, ce monument que sont les *Essais*, c'est « une vie basse et sans lustre », non exemplaire en somme, c'est-à-dire aussi exemplaire que toute autre, puisque « chaque homme porte la forme entière de l'humaine condition »[61]. Peut alors venir, lestée de l'expérience de tout le chemin parcouru, l'ultime phrase : « Les plus belles vies sont, à mon gré, celles qui se rangent au modèle commun et humain, avec ordre, mais sans miracle et sans extravagance[62]. » Le moment des *Essais* est capital, car il marque à la fois un temps fort de rassemblement, de célébration et de mise en question de l'exemple. Si Plutarque est un « bréviaire » pour Montaigne, les *Essais* sont, à leur façon, aussi un tombeau pour Plutarque : célébré, nullement renié, mais dépassé par un monde en perpétuel mouvement, sorti du temps stable de l'*historia magistra*. L'exemple est déstabilisé.

Après les décennies d'intense appropriation des hommes illustres de l'Antiquité, suivies (dans le dernier quart du XVIe siècle) d'une crise de l'exemplarité, qu'enregistrent et à quoi répondent les *Essais* comme projet d'écriture, les hommes illustres et le parallèle vont reprendre du service actif dans la France du XVIIe siècle, mais au profit des Grands qu'anime le souci de leur « gloire ». Le parallèle élit le plus volontiers les figures de César et d'Alexandre : il joue un temps en faveur du grand Condé (avant sa trahison), de Turenne, on a même vu un Richelieu en « Alexandre français », le siège de La Rochelle venant rappeler celui de Tyr par Alexandre. Mais c'est évidemment au profit du monarque qu'il est le plus actif : Louis XIII s'y essaie, Louis XIV s'y complaît, au début de son règne au moins[63]. Dans la dédicace de son *Alexandre*, tragédie présentée au roi en 1666, Racine s'adonne au parallèle du roi avec Alexandre.

Regrettant les carences de sa propre éducation trop tournée vers l'exercice pratique du pouvoir, Louis XIV fera noter dans ses *Mémoires* : « Je considérai […] que l'exemple de ces hommes illustres et de ces actions singulières que nous fournit l'Antiquité, pouvait donner au besoin des ouvertures très utiles, soit aux affaires de la guerre ou de la paix, et qu'une âme naturellement belle et généreuse s'entretenant dans l'idée de tant d'éclatantes vertus, était toujours de plus en plus excitée à les pratiquer [64]. » Soit une stricte réaffirmation de la valeur de l'*exemplum*, dans sa double acception d'exemple (directement utile) et d'exemplaire (excitation à imiter).

Du côté maintenant des hommes que Colbert va charger d'écrire l'histoire du roi, de ceux à qui Louis XIV confie, ainsi qu'il leur dit, ce qu'il a de plus précieux, à savoir sa « gloire », l'appel aux modèles antiques demeure opératoire. Dans son *Projet de l'histoire de Louis XIV*, Paul Pellisson défend ainsi une grande histoire « à la manière des Anciens » et il précise : « Il faut louer le roi partout, mais pour ainsi dire sans louanges, pour en être mieux cru, il ne s'agit pas de lui donner là les épithètes et les éloges magnifiques qu'il mérite, il faut les arracher de la bouche du lecteur par les choses mêmes, Plutarque ni Quinte Curce n'ont point loué Alexandre d'autre sorte, et on l'a trouvé bien loué. » Pour reprendre une formule frappante de Louis Marin, tout l'art de l'historien (à la Plutarque) consiste à savoir « déplacer l'épidictique dans le narratif [65] ».

Comme historiographe du roi, Racine devait d'abord écrire l'histoire du règne, mais il lui arriva, plus prosaïquement aussi, d'être prié de faire la lecture à un Louis XIV malade. Il choisit, entre autres, les *Vies parallèles*, dans la traduction d'Amyot (qui semblait d'ailleurs être du « gaulois » pour le roi !). La familiarité de Racine avec Plutarque, elle, était ancienne, puisqu'elle datait de 1655, quand Racine, âgé de seize ans, était élève des Petites-Écoles de Port-Royal. Il avait alors lu tout Plutarque en grec, les *Vies* d'abord, les *Œuvres morales* l'année suivante, la plume à la main. Ses annotations nombreuses, inscrites en marge de son exemplaire, donnent une sorte de résumé de la *Vie*, non pas en ses principaux épisodes, mais sous forme d'une ou plusieurs maximes, qui sont les leçons qui s'en dégagent. Par exemple, *Vie de Fabius Maximus* : « S'instruire par ses fautes. » *Vie de Cimon* : « Ne louer faussement. Ne trop s'arrêter aux vices. Il n'y a point d'homme parfait. Inimitiés particulières doivent céder au bien public. Faire la guerre aux ennemis légitimes. » À côté de rapprochements avec d'autres auteurs anciens, des notes plus précises viennent proposer une lecture-traduction chrétienne d'une phrase ou d'une expression : c'est ainsi que *tuchê* (fortune), *daimôn* (démon) ou *pronoia* (prévoyance) peuvent, dans quelques cas, être glosés en « Providence ». Plus intéressantes encore, sont les lectures (pour nous) actualisantes : tel trait du comportement d'Aratos suggère un parallèle avec Richelieu, ou le parcours de Coriolan évoque celui de Condé, après son passage aux Espagnols, ou encore l'Assemblée des Anciens qu'a instaurée Lycurgue, placée entre le peuple et les rois, fait surgir dans la marge le mot « Parlement »[66]. Ce que fait bien voir ce travail de collégien, c'est en fait l'absence de coupure entre le texte et ses marges. Dans cet espace continu, homogène, Plutarque est là, disponible, contemporain si l'on veut, et l'*exemplum* fonctionne à plein.

Actif, le parallèle va toutefois être mis profondément en question après 1680. La logique même de l'absolutisme conduit en effet à le récuser, puisque le monarque absolu ne saurait plus avoir de modèles : pas plus Alexandre qu'Auguste. Il est devenu lui-même *le* modèle. Louis, ainsi que le met en vers Charles Perrault, devient de tous les rois – présents et passés – « le plus parfait modèle[67] ». Or, le même Perrault a été l'initiateur et le principal protagoniste de la Querelle des Anciens et des Modernes, justement avec son fameux *Parallèle des Anciens et des Modernes*. D'où, livre après livre, il ressortait qu'au total le parallèle n'était plus tenable, puisque les Modernes l'emportaient, en tout, sur les Anciens, ou que la perfection des Anciens différait de celle des Modernes. Le temps s'insinuait dans le parallèle pour en distendre les termes ou le relativiser[68]. Perrault, encore lui, est l'auteur d'un recueil de portraits *Les Hommes illustres qui ont paru en France pendant ce siècle* (1697-1700). S'il s'inscrit encore tout à fait dans la problématique des hommes illustres, il restreint l'illustration, en la bornant à « ce siècle » incomparable : celui du Roi-Soleil évidemment. « On a pris plaisir à rassembler ici des hommes extraordinaires dans toutes sortes de professions ; et à se renfermer dans le seul siècle où nous sommes. »

Les grands hommes

Voltaire, travaillant longuement sur *Le Siècle de Louis XIV* (1738), repartira de là. Mais, à la seule figure du souverain, il substitue « l'esprit » : « Ce n'est pas seulement la vie de Louis XIV qu'on prétend écrire ; on se propose un plus grand objet. On veut essayer de peindre à la postérité, non les actions d'un seul homme, mais l'esprit des hommes dans le siècle le plus éclairé qui fut jamais. » Ce déplacement significatif s'accompagne d'une mise en cause, justement, de la catégorie d'hommes illustres ou de héros, au profit d'un personnage nouveau : le grand homme. Il faut dire que Fontenelle déjà, dans ses *Nouveaux dialogues des morts* (1683), avait miné le mythe du héros. S'inspirant de Lucien de Samosate, recourant à la satire, il produisait d'improbables rencontres *post mortem*. Ainsi, le livre s'ouvrait sur un dialogue, un « parallèle » en fait, entre Alexandre, le conquérant, et Phryné, la courtisane, qui offrit de rebâtir à ses frais les murailles de Thèbes

qu'Alexandre avait détruites. L'un comme l'autre
avaient, somme toute, fait trop de conquêtes ! Aristote,
quant à lui, n'appréciait guère d'être mis en parallèle
avec, en la personne d'Anacréon, « un auteur de chanson-
netes ». « J'appelle grands hommes », résumera Voltaire,
« tous ceux qui ont excellé dans l'utile ou dans l'agréable.
Les saccageurs de provinces ne sont que héros [69] ».

Passer des héros aux grands hommes est une des
formes de l'engagement des Lumières contre les privilèges de la naissance et l'absolutisme. « Un roi qui aime
la gloire – écrivait déjà Fénelon (le « divin Fénelon »
pour le XVIIIe siècle) à propos d'Achille et d'Homère – la
doit chercher dans ces deux choses : premièrement il faut
la mériter par la vertu, ensuite se faire aimer par les
nourrissons des Muses [70]. » La vertu et les lettres pour la
célébrer. Nouveauté aussi, le grand homme n'aura plus
besoin de sortir de Plutarque ou de la seule Antiquité, il
pourra être un contemporain. On doit pouvoir le voir, lui
parler, lui rendre visite. Va en effet se mettre en place au
cours du siècle un véritable culte des grands hommes, et,
d'abord avec Voltaire, du grand écrivain [71].

Critique de Louis XIV, ce qui lui avait valu d'être
exclu de l'Aca-démie française, l'abbé de Saint-Pierre
rédige un *Discours sur les différences du grand homme
et de l'homme illustre*, publié en 1739 comme préface à
une *Histoire d'Épaminondas* (cette *Vie* manquante si
souvent récrite) de l'abbé Séran de la Tour. D'où il
ressort évidemment qu'Épaminondas est un grand
homme, alors qu'Alexandre n'est qu'un conquérant.
Car « on ne devient grand homme que par les seules
qualités intérieures de l'esprit et du cœur, et par les
grands bienfaits que l'on procure à la société ». De
même, Solon, Scipion, Caton l'emportent sur César. Il
ne s'agit donc nullement, pour l'abbé de Saint-Pierre,
de rompre avec Plutarque, mais il convient de le lire
autrement, d'opérer d'autres partages et d'autres regrou-

pements : ses « grands hommes » l'emportent sur ceux qui désormais ne sont plus que des hommes ou des rois illustres. Un Moderne toutefois représente, pour l'abbé, le grand homme « sans contestation » : Descartes, lui qui « ne souhaitait que la gloire précieuse de rendre un très grand service à la société en général, en perfectionnant la raison humaine [72] ».

En 1758, l'Académie décide de remplacer les concours d'éloquence par l'éloge des hommes célèbres de la nation. Cette décision, qui reprend un projet de l'abbé de Saint-Pierre (il avait proposé qu'elle rédigeât une histoire des grands hommes dans le genre des *Vies* de Plutarque), est comme « l'acte de naissance officiel du culte des grands hommes en France [73] ». Dans ce cadre-là, le petit genre de l'éloge va triompher, principalement grâce à celui que Diderot nomma « le Plutarque français » : Antoine-Léonard Thomas (1732-1785), récemment ressuscité par Jean-Claude Bonnet. Homme sévère et soutien du parti philosophique, ses éloges connurent un extraordinaire succès, contribuant à fixer et à diffuser les traits du nouvel héroïsme des Lumières. Avec lui, Plutarque n'est pas loin, et pourtant on n'est plus dans Plutarque, car un nouveau rapport au temps va être à l'œuvre. C'est là une rupture irrémédiable : dans les tourmentes de la période révolutionnaire, il se pourra qu'on l'ignore, la nie ou l'« oublie » parfois, elle n'en demeurera pas moins active. Le temps marche, et le grand homme est justement celui qui le devance. Il annonce un avenir que la théorie de la perfectibilité de l'humanité devra permettre d'atteindre, grâce, notamment, à l'action des hommes de génie. Au fond, la vie du grand homme raconte un moment d'accélération du temps, qui se marque dans sa propre vie à lui (la précocité du grand homme). Aussi, loin d'être un genre passéiste réactivant quelque modèle antique, le genre de l'éloge est-il alors tourné vers l'avenir, puisqu'il s'agit en fait « d'honorer les grands hommes et d'en faire naître », de contribuer aussi et ainsi à ce grand dessein d'accélération du temps[74].

Aussi longtemps que l'histoire (qui n'est pas enseignée comme telle dans les collèges) est envisagée comme école de morale, le familier Plutarque est là, disponible et sollicité. Le XVIIe siècle finissant avait tendu à distinguer entre une histoire pour tous (comme morale) et une histoire comme politique (réservée aux seuls Grands)[75]. Le XVIIIe siècle revient sur ces partages et réaffirme que les leçons valent au moins autant pour les princes que pour les autres. Mably, dans ses instructions au prince de Parme, est parfaitement clair. Il rappelle d'emblée « que l'histoire doit être une école de morale et de politique » : « Lisez et relisez souvent, Monseigneur, les vies des *hommes illustres* de Plutarque. […] Les héros de Plutarque ne sont presque tous que de simples citoyens ; et les princes les plus puissants ne peuvent être grands aux yeux de la vérité et de la raison, qu'en les prenant pour modèles. Choisissez-en un que vous vouliez imiter. […] Choisissez pour modèle un simple citoyen de la Grèce ou de Rome, prenez-le pour votre juge, demandez-vous souvent : Aristide, Fabricius, Phocion, Caton, Épaminondas, auraient-ils agi ainsi ? Vous sentirez alors votre âme s'élever, vous serez tenté de les imiter […] Mais il ne suffit pas, Monseigneur, que vous regardiez l'histoire comme une école de morale. Dans l'état où vous êtes né, ce n'est pas assez que vous soyez vertueux pour vous-même, vous devez nous être utile ; et il faut que vous acquériez les lumières nécessaires à un prince chargé de veiller sur la société[76]. »

L'abbé Rollin, avant lui, avait plus d'une fois insisté sur la valeur pédagogique de Plutarque. Ancien recteur de l'Académie de Paris, favorable aux méthodes d'enseignement des jansénistes, il voyait dans les *Vies* « l'ouvrage le plus accompli que nous ayions et le plus propre à former les hommes soit pour la vie publique et les fonctions du dehors, soit pour la vie privée et domestique ». Point de doute non plus : « Cette connaissance exacte du caractère des grands hommes fait une partie essentielle de l'histoire [77]. » On commençait par Cornelius Nepos dans les petites classes, puis on passait ensuite à Plutarque, qui était, selon Dacier, son traducteur, « le livre non seulement de tous les hommes, mais de tous les âges [78] ». Bref, le paradigme de l'*historia magistra* restait, semble-t-il, plus que jamais valide.

La peinture était, elle aussi, de la partie. Le mouvement sentimental et moralisant de la peinture d'histoire conduit tout droit vers le culte des grands hommes. En 1767, une brochure propose de transformer l'aile du Louvre qui longe la Seine en une « Galerie des Français illustres ». Vers 1750, La Font de Saint-Yenne, théoricien de la peinture d'histoire inspiré par Rousseau, défend une peinture conçue comme « école de mœurs », donnant à voir « les actions vertueuses et héroïques des grands hommes ». Si l'Ancien, le Nouveau Testament, les historiens grecs, latins, italiens, français sont des réservoirs d'exemples, « Plutarque seul peut fournir des sujets dignes d'occuper les pinceaux de tous les peintres d'Europe » : les vertus de Cyrus, l'austérité d'Agésilas, Aristide le Juste, la valeur d'Épaminondas, ou Fabricius « le consul le plus romain de tous les Romains », etc. Pour Caylus, la peinture doit « transmettre à la postérité les grands exemples de morale et d'héroïsme » (en particulier ce qui honore la patrie) [79].

À ce point, la rencontre avec et le passage par Rousseau est inévitable, lui pour qui Plutarque a joué un si grand rôle. Il y a en effet d'une part Plutarque pour Rousseau et le Plutarque de Rousseau, de l'autre Plutarque vu et lu ensuite à travers Rousseau. Comme l'écrit Bonnet, « un transport héroïque venu de la plus lointaine enfance est à l'évidence à l'origine de sa vocation d'écrivain [80] ».

Et ce transport héroïque s'est d'abord nourri des *Vies des hommes illustres*. «Plutarque, surtout, rappellent *Les Confessions*, devint ma lecture favorite. Le plaisir que je prenois à le relire sans cesse me guerit un peu des Romans, et je preferai bientôt Agesilas, Brutus, Aristide à Orondate, Artamene et Juba. De ces interessantes lectures, des entretiens qu'elles occasionnoient entre mon pere et moi, se forma cet esprit libre et républicain, ce caractére indomptable et fier, impatient de joug et de servitude qui m'a tourmenté tout le tems de ma vie dans les situations les moins propres à lui donner l'essor. Sans cesse occupé de Rome et d'Athènes ; vivant, pour ainsi dire, avec leurs grands hommes, né moi-même Citoyen d'une République, et fils d'un pere dont l'amour de la patrie etoit la plus forte passion, je m'en enflamois à son exemple ; je me croyois Grec ou Romain ; je devenois le personnage dont je lisois la vie : le recit des traits de constance et d'intrépidité qui m'avoient frappé me rendoit les yeux étincellans et la voix forte. Un jour que je racontois à table l'aventure de Scevola, on fut effrayé de me voir avancer et tenir la main sur un réchaud pour representer son action[81]. »

Quelques années plus tard, il y eut « l'illumination de Vincennes » et une autre identification, cette fois avec l'austère consul Fabricius, sorti tout droit de la *Vie de Pyrrhus* : la fameuse prosopopée où Fabricius déplore la perte de l'antique « simplicité » romaine a été l'amorce du premier *Discours sur les sciences et les arts*, couronné par l'Académie de Dijon en 1750. Cette nouvelle, rapporte-t-il, « acheva de mettre en fermentation dans mon cœur le premier levain d'héroïsme et de vertu que mon Père et ma patrie et Plutarque y avaient mis dans mon enfance[82] ». Père, patrie, Plutarque se déclinent ensemble. Plutarque l'aura en fait accompagné toute sa vie, puisqu'il est encore du petit nombre des livres transportés à Ermenonville.

Retrouver Plutarque dans *Émile ou De l'éducation* (1762) n'est donc pas étonnant. À quelle étape de la formation d'Émile ? Quand vient pour le jeune homme « le moment de l'histoire ». Par elle, il « verra les hommes, simple spectateur [on retrouve une fois encore le spectateur], sans interest et sans passion, comme leur juge, non comme leur complice, ni comme leur accusateur ». Si Thucydide est « le vrai modèle des historiens », reste malheureusement qu'il parle toujours de guerre. De plus, l'histoire montre « plus les actions que les hommes », « elle n'expose que l'homme public ». C'est évidemment là que, retrouvant et citant Montaigne, Rousseau fait appel à Plutarque : « J'aimerais mieux la lecture des vies particulières pour commencer l'étude du cœur humain […] Plutarque excelle par ces mêmes détails dans lesquels nous n'osons plus entrer. Il a une grâce inimitable à peindre les grands hommes dans les petites choses […], souvent un mot, un sourire, un geste lui suffit pour caractériser son héros[83]. » Bien dirigées, ces lectures seront pour l'élève « un cours de philosophie pratique » des plus profitables, mais à une condition impérative, qui est de ne pas lui donner « le regret de n'être que soi » : « Mais quant à mon Émile, s'il arrive une seule fois dans ces parallèles qu'il aime mieux être un autre que lui, cet autre fut-il Socrate, fut-il Caton, tout est manqué ; celui qui commence à se rendre étranger à lui-même ne tarde pas à s'oublier tout-à-fait[84]. » Donc pas de petits Trajan, d'Alexandre ou même de Cicéron de collège ! Mais pas, non plus, d'apprenti Mucius Scaevola ou de Fabricius parisien, qui, en vérité, s'était « fait des hommes et de la société des idées romanesques et fausses[85] » !

Pourtant, ces mêmes années furent, pour certains, un temps de forte identification aux héros de Plutarque. « Je pleurais de joie, écrivait Vauvenargues à Mirabeau, lorsque je lisais ces *Vies* : je ne passais point de nuit sans parler à Alcibiade, Agésilas, et autres ; j'allais dans la place de Rome, pour haranguer avec les Gracques, et pour défendre Caton quand on lui jetait des pierres[86]. » Mme Roland fait remonter son républicanisme à sa lecture de Plutarque : « Je n'oublierai jamais le carême de 1763 (j'avais alors neuf ans), où je l'emportais à l'église en guise de semaine sainte. C'est de ce moment que datent les impressions et les idées qui me rendaient républicain sans que je songeasse à le devenir[87]. » On trouve des ressources, on puise des forces dans l'exemple des républiques antiques pour soutenir les Parlements, lutter contre l'absolutisme et aller, selon la formule de Rousseau, de ce que les hommes ont été à ce qu'ils peuvent être. Pourtant, nous l'avons vu, la théorie des grands hommes, tout en continuant à se réclamer de Plutarque, conduisait à rompre en réalité avec le modèle des hommes illustres, puisqu'elle reposait sur un nouveau rapport au temps, faisant appel à la perfectibilité et à l'accélération.

Or, quand on passe de ces années d'avant à la Révolution elle-même, ce qui frappe, c'est justement l'accélération du temps, y compris dans tout ce qui touche aux grands hommes. À partir de 1789 s'ouvre en effet une période « particulièrement intense et tumultueuse pour le culte des grands hommes ». À la mort de Mirabeau, à la trajectoire fulgurante, la nouvelle église Sainte-Geneviève est consacrée au nouveau culte, et le décret du 4 avril 1791 fixe que, à l'exception de Descartes, Voltaire et Rousseau, seuls les grands hommes du présent (« à dater de l'époque de notre liberté ») pouvaient être admis au « Panthéon français[88] ». « Aux grands hommes la patrie reconnaissante » : s'inscrivant dans la longue durée de l'éloge, dont Plutarque était une des composantes, le Panthéon n'en était pas moins une institution de rupture. Doublement : puisqu'il n'y a de grand homme que contemporain, puisque panthéoniser revient à devancer les arrêts de la postérité, ou plutôt à être, dans l'ivresse de l'instant même, cette postérité. D'où les entrées et les sorties si rapides de Mirabeau et de Marat, qui avait d'ailleurs dénoncé à l'avance « le ridicule qu'offre une assemblée d'hommes bas, vils, rampants et se constituant juges d'immortalité[89] ».

Sur un registre plus modeste, quel usage fait-on en ces années de Plutarque ? L'exemplaire peut s'entendre de deux façons. Un *Abrégé des hommes illustres de Plutarque, à l'usage de la jeunesse*, par le citoyen Acher (1796), réaffirme la vertu d'émulation des grands exemples des *Vies* pour les jeunes gens. Entre hier et aujourd'hui, l'auteur fait valoir l'identité des situations : « On aperçoit le fil des mêmes événements dont nous sommes témoins », seul change le nom des acteurs. À l'opposé, une traduction des *Vies*, celle de Ricard, parue en 1798, enrôle Plutarque contre « les novateurs ». « L'homme, disent-ils, n'a pas besoin de puiser dans les exemples de ceux qui l'ont précédé des conseils pour ce qu'il doit faire ; sa raison lui suffit : loin de se traîner sur les pas d'autrui, il doit s'abandonner à son propre essor, et, par une heureuse audace, ouvrir à la politique des routes nouvelles qui soient pour les peuples des sources de gloire et de bonheur. » C'est la simple réaffirmation d'un programme d'*historia magistra* : les exemples de Plutarque sont aussi une défense et illustration de la valeur de l'histoire.

Les considérations de Volney, dans ses *Leçons d'histoire* de l'an III déjà évoquées, viendraient se situer entre les deux. Pour lui, il est clair que le seul genre d'histoire qui convienne aux enfants est le « genre biographique ». Ce furent d'abord les *Vies de saints*, puis « les Hommes illustres de Plutarque et de Cornelius Nepos ont obtenu la préférence ». On ne saurait nier que ces modèles (profanes) ne soient « plus à l'usage

des hommes vivant en société; mais encore ont-ils
l'inconvénient de nous éloigner de nos mœurs, et de
donner lieu à des comparaisons vicieuses et capables
d'induire en de graves erreurs». Mieux vaudrait donc
prendre ces modèles chez nous et, s'ils n'existaient
pas, «il faudrait les créer»[90]. S'en prenant un peu plus
loin à cette «secte nouvelle» qui a juré «par Sparte,
Athènes et Tite-Live», il récuse une imitation fautive
(Sparte n'était pas ce qu'il croyait) et à contre-temps
(la France n'est pas une république antique)[91]. L'imitation, fondée sur des «comparaisons vicieuses», a
rendu possible la Terreur. Si Plutarque n'en est pas
directement responsable, il ne saurait non plus en sortir
indemne.

Le grand homme

Moins les grands hommes que le grand homme:
Napoléon. Tel est le signe sous lequel se déroule la
période suivante, celle de l'Empire, ou plutôt celle qui
va de l'oncle au neveu (Napoléon III), ou encore celle
qu'embrasse, dans les *Châtiments* (1853) de Hugo,
L'Expiation[92]. Présent, Plutarque l'est assurément pour
le jeune Bonaparte, qui le lit et l'emporte avec lui
dans ses bibliothèques portatives (comme Rousseau ou
Beethoven). Au point que Paoli, le chef de l'indépendance corse, lui aurait dit: «Ô Napoléon! tu n'as rien
de moderne! tu appartiens tout à fait à Plutarque[93]!»
De fait, nombreux sont les héros de l'Antiquité tour à
tour évoqués ou convoqués par un Napoléon qui, soucieux d'imitation, veut construire et donner à voir des
parallèles entre eux et lui. On commence avec Hannibal
(la campagne d'Italie), Alexandre suit (l'Égypte), bientôt César s'impose, mais aussi Solon et Périclès, et tout
s'achève avec Thémistocle (la lettre au prince régent du

13 juillet 1815) : « Je viens comme Thémistocle, m'asseoir sur le foyer du peuple britannique, je me mets sous la protection de ses lois. » Il ne faudrait cependant pas oublier le buste de Junius Brutus placé aux Tuileries, au début du Consulat, non plus que l'appel à plusieurs modernes (Louis XIV et Frédéric)[94]. Lecteur de Plutarque, tourmenté par le jugement de la postérité, l'empereur voulait aussi être à lui-même son propre Plutarque.

Mais, au total, si parallèles il y a, leur pluralité même est la manifestation de sa propre singularité : sans précédent, Napoléon a su aussi se faire inimitable. Il est à la fois ancien et moderne. Le passé est le passé, répète-t-il également. Conscient que sa généalogie commence avec lui, il insiste sur sa nouveauté et entretient un rapport au temps qui n'a rien de plutarchéen. Incarnant cette accélération du temps, caractéristique de la définition du grand homme, il voudrait être en même temps son passé, son présent et son futur. Plus exactement, tout doit être vu aujourd'hui du point de vue du futur. « Je voudrais, dit-il à Joseph, être ma propre postérité et assister à ce qu'un poète tel le grand Corneille me ferait sentir, penser et dire. » Il est bien sûr cet homme pressé – « Il allait si vite qu'à peine avait-il le temps de respirer où il passait », disait Chateaubriand – qui ne considère le présent qu'à partir de l'avenir où il se projette déjà (« Je ne vis jamais que dans deux ans »). Il est enfin ce fondateur, qui voudrait en quelque sorte hâter son « vieillissement », en produisant de l'« ancienneté » : par l'écrit, par l'image bien sûr, mais aussi par son mariage autrichien[95].

Pour Paul Valéry pourtant, Napoléon sera une parfaite illustration de sa thèse sur les méfaits de l'histoire. Il est en effet une victime de « l'excitation à imiter » que suscite l'histoire : même lui n'a pu s'y soustraire. Imiter, donc égaler, surpasser, à quoi Valéry oppose inventer, créer. Il est resté « petit garçon devant Plutarque et

consorts » et a, pour finir, lui l'imaginatif, manqué
d'imagination. « Qu'imaginer de faire, en 1803, de
l'immense pouvoir entre ses mains, et des possibilités ?
Peut-être l'idée militaire d'*avancement dans le grade* ?
Le plus haut grade civil et militaire à la fois est celui
d'empereur, lui souffle le livre d'Histoire. Et il entre
dans son avenir *à reculons*. Il se fait une pseudo-
lignée [96]. » Dès lors, il cesse de dérouter et il décline.

Les grands hommes, la société, l'histoire

Napoléon lecteur de Plutarque, comme Alexandre,
ne se séparant jamais de l'*Iliade*, l'était d'Homère ?
Dernier maillon d'une longue chaîne d'imitation, ou
bien héros moderne et « force qui va », ayant zébré, de
la Corse à Sainte-Hélène, l'histoire du monde ? Ce
dilemme, le XIXe siècle en a évidemment hérité et il a
marqué, en Europe, toutes les réflexions sur le grand
homme. Il y eut d'abord la vision de Hegel, en 1806,
dans Iéna occupée : « J'ai vu l'Empereur – cette âme du
monde – sortir de la ville pour aller en reconnaissance ;
c'est effectivement une sensation merveilleuse de voir
un pareil individu qui, concentré sur un point, assis sur
un cheval, s'étend sur le monde et le domine [97]. »
Même sans qu'il le sache, il est ce jour-là le visage de
l'Esprit du monde. En Angleterre, Carlyle en viendra à
penser, après 1840, que l'Histoire universelle comme
l'histoire de ce que l'homme a accompli en ce monde
est au fond l'histoire des grands hommes. Ils sont
comme l'âme de l'histoire [98]. Tolstoï enfin opposera à
Napoléon, héros européen, « soi-disant conducteur de
peuples », qui croit diriger les événements, la figure
« simple, modeste, et par conséquent vraiment grande »,
de Koutouzov. Apparemment passif et immobile, la
« prescience » était, pourtant, de son côté. Car il était

porteur du sentiment populaire « dans toute sa force et sa pureté » ou, autre façon de le dire, il faisait partie de ces rares individus qui, « comprenant la volonté de la Providence, y soumettent leur propre volonté[99] ».

Mais revenons en France après 1815. Il s'y opère une révision du rôle des individus dans l'histoire, une reprise de la dénonciation des méfaits de l'imitation des héros antiques, et surtout, le désenchantement s'étend, ce sentiment partagé, comme l'écrit Balzac, qu'il « ne peut plus rien y avoir de grand dans un siècle à qui le règne de Napoléon sert de préface ». C'est aussi pourquoi ce siècle se présentera, dès les années 1820, comme le siècle de l'histoire. Les historiens libéraux vont s'intéresser aux civilisations, au progrès de la nation, au peuple, un peu plus tard aux institutions[100]. Contre l'idée du grand homme comme libre acteur de l'histoire, Thiers et Mignet représentent l'école fataliste, attentive à la force des circonstances. Le roman, dont débute l'âge d'or, ne saurait être plutarchéen. Si Plutarque est encore présent chez Balzac, il ne l'est qu'ironiquement, puisqu'on rencontre *L'Illustre Gaudissart*, qui est tout sauf illustre, ou *Un grand homme de province à Paris*, en la personne de Lucien de Rubempré, qui justement ne l'est pas ! Comme l'établira l'« Avant-propos » de 1842, le sujet de *La Comédie humaine* est en réalité la société, dont le romancier veut être le Buffon, désireux de faire pour la société ce que le naturaliste a fait pour la zoologie. En composant des « types », il vise à écrire cette véritable « histoire des mœurs » que les historiens n'ont jamais su écrire. « La société allait être l'historien, je ne devais être que le secrétaire. » Le type fait son entrée en littérature.

Presque au même moment, Michelet écrivait à son ami Mickie-wicz, soupçonné d'entretenir le culte de l'empereur : « Le dernier héros qui ait paru, ce n'est pas Napoléon, comme ils disent, c'est la Révolution. » Pas

plus que la France, la Pologne n'a besoin d'un homme
doté d'une « autorité mystique ». « Nous autres Occiden-
taux nous devenons de plus en plus collectifs », si bien
que le vrai problème qui se pose est celui de « l'unité
dans la collection des égaux [101] ». Pourtant, il y a des
héros dans l'histoire (Jeanne d'Arc, Luther, Danton) et
Le Peuple consacre un chapitre à « l'homme de génie ».
Si le héros n'est rien sans l'impulsion populaire qui le
porte, il révèle, ce faisant, le peuple à lui-même : « Le
peuple n'est à sa plus haute puissance que dans l'homme
de génie. » Il s'ensuit qu'est profondément juste la formule *Vox populi, vox dei* et que « l'homme de génie
est par excellence le simple, l'enfant, le Peuple [102] ».
Michelet donne ainsi une version christiano-plébéienne
du grand homme.

Pour trouver une réflexion en forme sur le grand
homme, inspirée de Hegel, mais reprise dans un contexte
français, il faut se tourner vers le philosophe Victor
Cousin. Guizot et lui, qui avaient été destitués en 1820,
remontent en chaire en 1828. Cette année-là, leurs cours
de la Sorbonne furent un événement intellectuel et politique. Or, la dixième leçon du *Cours* de Cousin est
consacrée aux grands hommes. S'exprime très clairement une rupture, par rapport à Plutarque, mais aussi
par rapport au modèle du XVIIIe siècle. Car, le concept
opératoire est celui de représentation. Le grand homme
n'est tel que pour autant qu'il « représente » son peuple.
Il s'ensuit qu'il n'est pas une « créature arbitraire », mais
que, tout au contraire, « il est l'harmonie de la particula-
rité et de la généralité » : pour être grand, il doit être
« également éloigné de l'original et de l'homme ordinaire ». S'occuper des grands hommes est donc légitime
– l'Histoire est véritablement celle des grands hommes –,
mais à condition de les donner pour ce qu'ils sont : non
« les maîtres », mais « les représentants de ceux qui ne
paraissent pas dans l'histoire ». Il y a deux parties dans

un grand homme : « la partie du grand homme et la partie de l'homme. La première seule appartient à l'histoire ; la seconde doit être abandonnée aux mémoires et à la biographie ». « Alexandre, dit-on, avait d'assez vilains défauts, César aussi ; cependant il n'y a pas de plus grands hommes. » Ce qu'ils ont voulu faire n'a aucun intérêt, leurs faiblesses non plus, il faut seulement s'attacher aux grandes choses qu'ils ont faites et rechercher « l'idée qu'ils représentent [103] ». On est aux antipodes de Plutarque, à la recherche des « signes » de l'âme et constamment loué (de Montaigne à Rousseau) pour sa capacité à nous faire passer du public au privé, à faire percevoir, selon l'expression de Michelet, « les disparates dans les hommes extraordinaires [104] ». Enfin, et sur ce point le philosophe de l'histoire ne peut douter, « le signe du grand homme, c'est qu'il réussit. Quiconque ne réussit pas n'est d'aucune utilité au monde ». Il s'ensuit qu'il faut être du parti du vainqueur, alors que celui « du vaincu est toujours celui du passé ». Démosthène luttant contre Philippe n'est après tout qu'un grand orateur qui représente « le passé de la Grèce ».

C'est évidemment là un point de vue que, le siècle avançant, il sera de plus en plus difficile de soutenir tout uniment : après 1852, après 1870. Le grand homme comme vaincu gagne alors du terrain, tandis qu'on se défie de la philosophie allemande. Vercingétorix, le héros vaincu, « profite » de cette conjoncture, Camille Jullian l'opposant au César de Mommsen. La théorie des hommes providentiels fonde « le droit divin des dictatures », écrit Pierre Larousse, le républicain, dans son *Dictionnaire* (1866-1879), à l'article « César ». En revanche, l'entrée « *Vies parallèles* » les présente toujours comme « le modèle des biographies » et l'article « Plutarque » commence par rappeler que Kléber avait dans sa malle un Plutarque et Quinte-Curce, ce qui « valait toujours mieux que le vague Ossian de Bonaparte » !

Mais, au fond la distance s'est bel et bien creusée, il n'est plus question d'imitation ou d'identification. Car, si Plutarque compte encore aujourd'hui, c'est comme « formateur de Montaigne, Montesquieu, Rousseau ». Protagoniste non plus direct, mais au second degré, il est devenu de l'histoire et entre dans l'histoire de la littérature française.

De la Restauration à la Troisième République, on compte, pourtant, plusieurs tentatives pour enrôler ou faire revivre Plutarque, au nom ou par le relais de la pédagogie. D'abord sous la plume d'un noble, ancien émigré, J.-F. Girard de Propiac. Garde des archives de la préfecture de la Seine et joueur invétéré, il fut un compilateur prolixe ! Il rédigea de multiples Plutarque pour la jeunesse, déjà sous l'Empire puis sous la Restauration. Ainsi *Le Plutarque de la jeunesse, ou Abrégé des vies des plus grands hommes de toutes les nations,* depuis les temps les plus reculés jusqu'à nos jours, au nombre de deux cent douze, ornées de leurs portraits, ouvrage élémentaire, propre à élever l'âme des jeunes gens et à leur inspirer des vertus (1804). Il commit aussi *Le Plutarque des jeunes demoiselles, ou Abrégé des vies des femmes illustres de tous les pays,* avec les leçons explicatives de leurs actions et de leurs ouvrages (1810), commençant avec Cléopâtre et s'achevant avec Marie-Antoinette. Et, inévitablement, *Le Plutarque français, ou Abrégé des vies des hommes illustres dont la France s'honore, depuis le commencement de la monarchie* (1825). Toutes ces compilations, ouvrages de commande, connurent plusieurs éditions. En ces mêmes années, il s'en publiait d'autres, sous des titres à peu près semblables[105]. Existait donc un marché pour cette littérature, où le nom de Plutarque, toujours mis en avant, tendait cependant à n'être plus que l'index d'un genre, presque d'une collection : *Les vies des hommes célèbres.* Du parallèle, il n'était évidemment plus question.

Le livre d'Octave Gréard, *De la morale de Plutarque* (1866) relève d'un tout autre genre. Il s'agit de sa thèse de doctorat. D'abord professeur de rhétorique, puis inspecteur de l'Académie de Paris, il sera pendant de nombreuses années directeur de l'enseignement primaire. Dans ce livre, il se propose d'étudier la morale de Plutarque, qui lui a valu tant de gloire posthume, en fait trop, estime Gréard. Pour mesurer l'écart, il convient d'abord de replacer Plutarque dans son époque et de l'envisager comme « représentant de la morale de son temps ». Cette opération de « réduction » débouche sur un adieu à Plutarque, qui n'a rien à voir avec celui prononcé par Paul-Louis Courier, soixante ans plus tôt. Pour ce dernier, Plutarque était encore tout proche : les réalités de la guerre et de l'armée impériale le conduisaient à clamer : « Plutarque a menti ! » Pour Gréard, la distance historienne prévaut. Plutarque est doublement un homme du passé : entre lui et nous, il y a eu le christianisme et, même dans son temps, il est tourné vers le passé. Tout occupé de restauration païenne, au mieux il récapitule aimablement la sagesse grecque. Il n'annonce rien, et sûrement pas la morale chrétienne, lui qui n'est pas allé au-delà du « Connais-toi toi-même » de Delphes (qui revient à tout rapporter au bonheur de l'individu) et a méconnu totalement l'ouverture du « Aimez-vous les uns les autres [106] ». On pense à la fin de *La Cité antique* de Fustel de Coulanges, parue deux ans plus tôt, où la victoire du christianisme marque la fin du monde antique. Plutarque appartenait pleinement à ce monde de la cité, qui n'est plus le nôtre : il n'est donc plus des nôtres. Au total, il n'est « ni un grand personnage ni un grand esprit ».

Apparaît en effet, au fil des pages, ce personnage du « bonhomme Plutarque », en directeur de conscience pour les affaires quotidiennes et à la morale exclusivement pratique. C'est, à dire vrai, le Plutarque qui a eu cours pendant près d'un siècle dans les études grecques en France. Le comble de l'affadissement pédagogico-sulpicien est atteint avec l'opuscule de Mme Jules Favre. Fille de pasteur luthérien, directrice de la toute nouvelle École normale de Sèvres, veuve du républicain Jules Favre, elle réunit sous le titre *La Morale de Plutarque* (1909) un choix d'extraits de Plutarque. Insistant sur la valeur de l'exemple et sur l'importance de l'éducation, ce montage de textes commentés s'achève sur la religion. Avec ce Plutarque pour sévriennes, ce sont vraiment les derniers feux allumés à la Renaissance avec les premières traductions enthousiastes des traités sur l'éducation [107].

Malgré tout, la République fait encore appel à ses services, par exemple sous la plume d'un professeur de l'université de Grenoble, J. de Crozals, dans la Collection des classiques populaires [108]. Le cœur du livre est en fait une brève histoire de la Grèce et de Rome encore rédigée à partir des *Vies*, tandis que les premiers et derniers chapitres sont consacrés à Plutarque lui-même. Contrairement à Gréard, l'auteur entend bien montrer à quel point Plutarque est « nôtre », lui qui a été « comme la conscience de tant d'esprits dont la France est fière ». Aussi, peut-être n'est-ce pas « une chimère d'espérer qu'il puisse redevenir pour les jeunes gens de notre temps une aimable et bienfaisante conscience [109] ». Plus précise, la dernière phrase du livre va plus loin encore. On est en plein dans le réarmement moral et l'appel au sacrifice patriotique : « Puisse la jeunesse du XIXᵉ siècle à son déclin retirer de cette lecture, comme quelques-unes des générations ses devancières, non seulement la satisfaction d'une certaine curiosité d'esprit, mais le sentiment qu'il y a quelque chose de plus que le plaisir, la gloire ou l'intérêt : la conscience et le respect du devoir sous sa forme la plus haute ; la volonté de s'immoler, s'il le faut, à la patrie ; et pour cela, le courage de regarder en face et d'un œil serein cette grande consolatrice et cette vengeresse suprême qui est la mort [110] !» Si, en 1914, Albert Thibaudet était parti en campagne avec Thucydide, entretenant un dialogue, presque une correspondance avec lui, retrouvant dans le « moment » « la chose de toujours [111] », Jean de Pierrefeu, lui, partit après la guerre en campagne *contre* Plutarque. Critique littéraire au *Journal des débats*, disciple de Barrès, la guerre dissipa le « mirage historique » dans lequel il avait vécu jusqu'alors. « J'ai juré de n'avoir désormais pour guide que l'expérience et de rejeter ce fatras d'idées toutes faites, de notions fausses et de sentiments artificiels dont le pompeux étalage constituait, disait-on, l'héritage des ancêtres [112]. »

Si Plutarque est sorti de l'histoire vivante, si le grand homme n'est plus plutarchéen, si les principaux historiens du siècle, de Guizot à Fustel de Coulanges en passant par Thierry et Michelet, se sont détournés de la biographie, cela ne signifie pas qu'on ait renoncé aux grands hommes ni à la biographie. Tant s'en faut ! Pour la période 1814-1914, Christian Amalvi a recensé environ quinze cents biographies individuelles et deux cents recueils de biographies collectives. Mais il s'agit de « grands Français », présentés dans des biographies populaires et scolaires [113]. Avec, d'un côté, les grandes figures du catholicisme, de l'autre, le panthéon laïque. Mais il y a accord des deux France sur l'Histoire entendue comme école de morale, puis, après 1870, se délimite une sorte de « panthéon national » (ce qui n'implique pas une même interprétation des mêmes personnages). Sans surprise, Napoléon et Jeanne d'Arc l'emportent largement (respectivement 205 et 191 biographies sur la période) [114]. Dans tous les cas, le recours à l'Antiquité n'a plus du tout lieu d'être.

Le grand homme n'a pu résister au tropisme national. Perrault avait pris comme critère de sélection de

ceux qu'il appelait encore « hommes illustres » le siècle,
celui qu'on nommait déjà le siècle de Louis XIV (de
tous les rois « le plus parfait modèle ») : ils participaient
à et donc de la gloire du souverain. On se rappelle la
brochure de 1767 qui proposait d'ouvrir au Louvre une
galerie des Français illustres. En 1800, un décret avait
fixé la liste des bustes qui devaient figurer dans la
grande galerie des Tuileries : il y avait des anciens (une
petite dizaine), des modernes, des Français, des étrangers. Le musée historique de Versailles, conçu et voulu
par Louis-Philippe, est dédié « À toutes les gloires de la
France ». On a là un Panthéon pictural et national.
Quand, en 1854, Napoléon III fait décorer la cour car-
rée du Louvre, on y rassemble les bustes des grands
« Français » qui, tout au long des siècles, ont fait la
France et sa gloire.

La Troisième République « nationalise » l'héroïsme :
l'iconographie des manuels d'histoire donne à voir le
cortège des héros de l'histoire de France[115]. Dans ses
allocutions aux étudiants, Ernest Lavisse, le grand organisateur des études historiques, déclare : « L'Antiquité
classique est encore une patrie pour nous, mais j'obéis à
un sentiment intime très vif en insistant sur la nécessité
d'un effort sérieux et suivi dans l'étude de notre propre
histoire. » Et, plus tard, dans ses *Souvenirs*, il avouera :
« Je reproche aux humanités, comme on nous les ensei-
gna, d'avoir étriqué la France[116] ». La République fera
des funérailles nationales à Hugo (1885), pour qui on
rouvre le Panthéon, et à Pasteur (1895). Emblématique-
ment, leurs statues se feront face dans la cour de la
Sorbonne : le poète et le savant représentent également
le génie de la France. Tout au long du siècle, les
places publiques se sont ornées de statues de grands
hommes : la pédagogie de l'exemplaire descendant
jusqu'à ceux qu'on ne manqua pas de nommer, pour
en rire, les-grands-hommes-de-chef-lieu-de-canton[117].

En 1906, *Le Petit Parisien* organise un concours sur le thème « Quels sont les dix Français les plus illustres ayant vécu au XIXe siècle et qui ont le plus contribué à la grandeur de notre patrie ? » : Pasteur arrive en tête, suivi de Hugo, Gambetta et Napoléon. Dans grand homme, il y a nécessairement grand patriote, grand pour avoir écrit une page glorieuse de la biographie de la nation.

Grands hommes ou stars ?

Après avoir abandonné l'espace public, Plutarque s'éloigne donc aussi de celui de la pédagogie, où l'exemplaire est allé en se « nationalisant [118] ». Au moins doit-il lui rester celui des études classiques où il est chez lui ? Comment les défenseurs des humanités pourraient-ils ne pas faire bon accueil à celui qui a, à ce point et si longtemps, contribué à porter l'humanisme et ses valeurs ? Pourtant, force est de constater qu'ils ne lui allouent pas une situation de premier plan. On ne peut pas se passer de lui, mais on l'utilise plus qu'on ne le lit pour lui-même : il est une mine. Pour le reste, c'est le « bonhomme » Plutarque apparu chez Gréard, repris et répandu par l'*Histoire de la littérature grecque* des Croiset [119]. Trop compilateur pour être original, concluent doctement les philologues, pour qui la recherche des sources tient lieu de philosophie. Trop tardif pour être profondément intéressant, ajoutent les zélateurs de la seule Grèce classique, pour qui la défaite de Chéronée marque la fin de la cité – l'ironie voulant qu'ils « oublient » que Plutarque est précisément un des initiateurs de cette coupure ! Trop tardif aussi, pour ceux qui, ne jurant que par les commencements, méditent les paroles des philosophes présocratiques. Et encore, trop spiritualiste, trop éclectique, trop crédule, trop terre à terre !

Dans le même temps, l'éducation classique connaissait de sérieuses remises en question. Ainsi, Émile
Durkheim critiquait l'abstraction de l'homme qu'ensei-
gnaient les humanistes. « Le milieu gréco-romain dans
lequel on faisait vivre les enfants était vidé de tout ce
qu'il avait de grec et de romain, pour devenir une sorte
de milieu irréel, idéal, peuplé sans doute de personnages
qui avaient vécu dans l'histoire, mais qui, ainsi présentés,
n'avaient pour ainsi dire plus rien d'historique. Ce n'était
plus que des figures emblématiques des vertus, des vices,
de toutes les grandes passions de l'humanité. [...] Des
types aussi généraux, aussi indéterminés pouvaient
servir sans peine d'exemplification aux préceptes de la
morale chrétienne [120]. » Deux principes fondamentaux
sous- tendaient cette pédagogie : la nature humaine est
toujours et partout identique à elle-même ; « l'excellence
des lettres anciennes, mais surtout des lettres latines, qui
en faisait la meilleure école possible d'humanité ». Car
(Durkheim cite alors Bréal) « il existe en morale des
vérités qu'on n'a pas eu besoin d'exprimer deux fois.
[...] Tous ces lieux communs de la sagesse antique sur
la sainteté du devoir, sur le mépris des biens fortuits, sur
l'amour de la patrie, sur l'idée de liberté, sur l'obligation
de rapporter notre conduite au bien public, tout cet
arrière-plan de morale, de civisme et d'honneur ne se
retrouve pas chez les écrivains modernes précisément
parce qu'il est chez les Anciens, et qu'on a cru avec
raison ne point devoir y revenir [121] ». Plutarque et
quelques autres ont déjà fait le travail.

À ce point de sa critique, Durkheim ne propose pas
de renoncer aux Grecs et aux Romains, mais de « dépayser » l'élève, en substituant à l'enseignement classique
un enseignement historique, seul à même de saisir
l'homme tel qu'il est dans sa diversité. Lévi-Strauss,
nous l'avons vu, parle aussi de l'apprentissage du latin
et du grec comme de techniques de dépaysement. Seule

la comparaison permet de rendre compte des variations dans l'espace et dans le temps et d'en proposer une articulation. C'était là, envisagée du point de vue de la pédagogie, l'ébauche d'un programme de recherche qui sera, à partir du milieu des années 1950, celui d'une psychologie historique, renommée un peu plus tard anthropologie historique de l'Antiquité, qui évoque le nom de Jean-Pierre Vernant. Cette proposition de porter un nouveau regard sur l'Antiquité et de relire ses textes devait cheminer lentement. Partie de l'époque archaïque, considérée comme plus « proche » des sociétés alors étudiées par l'ethnologie, cette nouvelle lecture remonta vers l'époque classique, avant de se déplacer, plus récemment, vers le monde hellénistique. Et de finir par rencontrer Plutarque, traité non plus comme source pour autre chose, mais pour lui-même [122]. Mais, en attendant, ou plutôt sans attendre, le reflux des humanités se poursuivit, puisque, en 1968, on supprima le latin en sixième. S'agissait-il de la fin d'une « mystification », comme certains le dirent alors, ou plus trivialement du constat d'une mort par épuisement [123] ?

Quant à l'histoire savante, dès lors qu'à la fin des années 1860 elle se veut science positive et se professionnalise, qu'elle abandonne après 1920 la célébration des fastes de la nation, elle a moins de raisons que jamais de s'attacher à la biographie des grands hommes. La nation l'avait conduite des grands vers le peuple, la statistique, conçue comme la science des « faits sociaux » exprimés en termes numériques, l'amène vers les foules. En philosophe de l'histoire, Louis Bourdeau, par exemple, en tire toutes les conséquences [124]. Le grand homme résulte proprement d'une erreur de perspective : mené bien plus que meneur, il doit être soluble dans la foule. On s'achemine vers l'ère des masses et les problématiques de l'imitation et de la suggestion.

À la recherche d'autres profondeurs, l'histoire nouvelle se donne la société pour objet et l'économie
comme référence ou modèle. Réagissant, avec Fernand
Braudel encore, « contre une histoire arbitrairement
réduite au rôle des héros quintessenciés », elle va chercher à saisir dans des structures invisibles à l'œil nu les
lents mouvements de fond des sociétés. Contre
« l'orgueilleuse parole unilatérale de Treitschke : "Les
hommes font l'histoire" », elle soutient que « l'histoire
fait aussi les hommes et façonne leur destin – histoire
anonyme, profonde et souvent silencieuse[125] ». Au
moment même où Braudel proposait ces réflexions
(1950), Claude Lévi-Strauss, de son côté (1949), repre-
nait la traduction de la formule de Marx, « les hommes
font leur propre histoire, mais ils ne savent pas qu'ils la
font », pour faire observer qu'elle « justifie, dans son
premier terme, l'histoire, et dans son second, l'ethnologie ». La première organise ses données « par rapport
aux expressions conscientes » de la vie sociale, la
seconde « par rapport aux conditions inconscientes[126] ».
Évidemment, ce qui importe, ce qui est intéressant, c'est
le second terme de la formule de Marx, cet inconscient
social donné comme domaine d'exercice de l'ethnologie. Sans rouvrir ici la discussion sur les rapports de
l'histoire et de l'ethnologie, retenons seulement qu'entre
les propositions de Braudel et celles de Lévi-Strauss nul
grand homme ne saurait, en tout cas, se glisser.

Recourant au traitement statistique des faits humains,
établissant des séries, calculant des indices et traçant
des courbes, ce ne sont plus des grands hommes que
l'histoire ramène dans ses filets, mais les masses. Elle
dépouille des quantités d'archives, mais ses « témoins »
ne parlent plus d'emblée : disant en fait autre chose
que ce qu'ils croyaient dire, elle les fait parler. Quand,
empruntant justement à l'ethnologie dans les années
1970, elle se nomme histoire des mentalités, elle vise

le collectif, « ce qui échappe, comme l'écrit Jacques Le Goff, aux sujets individuels de l'histoire parce que révélateur du contenu impersonnel de leur pensée, ce que César et le dernier soldat de ses légions, Saint Louis et le paysan de ses domaines, Christophe Colomb et le marin de ses caravelles ont en commun [127] ». Quand, de son côté, Sartre se consacrait longuement à *L'Idiot de la famille*, il récusait le partage individu/société et traitait Flaubert comme un « universel singulier ». La recherche par les historiens de l'« impersonnel » comme « commun » déporte, en tout cas, l'accent sur celui qu'on pourrait nommer, par référence à Robert Musil, « l'homme sans qualités ».

Logiquement, ce programme d'une histoire des mentalités conduit en effet vers les anonymes. Mais l'anonyme visé peut s'entendre en plusieurs sens et l'histoire des anonymes va, de fait, se décliner de plusieurs façons. La première revient au fond à traiter César comme un anonyme. On ne s'intéresse pas à lui en tant qu'il est César, mais à tout ce qu'il partage avec le plus humble de ses soldats. Simplement, l'historien doit passer par son intermédiaire, puisqu'on sait un certain nombre de choses sur César, et rien ou presque sur ses soldats. Reste que faire le départ n'est pas aisé. Une autre approche s'emploie à constituer l'anonyme en type. L'auteur ne décerne plus un prix d'*exemplarité*, mais un brevet de *typicité*. On est passé de Plutarque à Balzac et, de là, au sociologue. « À voir pulluler les signes extérieurs de couleur locale prodigués en ces biographies, qui oserait douter de la typicité de ce paysan ou de cette brave fille, de cette famille ou de cette lignée [128] ? » Dans ce défi de l'anonyme nul n'aura été plus loin que l'historien Alain Corbin, qui a voulu évoquer un total inconnu, en opérant « le choix aléatoire d'un atome social ». Comment ? En tombant les yeux fermés sur un nom, celui d'un inconnu, dont on a quelques traces, mais dont on est sûr qu'aucune d'entre elles n'a été délibérément laissée, en vue de constituer un destin (même posthume). Le but n'est pas de « porter témoignage », mais de mener une recherche « sur l'atonie d'une existence ordinaire ». Le nom de cet anonyme de hasard : Louis-François Pinagot, qui est « un Jean Valjean qui n'aurait jamais volé de pain [129] ».

Une autre façon encore, différente, davantage pratiquée, oscille au fond entre typicité et singularité, introduisant même un temps la notion paradoxale d'« exceptionnel normal ». Elle consiste, en tout cas, à faire entendre la voix de ceux et de celles que l'histoire a jusqu'alors ignorés, étouffés, supprimés. Les archives judiciaires occupent là une place stratégique. C'est en effet en ce point que prend sens le projet de Michel Foucault sur *La Vie des hommes infâmes* : du Plutarque à l'envers, l'infâme se substituant à l'illustre, mais du Plutarque tout de même. Il devait s'agir d'une anthologie de ces vies « qui étaient destinées à passer au-dessous de tout discours et à disparaître sans avoir jamais été dites », elles « n'ont pu laisser de traces […] qu'au point de leur contact instantané avec le pouvoir ». « Infâmes », ces hommes le sont en toute rigueur, puisqu'ils « n'existent plus que par les quelques mots terribles qui étaient destinés à les rendre indignes, pour toujours, de la mémoire des hommes [130] ». Leur exemplarité est donc bien particulière.

En 1978, il lance même une collection « Les vies parallèles » : « Imaginons », écrit-il, des parallèles « qui indéfiniment divergent ». « Il faudrait retrouver le sillage instantané et éclatant qu'elles ont laissé lorsqu'elles se sont précipitées vers une obscurité où ça ne se raconte plus » et où toute « renommée est perdue. Ce serait comme l'*envers* de Plutarque : des vies à ce point parallèles que nul ne peut plus les rejoindre [131] ». Dans ce sillage s'est déployé le travail de l'historienne Arlette Farge, attentive à ces « paroles captées », comme elle les appelle, dans l'archive judiciaire, qui n'ont jamais été destinées à être mises en page. On se trouve alors confronté à un « affleurement » du singulier qui invite « à réfléchir sur le concept historique d'individu et à tenter une difficile articulation entre les personnes anonymement immergées dans l'histoire et une société qui les contient [132] ».

Plusieurs chemins ont donc conduit vers l'anonyme : celui suivi par les praticiens d'une histoire sociale d'abord soucieuse de collectif ; celui emprunté plus récemment par ceux qui voulaient faire droit au singulier, alors même qu'on réévaluait le rôle des acteurs en histoire et qu'on avait proclamé sur toutes les ondes le « retour » de l'individu ; celui enfin, plus difficile à tracer, de ceux que préoccupe une articulation porteuse de plus d'intelligibilité du singulier et du collectif, et qui sont attentifs aux échelles d'analyse. Du point de vue éditorial, ce moment (depuis le milieu des années soixante-dix) est marqué par les succès de la biographie et de l'autobiographie [133]. Des biographies plutôt, car elles sont évidemment multiformes : il y a les biographies d'anonymes – individus ordinaires ou cas limites –, avec tous les sens qu'anonyme peut prendre ; il y a les biographies qui problématisent leur sujet, comme le *Saint Louis* de Jacques Le Goff. La première question n'est pas ce qu'ont en commun Saint Louis et le paysan de ses domaines, mais, presque à rebours : « Saint Louis a-t-il existé ? » Saint Louis est-il autre chose que l'*exemplum* (l'exemple exemplaire) de ces deux excellences que sont la royauté et la sainteté ? Peut-on atteindre un « vrai » Saint Louis historique ou est-on condamné à « un assemblage de lieux communs [134] » ? Il y a enfin toute la masse des biographies traditionnelles, linéaires et factuelles, avec en bonne place les grands hommes, vus comme les principaux protagonistes de l'histoire et représentant désormais, commémorations aidant, une sorte de patrimoine (régional ou national) à revisiter, exploiter, mettre en valeur.

Le grand homme serait-il revenu, lui aussi, dans les bagages de l'individu ? D'abord, il n'a, pas plus que l'individu, jamais vraiment disparu. Ensuite, le XXᵉ siècle a fabriqué des héros et des anti-héros (et des *Anti-mémoires*), mais il a surtout inventé la star[135]. L'homme illustre se profilait sur un horizon de perfection révolue : l'exemple venait du passé vers le présent et se coulait dans une économie du temps qui était celle de l'*historia magistra*. Avec les grands hommes, le temps faisait son entrée dans l'histoire, ou l'histoire elle-même tendait à devenir temps. Les grands hommes veulent accélérer l'histoire : ils en sont les « accoucheurs ». Napoléon la traverse à cheval. La star, elle, est emportée par le temps. À l'image de ces actrices hollywoodiennes qui, pour un temps, défrayaient la chronique, elle ne peut qu'être éphémère. La star vient uniquement du présent et elle s'y consume, voire s'y abîme. L'économie médiatique produit, consomme et consume « les héros du jour » ou d'un jour : produits de consommation, interchangeables en fait, rarement recyclables, ils sont eux-mêmes utilisés comme vecteurs de la consommation. Avec les stars, on est évidemment dans une toute autre économie du temps : celle du présentisme, celle d'un présent qui n'a d'autre horizon que lui-même, omniprésent et omnivore. L'allongement du *présent* permet toutefois l'apparition (rare) de la star qui le reste, c'est-à-dire qui dure, personnage familier de nos écrans, changeant et vieillissant avec son public.

Avec les transformations récentes du sport et son intense médiatisation télévisuelle, nos sociétés se sont donné de nouveaux héros ou de nouvelles stars : les champions (les « dieux du stade » ou les « géants de la montagne ») et, dans leur sillage, aujourd'hui les « gagneurs ». L'exemplarité du sport et sa valeur morale, sa pureté, chères au baron de Coubertin, ne font cependant plus partie de la rhétorique des milieux sportifs.

On parle de fête, de spectacle, et du montant des droits de télévision. Mais aussi de mérite, de courage : le champion est celui qui s'est fait lui-même. Il sait se faire mal (à moins qu'il ne doive se faire du mal). Il vient d'en bas, voire d'ailleurs. Il sait que « son » temps est limité et que, parfois, la mort est au rendez-vous. Figure de l'individualisme démocratique, il incarne la réussite individuelle et, sur lui, se focalisent désirs d'imitation et forces d'identification[136]. Il n'est que de voir comment les hommes politiques le recherchent et s'entraînent à parler la langue du sport : le perron de l'Élysée est devenu un point de passage obligé du parcours du sportif victorieux. Depuis la victoire de la Coupe du monde de football en 1998, réactivée par celle de la Coupe d'Europe en 2000, il est aussi, plutôt ils sont devenus, puisqu'on va de l'individu à l'équipe (le « collectif »), l'image de « la France qui gagne » et ont été promus les représentants (presque au sens de la représentation nationale) de « la France plurielle ». Mais les défaites sont venues depuis lors.

Par eux, passe, en tout cas, un sentiment diffus, sinon confus, d'appartenance, plus ou moins vif et partagé. Dans la présence au quotidien de ces hommes et de ces femmes, à la fois ordinaires et différents, il est évidemment difficile de faire la part de ce qui relève de l'admiration authentique, de la simple marchandisation (le rôle des sponsors) et de la mystification (par exemple, l'effet du montant des salaires des footballeurs auprès des enfants). Porteurs de désirs multiples, ils sont l'objet, à tous les sens du terme, de grands investissements et soumis à des demandes non moins grandes.

Hommes illustres, grands hommes, stars, ces trois appellations ont désigné, de la Renaissance à nos jours, trois manières pour nos sociétés de se donner des héros et de les nommer, d'en user et d'en abuser parfois, aujourd'hui comme hier. Du côté des abus, j'ai laissé de côté le chef et le héros prolétarien. Dans « la fabrique

des héros [137] », il entre en effet bien des composantes et
de multiples circonstances, je n'en ai indiqué ici que
quelques-unes, en privilégiant à dire vrai une, essentielle à mes yeux, celle du rapport au temps. Bien
entendu, la succession n'a rien de mécanique : le grand
homme peut déjà percer sous l'homme illustre, tout
comme l'homme illustre peut encore persister dans le
grand homme. La référence à Plutarque a justement pu
servir à aller de l'un à l'autre : d'Alexandre à Caton ou à
Épaminondas. Les appellations, elles-mêmes, ne sont
pas univoques : le grand homme du XIXᵉ siècle, fortement « nationalisé », n'est plus celui du siècle précédent,
la Révolution marquant le moment de la rupture. « Les
effigies des Grecs et des Romains doivent cesser de
figurer là où commencent à briller des Français libres »,
indiquait Quatremère de Quincy. Chargé de l'aménagement du Panthéon, il voulait en faire un monument de la
mémoire nationale. Mais quand on passe du grand
homme à la star, se met en place une autre économie de
l'héroïsme où le spectateur, au sens philosophique où
l'entendait Plutarque, n'a plus cours. On entre dans la
société du spectacle, où sans trêve les projecteurs
s'allument et s'éteignent et les *shows* se succèdent à un
rythme rapide.

Pourtant, ne voit-on pas, ici ou là, s'exprimer, pour
employer un mot vague de notre vocabulaire contemporain, un « désir » de grands hommes ? Mais authentiques,
n'ayant pas connu les feux de la rampe. Justement, pas
des médailles à la Plutarque. On veut faire connaître des
hommes ordinaires qui, à un moment, ont su être grands :
« soutiers » de la gloire, héros presque anonymes de la
Résistance, combattants ordinaires de la Grande Guerre,
d'autres encore. De quoi s'agit-il alors ? D'abord de
témoignages et de transmission, de mémoire et d'oubli,
de justice à rendre, alors même que des générations
disparaissent.

Un autre indice, plus composite, est fourni par la réouverture du Panthéon, « ce morceau d'une Rome bâtarde, à la fois antique et jésuite », comme le décrit Julien Gracq, ou plutôt par les tentatives de lui donner un rôle actif dans la symbolique de la République. De quel sacre ou adoubement s'agissait-il quand Mitterrand le visita le 21 mai 1981 ? Quel est alors le statut de ces panthéonisations récentes ? Peut-on y croire totalement ? De quel message, sinon leçon, voudrait-on qu'ils soient porteurs, dans une perspective d'*historia magistra* qui n'arrive plus à dire son nom ? Qui sont ces nouveaux morts illustres ? « Sans la cérémonie d'aujourd'hui, combien d'enfants de France sauraient son nom ? » demandait Malraux, quand, dans le froid décembre de 1964, il accueillait Jean Moulin sur le parvis du Panthéon. Et Malraux lui-même n'a-t-il pas laissé des orphelins de la grandeur ? Tel Régis Debray, reconnaissant appartenir à « une génération de série B, condamnée par un blanc de l'Histoire au pastiche des destins hors série qui nous ont précédés, raflant les premiers choix, nous laissant les doublures sous-Blum, sous-de-Gaulle, sous-Malraux, sous-Bernanos, sous-Camus, sous-n'importe qui [138] ».

N'y a-t-il pas enfin une reviviscence des grands hommes comme patrimoine ? On les ressort, on les époussette, on les découvre, on les commémore avec plus ou moins d'emphase et d'écho. Les programmes d'histoire devraient mieux les traiter, entend-on parfois. Ils sont des pièces dans le puissant mouvement de patrimonialisation qui a gagné nos sociétés depuis 1980. Patrimoine, mémoire, commémoration, les trois termes n'ont cessé de tournoyer ; ils font système et renvoient vers un quatrième qui en figure comme le foyer organisateur : identité. Plus exactement, la commémoration n'est plus une, mais éclatée, « dénationalisée », a écrit Pierre Nora, voire individualisée, car chacun entend y

jouer sa propre partition tout en se faisant reconnaître
pleinement par tous dans sa singularité. Avec, au sommet, la République elle-même comme patrimoine (avec
ses gardiens). Le « grand homme » (homme et femme)
devient porteur et vecteur d'identité, qu'il s'agisse d'une
identité ayant pignon sur rue ou d'une identité revendiquée, niée, oubliée. Il peut être connu, méconnu, pas
encore connu, il mérite, en tout cas, d'être davantage
connu et reconnu. Mais pour combien de temps ? Jusqu'à la prochaine émission, le prochain office de librairie, la commémoration suivante ?

Chapitre 5
Cité et altérité

En suivant Plutarque, un ancien chez les Anciens, avant qu'il ne devienne un ancien de référence, sinon l'Ancien par excellence pour les Modernes, s'est découvert tout un pan de l'histoire culturelle occidentale : depuis l'Antiquité jusqu'au XXe siècle. Sans lui, le parallèle n'aurait probablement pas connu la même fortune et le genre des *Vies* mais aussi l'art du portrait n'auraient peut-être pas bénéficié de la même illustration. Avec lui, on va des vies parallèles à celles des hommes illustres, il est là quand, au XVIIIe siècle, les grands hommes remplacent les hommes illustres, là encore, au XIXe, quand s'impose le grand homme, là, à l'arrière-plan au moins, quand, aujourd'hui, la biographie se fait très présente et suscite des interrogations et que la noria des commémorations amène à rouvrir le dossier des grands hommes [1].

Les pages de ce dernier chapitre ne s'organisent ni autour de la figure d'un Ancien chez les Modernes ou d'un Moderne chez les Anciens, ni autour des catégories, Anciens, Modernes, Sauvages, et de leurs combinaisons, mais d'abord autour de quelques notions qui, formées en Grèce, sont finalement venues jusqu'à nous, non sans avoir connu, bien sûr, de multiples appropriations, avec leurs lots de déformations, d'oublis, d'inventions. Il ne s'agit pas d'une histoire continue, mais de moments seulement, en esquissant les grandes lignes de ce qu'elles ont signifié, déjà, dans l'Antiquité. D'où parfois

des effets de contraste. Ainsi avec Europe. Terme majeur
de notre époque et mot clé de notre quotidien, il vient
assurément des Grecs, mais quels étaient alors sa portée
et son usage ? Modestes, au total, pour les Grecs et de
fort peu de pertinence pour les Romains. Ce qui ne
contredit pas la thèse de Rémy Brague, pour qui l'Europe
est « essentiellement romaine ». Il ne faut en effet pas
confondre ce que pouvait représenter la notion d'Europe
pour un Romain de l'époque d'Auguste et son interrogation par un philosophe contemporain, s'employant à
cerner « ce qui est propre à l'Europe[2] ».

Les autres mots retenus touchent au cœur du politique grec, puisqu'il s'agit de démocratie, de cité ou
polis, de liberté et d'individu. Pour chacun d'entre eux,
la question est celle de la part d'altérité dont ils sont
porteurs. À chacun d'eux pourrait s'appliquer cette
phrase de Hannah Arendt, que nous retrouverons un peu
plus loin : « La *polis* grecque continuera d'être présente
au fondement de notre existence politique, au fond de la
mer, donc aussi longtemps que nous aurons à la bouche
le mot *politique*[3]. » C'est en effet sur trois modes de
cette présence de la *polis*, dans la seconde moitié du
XXᵉ siècle, après les expériences des totalitarismes et de
la guerre, que nous nous arrêterons, avec Hannah Arendt
elle-même, Cornelius Castoriadis, Jean-Pierre Vernant.

1. Europe

« La bataille de Marathon, même comme événement
de l'histoire anglaise, est plus importante que celle de
Hastings. Si l'issue de ce jour avait été différente, les
Bretons et les Saxons auraient pu être encore en train
d'errer dans les bois. » La formule est de John Stuart
Mill. Elle rappelle, avec un sérieux qui n'exclut peut-

être pas un léger sourire, l'importance cardinale attribuée aux guerres médiques dans le destin du monde
occidental ! Comme les Arabes furent arrêtés à Poitiers
en 732, les Perses l'ont été à Marathon en 490. Pour
Condorcet, c'était la bataille de Salamine, dix ans plus
tard, qui se trouvait investie de cette portée décisive.
« Le petit nombre de vérités dont les Grecs avaient alors
enrichi les sciences, leur progrès naissant dans les arts,
leur philosophie indépendante auraient disparu avec la
liberté à qui seule ils les devaient. [...] Le monde partagé entre les despotes de l'Asie méridionale, les peuplades sauvages de l'Afrique et les brutes habitans de
l'Occident et du Nord n'eût plus offert qu'une ignorance
barbare ou d'avilissans préjugés[4]. » Il va de soi pour
Rousseau que la Grèce, du temps qu'elle était peuplée
de héros, avait vaincu deux fois l'Asie : « une devant
Troie et l'autre dans leurs propres foyers[5] ».

De même, pour Hegel, le premier heurt entre
l'Europe et l'Asie s'était déjà produit sous les murs de
Troie. « L'*Iliade*, ainsi qu'il le claironne, nous montre
les Grecs partant en campagne contre les Asiatiques
pour les premières luttes légendaires, provoquées par la
formidable opposition entre deux civilisations et dont
l'issue devait constituer un tournant décisif dans l'histoire de la Grèce. » Conclusion : « De fait, les victoires
grecques ont sauvé la civilisation et ôté toute vigueur
au principe asiatique[6]. » Ainsi, l'Europe semble se définir d'emblée, mais aussi pour longtemps, de façon
polémique par rapport à l'Asie : elles existent l'une par
l'autre, c'est-à-dire d'abord l'une contre l'autre[7].

Les Grecs eux-mêmes sont, bien entendu, les archi-
tectes de cette opposition : dans quelles circonstances
est-elle apparue, quels usages en ont-ils fait ? Tout de
suite deux brèves remarques. Tout lecteur d'Homère sait
bien que l'opposition de l'Europe et de l'Asie ne se
trouve pas dans l'*Iliade*, pas plus que celle des Grecs et

des Barbares, ainsi que Thucydide en avait déjà fait la remarque[8]. Les Troyens ne sont en effet pas moins « grecs » que les Achéens. On est donc en présence d'une interprétation rétrospective, qui ne saurait être antérieure aux guerres contre les Perses. C'est alors seulement qu'on pourra en effet projeter Marathon (préalablement transformé par les Athéniens en ce *great event* qu'il n'a pas été) sur la guerre de Troie. On sait que la *Géographie* d'Hécatée de Milet, le savant contemporain des guerres médiques, comprenait deux livres : un consacré à l'Europe, l'autre à l'Asie. Quelle était donc à ce moment-là la portée d'une telle division du monde ?

Si l'on voit clairement « l'Europe » prise et travaillée dans et par la confrontation avec l'Asie, et ainsi reçue et retravaillée par les Modernes, on saisit moins bien ses origines ou sa préhistoire. Annonçant sa volonté de bâtir son futur sanctuaire de Delphes, Apollon déclare : « J'ai l'intention de bâtir ici un temple magnifique, oracle pour les hommes qui sans cesse, pour me consulter, conduiront à mes autels de parfaites hécatombes – ceux qui habitent le gras Péloponnèse, comme ceux d'Europe et des îles ceintes de flots : à tous je veux faire connaître ma volonté infaillible, en rendant mes arrêts dans un riche sanctuaire[9]. » Europe ne désignerait alors qu'une partie de la Grèce continentale. Du point de vue de l'étymologie du nom, on a proposé un rapprochement avec *eurus* (terre large), tandis qu'Asie pourrait renvoyer au hittite *assus* (terre bonne)[10]. Comment serait-on passé de cette appellation simplement régionale à la désignation de tout un continent ?

« Je ne puis m'expliquer, déclarait déjà Hérodote, à quelle occasion la terre, étant une, a reçu trois dénominations distinctes, tirées de noms de femmes » : Asiè, Libyè et Europè. « Pour l'Europe, ajoute-t-il, de même que nul ne sait si elle est tout entourée d'eau, on est sans lumière sur l'origine de son nom [...], à moins de dire que le pays reçut ce nom de la Tyrienne Europè. [...] Mais il est certain que cette Europè était originaire d'Asie, et qu'elle ne vint jamais dans ce pays que les Grecs appellent Europe ; elle vint seulement de Phénicie en Crète, et de Crète alla en Lycie [11]. » Comment une Asiatique aurait-elle donc pu donner son nom à l'Europe, sans même y avoir posé le pied ? Pourquoi est-on passé d'une bipartition à une tripartition du monde, même s'il est assuré que, « dans le sens de la longueur, l'Europe s'étend tout le long des deux autres parties » ? Façon de dire que, du point de vue de la taille au moins, elle équivaut aux deux autres, comme si la tripartition retenait encore quelque chose d'une bipartition antérieure ? Malheureusement, Hérodote ne s'interroge pas plus avant et laisse là son lecteur avec un de ses fréquents « En voilà assez là-dessus ! ».

L'Europe polémique

Revenons à cette Europe *polémique* des Grecs, qui va être aussi une Europe *politique*. Les guerres médiques ont, assurément, servi de catalyseur à l'instauration de l'opposition des Grecs et des Barbares. Or, quelle va être, au total, la différence essentielle entre les uns et les autres ? Les Grecs vivent en cités et les Barbares non : les uns sont « libres » et les autres soumis à un maître ; car, explique Hérodote, ils sont incapables de se passer de rois. Dès la première phrase des *Histoires*, les Barbares sont là, formant un couple antonyme avec les Grecs : « Hérodote de Thourioi expose ici ses recherches, pour empêcher que ce qu'ont fait les hommes ne s'efface de la mémoire et que de grands et merveilleux exploits, accomplis tant par les Barbares que par les Grecs, ne cessent d'être renommés ; en particulier ce qui fut cause que Grecs et Barbares entrèrent en guerre les uns contre les autres. » Il va de soi que cette classification binaire et fortement asymétrique, conçue par et pour les Grecs, n'est maniable que par eux. Avant qu'elle ne devienne ultérieurement une expression toute faite – « les Grecs et les Barbares » voulant dire tout le monde –, les guerres médiques lui donnèrent une signification précise, en dotant l'antonyme d'un visage, celui du Perse, et en lui assignant un territoire, l'Asie, qu'il est dit revendiquer comme sien [12].

Dans les *Perses*, la tragédie d'Eschyle jouée en 472, la reine Atossa raconte son rêve : « Deux femmes bien mises ont semblé s'offrir à mes yeux, l'une parée de la robe perse, l'autre vêtue en Dorienne […] quoique sœurs du même sang, elles habitaient deux patries, l'une la Grèce dont le sort l'avait lotie, l'autre la terre barbare. […] Mon fils cherche à les atteler : l'une se laisse faire, l'autre trépigne et brise le joug en deux. » Figurée par l'image des deux sœurs ennemies, la Dorienne et la Perse, l'opposition de l'Europe et de l'Asie recoupe celle du Grec et du Barbare. Au point que cette vision sera projetée sur la guerre de Troie, faisant apparaître rétrospectivement les Troyens comme des Asiatiques et des Barbares.

« Les Perses considèrent comme à eux l'Asie et les peuples barbares qui l'habitent ; et ils tiennent l'Europe et le monde grec pour un pays à part [13]. » Cette phrase, censée exprimer la vision perse du monde, vient clore un développement sur les origines de l'inimitié entre les Grecs et les Barbares, qui a été mis par Hérodote dans la bouche de « savants » perses. Tout a commencé, il y a longtemps, par le rapt de l'Argienne Io par des Phéniciens, auquel a répondu, du côté grec, celui d'Europè, fille du roi de Tyr (donc bien une femme d'Asie). Les Grecs reprirent ensuite l'initiative, en enlevant Médée, la fille du roi de Colchide. Pâris répliqua, en enlevant

Hélène. Les Grecs répondirent alors par une guerre, commençant « les premiers à porter la guerre en Asie », jusqu'à renverser la puissance de Priam[14]. Tel est tout le mouvement de l'histoire, qui n'a cessé de se jouer entre ces deux pôles que sont l'Asie et l'Europe.

La leçon est d'autant plus explicite que les *Histoires* s'achèvent sur le châtiment d'Arctayctès. Ce Perse, gouverneur de Sestos, est crucifié par les Grecs à l'endroit même où avait abouti le pont jeté par Xerxès d'une rive à l'autre du détroit. Pourquoi là ? Parce que c'était là que le Roi, posant le pied en Europe, était « sorti » de son domaine asiatique. Pourquoi ce sacrifice expiatoire, pourquoi cet homme-là ? Arctayctès était un « impie », car il s'était frauduleusement approprié les biens du sanctuaire de Protésilas. Or, qui était Protésilas ? Un héros, le premier mort de la guerre de Troie, tombé au moment même où il sautait de son bateau sur le rivage troyen. La mort d'Arctayctès répond donc exactement à celle de Protésilas : ils sont deux morts du « seuil ». Cette réponse longtemps différée met donc fin symboliquement au cycle d'affrontements entre les Grecs et les Barbares, entre l'Asie et l'Europe.

Les contours de cette Europe *polémique* recoupent et recouperont l'extension de la Grèce ou plutôt du *to Hellênikon*, entendu comme identité grecque. C'est bien en effet sur cette division du monde qu'au IVe siècle Isocrate fonde son interprétation de l'histoire grecque depuis ses débuts et, donc, son programme politique. La guerre de Troie, écrit-il dans l'*Éloge d'Hélène*, est « cause du fait que nous ne sommes pas devenus les esclaves des Barbares ». « Nous voyons les Grecs, unis grâce à elle en un même sentiment, organiser une armée commune contre les Barbares, et l'Europe dresser pour la première fois un trophée de victoire sur l'Asie[15]. » C'est, si j'ose dire, déjà du Hegel, ou plutôt Hegel n'a fait que traduire Isocrate. Cette victoire est, en outre, présentée par Isocrate comme un point de retournement (*metabolê*) de l'histoire. Jusqu'alors, les Barbares émigraient vers la Grèce pour devenir les chefs de villes grecques : tel Danaos, l'Égyptien, à Argos, ou Cadmos, le Tyrien, à Thèbes. Depuis, c'est le mouvement inverse qui a prévalu : les Grecs ont commencé à émigrer à leur tour, conquérant des villes et de grands territoires sur les Barbares.

Dans un premier moment jouait là à plein l'identification de l'Europe avec la Grèce, allant de pair avec la limitation du *to Hellênikon* à la seule Grèce. Mais, face à la paix d'Antalcidas (387 avant J.-C.) qui réaffirme les droits du Grand Roi sur toute l'Asie, Isocrate se fait le promoteur d'une définition plus large, plus dynamique et plus offensive de la Grèce et donc de l'Europe, puisqu'elle doit évidemment inclure la Macédoine et qu'elle vise à légitimer une invasion de l'Asie par l'Europe[16]. Le partage entre l'Asie et l'Europe est réaffirmé mais aussi contesté, au nom de la supériorité des Grecs sur les Barbares. « Vois combien il est honteux de laisser l'Asie plus heureuse que l'Europe et les Barbares plus riches que les Grecs », répète Isocrate à Philippe pour le convaincre de son bon droit à passer en Asie et à ne pas laisser les Grecs d'Asie sous l'autorité du Roi[17]. Avec Alexandre, conquérant de l'Asie, mais présenté aussi comme celui qui a voulu unir l'Asie et l'Europe, l'enjeu se déportera sur l'*oikoumène* dans son entier, et il s'agira moins désormais de la préservation du *to Hellênikon* (comme identité grecque restreinte) que de la diffusion de l'*Hellenismos* (comme identité culturelle plus large)[18].

L'Europe et le climat

La division de l'Europe et de l'Asie a aussi trouvé un appui dans les théories climatiques, qui conjuguent astronomie, météorologie et médecine. Apportant des concepts et un mode de raisonnement, elles confèrent à l'ensemble un tour plus scientifique. Le traité hippocratique *Sur les airs, les eaux et les lieux* est à cet égard un texte capital : manuel médical, il devait permettre au médecin itinérant de s'orienter et d'acquérir rapidement le savoir (lié à l'environnement) dont il avait besoin lors de son arrivée dans une ville qu'il ne connaissait pas encore. Dans une première partie sont relevés les effets de l'environnement sur l'état de santé d'une population donnée, en s'attachant en priorité aux effets des saisons et de leurs changements (mais aussi à l'exposition aux vents et la qualité des eaux). Ces variables climatiques sont directement mises en rapport avec les humeurs internes de l'organisme, dont le juste mélange produit la santé.

La seconde partie (malheureusement incomplète) procède à une généralisation de la théorie climatique locale à l'échelle de l'*oikoumène*. L'application de la notion de changement va permettre de rendre compte du fait que « l'Europe et l'Asie diffèrent du tout au tout, et en particulier pour ce qui est de la morphologie des peuples habitant ces deux continents ». En Asie, en effet, l'absence de changements climatiques violents donne une population molle, peu virile, peu guerrière, adonnée au plaisir. Avec toutefois une contrepartie : tout y est plus beau et plus grand, et les produits du sol y sont meilleurs. Mais derrière cette Asie, dont on loue l'excellence des productions, il faut en fait entendre d'abord et surtout l'Ionie. Pays du milieu et du mélange, elle est située « au milieu » des levers estival et hivernal du soleil ; elle est comme un printemps constant. L'Asie, pourtant, n'est pas uniforme, mais les changements sont plus présents, plus brutaux, plus fréquents en Europe. Le traité, qui s'arrête longuement sur les Scythes, ne donnera malheureusement pas une description complète de l'Europe (quelles sont ses limites ?), mais il reprendra et généralisera son critère du changement des saisons. Il vaut entre l'Asie et l'Europe, mais aussi à l'intérieur même de l'Europe, où il explique la diversité des types physiques (plus grande qu'en Asie).

Le climat ne peut, cependant, rendre compte de tout. Si les Asiatiques sont caractérisés comme « faibles », c'est par suite de l'absence de changements climatiques marqués, mais aussi sous l'effet des coutumes (*nomoi*) : la plupart sont gouvernés par des rois. Ce qui est le signe le plus sûr, souvenons-nous des remarques d'Hérodote, qu'ils sont des Barbares. De façon symétrique, cette intervention du *nomos* est indispensable pour expliquer que les Grecs d'Ionie ne soient pas « faibles », puisqu'ils ne sont pas, eux, soumis à des rois. Pourtant, Hérodote, natif d'Halicarnasse (cité d'origine dorienne, il est vrai) n'hésitera pas à faire état de l'opinion des souverains perses sur « les bonnes dispositions serviles » des Ioniens [19].

L'explication par le climat sera reprise ensuite, notamment par Aristote et, plus tard, par Strabon, par d'autres aussi jusque chez les Modernes, Montesquieu notamment. L'intéressant n'est pas tant le fait même de la reprise que les déplacements opérés. « Les nations situées dans les régions froides, note Aristote, et particulièrement les nations européennes, sont pleines de courage, mais manquent plutôt d'intelligence et d'habileté technique ; c'est pourquoi tout en vivant en nations relativement libres, elles sont incapables d'organisation et impuissantes à exercer la suprématie sur leurs voisins. Au contraire, les nations asiatiques sont intelligentes et d'esprit inventif, mais elles n'ont aucun courage, et c'est pourquoi elles vivent dans une sujétion et un esclavage continuels. Mais la race (*genos*) des Hellènes, occupant une position géographique intermédiaire (*meseuei*), participe de manière semblable aux qualités des deux groupes de nations précédentes, car elle est courageuse et intelligente, et c'est la raison pour

laquelle elle mène une existence libre sous d'excellentes institutions politiques, et elle est même capable
de gouverner le monde entier si elle atteint l'unité de
constitution [20]. »

Si l'écho du traité hippocratique n'est pas douteux, on
relève un net élargissement du cadre interprétatif. Ce
n'est plus en effet la seule Ionie (la Grèce d'Asie) qui est
en position médiane, mais l'ensemble de la « race »
(*genos*) des Hellènes, qui est vue comme placée à égale
distance de l'Asie et de l'Europe. Les Grecs peuvent donc
être courageux *et* intelligents, vivre libres sous d'excellentes institutions et non pas dans la sujétion, et même
commander à d'autres, alors que les nations européennes
en sont incapables. Situé entre l'Asie et l'Europe, le
genos des Grecs (Aristote ne dit pas la Grèce) cumule les
qualités de l'une et de l'autre, en annulant leurs défauts
respectifs. Hellénocentrisme et science vont donc de pair.

Écrivant à l'époque d'Auguste, Strabon (un Grec
d'Asie) recourt à son tour à la même grille climatique,
mais en l'appliquant cette fois à l'ensemble de l'Europe,
qu'il n'est plus question d'identifier comme autrefois
aux seules limites de la Grèce continentale. La supériorité de l'Europe sur les deux autres continents se trouvera
ainsi « scientifiquement » fondée et expliquée, elle qui
présente toute la gamme des climats et des genres de vie
qui y sont associés. « C'est par l'Europe qu'il nous faut
commencer, écrit-il, parce qu'elle possède une grande
variété de formes, qu'elle est la mieux douée naturellement en hommes et en régimes politiques de valeur, et
qu'elle a été pour le monde la grande dispensatrice des
biens qui lui étaient propres ; de plus elle est habitable
dans sa totalité, sauf la petite fraction inhabitée par suite
du froid. [...] Dans le secteur habitable, les pays au climat rigoureux ou les régions montagneuses offrent par
nature des conditions de vie précaires ; mais avec une
bonne administration, même les pays misérables et les

repaires de brigands deviennent *civilisés* (*hêmerountai*).
Les Grecs, par exemple, dans un pays de montagnes et
de pierres, ont su vivre *bien* (*kalôs*) grâce à leur aptitude
à la *vie en cités*, à la maîtrise des arts et à leur connaissance, en général, de tout ce qui touche à l'art de vivre.

« Les Romains, [...] s'emparant de nombreux
peuples, naturellement non civilisés du fait des pays
qu'ils occupent, âpres ou dépourvus de ports ou glacés
ou pénibles à habiter pour toute autre raison, ont créé
des liens qui n'existaient pas auparavant et enseigné
aux peuplades sauvages la *vie en cités*. Toute la partie
de l'Europe qui est plate et jouit d'un climat tempéré
(*eukratos*) est naturellement portée vers un tel mode de
vie : dans un pays heureux, tout concourt à la paix,
tandis que, dans un pays misérable, tout conduit à la
guerre et au mâle courage. Mais les peuples peuvent se
rendre des services les uns aux autres : les uns offrent le
secours de leurs armes, les autres celui de leurs récoltes,
de leurs connaissances techniques, de leur formation
morale. Bien évidemment, ils peuvent aussi se faire
grand tort les uns aux autres s'ils ne se viennent pas en
aide ; sans doute ceux qui possèdent les armes
l'emportent-ils par la force, à moins qu'ils ne soient
vaincus par le nombre. Or il se trouve que, sous ce
rapport aussi, ce continent est naturellement bien doué,
car il est entièrement composé d'une mosaïque de
plaines et de montagnes, de sorte que partout coexistent
les prédispositions à *cultiver la terre et à vivre en cités*
et aussi à faire la guerre. Comme c'est le premier élément qui domine, celui qui porte à la paix, elle règne
sur l'ensemble. À quoi il faut ajouter l'action des
peuples dominants, Grecs d'abord, Macédoniens et
Romains ensuite. Ainsi, tant pour la paix que pour la
guerre, on ne peut être plus *autosuffisant* (*autarkestatê*)
que l'Europe : elle possède une réserve inépuisable
d'hommes pour se battre, pour travailler la terre et

pour administrer les cités. Une autre de ses supériorités est qu'elle produit les fruits les meilleurs et ceux qui sont indispensables à l'existence, ainsi que tous les minerais utiles ; elle ne fait venir de l'extérieur que des parfums et des pierres d'un grand prix, dont la privation ou l'abondance n'ajoute rien au bonheur de notre vie. L'Europe nourrit également des troupeaux en quantité, mais peu de bêtes sauvages. Telle est d'un point de vue général la nature de ce continent [21]. »

Pour Strabon, l'Europe commence aux colonnes d'Héraclès, va jusqu'au Tanaïs (le Don) à l'est, et englobe, au nord de l'Istros (le Danube), le pays des Sauromates. Plus intéressant est que, embrassé d'un même regard, cet espace européen est présenté comme le territoire d'une seule cité, définie comme « autosuffisante au plus haut point ». Certes, Strabon ne soutient pas explicitement que l'Europe forme une cité, mais la nette reprise du concept d'autarcie, pivot de la définition de la cité classique par Aristote, en dessine, implicitement au moins, la possibilité [22]. Si le vocabulaire a une consonance aristotélicienne, la dissonance avec Aristote est toutefois profonde, lui pour qui le Péloponnèse, même entouré d'un rempart unique, n'aurait pu être considéré comme formant une *polis* [23]. Alors l'Europe ! En tout cas, dans cet espace où la variété peut se conjuguer en complémentarité, où la paix peut l'emporter sur la guerre, les contraintes ou les défauts de la nature peuvent être corrigés par l'apprentissage d'un mode de vie « politique ». Le *nomos* peut (au besoin par la force) corriger la *phusis*.

Installés dans un pays de montagnes, les Grecs ont su faire d'abord pour leur propre compte ce travail « politique », qui allie civilisation, civilité et citoyenneté. Mais dans le tableau historique esquissé par Strabon, ils ne sont plus que les occupants d'un canton de l'Europe et seulement l'expression d'un moment. Aux Grecs ont en effet succédé les Macédoniens, puis les Romains, qui sont désormais les instituteurs musclés de la civilisation. Entre l'Europe et le nom de Rome se nouent ainsi des échanges. N'est-ce pas pour finir Rome la cité unique, présente en filigrane dans cette image unifiée que Strabon propose de l'espace européen ? Comme si l'Europe était le territoire d'une *polis* qui aurait pour nom Rome. La centralité de Rome est ainsi produite selon une logique de pensée grecque. Mais cette façon de traduire *en grec* la vision romaine de cette centralité est, en même temps, une manière de trahir la définition grecque de ce qu'est une cité. Ainsi cet éloge de l'Europe est, au fond, une façon de louer Rome.

Logique grecque ? L'*Europe* est assurément plus un concept grec que romain. D'abord façon de désigner une partie de la Grèce continentale, elle prend plus d'extension et plus de poids comme antonyme de l'Asie. Europe polémique et politique dans un monde divisé en deux. Et même, quand le partage de la terre en trois continents devient courant, la division Europe-Asie demeure longtemps la coupure principale. Rome, en revanche, n'a très vite eu d'autre horizon que le monde[24]. Dans son idéologie, l'Empire romain s'est conçu comme ne devant avoir d'autres frontières que celles mêmes de l'*oikoumène*. À partir de 76-75 avant J.-C., un globe figure sur des monnaies républicaines. Pompée, à l'occasion de son triomphe en 61 avant J.-C., annonçait avoir « reculé l'empire de Rome jusqu'aux limites de la terre » et Auguste, dans ses *Res Gestae*, proclamera « avoir soumis le monde à l'empire de Rome[25] ». Le même Pompée s'était targué d'avoir reçu l'Asie (l'Asie Mineure) comme « province frontière » et d'en avoir fait le « centre » de l'Empire – clair indice que la puissance romaine ignorait les anciennes divisions : l'Asie est une province, d'abord province frontière, elle a été en somme digérée par l'Empire. Seuls les adversaires de Rome, les

Parthes puis les Sassanides, prétendront cantonner les Romains en Europe, en réclamant un retour aux frontières de l'Empire de Darius [26].

L'espace romain, c'est au sens propre celui de Rome. Géographiquement parlant, l'Europe n'est pas une limite significative et le rapport entre l'*Urbs* et l'Europe n'est pas de l'ordre de la métonymie. Pertinentes, en revanche, et fréquentes ont été les variations sur la Ville et le monde (*Urbs/orbis*). On est là dans la bonne métonymie. Il y a la Ville et il y a le monde, la Ville devenue maîtresse du monde et, finalement, la Ville qui en droit n'a d'autres limites que celles mêmes du monde. Le territoire de la première est, pour ainsi dire, coextensif à l'espace du second : «*Romanae spatium est Urbis et orbis idem*», comme l'écrit Ovide s'adressant au dieu Terminus [27].

Si, politiquement, les Romains ne font pas grand cas du vieux partage entre l'Europe et l'Asie, culturellement, à Rome même, ils le réactivent à leur usage. Ils font même passer la frontière au milieu de la « Grèce », en distinguant une « bonne » ou une « vraie » Grèce d'une autre, dévoyée et dégénérée, celle justement que dénonce Juvénal, à la fin du Ier siècle : « Je ne puis supporter une Rome grecque. Et encore qu'est-ce que représente l'élément proprement achéen [de Grèce continentale] dans cette lie ? Il y a beau temps que le fleuve de Syrie, l'Oronte, se dégorge dans le Tibre, charriant la langue, les mœurs de cette contrée, la harpe aux cordes obliques, les joueurs de flûte, les tambourins exotiques, les filles dont la consigne est de guetter le client près du cirque [28]. » Les Grecs d'Asie ne sont plus du tout des Grecs, mais seulement des Asiatiques, tels que les caractérisait le traité hippocratique, en proie à la mollesse et adonnés au plaisir. Quant à la Grèce authentique, celle d'Athènes et de la Sparte d'antan, il y a beau temps qu'elle n'existe plus. On peut seulement fouler ses ruines.

2. Démocratie

Démocratie : le mot est grec et il a été porteur, il y a 2 500 ans, d'une idée radicalement neuve dans l'histoire des sociétés humaines – si neuve que la Constitution française proclame que le principe de la République est « le gouvernement du peuple, par le peuple et pour le peuple ». Que signifiait-il en grec et en Grèce ?

Pouvoir du peuple, sûrement. Mais le mot *demos* pouvait désigner à la fois le corps civique dans son ensemble et la foule. C'est bien sûr cette dernière acception qu'ont constamment retenue les adversaires du régime : démocratie, gouvernement de la foule et pour la foule, qu'ils nommaient aussi les « méchants » ou les « pauvres ». Quant au *kratos*, la seconde partie du mot, on n'en dit rien. C'est le pouvoir. Mais aussi la domination, dans la mesure où celui qui a le *kratos* domine : il a le dessus. D'où l'idée que le mot, ainsi formé, a peut-être d'abord été une désignation péjorative, quelque sobriquet, avant d'être repris positivement. Nicole Loraux en était venue à voir dans ce « déni » du *kratos*, dans ce « mot tu », au profit d'une cité présentée comme foncièrement irénique, l'indice ou même la preuve que le conflit était, en réalité, conaturel au politique. Et elle s'employa à articuler, sans du tout gommer leurs discordances, la cité divisée avec la cité irénique. Ce qu'elle nommait « installer » la cité dans le conflit ou la « repolitiser » [29].

L'histoire

La démocratie a été inventée à Athènes ou, pour reprendre la formule de l'historien Moses Finley dans son livre *Démocratie antique et démocratie moderne*, les Athéniens ont découvert la démocratie comme Christophe Colomb l'Amérique[30]. Façon de dire qu'ils n'ont peut-être pas été les premiers, assurément pas les seuls, mais que, d'hier jusqu'à aujourd'hui, le nom d'Athènes a été identifié à celui de la démocratie. Modèle, encouragement – puisque ce qui une fois avait été possible pourrait l'être à nouveau –, mais aussi pendant longtemps repoussoir, Athènes a été, nous l'avons vu, tout cela au cours des siècles. Ainsi, en France, contre l'appel « excessif » à l'exemple des anciennes Républiques par les révolutionnaires, les libéraux ont posé peu après une différence de principe entre la liberté des Anciens et celle des Modernes et ont soutenu que, dans la cité antique, l'État était tout et l'individu rien, alors qu'en Angleterre, depuis George Grote, l'auteur de la première grande histoire de la Grèce, on a pu voir Athènes comme une véritable démocratie libérale, soucieuse des libertés individuelles.

L'histoire d'Athènes n'a pourtant pas été, tant s'en faut, que démocratique. D'abord, il y eut un avant et un après. Clisthène, un aristocrate, fut celui qui « établit la démocratie », en 507 avant J.-C. Il le fit dans un contexte de lutte pour le pouvoir, après l'expulsion de la famille de Pisistrate, les tyrans (avant d'être péjoratif, le mot avait d'abord désigné le pouvoir d'un seul) qui avaient dirigé Athènes au cours du demi-siècle précédent. Et ce furent les Macédoniens qui y mirent un terme en 322, en instaurant un régime oligarchique. Commence alors le temps des monarchies, bientôt suivi par la conquête et la longue domination de Rome (où la démocratie ne fut jamais à l'ordre du jour). C'en fut alors fini de la démocratie : elle avait duré deux siècles, à peine. Mais quel âge ont donc nos démocraties, y compris celles qui se parent volontiers du titre de « vieilles » démocraties ?

Pendant ce temps, Athènes fut la cité la plus active sur tous les plans, bientôt la plus puissante, la plus riche,

mais aussi la plus conquérante du monde grec. Hérodote
rapporte expressément cette prospérité aux bienfaits de
la « liberté », car désormais les Athéniens travaillaient
pour eux-mêmes, et non plus pour un « maître ». De fait,
entre la fin des guerres médiques (480) et la guerre du
Péloponnèse (431), Athènes acquit un Empire, source
de très substantiels revenus : pour la cité et pour tous ses
habitants. Démocratie et paix n'entretenaient en effet
nulle affinité particulière ou, inversement, impérialisme
et régime démocratique ont fait bon ménage.

Au cours de cette même période, l'histoire intérieure
d'Athènes fut elle même ponctuée de crises, plus ou
moins graves. Contestée, menacée, la démocratie a été
une création continuée. Celle du IVe siècle diffère sensiblement de celle du Ve siècle. À la souveraineté populaire
se serait substituée, pour reprendre le titre d'une étude
récente, la souveraineté de la loi[31]. L'institutionnalisa-
tion l'emporte sur l'improvisation. Mais les adversaires
du régime (la majorité des aristocrates), partisans d'un
régime oligarchique, n'ont jamais désarmé. En 462,
Éphialte, le chef des démocrates, fut assassiné. Dans le
contexte de la guerre du Péloponnèse entre Athènes et
Sparte, le régime démocratique a été, par deux fois,
abrogé. Pour quelques mois, en 411, quand l'Assemblée
du peuple vota elle-même l'abolition de la démocratie ;
puis, en 404, sous le coup de la défaite et avec l'aide des
Spartiates, lorsque les oligarques athéniens instaurèrent
le régime dit des « Trente tyrans », du nom de la Com-
mission (des Trente) exerçant le pouvoir. Mais les démocrates, qui avaient fui la ville, ne tardèrent pas à organiser
la résistance. Ils défirent les oligarques et rentrèrent en
vainqueurs à Athènes. Rétablie en 403, la démocratie
s'accompagna de la proclamation d'une amnistie : la première que l'on connaisse. Chaque citoyen dut prêter le
serment de « ne pas rappeler les malheurs ». En décrétant
cet « oubli du non-oubli », comme l'a nommé Nicole

Loraux, la cité, chaque citoyen en fait, s'engage dans une réconciliation qui efface les meurtres et les proscriptions, qui fait comme s'il n'y avait pas eu de rupture et amène à penser la cité comme une et indivisible hier comme aujourd'hui[32]. Sous peine de parjure. D'où la force à partir de ce moment-là du *topos* de l'éloge d'Athènes, passage obligé, à l'arrière-plan duquel rôde peut-être cet oubli refondateur.

Ces années troubles connurent néanmoins un épilogue tragique. En 399, quatre ans seulement plus tard, Socrate, accusé de corrompre la jeunesse, était condamné à mort par le tribunal du peuple. Mettant à mal toutes les opinions (*doxai*), faisant paraître leurs inconséquences, Socrate semble jouer le jeu de la démocratie qui est, fondamentalement, exposé et confrontation des opinions, mais il va plus loin et trop loin dès lors qu'il s'attaque à la *doxa* elle-même. Tu crois savoir et, en réalité, tu ne sais pas ; je ne sais pas non plus, mais c'est justement parce que je sais que je ne sais pas que je peux te prendre en flagrant délit de non-savoir. Que ce soit au nom d'un non-savoir, d'un vrai savoir ou, pour finir, d'un savoir absolu, cette position revient à s'excepter de l'espace commun de l'*agora*. Critique constant du régime démocratique, Platon fit de cette mort un point de repère majeur de sa réflexion. Repartant du combat contre la *doxa*, il orienta sa et la philosophie vers la recherche d'une Vérité absolue et éternelle. Par-delà lui-même, le spectre de Socrate hanta longtemps la philosophie occidentale.

Ensuite, le IVᵉ siècle se mit à célébrer l'anniversaire du retour de la démocratie et rendit un culte à la déesse *Démokratia*. Plus largement, contre et par-delà la démocratie du Vᵉ siècle, dénoncée désormais comme « excessive » ou « radicale », les hommes politiques se réclamèrent d'une « Constitution des ancêtres », bien entendu largement fictive, qu'il fallait retrouver et rétablir. C'est en ces années de mobilisation du passé que Solon, le

réformateur du VIᵉ siècle, l'homme de la loi écrite
« pareillement » pour le riche et le pauvre (et non Clisthène, jugé trop « démocrate ») devint le « père » d'une
démocratie pacifiée et mesurée, objet de consensus où les
modérés pouvaient se retrouver. La démocratie était
d'autant moins sortie tout armée de la tête de Solon qu'il
n'avait jamais été démocrate (pas plus d'ailleurs qu'aucun
de ses contemporains) ! Cette généalogie de la démocratie
ou cette façon « oublieuse » d'écrire son histoire mérite
d'autant plus d'être relevée que les Modernes en ont
hérité. Elle a contribué, entre autres, à nourrir le mythe du
législateur, si puissant, nous l'avons vu, au XVIIIᵉ siècle et
si actif encore au moment de la Révolution française,
même si l'on se tournait alors davantage vers Lycurgue,
le mythique législateur de Sparte, que vers Solon, parce
que la démocratie athénienne n'avait pas encore bonne
presse. Pierre-Charles Lévesque sera un des premiers à se
faire le chantre de Solon.

Théorie et pratique

Partons d'un étonnement. La démocratie a, dans
l'ensemble, laissé penser et parler ses adversaires.
Démosthène relevait qu'à Athènes on était libre de faire
l'éloge de la Constitution spartiate, alors qu'à Sparte on
ne pouvait célébrer que la Constitution spartiate[33]. Cette
liberté de parole marquait la différence entre la démocratie et l'oligarchie. Mais cette démocratie, qu'a-t-elle dit
d'elle-même et sur elle ? En vérité, fort peu de chose[34].
On ne peut en effet citer aucun exposé systématique écrit
par des chefs de file de la démocratie, comme s'ils avaient
été trop engagés dans l'action politique et dans le combat
quotidien pour avoir eu le temps de théoriser leur expérience ou de réfuter leurs détracteurs, ou comme si les lois
et les décrets, qu'ils rédigeaient et faisaient voter, étaient

leur seule écriture politique. Ces paroles (*logoi*) étaient aussi des actes (*erga*), qui se suffisaient à eux-mêmes. Ainsi de Périclès, dont le nom a pourtant symbolisé l'âge d'or de la démocratie, nous ne possédons pas le moindre ouvrage, pas même un discours (sauf, naturellement, ceux que lui prête Thucydide, en particulier l'Oraison funèbre). On peut, en revanche, apprendre beaucoup dans les nombreux écrits de tous ceux qui critiquent le régime. Il existe néanmoins quelques textes qui mettent en œuvre, en récit plutôt, les idées-forces de la démocratie, et en particulier leurs premières formulations, mais dans des œuvres qui ne sont pas des traités politiques, et moins encore des manuels de droit constitutionnel.

Avant de disparaître, Polycrate, le tyran de Samos, nous expose Hérodote, avait confié le pouvoir à un de ses fidèles. Ce dernier, ambitionnant de se montrer « le plus juste » des hommes, convoque alors une assemblée des citoyens et déclare qu'il ne veut pas commander des hommes qui sont ses « égaux ». Aussitôt dit aussitôt fait : il « met le pouvoir au centre » et proclame l'« isonomie », l'égalité de tous devant la loi, ainsi qu'un égal partage des droits politiques. Et il termine cette belle harangue en réclamant, pour lui et ses descendants, un certain nombre de privilèges. Voilà une curieuse façon d'établir l'égalité, tout en prétendant se faire reconnaître du même mouvement un statut à part. Sans attendre, quelqu'un se lève pour lui demander de « rendre des comptes » sur ses biens. Ce personnage devait en savoir long, puisqu'il avait été, précise Hérodote, le scribe du tyran ! Ce dernier rentre alors dans son palais, fait appeler les opposants et les emprisonne [35].

Cette histoire en forme d'apologue est parlante à plus d'un titre. D'abord, elle rappelle que l'isonomie est un combat. Elle est ensuite le récit d'une instauration ratée. L'isonomie ne se décrète pas d'en haut. Elle ne peut être que l'affaire de tous ceux qui, dans leur opposition au régime tyrannique, en viennent à se reconnaître, ensemble et chacun, comme « égaux » : en position de parité ; elle implique de jouer le jeu jusqu'au bout : si le pouvoir n'est plus la propriété d'un seul et s'il est vraiment déposé au « centre », alors nul ne peut se mettre à part et s'excepter du cercle que viennent à former les citoyens. L'isonomie n'est pas (encore) la démocratie, mais elle en constitue le noyau. Avec elle, s'instaure ce qui va former le cœur politique de la cité grecque, cet espace public où doivent se régler « les affaires communes ». Au IVᵉ siècle, Aristote définira le citoyen comme celui qui tour à tour commande et est commandé.

Faisons un pas de plus. Dans un autre passage fameux, Hérodote met en scène, sous la forme d'un débat, la première réflexion sur les différents régimes politiques et leur succession : le pouvoir d'un seul, celui de quelques-uns, le pouvoir de beaucoup. Si le mot même de « démocratie » ne s'y trouve pas, un des protagonistes vante l'isonomie, en la spécifiant comme « pouvoir du grand nombre[36] ». À quoi reconnaît-on cette isonomie-démocratie ? Toutes les délibérations y sont publiques, ce qui présuppose un droit égal de parole, les magistratures s'y obtiennent par tirage au sort, les magistrats y sont soumis à la reddition des comptes. Et il conclut son plaidoyer par cette formule dont le grec fait résonner l'étrangeté : « dans la majorité se trouve le tout ». C'est là l'énoncé au plus près de cette règle de la majorité, qui ne va nullement de soi et sans laquelle, pourtant, il n'est pas de démocratie. Dans cette société de face-à-face, sans intermédiaire, où la démocratie est directe, le tout et la majorité ne sont pas des abstractions lointaines.

Vote et règle de la majorité encore, cette fois dans le domaine de la justice. L'*Orestie* d'Eschyle, représentée à Athènes en 458, met en scène de façon particulièrement intense l'instauration par Athéna de cette procédure inédite et d'un nouveau droit. Pour rompre la malédiction d'une vengeance sans fin, mettre un terme à la loi du talion, Oreste, vengeur de son père et meurtrier de sa mère, sera jugé, ainsi en a décidé Athéna, par un tribunal composé des meilleurs citoyens. Car aux hommes revient de prononcer de « justes arrêts ». Au terme des débats, Athéna vote en faveur d'Oreste et annonce qu'un partage égal des voix vaudra acquittement. Le dépouillement du vote donne un nombre égal de votes pour et de votes contre. Oreste, acte inouï, est donc acquitté[37]. On va là d'emblée aux limites, avec un cas particulièrement lourd, surdéterminé ou scandaleux. Reste que juger est désormais reconnu comme l'affaire du citoyen et relevant de la procédure du vote.

Un dernier texte enfin vient fonder en raison la démocratie. Avec son mythe du « contrat » politique, que nous lisons dans les mots de Platon, le sophiste Protagoras cherche en effet à définir le lien social. Sans un partage égal entre tous les hommes de *Respect* et de *Justice*, les communautés humaines ne sauraient se former ni, surtout, durer. Protagoras est démocrate en ce qu'il soutient que tout homme possède une égale aptitude à la vie politique[38]. Entre tous les hommes ? Pourtant, on le sait bien, la démocratie et, plus largement, la cité comme système politique excluaient de la citoyenneté les esclaves, les femmes et les étrangers. Ce sont ses limites. Si un monde où les femmes exerceraient le pouvoir était, à la rigueur concevable, au moins dans le théâtre d'Aristophane, une cité sans esclaves était, en revanche, strictement impensable.

La cité n'avait ni pratiquement ni conceptuellement vocation à l'universel : sa démocratie non plus. Rappelons toutefois que Clisthène avait créé de nouveaux citoyens, en incorporant des étrangers et certains esclaves. Rappelons aussi que les oligarques se plaignaient qu'à Athènes rien ne permît de distinguer socialement les

esclaves et les étrangers des gens du peuple, aussi mal-
appris les uns que les autres [39]. Ces faits ne suffisent pas à
faire d'Athènes une cité ouverte, mais ils sont suffisants
pour empêcher de soutenir tout uniment que, depuis
toujours, démocratie et exclusion de l'étranger ont été et
doivent être liés. C'était, clabaudent d'aucuns, la *force* de
la démocratie ancienne, ce devrait être le programme
d'une *démocratie* moderne.

3. Cité

Le mot vient du latin (*civitas*), mais la réalité a
d'abord été grecque (*polis*). D'origine indo-européenne,
le mot *polis* correspond au sanskrit *pur* – « citadelle,
forteresse ». Du côté du grec, les linguistes rapprochent
polis de *polus*, si bien que la signification originelle pourrait avoir été « foule, communauté réunie [40] ».

Polis

Historiquement, la cité comme forme politique nouvelle et originale s'est répandue en Grèce au cours du
VIIIᵉ siècle avant J.-C. Parmi les facteurs qui l'ont rendue
possible : une révolution démographique, une extension
de l'agriculture, une augmentation du nombre des propriétaires fonciers. Elle désigne alors une communauté
politiquement indépendante, dotée d'un territoire « politique », où pour la première fois – et la dernière jusqu'à
l'époque moderne – des paysans (propriétaires) sont
reconnus comme citoyens à part entière de la cité. Le
développement de la cité est inséparable d'un vaste mouvement de colonisation sur tout le pourtour de la Méditerranée [41]. En amont des textes, l'archéologie a montré

que ce territoire était aussi fondamentalement religieux, ainsi qu'en témoigne la présence de sanctuaires qui, entre centre et périphérie, organisent l'espace civique[42].

Si, pour les Modernes, Athènes (en lieu et place de Sparte et de Rome) a fini par devenir le paradigme de la cité, il ne faut pas oublier qu'elle occupe une place particulière, tant par sa taille que par son régime et son histoire. Enfin, si l'âge d'or de la *polis* peut se situer entre le VIe et le IVe siècles avant J.-C., la cité restera une forme politique vivante, cadre de vie, mais aussi cadre mental et horizon de pensée pour des Grecs devenus pourtant depuis longtemps sujets de Rome. La lecture des *Préceptes politiques* de Plutarque, adressés à un jeune homme désireux de faire une carrière politique au début du IIe siècle de notre ère, suffit pour s'en convaincre.

La cité relève de l'évidence. Entre les Grecs et les autres (les Barbares), la différence fondamentale est *politique* : les uns ont découvert la vie en cité, alors que les autres n'ont jamais connu que le despotisme de la monarchie. Ainsi Hérodote, dont les *Histoires* s'organisent autour de cette vision du monde, peut tout à la fois reconnaître la haute ancienneté et le savoir des Égyptiens, et les ranger sans hésiter du côté des Barbares, puisqu'ils ont toujours été et sont encore incapables de vivre sans rois.

À l'intérieur même du monde grec, les *Histoires* ont raconté, nous venons de le voir, l'instauration de la cité *isonomique*. Renverser une tyrannie, qui est le pouvoir d'un seul, c'est très exactement « placer le pouvoir au centre », en le faisant passer du palais royal à l'*agora*, pour qu'il ne soit plus la propriété d'un seul, mais devienne celle de tous, du cercle des *égaux* ou des *pairs* (*homoioi*). Au secret se substitue le débat public, et à une parole confisquée la liberté de parole (*isêgoria*), tandis que la violence cède devant la persuasion. L'*iso-nomie* établit le règne de la loi, de sorte que tous, c'est-à-dire les seuls citoyens, soient non seulement égaux devant la loi, mais également législateurs. Jean-Pierre Vernant saura reprendre ces notations et les mettra en forme pour dessiner son modèle de la cité[43]. Espace circulaire et centré, qu'organisent les notions de symétrie, de parité, de réversibilité – le citoyen étant celui qui tour à tour commande et est commandé –, la cité dégage et circonscrit un espace commun, où sont réglées publiquement « les affaires communes », qui comprennent à la fois « les affaires des dieux et celles des hommes ». Car les rapports avec les dieux font et ont toujours fait partie des affaires communes et l'*agora* n'a jamais été un espace laïc. Fustel de Coulanges, construisant sa cité antique, mais aussi Durkheim, s'interrogeant sur la place du religieux, s'en souviendront. Davantage, ce modèle isonomique va servir aux Grecs à penser le monde, que ce soit pour définir la santé comme *isonomie* entre des éléments divers, ou concevoir la terre comme immobile au centre d'un univers parfaitement circulaire[44].

Horizon matériel et intellectuel du monde antique, la cité a suscité réflexions et théorisations. Sur ses origines d'abord : qu'est-ce qui a rendu possible de passer de la dispersion de la vie sauvage à la vie en cité ? La possession par l'homme du *logos*, répondront les sophistes notamment, conçu comme maîtrise du langage articulé, mais surtout comme capacité de persuader[45]. Propre de l'homme, le *logos* est au fondement de la vie politique. Aussi le citoyen doit-il être orateur et le meilleur orateur devrait être le meilleur citoyen.

À travers son mythe d'origine de la démocratie, Protagoras a proposé un point de vue sensiblement différent. Pour lui, en effet, les hommes ont beau maîtriser les divers savoirs techniques (*technai*), aussi longtemps que Zeus ne leur fait pas don de l'art politique (*technê politikê*), ils sont rigoureusement incapables de fonder des cités et donc d'assurer leur survie. Or, cet art politique, sans quoi il n'y a point de lien social, de quoi est-il formé ? De *Respect* et de *Justice* (*Aidôs* et *Dikê*), répond Protagoras en reprenant Hésiode, lesquels, également répartis entre *tous* les hommes, permettent seuls l'instauration de liens d'« amitié » (*philia*)[46]. Il n'y a pas de communauté sans *philia,* et pas de *philia* sans sentiment de la justice et sans respect de l'humanité de l'autre, avec qui les rapports ne passeront plus désormais par la violence, mais par la médiation du discours persuasif. La politique est donc un « art », non une science, et la cité relève non de la nature, mais de la culture : elle est *artifice*.

Aristote la théorise, en revanche, comme « naturelle ». En quel sens ? Formée en vue du « bien-vivre », la cité se définit comme communauté « accomplie » (*teleios*) et « autosuffisante » (*autarkês*), Elle est en effet la « fin » (*telos*) de ces premières communautés que sont la famille et le village. Or, la nature d'une chose étant sa « fin », il s'ensuit que la cité existe « par nature » et que l'homme est par nature « un animal politique » (*politikon zôion*). L'homme, en outre, est le seul des animaux à posséder le *logos*, vu comme ce qui permet de percevoir et d'exprimer le juste et l'injuste. Et c'est la commune possession de cette capacité qui « fait » la famille et la cité. Communauté naturelle et accomplie, la cité peut aussi être considérée comme « antérieure » à la famille et à chacun de nous, dans la mesure où le tout est nécessairement antérieur à la partie[47].

Dans cette histoire de la cité, la mort de Socrate marque une brisure entre le « genre de vie politique » et le « genre de vie théorétique », entre l'homme politique et le philosophe. C'est sur cette rupture que se construit l'œuvre de Platon, disciple de Socrate et adversaire résolu de la démocratie athénienne, qui l'a condamné à mort. Plus largement, la guerre du Péloponnèse et la défaite d'Athènes suscitent une attitude réflexive de la cité sur elle-même. Si l'échec du régime oligarchique des Trente tyrans disqualifie durablement cette option politique, les intellectuels n'en vont pas moins s'interroger longuement sur « ce qui n'allait pas dans la démocratie[48] ». Pour une bonne part, la philosophie politique des Modernes sortira de là.

À partir du IVe siècle avant J.-C., chez ceux qui réfléchissent sur la cité et ses définitions, l'accent se déplace de *polis* vers *politeia* : le régime ou la Constitution, conçue comme étant l'« âme », l'essence même de la cité[49]. Non seulement la *politeia* permet de définir le type de la cité, mais elle tend à être la *polis* même. Tandis que *politeia* tend à absorber *polis*, corrélativement, s'affirme l'idée que le régime le meilleur est celui qui « mélange » monarchie, aristocratie et démocratie. Le cas d'école, souvent repris, est celui de la Constitution spartiate. De Platon à Cicéron, de Sparte à Rome, le thème de la « Constitution mixte » s'impose, avant qu'à son tour la philosophie politique moderne ne le retrouve, puis ne le récuse.

Émile Benveniste a souligné l'existence de deux modèles linguistiques de la cité. Alors que le latin va de *civis* (le citoyen) vers *civitas* (la cité), le grec procède à l'inverse de *polis*, l'entité, vers *politês* (le citoyen)[50]. Tant sur le plan historique que conceptuel, *politeia* semble pouvoir opérer comme médiation entre les deux modèles. N'est-ce pas en effet ce qui permet à Polybe d'expliquer la puissance romaine ? Rome a conquis le monde en un demi-siècle grâce à l'excellence de sa Constitution : la force de la cité, comme puissance capable de conquête, réside dans sa Constitution, selon le diagnostic de Polybe.

La cité demeurera présente comme cadre de vie et de pensée tout au long de l'Antiquité. Augustin y recourra encore, et de quelle façon, pour construire sa *Cité de Dieu*. Repartant de la définition cicéronienne de la *respublica* comme *res populi*, affaire du peuple, il contestera que Rome, même au temps du grand Scipion, à l'apogée du régime républicain, ait jamais été une véritable république. La corruption était là et la république déjà mal en point. Car jamais il n'y eut en elle de « vraie justice [51] ». C'est seulement dans la cité dont le Christ est le fondateur (*conditor*) et le gouverneur qu'il y a une vraie justice : seule la cité de Dieu peut être qualifiée véritablement de « chose publique ». La cité, comme forme et comme représentation, demeure complètement présente, mais elle est « dépolitisée ». Son véritable fondateur est le Fils du Dieu unique.

Cité des Modernes

Après 1513, Nicolas Machiavel, désormais tenu à l'écart de la politique active, s'engage dans un voyage de redécouverte de la République romaine. Critiquant l'éducation donnée par l'Église, les *Discours sur la première décade de Tite-Live*, incontestablement, « repolitisent » les Anciens et invitent à les imiter. Le livre s'ouvre sur un étonnement. Les Anciens sont plus admirés qu'imités. Certes, quand il s'agit de droit ou de médecine, on fait directement appel à eux, mais quand on s'interroge sur la manière de fonder ou, mieux, de maintenir un État, le plus souvent, on les ignore. Aussi, prenant Tite-Live pour guide, Machiavel invite-t-il à découvrir une « route nouvelle », à l'instar de ce que les navigateurs vers le Nouveau Monde ont eu l'audace d'oser. Car, dans ce qui est en train de devenir l'Ancien Monde, le monde des Anciens peut, à sa façon, être tenu aussi pour un « Nouveau » monde. Ignoré, oublié, déformé, il y a tout lieu de le (re)découvrir. Pour renou-

veler le présent, faire de ce monde-ci également un
monde nouveau. Un siècle plus tard, Francis Bacon
saura reprendre cette image puissante, mais pour la
mettre au service exclusif des Modernes.

Pour Machiavel, ce jeu entre Ancien et Nouveau
Monde relevait-il du paradoxe ? Surtout, quand on est
citoyen de Florence, ville qui se targue d'être une colo-
nie romaine, dont la fondation remonte précisément aux
temps de la République et qu'on s'adresse à des concitoyens dans les veines de qui coule donc encore du
sang romain ! Mettant l'accent sur la continuité et la
proximité entre la Rome antique et Florence, les humanistes florentins ont d'ailleurs voulu *bâtir* une Rome,
cité de la concorde, où, à la sagesse du Sénat, répondait
la discipline du peuple et le dévouement de tous au
bien public.

Or, c'est justement cette Rome-là (et donc cette Florence aussi) que Machiavel met à mal, en lisant Tite-Live,
mais aussi Polybe. Récemment redécouvert, Polybe lui
est en effet un autre guide pour découvrir une route nouvelle vers une Rome méconnue. À la différence de la
Sparte de Lycurgue, Rome n'est parvenue que par étapes
à la perfection de sa Constitution mixte. Aussi, observe
alors Machiavel, la désunion profonde et prolongée entre
le Sénat et le peuple, loin d'être une cause de faiblesse,
fut ce qui l'a rendue puissante et libre. « Enlever à Rome
les semences de trouble, c'était aussi lui ravir les germes
de sa puissance[52]. » Le conflit est logé au cœur de sa
Constitution, et Rome, à la différence de Florence, a su
en faire un bon usage. En définissant l'histoire comme
comparaison entre passé et présent, Machiavel opère un
mouvement de va-et-vient entre la Rome antique et la
Florence contemporaine, chacune sert à construire
l'intelligibilité de l'autre : Polybe aide à comprendre
Florence et, réciproquement, Florence à lire Polybe. Imiter les Anciens ne signifie cependant pas louer le passé

en vue de seulement blâmer le présent, mais « élever le temps des anciens Romains », pour mieux comprendre le présent et agir sur lui. L'imitation n'implique, pour Machiavel, ni l'identification ni la simple soumission.

La venue de l'âge classique, celui des princes, de la raison d'État et de l'absolutisme, n'a nullement entraîné un recul ou un effacement des Anciens, mais, nous l'avons vu, un changement de leur image et un déplacement de leur statut. N'étant plus des modèles politiques, ils offraient d'admirables exemples de comportement individuel et de qualités morales (héroïsme, maîtrise de soi, sens de l'honneur, obéissance). Plutarque avait supplanté Aristote et la politique avait fait place à l'éthique[53]. Apprendre l'histoire profane, comme le soulignait le *Traité des études* de l'abbé Rollin (1726-1728), devait concourir à former non pas de bons citoyens, mais de bons chrétiens.

Réfutant Machiavel (Aristote et Polybe), Jean Bodin, dans sa *Méthode de l'histoire* (1566), récuse le concept même de Constitution mixte. Il n'existe que trois formes de gouvernement (autorité d'un seul, d'une minorité, du peuple), mais la souveraineté n'est pas quelque chose qui se divise. Au temps de Polybe et de Cicéron, Rome était, en fait, un gouvernement populaire. Il en allait de même pour la Sparte de Lycurgue. De l'inventaire historique des trois formes de Constitution, il ressort que le pouvoir royal est le meilleur, puisqu'il est « naturel, c'est-à-dire institué par Dieu lui-même, auteur de la nature ». Enfin, l'historien des princes et le prince des historiens de l'époque n'est pas ou plus Tite-Live, mais Tacite, celui du tacitisme, qu'on lit alors comme le bréviaire des gouvernants, un théoricien de la raison d'État et un avocat de la monarchie absolue[54].

Dans sa lutte contre l'absolutisme, le XVIIIe siècle est, en revanche, amené à repasser de la morale à la

politique et à « repolitiser » les anciennes républiques,
ainsi que nous l'avons vu plus haut. Exemples de vertu,
les Anciens offrent également des modèles politiques.
Ainsi, dans l'Avertissement de *L'Esprit des lois*, Montesquieu affirmait nettement que la « vertu » (qui est le
ressort de la république) ne doit s'entendre ni au sens
de la morale ni à celui de la religion, mais comme une
vertu *politique*. Les Grecs et, surtout, les Romains ont
occupé une place de choix dans sa réflexion. Ses écrits
en portent des traces nombreuses et non équivoques. Sa
familiarité avec les auteurs anciens est évidente, son
admiration aussi : il n'est que de feuilleter *Mes pensées*
ou le *Spicilège*, où l'on tombe, entre autres, sur l'éton-
nante phrase mise en exergue de ce livre – indice que le
grec peut être tout à la fois valorisé et largement ignoré.

Mais sa méthode l'a conduit à rechercher les « principes » et l'« esprit » des anciennes républiques. « Quand
j'ai été rappelé à l'Antiquité, j'ai cherché à en prendre
l'esprit, pour ne pas regarder comme semblables des cas
réellement différents », écrit-il dans la préface de l'*Esprit
des lois*, donc à marquer des différences entre elles
d'abord, mais surtout par rapport aux États modernes [55].
Elles supposaient un territoire limité et une population
peu nombreuse, le luxe leur était fatal, alors que c'est la
pauvreté qui met en péril les monarchies ; elles igno-
raient le système représentatif (or le peuple est incapable
de discuter des affaires) et n'avaient pas une idée bien
claire de ce qu'était la monarchie. Cette liste de différences, qui sont à la base de la vision libérale de l'Antiquité, la constitue comme une expérience, avec sa
grandeur et sa cohérence, mais dans sa distance aussi :
elle ne saurait revenir.

La distinction qu'opère Montesquieu entre trois
formes de gouvernement (république, monarchie, despotisme) rompt avec la typologie de la philosophie politique antique [56]. Perdant leur autonomie, l'aristocratie et

la démocratie ne sont en effet plus que des formes de la république. Quant à la «Constitution mixte» de la philosophie politique grecque, elle n'a plus la moindre place, en tant que telle. Peut-être en retrouve-t-on quelque chose dans l'exposé de la théorie des trois pouvoirs (exécutif, législatif, judiciaire)? Plus que leur séparation, Montesquieu envisage en effet les façons dont ils se combinent, s'équilibrent, se modèrent, comme dans l'exposé par Polybe du régime romain[57]. Au total, la distance l'emporte sur la proximité: le temps des anciennes républiques est révolu. Les prendre pour modèles serait déraisonnable. «Il faut, note encore Montesquieu, connaître les choses anciennes, non pas pour changer les nouvelles, mais afin de bien user des nouvelles[58].» Du bon usage de l'Antiquité pour bien se servir des choses nouvelles! Par rapport à Machiavel, le programme s'est réduit ou la distance précisée. Il convient surtout d'éviter les mauvais usages ou abus de l'Antiquité.

Projetant d'écrire une *Histoire de Lacédémone*, Rousseau entendait «ramasser ces précieux monuments qui nous apprennent ce que les hommes peuvent être en nous montrant ce qu'ils ont été». Phrase fameuse, où s'indique une reprise de l'*exemplum*, comme devoir-être, mais aussi un déplacement. Contre le présent et sa bassesse, on fait appel au passé des Anciens – ce que les hommes ont été –, en vue de faire advenir, ou au moins de dessiner ce qu'ils pourraient être dans l'avenir. Mais on passe ainsi de la nostalgie à l'utopie: la première nourrit la seconde. Sparte, Rome et leurs grands hommes sont autant de moyens de dénoncer l'état présent de la société, en vue d'en instaurer un nouveau, tout différent. Les humanistes voulaient enrichir leur présent par l'imitation des exemples antiques et le hausser, grâce à eux, si possible jusqu'à eux, Rousseau voudrait pouvoir instituer un nouveau présent.

Entre la *polis* d'Aristote et la cité du *Contrat social*
se laissent repérer des homologies. Là où Aristote dit
nature et *fin*, Rousseau dit *pacte* et *volonté générale*,
mais, ainsi que l'a noté Paul Ricœur, c'est fondamentalement la même chose. Car, «dans les deux cas, à travers le *telos* de la cité et le *pacte* générateur de la
volonté générale, il s'agit de faire passer l'humanité de
l'homme par la légalité et la contrainte civiles[59]». Peut-
on alors en conclure que les anciennes républiques sont
proposées comme des modèles ? Non, car le citoyen de
Genève qu'est Rousseau connaît bien l'objection de la
taille (une république ne peut qu'être petite); il sait
aussi que la liberté des uns, celle des citoyens, suppo-
sait la servitude des autres, les esclaves, comme à
Sparte. Et s'il félicite les Anciens d'avoir ignoré le
système représentatif, il voit bien les Modernes y recou-
rir ou le vanter. Enfin, pour passer de ce que les
hommes ont été à ce qu'ils peuvent être, il faudrait, en
réalité, pouvoir faire l'impasse sur ce qu'ils sont devenus. «Les anciens Peuples ne sont plus un modèle pour
les modernes, écrit-il dans la neuvième *Lettre sur la
montagne*, ils leur sont trop étrangers à tous égards».
Les Genevois ne sont ni romains ni même athéniens,
mais simplement des marchands, pour qui «la liberté
même n'est qu'un moyen d'acquérir sans obstacle et de
posséder en sûreté[60]». S'indique déjà le thème, bientôt
majeur comme nous l'avons vu, sur lequel va se faire la
mise à distance définitive des Anciens: celui de la
liberté des Anciens comparée à celle des Modernes.

Dans cet espace politique que le recours à l'Antiquité
– la scène antique – a aidé à construire, il y a eu place,
jusqu'à la Révolution, pour une figure essentielle: celle
du législateur. Tel Lycurgue ou Numa, il est cet homme,
plus qu'humain, qui entreprend d'*instituer* un peuple.
Dans le même temps qu'elle est rupture, l'intervention
du législateur est en effet instauration, et, tout est là,

sans qu'une distance, pire une faille entre institué et instituant ne vienne à se creuser. Ce mythe, qui tout à la fois fascine et rassure, n'a pas survécu à la Révolution. De fait, Benjamin Constant avait lancé, en 1819 : « Plus de Lycurgue, plus de Numa[61]. » Les sociétés modernes n'ont que faire de ces encombrants personnages et, moins encore, de leurs modernes imitateurs.

Pour Constant et les libéraux, la Révolution a bien été un moment d'excessive et sanglante identification avec les Anciens, où l'on a voulu *régénérer* la France, en la transformant en une nouvelle Sparte. De cette illusion sur le présent, mais aussi sur le passé, ne pouvait sortir que l'échec de la Révolution. *Ils* ont confondu les temps (la France n'est précisément pas une petite république) et se sont mépris sur le passé (l'égalité spartiate était, en réalité, le comble de l'inégalité). Pour prévenir le retour de semblables confusions (d'abord intellectuelles), il fallait donc établir clairement qu'entre les Anciens et nous existait désormais un fossé, qui empêchait de les prendre pour modèles politiques : leur liberté n'est plus la nôtre. Leur liberté était toute de participation (à l'exercice effectif de la souveraineté), l'individu n'était rien et l'État tout, la liberté moderne est la liberté civile, celle de la « jouissance privée », qui ne va pas sans le système représentatif. À la participation doit se substituer la représentation.

Mise en forme par Constant, cette thèse l'a emporté, nous l'avons vu, tout au long du XIXᵉ siècle, même s'il est plus que douteux que les jacobins aient, effectivement, cherché à faire revenir les anciennes républiques, en les choisissant purement et simplement pour modèles. Ou alors, pour reprendre la formule, relevée plus haut, de J. J. Winckelmann, s'il s'agissait d'imiter, c'était pour devenir, à leur tour, « inimitables[62] ». L'avenir, dont ils se voulaient les accoucheurs, ne pouvait être le retour d'un passé, fût-il républicain. Reste que le parallèle, une dernière fois mobilisé, mais pour d'autant mieux en récuser l'usage, établit l'incomparabilité des deux libertés, et donc celle du monde des Anciens et de celui des Modernes.

Malgré tout, un professeur d'histoire à l'université de Strasbourg ne trouve pas inutile, en 1864 encore, de rappeler, dans les premières pages d'un livre, d'abord publié à compte d'auteur, mais promis à une longue vie, les dangers qu'a fait courir à la Liberté la confusion des deux libertés. Il s'agit de Fustel de Coulanges et de sa *Cité antique*. « On s'est fait illusion sur la liberté chez les anciens et pour cela seul la liberté chez les modernes a été mise en péril. Nos quatre-vingts dernières années ont montré clairement que l'une des grandes difficultés qui s'opposent à la marche de la société moderne est l'habitude qu'elle a prise d'avoir toujours l'Antiquité grecque et romaine devant les yeux [63]. » Il faudra attendre la Troisième République, surtout dans sa version « radicale », pour qu'intervienne une « repolitisation » relative des Anciens. Le paradigme des deux libertés ne répond alors plus du tout aux questions que l'on se pose, tandis que la cité fustelienne, cette église où l'individu ne peut avoir aucune place, est trop désespérante. C'est la démocratie qui est désormais à l'ordre du jour. Aussi est-ce vers la « République athénienne », longtemps récusée pour son « an-archie », que l'on se tournera, tandis que la *Cité grecque* de Gustave Glotz en présentera la version savante [64]. Athènes deviendra une référence privilégiée, non plus un modèle à proprement parler, mais une origine, une caution, une figure de la rhétorique démocratique : le lieu d'un miracle.

4. Liberté, cité, altérité

Du XVIe au XXe siècle, des anciennes républiques à la *Cité antique* puis à la *Cité grecque*, se sont ainsi succédé, dans le rapport aux Anciens, des phases de « politisation » et de « dépolitisation ». Les modalités en ont été, chaque fois, diverses et les enjeux ont, à coup sûr, varié. L'imitation a presque toujours exclu la simple identification, sauf parfois chez tel ou tel individu. Et quand les Anciens ont été modèles politiques, c'était en fonction d'une perspective de confrontation entre le passé et le présent, inaugurée par Machiavel qui voulait combiner « la longue expérience des choses modernes et une lecture continuelle des anciennes », mais où le dernier mot devait revenir au présent. À travers la question de la perfection, Charles Perrault introduisait l'amorce de deux univers finalement incommensurables, avec chacun sa temporalité : celui des Anciens et celui des Modernes. Quand Montesquieu voulait connaître les choses anciennes pour bien user des nouvelles, il indiquait que politisation et prise de distance par rapport aux Anciens pouvaient aller de pair. Avec Constant, le point de vue est politique et il amène à dénoncer une mauvaise politisation. Reposant sur une illusion, elle a fait la preuve de sa nocivité. Pour faire de la bonne politique, ou éviter le retour d'une mauvaise, il faudra désormais dépolitiser le regard qu'on porte sur l'Antiquité et creuser la distance qui nous en sépare. Il y a bien un avant et un après de la Révolution dans le rapport aux Anciens. De Constant à Fustel, la dépolitisation demeure à l'ordre du jour et elle est un préalable à l'histoire.

De l'altérité politique à l'altérité religieuse

La liberté moderne est la liberté civile ou individuelle, la liberté ancienne, la participation collective des citoyens à l'exercice de la souveraineté. Chez les Anciens, l'individu, souverain dans les affaires publiques, était « esclave dans tous ses rapports privés ». Ce n'était toutefois pas l'Antiquité au premier chef, mais bien le présent qui était en jeu à travers cette fiction théorique. Benjamin Constant entendait moins lire Platon, Aristote ou même Isocrate – même si sa culture grecque, lui qui avait passé deux années à Édimbourg, était réelle – que d'abord réfuter les erreurs de Rousseau. Afin de répondre à la lancinante question du moment – quel régime pour la France ? –, il convenait de démontrer qu'un régime représentatif était une absolue nécessité, dans la mesure où l'exercice de la liberté moderne le présupposait. Le modèle des deux libertés aidait, de surcroît, à comprendre l'échec de la Révolution, en jetant un éclairage sur l'épisode effrayant de la Terreur, que l'on pouvait interpréter comme un moment d'illusion résultant de la confusion des deux libertés. C'est donc en se plaçant sur ce plan politique qu'un congé radical et définitif (qui n'excluait pas une certaine nostalgie) était finalement donné aux Anciens, qui ne pouvaient ni ne devaient plus être pris comme modèles politiques.

Or, dans *La Cité antique*, le modèle est là, encore ou à nouveau là. Dès l'introduction, Fustel ne manque pas de rappeler les méfaits occasionnés par la confusion des deux libertés. La leçon d'ouverture du cours sur la Famille et l'État, donné à Strasbourg en 1862 et d'où sort le livre, est plus explicite encore. L'admiration des Anciens a entraîné une « imitation maladroite » et « c'est *un peu* à elle que nous avons été redevables de la Terreur[65] ». Vient la conclusion qui, réaffirmant l'altérité des Anciens et la nécessité politique d'éviter toute identification avec eux, semble n'être qu'une banale reprise des positions libérales.

Mais aussitôt après se fait jour un double déplacement. Alors que Constant prenait l'individu comme citoyen à Athènes ou à Rome, le saisissant en tant qu'acteur politique, Fustel part de plus loin et retrace l'émergence même de la cité. Toute une part de l'enquête porte préci-

sément sur ce qui la précède, c'est-à-dire sur le temps
d'avant : d'avant le citoyen et la formation de la cité.
Puis, du jour même où elle est formée, comme tout organisme, elle commence à se défaire, sous l'effet de la *stasis*
(lutte des classes) et connaît des « révolutions ». À cette
remontée vers les origines, qui est un des tropismes du
XIX⁰ siècle, s'ajoute un second déplacement : du politique
vers le religieux, où Fustel va localiser le fondement véritable de l'altérité des Anciens.

Si jusqu'alors on parlait seulement de l'individu et de
l'État, s'introduit un troisième terme : la famille, autre
préoccupation majeure du XIX⁰ siècle. On sort là des
positions libérales pour retrouver les critiques multiples
(celles de Voltaire déjà, des contre-révolutionnaires
ensuite) portées contre Rousseau. Non, il n'y a pas de
contrat originaire, l'état social est « naturel » et le genre
humain « a commencé par une famille ». C'était, parmi
d'autres, la position de Joseph de Maistre. Pour Fustel
aussi, tout commence bien par la famille (nucléaire),
mais, dès lors que nulle Providence ne vient garantir
l'ensemble comme chez Maistre, la famille, avant même
d'être une association de nature, est conçue comme une
institution religieuse. Car le père de famille est d'abord
un prêtre chargé du culte des ancêtres, tandis que le
mariage sert à assurer la perpétuation du culte. Au fondement du lien social, on trouve donc la mort : le culte
des morts. Quelle est alors la place de l'individu dans un
tel schéma ? Que ce soit dans la famille, puis dans la
gens, la phratrie, la tribu – qui n'existent que pour autant
qu'elles se reconnaissent dans un ancêtre et un tombeau
communs –, l'individu n'existe pas : nul espace propre
où il puisse se loger. Car il n'y a de « corps » que celui de
la famille, dont l'individu lui-même, écrit Fustel, n'est
qu'un « membre inséparable [66] ». Et quand la cité vient à
s'instaurer, l'individu n'existe pas davantage. On passe
simplement de l'omnipotence de la famille (autorité

absolue du père-prêtre) à celle de l'État. La cité doit être vue « comme une Église » : « De l'omnipotence de l'État ; les Anciens n'ont pas connu la liberté individuelle », tel est le titre d'un chapitre [67]. Si se retrouve la définition de la liberté des Anciens, elle ressort de l'opération renforcée, radicalisée même et déplacée. Puisque le fondement de cette omnipotence est religieux : la religion et l'État ne font qu'un, formant une « puissance presque surhumaine à laquelle l'âme et le corps étaient également asservis [68] ». Au terme de cette archéologie de la cité, l'altérité des Anciens est comme redoublée, puisqu'elle est renvoyée à un temps d'avant la cité et antérieur même à l'histoire, quand régnait une croyance depuis très longtemps abolie.

C'est au moment où cette antique croyance est remplacée par une autre qu'achève de mourir la cité antique et que s'arrête le livre. Car avec le christianisme vient la reconnaissance de l'individu, désormais isolable de la famille (il reçoit un nom propre par le baptême), comme il l'est de la cité, qui perd son empire absolu. Sans doute préparé par le stoïcisme, le christianisme marque néanmoins une rupture instauratrice dans l'affranchissement de l'individu. L'avènement de la religion nouvelle (séparée pendant trois siècles de l'État) indique « la limite qui sépare la politique ancienne de la politique moderne [69] ». Cette fin de *La Cité antique* suscita immédiatement des objections et valut à son auteur – qui n'était ni croyant ni pratiquant – d'être taxé de « clérical ». Le livre paraissait déboucher sur une apologie du christianisme. De fait, du point de vue de la question de la liberté avec son corollaire l'individu, Fustel rompait avec la thèse habituelle des libéraux sur les origines germaniques de la liberté. Par leur passion de l'indépendance, de l'individualité, les Germains (ceux de Tacite) étaient censés avoir apporté en Europe, où « l'homme, comme l'écrivait Guizot, avait toujours été absorbé dans l'Église ou dans l'État », un élément jusqu'alors inconnu. Avec eux étaient arrivés les germes du *self-government*. Ainsi, Fustel, parti du couple des deux libertés, le déplace, le leste d'une autre histoire et, pour finir, le vide de sa substance, puisque le politique s'explique par le religieux qui le précède.

Entre la famille et l'État : l'individu

Avec la Troisième République, l'entreprise intellectuelle qui, à partir des années 1890, s'impose peu à peu, est celle d'Émile Durkheim. Il est intéressant de relever que, dès 1888, très tôt donc, Fustel croit devoir défendre le *territoire* de l'historien face aux ambitions de son ancien élève : « On a inventé depuis quelques années le mot "sociologie". Le mot "histoire" avait le même sens et disait la même chose, du moins pour ceux qui l'entendaient bien. L'histoire est la science des faits sociaux, c'est-à-dire la sociologie même [70]. » *La Cité antique*, qui a compté pour le jeune Durkheim, l'a accompagné au long de son propre itinéraire intellectuel. Il critiqua le livre, le contredit, le retrouva aussi. Durkheim avait en effet connu Fustel rue d'Ulm : il y était élève, tandis que Fustel en était le directeur. Durkheim lui dédia d'ailleurs sa thèse latine sur Montesquieu en 1892 : trois ans après sa mort [71].

Du point de vue de la méthode, le comparatisme joue, pour Durkheim, comme mot d'ordre et signe de ralliement. Qui ne compare pas ne voit pas bien, ainsi qu'il le rappelle vigoureusement dans le premier numéro de *L'Année sociologique,* en 1896 : « On ne décrit pas bien un fait unique ou dont on ne possède que de rares exemplaires, parce qu'on ne le voit pas bien. » À ce point, Fustel est salué, mais aussi situé : « C'est ainsi que Fustel, malgré sa profonde intelligence des choses historiques, s'est mépris sur la nature de la *gens* où il n'a vu qu'une vaste famille d'agnats, et cela parce qu'il ignorait les analogues ethnographiques de ce type familial. » D'où cette conclusion, de portée générale : « dès qu'elle compare, l'histoire devient indistincte de la sociologie [72] ». On peut aussi l'entendre comme la réponse à la phrase de Fustel sur l'histoire et la sociologie.

Dans sa thèse, parue en 1893, Durkheim avait montré comment on était passé de la « solidarité mécanique », caractéristique des sociétés primitives (avec le clan), à la « solidarité organique » des sociétés plus avancées. « Remontant par la seule analyse des textes classiques jusqu'à une époque analogue, notait-il, Fustel a découvert que l'organisation primitive des sociétés était de nature familiale et que, d'autre part, la constitution de la famille primitive avait la religion pour base. » Jusque-là il n'y a rien à reprendre. Mais, aussitôt après, par défaut même de comparatisme vient l'erreur, lourde de conséquences : « Seulement il a pris la cause pour l'effet. Après avoir posé l'idée religieuse, sans la faire dériver de rien, il en a déduit les arrangements sociaux qu'il observait, alors qu'au contraire ce sont ces derniers qui expliquent la puissance et la nature de l'idée religieuse. Parce que toutes ces masses sociales étaient formées d'éléments homogènes, c'est-à-dire parce que le type collectif y était très développé et les types individuels rudimentaires, il était inévitable que toute la vie psychique de la société prît un caractère religieux [73]. » Au fondement de la comparaison des Grecs et des Romains, de leur superposition plutôt, voire de leur assimilation, il y avait pour Fustel leur commune origine : le *fait* indo-européen qui, scientifiquement, légitimait le rapprochement. Dans la perspective dégagée par Durkheim, leur première organisation devient « tout à fait analogue » à celles d'autres sociétés documentées par l'ethnographie et, si leur altérité demeure, elle s'inscrit d'abord dans la société elle-même. On est dès lors passé du religieux fustélien au social, du *fait* indo-européen aux *faits* ethnographiques et à la bonne comparaison. Il n'y a pas place pour un « miracle » grec.

Au point de départ de l'enquête de Durkheim était posée la question des « rapports de la personnalité individuelle et de la solidarité sociale ». Consacrée à la solidarité mécanique, la première partie faisait une large place au droit pénal, tandis que la solidarité organique se développait avec la division du travail. Du côté de l'histoire ancienne, le premier à se réclamer expressément, et même avec enthousiasme, de cette méthode comparative va être Gustave Glotz. Chargé d'un cours d'histoire grecque à la Sorbonne dès 1907, puis professeur en 1913, il domine l'enseignement de l'histoire grecque en France pendant plus d'un demi-siècle. N'at-on pas encore réédité son manuel, le *Glotz*, tel quel, en 1986 ! En 1907, dans la leçon d'ouverture de son cours, il prenait acte du fiasco de la philosophie de l'histoire, qui « n'a pas dépassé la période qui, pour les sciences positives, commence avec les Sept Sages et ne finit qu'avec Bacon » : le temps des découvertes est encore à venir. Il annonçait que la sociologie pouvait être cette nouvelle philosophie de l'histoire[74].

La Solidarité de la famille dans le droit criminel en Grèce, tel est le titre de sa thèse, publiée en 1904. Avec la *solidarité* et le *droit criminel*, l'orientation durkheimienne est clairement revendiquée. *Famille*, c'est la base fustélienne qui ne fait aucun doute. Il s'agit de reprendre le problème de la famille et de la cité, du passage de la première à la seconde, mais par le biais, cette fois, du droit criminel. De plus, Glotz fait pleinement sien l'appel ou le rappel durkheimien à la comparaison. « La méthode comparative, écrit-il, doit suppléer à l'insuffisance des sources », et conduire vers l'établissement de lois, tandis que « la récompense pour le tra-

vailleur est de se dire qu'il prépare un document de
plus à la sociologie de l'avenir[75] ».

On ne saurait être animé de meilleures intentions !
Mais pour quel usage au final ? La comparaison fait saisir
l'« originalité » des Grecs. Car, partis comme tant
d'autres du système patriarcal, les Grecs sont passés,
bien plus vite que d'autres, « de la vengeance et de la
responsabilité collectives à la solidarité sociale et à l'individualisme[76] ». Les Grecs ? Non, pas tous, mais les Athéniens : « La race élue a trouvé dans Athènes l'expression
suprême de son génie et a su travailler pour l'humanité
future[77]. » Tournant vivement à l'éloge de la « race
élue », le comparatisme tourne court, pour laisser place à
une nouvelle version du « miracle grec », c'est-à-dire
athénien. Renan reconnaissait qu'à côté du miracle juif
il y avait un miracle grec, celui de la Beauté parfaite, que
célébrait sa *Prière sur l'Acropole*. Un quart de siècle plus
tard, Glotz se sert d'un vocabulaire emprunté au miracle
juif pour parler du miracle grec.

Si le schéma fustélien de la cité s'établissant sur les
ruines de la famille convient, dans un premier temps, à
Glotz, il le modifie sur deux points qui en changent la
portée. Il réduit le propos à la seule Athènes et, surtout,
entre le *genos* et la cité, une place est ménagée à l'individu. Car il est faux qu'on passe simplement, comme
Fustel l'affirmait, d'une « omnipotence » à l'autre. On
passe, certes, de « la famille souveraine » dans le livre I
à « la cité souveraine » dans le livre III, mais, de l'une à
l'autre, intervient « la cité contre la famille », objet du
livre II. Et dans ce « contre » vient se loger, précisément, l'affirmation de l'individu. « On n'a pas assez vu
que l'omnipotence de l'État, dans l'Antiquité grecque,
n'était pas dirigée contre les droits de l'individu, mais
les protégeait, au contraire, contre la tyrannie d'un
régime familial qui se survivait à lui-même[78]. » Il a
d'abord fallu un État puissant pour soustraire l'individu

à la famille. En ce point, s'exprime justement l'excellence d'Athènes. « Tout ce qui s'est fait de grand à Athènes a pour source un *individualisme* puissant qui a trouvé son expression sociale dans le régime de la *démocratie* et son expression juridique dans la théorie de la responsabilité personnelle [79]. » Qui donc n'a pas assez vu ?

Au premier chef, Fustel. Ainsi qu'on peut en trouver l'explicite confirmation, s'il en était besoin, vingt-cinq ans plus tard, à l'ouverture de *La Cité grecque* (1928), publié dans la collection « L'Évolution de l'humanité » d'Henri Berr. Glotz y reproche en effet à Fustel d'avoir « établi une antinomie absolue entre l'omnipotence de la cité et la liberté individuelle, quand c'est au contraire d'un pas égal et s'appuyant l'une sur l'autre qu'ont progressé la puissance publique et l'individualisme ». Il n'est plus question désormais d'omnipotence de l'État, même temporaire, mais, loin qu'État et individu soient antinomiques, c'est leur commune émergence et leur avancée du même pas qui est remarquable. Tel est donc le modèle de la république athénienne de Glotz. L'histoire des institutions grecques se ramène ainsi à trois périodes.

Dans la première, la famille a la prépondérance, la seconde voit la cité « se subordonner la famille en appelant à son aide les individus libérés », la troisième est marquée par « les excès de l'individualisme qui ruinent la cité [80] ». La conception de la future *Cité grecque* était, en réalité, déjà contenue dans *La Solidarit*é. Cette marche du même pas rappelle l'image employée par Moses Finley, grâce à laquelle il décrivait, à Athènes justement, l'avancée « main dans la main de l'esclavage et de la liberté ». Par cette association étroite, non plus de l'individu et de l'État, mais de l'esclavage et de la liberté, n'y a-t-il pas déplacement complet, bien sûr, mais aussi comme un clin d'œil ironique lancé en direction de Glotz ? Cette avancée-là, il avait préféré ne pas la voir.

Avec ces considérations sur l'individualisme puissant des Athéniens, Glotz sort complètement du schéma des deux libertés, mais aussi du modèle politico-religieux de Fustel. Quelle preuve apporte-t-il à l'appui de sa thèse ? Par son enquête sur les « progrès » du droit criminel, il est conduit à desserrer le lien trop étroit, dégagé par Fustel, entre institutions et croyances, entre droit et théologie (où persistent « les vieilles idées »), alors que le droit peut avoir, sinon une autonomie complète, au moins un espace propre. Il cite par ailleurs une « loi » de Spencer qui, associant le déclin de la responsabilité familiale et le progrès concomitant de la responsabilité individuelle, conforte ses observations [81]. Surtout, ses propositions sur l'État athénien et l'individu font étonnamment écho, presque mot pour mot, à ce qu'avait écrit Durkheim sur l'État, à l'occasion d'un compte rendu d'un livre sur l'essence du socialisme : « L'État a été bien plutôt le libérateur de l'individu. C'est l'État qui, à mesure qu'il a pris de la force, a affranchi l'individu des groupes particuliers et locaux qui tendaient à l'absorber, famille, cité, corporation, etc. L'individualisme a marché dans l'histoire du même pas que l'étatisme [82]. » Repartant de Fustel, Glotz conserve l'idée que la cité s'établit sur les ruines du *genos*, mais, pour donner toute sa place à l'individu et échapper à l'omnipotente cité de Fustel, il se tourne vers Durkheim. Deux conséquences, relevées aussitôt par Henri Berr, en découlent. On ne peut plus écrire une *Cité antique* (conjoignant Rome et la Grèce), mais seulement une *Cité grecque*, et, au vrai, athénienne. Et entre *eux* et *nous* se réduit l'altérité « essentielle » que, de Constant à Fustel, la Révolution avait conduit à injecter.

Tout au contraire, dans ce tableau de l'émergence de l'État, la singularité athénienne ou le « miracle » grec vient proposer à la République, radicale désormais (où, à la différence de ses premières années, on entend faire coïncider république et démocratie), non pas proprement un modèle, mais quelque chose comme une lointaine origine, une légitimation par-delà le Moyen Âge et les siècles de cléricalisme, un lieu miraculeux où peuvent se déployer une rhétorique et un humanisme républicains, à l'usage des professeurs mais aussi des électeurs. À propos de la République à construire, Gambetta n'évoquait-il pas, en 1874 déjà, la « République athénienne » ? Il y relevait ces deux traits : la primauté de l'éducation et, ce qui était alors le principal enjeu du moment, le ralliement de l'aristocratie. Plus encore, pour lui, la « démocratie radicale » devait être le lieu de la réconciliation des droits individuels et de ceux de l'État : « Elle part de la souveraineté du peuple pour fortifier la souveraineté de l'individu, et c'est parce qu'elle veut le gouvernement de l'homme par lui-même qu'elle conclut au gouvernement du pays par le pays[83]. » Glotz ne s'est-il pas avancé dans les pas de Gambetta, accompagné de la caution savante de Durkheim ? Dans l'*Oraison funèbre* prononcée par Périclès, il trouvait des « maximes dont on dirait qu'elles ont inspiré la Déclaration des droits de l'homme[84] ».

Bientôt, ces Athéniens revisités, faisant appel à une telle réappropriation républicaine de la liberté grecque, passeront pour d'autant plus légitimes qu'une nouvelle Sparte (allemande celle-là) va aller s'affirmant : contre l'axe *Sparte-Berlin*, il y a donc *Athènes-Paris*. Un peu plus tard, mais après la défaite et l'occupation, ce sera, sous la plume de l'historien Jules Isaac, le parallèle entre Athènes sous la tyrannie des Trente et Vichy. Écrit en 1942, alors qu'il est contraint de se cacher (mais publié seulement en 1945), son livre *Les Oligarques. Essai d'histoire partiale* mobilise l'exemple d'Athènes, tombée aux mains des oligarques après la défaite de 404, pour éclairer les lecteurs sur la véritable nature de l'État français. Cet essai redonne vie, un court

moment, au parallèle entre les Anciens et les Modernes,
sauf que toute la force du livre est de ne parler que des
Athéniens et jamais des Modernes[85]. Cette histoire partiale est d'abord partielle. Le parallèle est tu, dissimulé :
les Modernes sont constamment là, mais de façon impli-
cite. Sauf dans l'avant-propos et dans la dernière phrase
du livre : « […] deux mille trois cent quarante-six ans
– la moitié des temps historiques – séparent l'auteur de
son sujet. Plutôt que dans l'espace, étant de goûts séden-
taires, il a choisi de s'enfuir dans le temps. Et voici ce
qu'il y a trouvé. » Commence aussitôt après le récit du
renversement du régime, des exactions des Trente, puis
du rétablissement complet de la démocratie. Le livre
s'achève sur l'épisode de l'amnistie exigeant de chaque
citoyen le serment de « ne pas rappeler les malheurs ».
Cet épilogue trouble Isaac : « En fin de compte, dans
cette déconcertante histoire [le choix de l'amnistie], la
malfaisance des uns – les *bons* – n'aura été dépassée
que par la clémence des autres – les *méchants*. […]
J'écris ces lignes ultimes quelque part en France – en ce
qui fut la France –, le samedi 17 octobre 1942 : les *bons*
sont toujours aussi malfaisants ; savoir si les *méchants*
seront toujours aussi magnanimes[86]… »

Trois ans plus tôt, en 1939, Louis Gernet invitait ses
collègues à réfléchir sur la question « De la modernité
des Anciens », car il n'y a « pas d'activité intellectuelle,
même patentée, qui puisse se passer d'examen de
conscience ». Lui qui n'est pas précisément un chantre
du miracle grec, il lui semblait urgent de redéfinir un
humanisme pour temps de crise. Ainsi à propos de « ce
fameux empire de la cité sur les siens » (la liberté des
Anciens pour lui donner son nom), il croyait utile de
rappeler que « pour ceux-là mêmes qui [en Grèce] ont
élaboré les systèmes en apparence les plus favorables à
la toute-puissance de la cité, ce n'est pas l'État qui est la
fin de l'homme, c'est l'homme qui est la fin de l'État ».

La mise au point s'adressait évidemment à ceux qui aujourd'hui font valoir que les «vrais Hellènes sont de bons Aryens», pour qui «l'individu n'existe que pour le groupe». Sur la question de l'irrationnel, il réaffirmait que, si la pensée antique lui a fait une part, large parfois, elle n'a point admis de le «diviniser». Bref, le sens était limpide: «Notre tradition authentique est là[87].» Leurs Grecs ne sont pas les nôtres, ou plutôt *leurs* Grecs ne sont tout simplement pas les Grecs. On est en plein dans la forgerie et le mensonge.

De l'individu à la cité : une altérité bien tempérée

Sur ces chemins de l'altérité, nous ne pouvons que croiser un helléniste atypique, Henri Jeanmaire. «Il a pratiqué de bonne heure l'anthropologie anglaise, dont il a tiré beaucoup pour l'élucidation d'une humanité proche de nous et qu'un privilège ou une grâce d'état semblerait immuniser contre la comparaison et les interprétations de l'ethnologie[88].» Louis Gernet saluait ainsi sa mémoire en 1960. De fait, sa thèse, parue en 1939, représente un triple écart: par le recours à la comparaison ethnologique, par le choix de Sparte, par l'accent mis sur le rôle des groupements extrafamiliaux dans la formation de la cité, justement «en contradiction avec l'opinion qui fait sortir le régime de la cité du développement des organismes familiaux». Il note que cette position était jusqu'alors admise comme allant de soi. Elle avait pour elle des savants comme H. Summer Maine, L. Morgan, ou Fustel de Coulanges (sans parler de Glotz ou de Gernet lui-même, qu'il ne mentionne pas). Mais, depuis le début du XXe siècle, remarque-t-il, des travaux d'inspiration nouvelle mettent en lumière le rôle de divers types d'organisation initiatique. Pour sa part, il croit juste d'insister sur «le rôle des compagnonnages de jeunes

guerriers dans la très ancienne cité hellénique dont Aristote professait, avec raison, "qu'elle avait été d'abord une
cité de guerriers, et même de chevaliers[89]" ».

Si, en 1939, Gernet était amené à mettre davantage
l'accent sur la proximité que sur l'altérité des Grecs,
intellectuellement, il a toujours défendu une altérité bien
tempérée. Les Grecs montrent, certes, l'avènement d'une
pensée rationnelle, mais rien qui les « immunise », pour
autant, contre la comparaison ethnologique. Nulle grâce
d'état ou quelque miracle donc. La mentalité grecque
occupe une position *intermédiaire* entre la mentalité
« prélogique » et les « formes modernes de pensée ».
Tout à la fois d'un côté et de l'autre, elle indique une
réponse, historiquement importante et documentée, à la
question du passage. Approche inspirée de la sociologie
et pratique rigoureuse de la philologie vont de pair sous
les auspices de la linguistique.

Dans sa thèse, Gernet avait repris, à son tour, la question de l'individu. Il entendait en décrire l'« avènement », également par le moyen de l'étude du droit
pénal, mais aussi, ce qui était nouveau, en se fondant sur
les « données » de la langue. Relativement bien documentée, l'expérience grecque est « privilégiée, car on y
aperçoit nettement les phases successives par où la
constitution sociale est passée[90] ». Le point de départ
paraissait donc le même que celui de Glotz : avec la
même attention portée au passage du *genos* à la cité.
L'un comme l'autre (Glotz était le directeur de thèse de
Gernet) se réclamaient ouvertement, pour l'inspiration
générale, de Durkheim. Pourtant, au total, Gernet contredit en profondeur Glotz. De façon très nette, d'abord, sur
le thème du « miracle » athénien, en enrichissant ensuite
Durkheim par le recours à la linguistique d'Antoine
Meillet ; il retrouve ainsi quelque chose du mouvement
de *La Cité antique*. Par la langue, écrivait en effet
Fustel, « le passé ne meurt jamais complètement pour

l'homme ». Car elle a gardé l'empreinte des vieilles croyances qu'elle transmet. Le langage est un « fait social », écrit Gernet, qui commence son enquête par « l'histoire d'un mot : *hubris* ». Bien entendu, il n'a nul souci de réactiver le modèle de la liberté des Anciens. Mais il ne souscrit pas davantage à la République athénienne de Glotz. Si, comme Fustel et comme Glotz, il étudie le chemin qui mène de la famille à la cité, il se focalise sur le moment complexe du passage : celui qui mène du prédroit, comme il le nomme, au droit. Plus que sur la cité, prise comme État, qui est au centre des préoccupations de Glotz, il met l'accent sur la cité comme société.

Aussi, du *genos* à la cité, le mot qui revient le plus souvent est-il celui de continuité : la cité « continue » le *genos* ; la cité « synthétise ». Par continuité, il ne faut pas entendre une simple perpétuation ou reprise du même, mais un processus tout tissé de réemplois et de réaménagements, qui laisse donc place au dégagement de significations et de fonctions nouvelles, voire à l'apparition de mots nouveaux. Et si les mêmes mots (pour désigner, par exemple, le délit et le délinquant) perdurent, ils se chargent peu à peu d'un sens nouveau. Une formule comme « la cité contre la famille » ne peut donc être pour Gernet que superficielle : simpliste et mutilante par rapport à la complexité du procès de dégagement de l'individu.

Le passage du *genos* à la *polis* ne marque pas la soudaine apparition de l'individu mais, plus exactement, le moment de sa conception abstraite comme sujet de droit. Pour Gernet, en effet, les commencements de l'individualisme se trouvent déjà dans la famille elle-même. « C'est dans le cercle de la famille, écrit-il, que se situe d'abord l'idée d'une valeur de l'individu, source de respect religieux [91]. » Car, « c'est dans les rites du deuil et de la vengeance, et par la vertu de la famille assemblée, que surgit la pensée de la *timê* du mort, germe encore très enveloppé, mais germe enfin [du sentiment de l'individu] : une notion générale doit en sortir, qu'affirmera l'organisation des tribunaux du sang et qui fondera dans les consciences un sentiment abstrait du respect de la personne [92] ».

Sur cette question controversée du *genos*, de Glotz à Gernet (qu'en réalité peu d'années séparent) se produit un changement de génération et d'univers de référence. Si l'on fait un instant abstraction de tous les autres éléments qui ont joué un rôle dans l'étude du passage du *genos* à la cité, s'étend, jusqu'au début du XXᵉ siècle, quelque chose comme l'ombre portée du passage de l'Ancien Régime à l'État moderne, avec les interrogations récurrentes sur l'aristocratie et la démocratie. Ce qui joue à la fois positivement (comme incitation à travailler ce problème) et négativement (comme obstacle épistémologique à une appréhension suffisamment distanciée ou objectivée). Si Fustel ne regrettait en aucune façon l'Ancien Régime, il redoutait terriblement, à l'instar de Tocqueville, l'avancée d'un « despotisme démocratique », et sa vision de la cité comme omnipotente s'en trouva, je crois, fortement marquée [93]. Passé très lointain, la cité antique pouvait aussi figurer une sorte d'avenir démocratique où l'individu moderne risquait d'être étouffé sous l'effet de la passion égalitaire.

De son côté, Glotz, qui défend la cité contre l'ancien régime du *genos*, légitime avec conviction cette République démocratique instauratrice de l'individu dans sa liberté. Gernet paraît, quant à lui, tout à fait extérieur à ce débat ou combat. La question est réglée. Du *genos* à la cité, il y a moins rupture que passage. L'important est donc de saisir tout ce qui de l'un passe dans l'autre, avec pour finir l'avènement d'une formation sociale et politique complètement nouvelle. D'où l'intérêt qu'il porte à la tragédie, comprise comme forme mixte entre l'univers du mythe et celui de la cité et comme traduction littéraire de ce passage, intérêt que Jean-Pierre Vernant reprendra et prolongera dans la série de ses travaux sur ce sujet. En tout cas, le *genos* était désormais bel et bien sorti de l'histoire « chaude » tandis que le miracle grec, s'il avait encore cours, n'était plus qu'une paresse de pensée[94].

La cité à l'épreuve des totalitarismes et de la guerre

L'aimable « République athénienne », dans ses versions Gambetta ou Glotz, ne résista pas aux totalitarismes ni à la guerre. L'exaltation de Sparte et des Doriens d'un côté, la célébration de la Rome impériale de l'autre, le rejet ou les critiques de la démocratie (corrompue, cosmopolite, molle ou bourgeoise) un peu partout eurent raison d'elle, et les « excès » de l'individualisme furent balayés. En ces années-là, Jules Isaac se servit d'Athènes, mais justement pour dénoncer les oligarques (de l'État français) qui, comme à Athènes en 404, avaient profité de la défaite pour renverser le régime démocratique. Les démocrates rentreraient-ils à Athènes et qu'y feraient-ils ?

Qu'advint-il après la guerre de la cité grecque ? Arrêtons-nous brièvement sur trois propositions, ou réponses, de trois intellectuels, qui, chacun différemment, ont été confrontés à ces « sombres temps » et se sont engagés dans l'action. Pour eux trois, les Anciens, les Grecs surtout, ont joué un rôle important. Avec eux, on a affaire à une politisation du rapport aux Anciens, ou, mieux et davantage, à des réponses politiques qui passent par eux. Née en 1906, Hannah Arendt partit pour l'exil en 1933 ; Jean Pierre Vernant, né en 1914, décida de résister dès juin 1940, alors qu'il était démobilisé à Narbonne, et finit la guerre dans la clandestinité, ayant pris la direction de l'Armée secrète (puis des

FFI) pour la région toulousaine ; né en 1922, Cornelius Castoriadis quitta Athènes pour venir en France, à la fin de 1945. Des trois, Vernant est le seul à avoir fait, après la guerre, le choix professionnel de la Grèce. Mais si la Grèce a été son objet, elle n'a jamais été son seul horizon, tandis que pour Arendt, comme pour Castoriadis, la Grèce n'a jamais cessé d'être aussi leur objet. Il suffit de lire *La Crise de la culture* ou *La Condition de l'homme moderne* ; quant à Castoriadis, la publication en cours de ses séminaires rend de plus en plus visible toute cette part grecque de sa pensée[95].

Parmi les grands penseurs politiques contemporains, Arendt est assurément celle pour qui, avec Leo Strauss, l'expérience des Anciens n'a cessé d'être présente. Sa phrase sur le politique, citée au début de de ce chapitre, donne le ton. Ayant traversé ces « sombres temps » (formule de Brecht qu'elle a souvent reprise à son compte), elle a explicitement mis le concept de cité à l'épreuve de ce qu'elle a nommé le totalitarisme[96]. « Je crois, écrit-elle, que la pensée, comme telle, naît de l'expérience des événements de notre vie et doit leur demeurer liée comme aux seuls repères auxquels elle puisse s'attacher[97]. » Pour elle, l'événement repère ou l'acte de naissance de sa pensée politique a été l'incendie du Reichstag, le 27 février 1933. De ce jour, la *polis* a été, non pas un modèle, ni un recours unique, mais une référence privilégiée et constamment méditée, à côté des révolutions américaine et française, mais aussi des soviets de 1917 et des conseils hongrois de 1956. Elle représente la première apparition de ce « trésor perdu », évoqué au début de *La Crise de la culture*, que les hommes de la Résistance européenne ont, à leur tour, aperçu quelques instants[98].

La cité grecque inscrit en effet le lieu et le moment où a surgi ce *politique* dont les temps modernes ont vécu, avec le *totalitarisme*, cette forme radicalement nouvelle de domination, l'engloutissement. La *polis* était juste-

ment tout ce que le totalitarisme n'est pas, le positif de ce
négatif. Prenant appui sur les définitions d'Aristote, elle
la voit comme mise en commun des paroles et des actes,
« aménagement d'un espace public où, à distance de
leurs affaires privées propres à l'enceinte de l'*oikos*, les
hommes se reconnaissent comme égaux, discutent et
décident en commun[99] ». Cet espace est la condition
d'un monde commun. Aussi l'*Oraison funèbre* prononcée par Périclès, véritable pivot des considérations sur la
démocratie athénienne, figure-t-elle en bonne place dans
sa réflexion sur culture et politique. « Nous aimons la
beauté à l'intérieur des limites du jugement politique, et
nous philosophons sans le vice barbare de la mollesse[100]. » Telle est la traduction de cette phrase difficile
à rendre et peut-être d'abord à comprendre pour laquelle
elle opte. Sa traduction vise à convaincre que les notions
employées sont de part en part politiques et à rendre ainsi
manifeste que la beauté et la sagesse pouvaient être
aimées « seulement à l'intérieur des limites posées par
l'institution de la *polis*[101] ». Mais à l'homme moderne,
privé de monde commun désormais, ne reste que la
langue, où « ce qui est passé a son assise indéracinable »,
le mot *politique* donc, et, « au fond de la mer », la *polis*
grecque. Et une cité moderne à tenter de rebâtir.

Ce même texte est médité par Cornelius Castoriadis,
qui y voit « le plus grand monument de la pensée politique » qu'il lui ait été donné de lire. L'interprétation à
laquelle il arrive de la même phrase diffère de celle
d'Arendt : « Périclès ne dit pas : nous aimons les belles
choses (et les plaçons dans les musées) ; nous aimons la
sagesse (et payons des professeurs ou achetons des
livres). Il dit : nous sommes dans et par l'amour de la
beauté et de la sagesse et l'activité que suscite cet
amour ; nous vivons par, avec, et à travers elles – mais en
fuyant les extravagances de la mollesse[102]. » *Par, avec,*

à travers, il s'agit d'action politique et de mode d'être, et en aucun cas de consommation culturelle.

Venu du trotskisme, ayant quitté la Grèce après la tentative de coup d'État stalinien de 1944 à Athènes, il fonde, en 1949, avec Claude Lefort, le groupe « Socialisme ou Barbarie ». S'engageant dès lors dans une critique complète de l'expérience de la révolution russe, il cessera d'être marxiste pour défendre un projet d'autonomie individuelle et collective, qu'il se refuse à considérer comme une utopie. Il le défend comme « projet social-historique », dont la réalisation ne dépend que de « l'activité lucide des individus et des peuples [103] ». Par politique, il entend « une activité qui vise l'institution de la société comme telle », hier comme aujourd'hui [104]. C'est évidemment là que l'expérience grecque vient occuper toute sa place. Car, si la Grèce n'est pas un modèle, elle n'est pas non plus un spécimen parmi d'autres (Castoriadis s'oppose à son ethnologisation), mais, répète-t-il, un « germe [105] ». « À partir du moment où s'opère cette rupture qu'est la création de la *polis*, les hommes se posent comme auteurs de leurs lois, et donc aussi comme responsables de ce qui arrive dans la cité ; dès lors la position de la collectivité devient, de façon très claire, celle-ci : il n'y a pas de source extrasociale, divine, transcendante qui dise le droit, qui dise ce qui est bon ou pas, ce qui est juste ou pas – et dans le domaine politique, c'est de cela qu'il s'agit [106]. » Dans ce passage de l'« hérétonomie » à l'« autonomie », qui est tout à la fois collective et individuelle (on est à mille lieux des deux libertés), la cité puise la possibilité de se remettre en cause, non pas une fois pour toutes, mais de façon réglée et répétée, c'est-à-dire, précisément, de devenir démocratique. La réponse athénienne à la question de savoir ce que l'institution de la cité doit réaliser a été « la création d'êtres humains vivant avec la beauté, vivant avec la sagesse, et aimant le bien commun [107] ».

Il n'y a, bien sûr, nul législateur pour Castoriadis, mais ce processus d'auto-institution, qui est l'histoire même de la cité entre le VIIIᵉ et le Vᵉ siècle avant J.-C. Comme Arendt, il insiste lui aussi sur l'instauration d'un espace public et commun : « Le *dèmos* doit créer le *logos* comme discours exposé au contrôle et à la critique de tous et de soi-même et ne pouvant s'adosser à aucune autorité simplement traditionnelle[108]. » Dès lors, la question la plus difficile à laquelle la cité doive faire face est celle de son autolimitation : comment instituer les conditions de cette autolimitation ? Ce qu'Athènes n'a précisément pas su faire. Pour Castoriadis, qui mobilise la notion grecque d'*hubris*, il est clair que la démocratie athénienne s'est ruinée par sa « démesure ». Elle n'est arrivée en effet ni à s'autolimiter ni à s'universaliser. Aussi sa défaite dans la guerre du Péloponnèse n'en est-elle que la traduction[109].

Arendt recourait à l'image du « trésor », lui utilise celle du « germe ». Par là, il veut dire que « les Grecs n'ont jamais cessé de réfléchir à cette question : qu'est-ce que l'institution de la cité doit réaliser ? », mais aussi que ce germe pourrait germer à nouveau et qu'il dépend de notre lucidité de le faire germer.

Au parcours de Jean-Pierre Vernant convient cette phrase de Merleau-Ponty : « À l'épreuve des événements, nous faisons connaissance avec ce qui est pour nous inacceptable, et c'est cette expérience interprétée qui devient thèse et philosophie[110]… » Pour lui, écrit-il, il n'y a pas eu « une seconde d'hésitation », Pétain était « l'aboutissement de tout ce qu'il avait combattu jusque-là : la xénophobie, l'antisémitisme, la réaction[111] ». Alors pourquoi les Grecs à l'issue de la guerre pour cet encore jeune agrégé de philosophie, qui a été communiste entre 1932 et 1939 et qui connaît son Marx ? Il y a eu l'émerveillement d'un premier voyage en Grèce, un projet de thèse complémentaire sur la notion de travail chez Platon et de thèse principale sur la catégorie de valeur, le hasard aussi, sous la forme, en particulier, de ce « coup de foudre » qu'a représenté la rencontre avec Gernet, ou de la collaboration entamée avec Ignace Meyerson. Ces deux noms signifiaient des approches, des disciplines – du côté de Gernet, la linguistique et la sociologie durkheimienne, la psychologie historique avec Meyerson – et donc un rapport aux Grecs qui, d'emblée, travaillait sur la distance historique.

Dans la suite de Gernet, le questionnaire savant de Vernant s'organise également autour de la question du passage, mais d'abord appréhendé dans toute sa dimension de « mutation décisive ». Tel est l'objet de son premier livre, *Les Origines de la pensée grecque*. Publié en 1962, il est dédié à Louis Gernet. L'objectif était de « dresser l'acte de naissance de la Raison grecque » et de l'« avènement » de la philosophie, en en repérant les conditions de possibilité. Comment la raison s'est-elle « dégagée » d'une mentalité religieuse ? Que « doit »-elle au mythe et comment l'a-t-elle « dépassé » ? L'accent est bien mis sur ce qui sépare et différencie. Si la question n'est pas inédite, elle mérite d'être reprise, au moment où le déchiffrement du linéaire B mycénien vient de faire reculer de plus d'un demi-millénaire la date des premiers textes en grec. Aussi est-ce désormais sur cet arrière-plan des palais mycéniens, suivis par l'efface-ment de la royauté, que vient se détacher d'autant plus nettement, entre VIIIe et VIIe siècle, ce « nouveau départ » d'une Grèce qui jette les « fondements de la *polis* [112] ». Le passage est conçu comme un nouveau départ.

Par opposition aux pratiques du pouvoir monar-chique, qui s'enferme dans son palais et cultive le secret, Vernant dresse alors, dans les pages suivantes, le modèle de la cité, « son » modèle, que beaucoup adopteront (ou dans lequel beaucoup se reconnaîtront ensuite). Marqué par la prééminence de la parole, celle du débat contradictoire et public, la cité est fermement dessinée comme un espace circulaire, où tous les ayants-droit sont en position de parité par rapport à un centre, lieu vide et inappropriable du pouvoir. Là, chacun ne peut se contenter de se draper dans son autorité, mais doit rendre régulièrement des comptes. Un tel modèle est proche, on le voit désormais, de la *polis* d'Arendt, proche aussi de celle de Castoriadis, en particulier, par le même accent mis sur le partage d'un espace commun et sur la valeur de la parole publique [113].

Cherchant à articuler cité et raison (sans peut-être qu'on voie si la raison est proprement « fille » de la cité ou si raison et cité sont d'emblée indissociables), les analyses de Vernant visaient aussi, précise-t-il aujourd'hui, à « renverser le dogmatisme et le mode de pensée qui régnaient alors au Parti communiste », en montrant « qu'il ne peut y avoir de vérité en aucun domaine s'il n'y a pas de débat public contradictoire, si la discussion n'est pas entièrement libre et ouverte [114] ». Un voyage effectué en 1960 en URSS l'avait définitivement éclairé sur ce qu'il en était de la société socialiste. Il y avait là une visée au présent de ce regard politique projeté sur les Grecs d'autrefois. Ils n'étaient pas transformés pour autant en modèle, mais ils étaient là, au moins, comme un signe indiquant qu'une autre politique, une autre acception du politique était concevable, avait été possible, pouvait l'être.

Pour désigner cette expérience grecque, Vernant ne parle ni de « trésor perdu », ni même de « germe », mais il vient d'employer, avec discrétion, un mot, qu'il emprunte à un poète, celui d'arrière-pays. « Comme Yves Bonnefoy parle d'un arrière-pays, présent au sein même des paysages du monde dans lequel nous vivons, j'ai indiqué que, pour ceux qui s'engageaient à fond, il y avait une arrière-vie ou un au-dessus de la vie qui donnait son sens à leur engagement. Bien entendu un fonds de valeurs sociales et politiques communes cimentait notre solidarité de combat. Il régnait de l'amitié entre les groupes de gens que nous constituions [115]. » Je me demande si la cité de Vernant ne relève pas, en partie, de cet arrière-pays, qui avait nom camaraderie et qui, arrière-vie ou au-dessus de la vie, donnait sens à leur engagement. Ni utopie proprement, ni construction nostalgique, cette cité portait, malgré tout, l'idée d'un monde qui, sorti de la Royauté ou des tyrannies de l'Un, devrait pouvoir, comme dans la Grèce du VIIIᵉ siècle, connaître un « nouveau départ ». Dans cette cité, qui conjoignait politisation et distance, d'autres ensuite, plus jeunes, après 1968 notamment, se sont reconnus ou plutôt, soyons à la fois plus vague et plus précis, ont reconnu quelque chose qui leur faisait signe. Comme un arrière-pays, peut-être, où le politique pourrait s'entendre autrement. Mais, aussi et en même temps, une Grèce autre, en consonance avec les propositions de l'anthropologie : avec *Tristes Tropiques* comme avec les *Mythologiques* de Claude Lévi-Strauss.

De fait, toujours attentive à marquer l'altérité des Grecs, l'enquête de Vernant s'est largement employée à dresser un inventaire des différences dans les modes d'être au monde, à la société, à soi de cet « homme grec », dont, depuis *Mythe et pensée chez les Grecs*, il a entrepris de faire l'histoire intérieure, en partant des enseignements d'Ignace Meyerson, à qui le livre est dédié [116]. Mais il n'a jamais suggéré qu'altérité devait s'entendre comme un voyage sans retour vers une étrangeté complète ou à la poursuite interminable de Grecs tels qu'en eux-mêmes. Si les œuvres qu'a créées la Grèce ancienne sont assez différentes pour nous « dépayser » de nous-mêmes, elles ne sont pas si lointaines que nous ne puissions plus entrer en communication avec elles. Si bien que, pour finir, la « silhouette » que dessine ses études n'est pas « le Grec, tel qu'il fut en lui-même », mais « le Grec et nous [117] ». « En nous embarquant, précisait-il dans sa leçon inaugurale au Collège de France, vers une Antiquité dont les derniers liens avec nous semblent se dénouer sous nos yeux, en cherchant à comprendre du dedans et du dehors, par la comparaison, une religion morte, c'est bien sur nous-mêmes qu'à la façon d'un anthropologue, finalement, nous nous interrogeons [118]. » Aussi ces allers et retours d'eux à nous sont, au total, un moyen de nous mettre à distance de nous-mêmes.

Quand Vernant écrit « à la façon d'un anthropologue », avait-il en tête les remarques finales de Claude Lévi-Strauss, dans *Tristes Tropiques*, sur la place de l'ethnologue et le pourquoi de l'ethnologie ? « Si les hommes ne se sont jamais attaqués qu'à une besogne, écrit celui-ci, qui est de faire une société vivable, les forces qui ont animé nos lointains ancêtres sont aussi présentes en nous. Rien n'est joué ; nous pouvons tout reprendre. Ce qui fut fait et manqué peut être refait : "l'âge d'or qu'une aveugle superstition avait placé der-rière [ou devant] nous, est *en nous*". La fraternité humaine acquiert un sens concret en nous présentant dans la plus pauvre tribu notre image confirmée et une expé-rience dont, jointe à tant d'autres, nous pouvons assimiler les leçons [119]. » Quittant l'Ancien Monde et sa civili-sation claquemurée, Lévi-Strauss s'était embarqué, nous l'avons suivi au début de ce livre, vers les Sauvages du Nouveau Monde ; sans quitter l'Ancien Monde, Vernant s'est « embarqué » vers des Grecs en passe de redevenir nouveaux, puisque les mettre à distance était aussi la façon de les rendre audibles une nouvelle fois, dans et par cette distance même, et d'interroger dans toute sa force ce « nouveau départ » qu'avait été la cité. L'un a conscience de racheter et d'élargir l'humanisme de la Renaissance, en attestant de l'égale humanité de tous et de chacun, l'autre, laissant au bord du chemin l'humanisme des humanités (qui n'était pas ressorti particulièrement grandi de la guerre, n'avait-il pas vu un Jérôme Carcopino, par exemple, brillant professeur d'histoire romaine, aux avant-postes de l'État français ?), fraie une route vers une cité démocratique où la politique s'entend autrement.

Le choix des Sauvages et le choix des Grecs peuvent apparaître, finalement, comme deux façons de répondre à l'expérience des « sombres temps » qui sont moins opposées que symétriques, deux voyages, avec chacun sa logique, son histoire, ses moyens et ses objectifs, mais, au total, complémentaires, pour deux agrégés de philosophie qui ne devinrent pas des philosophes professionnels. Le premier part vers l'autre, vers ces sociétés les plus démunies et méprisées, poussé par la volonté de racheter un humanisme qui a failli gravement, au XVI\ :sup :`e` siècle sûrement, mais aussi, de façon radicale, tout récemment encore, le second se lance vers le plus proche en apparence, la « patrie » grecque et les origines de la raison occidentale (qui a non moins failli), pour interroger ce qui s'était joué dans les débuts. Façon de questionner un humanisme trop ressassé – celui de l'« anémique déesse » et du « monde claquemuré » qu'avait voulu quitter Lévi-Strauss – et, peut-être, de contribuer à le renouveler. Par-delà ces deux gestes, qui sont indissolublement politiques et intellectuels, Lévi-Strauss et Vernant ont proposé des Sauvages et des Grecs, « bons à penser ». Il ne s'agit ni d'exotisme ni de modèles qui seraient à imiter, mais de modèles théoriques, à penser et pour penser, pour « dégager ces principes de la vie sociale qu'il nous sera possible d'appliquer à la réforme de nos propres mœurs ». Ces Grecs et ces Sauvages offraient en tout cas aux Modernes une opportunité de ne pas en rester au seul vis-à-vis avec eux-mêmes et de rouvrir ainsi, mais sur un autre registre, le questionnement croisé des trois termes qu'au fil de ces pages nous avons suivis.

Conclusion
Du parallèle à la comparaison

Au terme de ce parcours, revenons une dernière fois sur les Anciens, les Modernes, les Sauvages. Les Anciens et les Modernes d'abord, en prêtant attention au parallèle lui-même comme forme, instrument d'enquête et figure du discours, entre le moment de sa mise en question et celui de son rejet : de Charles Perrault à Benjamin Constant. Pour que le parallèle des Anciens et des Modernes vînt à perdre sa pertinence, il a fallu que les Anciens s'éloignent irrémédiablement des Modernes et deviennent, en un nouveau sens, « inimitables ». Il a fallu que change l'expérience du temps et qu'on entre dans le régime moderne d'historicité. Le temps de la comparaison moderne est en effet celui d'un temps *qui marche*, celui du progrès et de l'évolution. Mais la comparaison nouvelle, celle qui permet d'aller de ce qui se voit à ce qui ne se voit plus, du présent vers un passé disparu, celle qui est, pour ainsi dire, tissée de temps, celle qui va du particulier vers le général, celle qui permettra, non plus de *comparer à*, mais de *comparer entre* [1], celle qui élira des Grecs et des Sauvages bons à penser, peinera longtemps à se faire reconnaître et à s'installer dans ce domaine qui deviendra, dans la seconde moitié du XXᵉ siècle, celui des sciences de l'homme et de la société.

C'est bien le moment du passage, ce temps d'entre-deux qui voit le parallèle perdre ses capacités heuris-

tiques et être mis en question, qu'il vaut la peine d'interroger, une dernière fois, un peu plus avant. Reconnu par
la rhétorique ancienne comme une des formes de la
comparaison, le parallèle a été l'instrument par excellence de l'*historia magistra*. L'Antiquité l'a formulé et
s'en est servi, Plutarque l'a illustré et transmis aux
Modernes, qui en ont usé à leur tour, avant de le délais-
ser. Selon la définition qu'en a donnée, en 1830, Pierre
Fontanier, dans son *Traité des figures du discours*, il
consiste « dans deux descriptions, ou consécutives ou
mélangées, par lesquelles on rapproche l'un de l'autre,
sous leurs rapports physiques ou moraux, deux objets
dont on veut montrer la ressemblance ou la différence[2] ». La *Rhétorique à Herennius* apportait une précision intéressante, en classant le parallèle comme une
comparaison qui « met les choses sous les yeux[3] ».

Dans les *Vies parallèles*, le parallèle est présenté, nous
l'avons vu, comme un instrument de connaissance et
d'amélioration de soi[4]. On ne retient de la vie des deux
héros grec et romain que ce qui est « le plus important » et
« le plus beau », et l'on termine le diptyque en comparant
(*sugkrisis*) leurs points forts et leurs points faibles, désignant le vainqueur. Conçu par Plutarque en ayant en vue
l'imitation, le parallèle est un miroir qui renvoie au lecteur
l'image de ce que l'on voudrait ou de ce qu'il faudrait
qu'il soit. Il est donc une variété de l'*exemplum*, mais un
exemple dédoublé. Allant du passé vers le présent du
lecteur, il l'invite à agir sur soi. Mais il est encore quelque
chose de plus. Instrument de formation ou de réformation
de soi, il est aussi l'expression d'une politique culturelle.
Il présuppose et il démontre que les Grecs et les Romains
appartiennent au même monde de la cité, partagent la
même nature et les mêmes valeurs. Il légitime (en grec,
pour des lecteurs grecs *et* romains) l'existence d'un
Empire gréco-romain, où les Grecs ont une place qui leur
revient et un rôle à jouer. Il est donc à double détente.

Grâce au parallèle ainsi manié, on conjoint morale et politique, action sur soi et dans le monde.

Dans le contexte de crise qui, au début du IVᵉ siècle avant J.-C., a suivi la défaite d'Athènes face à Sparte, Isocrate suggère déjà un usage directement politique du parallèle. Prenant acte des « changements » (*metabolai*) survenus, il propose un changement de plus, mais expressément conçu, cette fois, comme un « retour ». L'autosatisfaction du présent athénien, telle que l'énonçaient les premières pages de Thucydide, n'est plus de saison ; c'est au contraire vers le passé qu'il faut se tourner, lui qu'il faut imiter. « Il faut donc changer de régime, si bien que la situation qui existait pour nos ancêtres se reproduira pour nous : car nécessairement de la même politique résultent toujours des actes semblables ou analogues. Il nous faut placer en parallèle les plus importants d'entre eux et examiner lesquels nous devons choisir [5]. »

Ce parallèle, où le second terme est constitué par *nous*, les Athéniens d'aujourd'hui, les Modernes, a été largement utilisé. En appariant les deux termes A et B, on forme un couple, dans lequel B, antérieur à A, occupe une position éminente qui en fait un modèle à imiter, vers lequel chercher des leçons ou, au moins, une inspiration et des ressources pour l'action présente. Même si la distance entre les deux éléments du couple augmente, il n'en demeure pas moins qu'ils relèvent l'un et l'autre d'un même univers de référence. Que le Moderne s'efforce de se rapprocher de l'Ancien ou de se hisser à sa hauteur, ou qu'il s'emploie, en sens inverse, à s'en distinguer et à le mettre à distance, c'est par rapport à cet Ancien que les choses se jouent.

Mais qu'advient-il quand le parallèle se trouve mis au service d'une stratégie visant à prouver la radicale supériorité du second terme ? Quand il est manié par Charles Perrault, comme une machine de guerre contre les Anciens et l'instrument d'une querelle entre les partisans des Anciens et ceux des Modernes, n'approche-t-on point alors de son point de rupture ? Peut-on le retourner sans le ruiner, dès lors que l'antériorité se transforme en infériorité – de fait, mais aussi de principe ? Et le modèle de l'*historia magistra*, s'il est formellement maintenu, risque de marcher, pour ainsi dire, sur la tête.

Une variante du cas précédent serait celle du parallèle nettement prospectif. On demeure dans l'univers du précédent, non loin de Thucydide et encore dans Isocrate, mais le parallèle voudrait offrir quelque chose de plus et pouvoir être utilisé comme instrument de prévision, en application de la loi qui veut que les mêmes causes produisent les mêmes effets[6]. Ce parallèle de type prospectif est celui auquel a encore naturellement recours Chateaubriand, quand il se lance dans la composition de son *Essai historique sur les révolutions anciennes et modernes* (1797). L'objectif déclaré est d'éclairer la Révolution française à la lumière des parallèles anciens, mais aussi, et surtout, de prévoir son issue. La fin du XVIIIe siècle a largement fait appel à ce type de parallèle pour temps de crise : entre la prophétie et la prévision[7]. Mobiliser le passé alors même ou d'autant plus qu'on pressent que le futur qui s'annonce risque de différer de tout ce qui est advenu jusqu'alors. On passe alors du parallèle à l'analogie, un court-circuit temporel s'opère, le second terme disparaît, l'identification s'impose : il n'y a plus A et B, ni même B comme A, mais B devenu ou redevenu A.

Le Parallèle selon Charles Perrault

Avec Charles Perrault le parallèle triomphe, apparemment. Pourtant, le glorieux navire rencontre, nous l'avons déjà noté, de sérieuses difficultés : le modèle prend l'eau. Dès la lecture devant l'Académie, en 1687,

de son poème *Le Siècle de Louis le Grand*, Perrault
lance l'offensive :

> *La belle antiquité fut toujours vénérable ;*
> *Mais je ne crus jamais qu'elle fût adorable.* [...]
> *Et l'on peut comparer, sans craindre d'être injuste,*
> *Le siècle de Louis au beau siècle d'Auguste.* [...]
> *De Louis des grands Roys le plus parfait modèle* [8].

On est certes là dans la rhétorique de l'éloge et
même dans la courtisanerie, mais on peut y lire aussi
quelque chose de plus. *Vénérable, adorable, modèle*,
autant de mots qui engagent la Querelle. Un an plus
tard, en 1688, paraît le premier dialogue du *Parallèle
des Anciens et des Modernes*, soubassement et justification du poème. Les trois suivants seront publiés en
1690, 1692 et 1697.

Perrault se tourne tout naturellement vers le parallèle, qui lui offre une forme reçue, évidente et, de surcroît, polémiquement fort satisfaisante, puisque le but
de toute l'opération est d'installer les Modernes à la
place des Anciens, en remettant pour finir les Anciens
à leur place. Mais plus intéressant semble être le fait
que, dans le cours des dialogues successifs, le parallèle,
en tant que tel, comme instrument épistémologique, va
révéler des faiblesses et rencontrer des difficultés. Perrault, pourtant, n'y renoncera pas. Probablement ne le
veut-il pas, d'abord pour des raisons de simple opportunité, et aussi ne le peut-il pas, tout simplement parce
qu'il ne dispose pas des moyens intellectuels pour penser en dehors de cette forme ou au-delà de ce cadre :
pour quitter le parallèle et entrer dans ce qui serait
justement une comparaison d'un *nouveau* type. Si le
parallèle se trouve questionné, il ne saurait être mis en
doute en tant que catégorisation, moins encore révoqué
comme outil. Rien ne sera résolu, mais les adversaires

de la Querelle (qui se côtoyaient à l'Académie) arrive-
ront à une réconciliation.

Les entretiens entre les trois protagonistes, l'abbé, le
chevalier et le président, ont pour cadre Versailles, lieu
emblématique, s'il en est, mais où le président ne s'est
plus rendu depuis plus de vingt ans. D'où une première
question, qui lance tout le débat : faut-il voir dans la
métamorphose de l'ancien pavillon de chasse le triomphe
des Modernes ou l'accomplissement des Anciens ?
Comment en décider ? Alors qu'ils passent en revue les
arts, les lettres et les sciences, revient un point délicat
et important pour l'argumentation : la question de la
perfection. Jusqu'alors attribut divin et idéal proposé
au chrétien, la perfection va « s'humaniser ». Ainsi, pour
Fontenelle, « il faut qu'en toutes choses les hommes se
proposent un point de perfection au-delà même de leur
portée », même s'il s'agit d'idées fausses. Sinon encore
exactement à notre portée, la perfection peut s'inscrire
désormais sur un horizon humain et être représentée
comme un point : le point de perfection.

Perrault commence par prendre le contre-pied de la
position qu'il attribue aux défenseurs des Anciens. Ils
soutiennent en effet que la « perfection », au sens fort et
encore religieux du terme, se trouve chez les Anciens[9].
Le président, l'avocat pourtant des Anciens, récuse, mais
en vain, qu'il en soit ainsi. Cette entrée en matière n'est
là que pour permettre au chevalier et à l'abbé (le porte-
parole de Perrault) de faire valoir que *nous* sommes les
vrais Anciens. La thèse est familière, nous l'avons déjà
dit, depuis Bacon, Descartes, Pascal, et Fontenelle n'a
pas manqué de la reprendre[10]. Mais comment concevoir
alors cette vieillesse moderne toujours glorieuse ? Une
vieillesse qui, en quelque façon, ne serait jamais vraiment vieille ? Ils estiment aussi, d'accord en cela avec
Fontenelle, que la Nature est toujours la même, aujour-
d'hui comme hier : un chêne moderne n'est pas inférieur

à une chêne antique. Rien n'interdit donc qu'apparaisse un Virgile moderne. Davantage même, ainsi que l'abbé le fera valoir, puisqu'il n'y a « rien que le temps ne perfectionne », un Virgile d'aujourd'hui serait même meilleur que le Virgile antique. C'est donc « un avantage à un siècle d'être venu après les autres », pour autant que « toutes choses [soient] pareilles[11] ».

Ces points une fois accordés, on revient à la perfection. Comment la représenter ? Perrault se sert de plusieurs images. La première est celle des « degrés » de la perfection. Le siècle est envisagé comme parvenu « à un plus haut degré de perfection », voire « en quelque sorte au sommet de la perfection ». La perfection ressemble à une pyramide ou à une montagne qu'on escalade. « Mon dessein, précise-t-il encore, n'est pas de faire voir simplement que nous l'emportons sur les Anciens, mais de combien nous l'emportons et par quels degrés tous les arts et toutes les sciences […] sont parvenues au point de perfection où ils sont aujourd'hui parmi les modernes[12]. » Avec le point de perfection, il recourt à une autre image, empruntant plutôt à la géométrie : celle d'une courbe ou d'un cercle, avec un point sommital. Mais, par définition, ce point de perfection est fugace. Sitôt atteint, on le dépasse, et on ne peut que redescendre.

Perrault risque fort de retomber là sur le vieux schéma d'une histoire, sinon exactement cyclique, du moins soumise aux « variétés et vicissitudes » des choses de l'univers : plus sinusoïdale que cyclique[13]. Il conjure alors la difficulté, et la souligne en même temps, en faisant appel, cette fois, à une métaphore astronomique : « Et comme depuis quelques années le progrès marche d'un pas beaucoup plus lent, et paraît presque imperceptible, de même que les jours semblent ne croître plus lorsqu'ils approchent du solstice ; j'ai encore la joie de penser que vraisemblablement nous n'avons pas beau-

coup de choses à envier à ceux qui viendront après
nous. » Si, dans les siècles précédents, on voit « la naissance et le progrès de toutes choses », on ne voit rien qui
n'ait reçu « un nouvel accroissement et un nouveau
lustre dans le temps où nous sommes »[14]. Le temps est
bien conçu comme continu et cumulatif. Simplement, on
fait plus et nettement mieux aujourd'hui, mais il n'y a
pas de rupture ou de nouveauté radicale. L'invention est
du côté des Anciens, le perfectionnement, du nôtre. On
est presque au sommet, mais (encore) aucun risque de le
dépasser ou, heureusement, nous ne sommes pas encore
tout à fait au solstice, tout en y étant presque !

Perrault doit néanmoins reconnaître qu'il ne suffit
pas à un siècle de venir après pour l'emporter auto-
matiquement sur le précédent : « Cela doit s'entendre
quand d'ailleurs toutes choses sont pareilles », a-t-il
déjà constaté. Il faut le calme, la prospérité, c'est-à-dire
le règne des grands monarques, « afin que le siècle ait le
loisir de monter comme par degrés à la dernière perfection[15] ». Ce qui l'amène, un peu plus loin, à une formulation relativisante (mais non encore historicisante) de
la perfection : « Je dirais donc pour m'expliquer d'une
manière plus juste et plus équitable, que les Anciens et
les Modernes ont excellé *également*, les Anciens *autant*
que le pouvaient des Anciens ; et les Modernes *autant*
que le peuvent des Modernes[16]. » À chacun sa perfection, finit-il par concéder. Mais il serait erroné de tirer
de cette formulation (d'ailleurs unique) l'idée d'une
relativisation de la perfection des Modernes. C'est,
avant tout, celle des Anciens qui est relativisée : ils ont
fait ce qu'ils ont pu, mais ils ne pouvaient dépasser un
certain point (leur point de perfection, justement).

Les Anciens ne relèvent que de la perfection
« point » (il y a eu la fin du monde antique), tandis que
les Modernes, qui se sont hissés non loin du « sommet »
de la perfection, sont en vue de la « dernière perfec-

tion ». Ces considérations sur la perfection mettent à mal le parallèle, puisqu'elles débouchent sur une mise en question du bien-fondé d'une comparaison entre les Anciens et les Modernes. Si, pour le zélateur des Anciens, ces derniers sont *inimitables*, en ce sens qu'il est impossible de jamais les égaler, pour un partisan conséquent des Modernes, ils ne le deviennent pas moins, en ce sens que les univers de référence respectifs (les mœurs, le goût) ne sont pas comparables. Inimitables pour le premier, et donc à imiter, incomparables pour le second, et donc à ne pas imiter. Mais Perrault n'écrit pas une dissertation sur la perfection, il ne cherche qu'à construire une argumentation efficace. S'il n'est évidemment pas un Herder, conclure : à chacun sa perfection n'est pas si éloigné des formulations qui en viendront à poser toutes les époques comme également proches de Dieu, et donc incomparables.

Cette façon de représenter la perfection (pour les Anciens, plutôt le point ; les degrés et le sommet pour les Modernes) indique une difficulté avec voire un aveuglement sur le présent. Pour employer un langage qui n'est pas celui de Perrault, tout se passe comme s'il s'approchait d'une historicisation de la perfection des Anciens, mais en aucun cas de celle des Modernes. Pourquoi la réflexion s'arrête-t-elle en chemin ? À chacun sa perfection, mais la nôtre est quasiment la dernière perfection ! Pourquoi diable ? Par un blocage sur le présent. Comme si Perrault, au-delà même de l'éloge obligé du souverain régnant, ne pouvait penser au-delà du présent, au-delà du « siècle de Louis le Grand », qui traduit en effet une formidable opération de valorisation du présent. L'absolutisme est un présentisme.

L'attitude à l'égard du présent est double. Dans une perspective chrétienne, marquée par Augustin, le présent vaut comme ce point unique par lequel l'homme peut faire place à Dieu et comme point de passage en

direction de l'éternité divine : d'où son éminente valeur.
Au contraire, si l'on s'attache au présent pour lui-même,
un présent sans Dieu, on est seulement dans le monde et
le mondain : à la cour et sous l'emprise de la mode[17].
C'est la misère de l'homme sans Dieu. On retrouve le
moderne au sens d'actuel. Comme l'illustrent ces courtisans dont on voit bien qu'«ils ne songent ni à leurs
grands-pères ni à leurs petits-fils : le présent est pour
eux ; ils n'en jouissent pas, ils en abusent[18]». Puisque
dans le système absolutiste le monarque est le lieutenant
de Dieu sur terre, sur le présent royal rejaillit quelque
chose de ce rapport possible entre présent et éternité,
alors même qu'il revient également au roi d'être, jour
après jour, le créateur de la mode. «La Mode se divise
en Mode, et grande Mode. La grande Mode n'est autre
que la dernière trouvaille mise en circulation par le
Roi.» Elle dure «aussi longtemps que n'est pas apparue
une autre nouvelle trouvaille de l'ingéniosité du Roi, et
alors la grande Mode cesse de l'être, et devient Mode :
elle passe de Paris dans les provinces[19]».

Le roi incarne doublement le présent, comme lieutenant de Dieu et comme arbitre des élégances. Voilà qui
renforce la centralité du présent, jusqu'à en faire un
horizon difficilement dépassable. Prétendre voir au-delà
serait à la limite du sacrilège, et donc quelque chose
qu'un courtisan doit s'interdire. «Qui considérera, note
encore La Bruyère, que le visage du prince fait toute la
félicité du courtisan, qu'il s'occupe et se remplit pendant
toute sa vie de le voir et d'en être vu, comprendra un peu
comment voir Dieu peut faire toute la gloire et tout
le bonheur des saints[20].» Dans une telle configuration,
le présent tend presque naturellement à devenir le point
de vue d'où regarder le passé, s'imposant comme référence et patron. Et il devient banal de déclarer que le roi
n'a, dès lors, plus de modèle. Il est, lui-même, devenu le
modèle parfait de tous les rois, comme l'avait annoncé

Perrault dans son poème. Par le même retournement, l'*historia magistra* signifie qu'il revient désormais au présent de mesurer le passé et, en quelque façon, de lui faire la leçon.

Perrault est également l'auteur d'un livre, publié juste après le *Parallèle*. Accompagné de gravures, il a pour titre *Les Hommes illustres qui ont paru en France pendant ce siècle* (1697-1700). Par *ce* siècle, il faut, évidemment, entendre celui de Louis XIV. Le titre est révélateur par sa banalité même. Perrault n'aurait, en somme, jamais fait que des variations sur Plutarque, mais alors que ce dernier a composé les *Vies parallèles des hommes illustres*, Perrault a commencé par écrire un *Parallèle des Anciens et des Modernes*, d'où il ressortait qu'on devrait désormais renoncer au parallèle, puis des *Vies d'hommes illustres*, naturellement sans parallèles. En 1736, Voltaire composera *Le Mondain* (avec le vers fameux : « Le Paradis terrestre est où *je* suis »), avant de travailler longtemps sur *Le Siècle de Louis XIV*, publié en 1738, où il s'attache à « l'histoire de l'esprit humain puisée dans le siècle le plus glorieux de l'esprit humain ». Il s'inscrit encore dans cette configuration présentiste qui veut voir dans Louis XIV le modèle de l'histoire, sauf que lui écrit évidemment « je » et s'oppose à l'absolutisme. Il parle d'ailleurs, dans sa *Correspondance*, « d'une histoire de ce siècle qui doit être le modèle des âges suivants [21] ».

Le parallèle, ainsi manié par Perrault, ne peut que reconduire le quiproquo de l'imitation. Il faut qu'elle soit présentée et dénoncée comme simple copie. Le partisan des Anciens, en revanche, n'a aucun mal à la défendre comme *aemulatio*. Il suffit de penser à la réponse de La Fontaine : « Souvent à marcher seul j'ose me hasarder / Mon imitation n'est point un esclavage », qui fait encore écho à Quintilien, pour qui il n'y a pas d'*imitatio* sans *inventio* (qui est la façon de trouver les

arguments)[22]. De même, cet «Ancien», s'il prend les
traits du moraliste, se donne la latitude de relativiser le
présent. Ne se montre-t-il pas en effet un critique de la
mode et un dénonciateur de cette illusoire (et impie)
valorisation du présent ? Tel La Bruyère, dans ses
Caractères (1688): «Nous qui sommes si modernes,
serons anciens dans quelques siècles. [...] L'on enten-
dra parler d'une capitale d'un grand royaume, où il n'y
avait ni places publiques, ni bains, ni fontaines, ni
amphithéâtres, ni galeries, ni portiques, ni promenoirs,
qui était pourtant une ville merveilleuse.» Aussi quel
dommage si le dégoût que venaient à leur inspirer nos
mœurs détournait ceux qui viendront après nous de lire
nos ouvrages et de connaître «le plus beau règne dont
jamais l'histoire ait été embellie». Comprenons que ces
préventions que nous avons contre les Anciens, nos
successeurs risquent fort de les avoir à notre endroit,
sachons donc les relativiser. Ne soyons pas plus préve-
nus «contre la vie simple des Athéniens que contre
celle des premiers hommes, grands par eux-mêmes», à
qui «la nature se montrait dans toute sa pureté». Or,
l'admirable avec les Athéniens que nous a peints Théophraste, c'est que, malgré le temps écoulé, nous nous y
reconnaîtrons nous-mêmes. Car, «les hommes n'ont
point changé selon le cœur et les passions[23]».

Ainsi, reprenant et prolongeant Théophraste, La
Bruyère, le défenseur des Anciens, peut mettre à distance son présent, en le regardant déjà comme un futur
passé, tout en reconnaissant ou, mieux, parce qu'il
reconnaît une foncière permanence des hommes. Par-
delà les mœurs qui changent, la nature humaine
demeure en effet semblable: «Si le monde dure seulement cent millions d'années, il est encore dans toute sa
fraîcheur, et ne fait presque que commencer; nous-
mêmes nous touchons aux premiers hommes et aux
patriarches, et qui pourra ne nous pas confondre avec

eux dans des siècles si reculés ? Mais si l'on juge par le passé de l'avenir, quelles choses nouvelles nous sont inconnues dans les arts, dans les sciences, dans la nature et j'ose dire dans l'histoire ! Quelle légère expérience que celle de six ou sept mille ans[24] ! » Point de solstice en vue pour La Bruyère ! Là où le Moderne, qui veut se considérer comme un aboutissement, met l'accent sur la distance (tous les degrés) qui nous sépare des Anciens, et prend appui sur la différence des mœurs, l'Ancien démultiplie l'avenir pour faire d'autant mieux ressortir, par contraste, l'étroite proximité entre les débuts et nous, entre les Anciens et nous. Les mœurs changent, la nature demeure. Vu du point de vue du passé, ou du point de vue de l'avenir, ou encore de celui de Dieu, ce présent, tout gonflé de lui-même, n'occupe guère plus qu'un point (qui n'est pas même un point de perfection). Mais ne voyons pas en La Bruyère un historiciste avant la lettre.

Les Anciens définitivement incomparables

En 1819, Benjamin Constant prononce sa conférence, déjà longuement évoquée, « De la liberté des anciens comparée à celle des modernes », où il donne la formulation ultime du thème qui avait peu à peu pris forme, au cours du XVIIIe siècle, chez les critiques de l'imitation de l'Antiquité. Sa conférence se lit comme l'épilogue politique, en France du moins, de la Querelle des Anciens et des Modernes[25]. Perrault partait de l'esthétique et rencontrait le politique sous les traits du monarque absolu, avec ce présent (présentiste) où se conjuguait l'éphémère de la mode et une représentation de l'éternité, qui empêchait d'oser se risquer au-delà. Le développement de son argumentation débouchait, cependant, sur une déstabilisation de la notion de perfection et rendait, à la limite,

les Anciens et les Modernes « incomparables ». Depuis,
la question de la perfection des Modernes s'était trouvée
entièrement transformée par la théorie de la « perfectibilité » de l'homme. Elle s'est imposée au cours du
XVIIIe siècle, jusqu'à trouver chez Condorcet ses formulations les plus assurées. Puisque le résultat de l'*Esquisse*
voulait être de « montrer par les faits comme par le raisonnement que la nature n'a marqué aucun terme au
perfectionnement des facultés humaines, que la perfectibilité de l'homme est réellement indéfinie » : ses progrès
« n'ont d'autres termes que la durée du globe où la nature
nous a jetés [26] ».

La thèse de Constant est simple. Entre les Anciens et
nous, il n'y a plus de parallèle possible, car leur liberté (la
participation collective des citoyens à l'exercice effectif
de la souveraineté) ne peut plus être la nôtre (comprise
comme liberté civile, individuelle, « jouissance paisible
de l'indépendance privée »). La confusion des deux
libertés a apporté des « maux infinis » : l'échec de la
Révolution, avec la Terreur. L'anachronisme est mortel.
« Deux philosophes [Rousseau et Mably] qui ne s'étaient
pas doutés eux-mêmes des modifications apportées par
deux mille ans aux dispositions du genre humain » (on
est loin désormais de La Bruyère) ont voulu transporter
cette ancienne liberté « dans nos temps modernes ». Pour
pouvoir s'exercer, la liberté moderne suppose un principe, ignoré des Anciens, qui est une « découverte » des
Modernes : le système représentatif. Aussi, « puisque
nous vivons dans les temps modernes, je veux la liberté
convenable aux temps modernes [27] ». Le temps n'est pas
seulement perfectionnement des inventions des Anciens,
il amène des découvertes complètement nouvelles.Cons-
tant brise le parallèle, sort de l'*historia magistra* et entre
dans ce que j'ai nommé le régime moderne d'historicité,
en faisant apparaître l'incommensurabilité des deux liber-

tés. Se traduit ainsi la coupure des temps. L'ultime leçon politique est qu'il n'y a plus de leçon possible.

Mais, pour autant, Constant ne fait pas de l'histoire ! S'interroger sur ce qu'il en était, en fait, de cette « liberté des Anciens » n'est pas son propos. Il entend avant tout réfuter Mably et surtout Rousseau. Ce qui l'amène à repartir de leur vision de l'Antiquité, en la retournant (la « liberté » du citoyen impliquait son « esclavage » dans toutes les affaires privées), pour en montrer l'inapplicabilité dans le monde moderne. En ce sens, il ne reconduit plus du tout le parallèle comme contenu, mais le réutilise comme forme, et d'abord comme forme polémique, le reprenant là où Perrault l'avait laissé. Mais pour prouver sans appel que les Anciens ne peuvent plus et donc ne doivent plus servir de modèles politiques. Ce partage a, nous l'avons vu, configuré pour longtemps le rapport à l'Antiquité en France[28]. Impossible intellectuellement, générateur d'illusions, le parallèle a fait la preuve de sa nocivité politique.

Et les Sauvages ?

Si le XVIIIe siècle a intensifié son rapport aux Anciens et politisé leurs usages, il a repris aussi le dossier des Sauvages. Nous avons rapidement évoqué l'homme sauvage de Rousseau, et les sauvages de Voltaire. Mais il y eut aussi Buffon, Helvétius ou Diderot[29]. Faisons une place, ici, à un ouvrage qui a compté, celui du jésuite Joseph-François Lafitau, missionnaire au Canada. Publié à Paris, en 1724, son livre, *Mœurs des sauvages amériquains comparées aux mœurs des premiers temps* a marqué un jalon important[30]. Dernièrement, Lafitau a suscité un vif intérêt, au point d'avoir été parfois présenté comme une sorte de père ou d'ancêtre de l'ethnologie comparée, peut-être surtout du côté des historiens de l'antiquité, désireux de faire appel à l'anthropologie. En découvrant, avec l'aide d'Hérodote, une société matriarcale en Amérique, ne révélait-il pas au monde, selon la formule de Momigliano, la « simple vérité que les Grecs aussi furent un jour des sauvages [31] » ? Et ne place-t-il pas tout son projet d'une « science des mœurs et des coutumes » sous le signe de la comparaison ? Il a pour nous le grand intérêt de travailler avec les trois termes : les Sauvages et les Anciens d'une part, les Modernes qui sont les vrais destinataires de son ouvrage.

Au moment où il écrit, l'urgence n'est plus d'assigner une place au Sauvage, en le « domestiquant » par le recours aux Anciens (Homère ou Pline pour Thévet, Aristote pour les théologiens) et en cernant les traits de sa sauvagerie (le cannibalisme). On n'en est plus à justifier la conquête ou à débattre des formes et des limites de l'exploitation. L'enjeu s'est déplacé vers le problème des origines, envisagé, comme il le demeurera au XIXᵉ siècle, à travers une problématique de la trace : la religion primordiale, pour Lafitau, l'homme des origines bientôt pour les philosophes. Pour le père jésuite, les Sauvages, dont il a eu une longue expérience directe, et les Anciens sont des témoins à interroger simultanément, dans la mesure où tous sont fils d'Adam. Lafitau est clairement monogéniste.

À partir de ces « traces », qu'il compare terme à terme, il propose une interprétation qui vise à mieux éclairer les origines. « Je ne me suis pas contenté de connaître le caractère des Sauvages, écrit-il, et de m'informer de leurs coutumes et de leurs pratiques, j'ai cherché dans ces pratiques et dans ces coutumes des *vestiges* de l'Antiquité la plus reculée ; j'ai lu avec soin ceux des auteurs les plus anciens qui ont traité des mœurs, des lois et des usages des peuples dont ils avaient quelque connaissance ; j'ai fait la comparaison de ces mœurs les unes avec les autres, et j'avoue que si les auteurs anciens m'ont donné des lumières pour appuyer quelques conjectures heureuses touchant les Sauvages, les coutumes des Sauvages m'ont donné des lumières pour entendre plus facilement, et pour expliquer plusieurs choses qui sont dans les auteurs anciens [32]. » Le lecteur s'aperçoit toutefois rapidement que la comparaison s'entend au sens ordinaire de parallèle : « le parallèle continuel que je fais des mœurs des Amériquains avec celles des Anciens [33] ». Assurément, ce parallèle permet un va-et-vient entre les Anciens et les Sauvages : dans les deux sens donc. Les auteurs anciens aident à comprendre certaines coutumes des Sauvages, tout comme, en retour, certaines coutumes sauvages « éclairent » tel ou tel passage d'un auteur ancien. Rétrospectif, ce parallèle permet de compléter, voire de suppléer : il fait parler une coutume ou un texte. Comme instrument heuristique, il produit du savoir nouveau et, sous cet angle-là, fonctionne comme le fera la comparaison moderne. Mais, à la différence de cette dernière, le temps, comme échelle et mesure de différences, n'est pas (encore) un opérateur pertinent.

Toutefois Lafitau ne vise nullement à fonder une ethnologie comparée, puisque la raison d'être de tout ce travail d'enquête comparative n'est à chercher ni du côté des Sauvages ni du côté des Anciens, mais chez les Modernes. L'ethnologie passe par la théologie. Le fondement de sa comparaison est proprement un article de foi. Par ce livre, il entend en effet réfuter les athées et les sceptiques, en démontrant que les Sauvages comme les Anciens « témoignent » de l'existence d'une religion primordiale. Antérieure à la loi mosaïque, cette religion première remonte aux origines de l'homme. Faute de quoi, il faudrait concéder aux athées qu'a existé un temps sans religion : si bien qu'un tel précédent ne manquerait pas de les servir dans leurs menées subversives.

Il est convaincu qu'on trouve le noyau le plus ancien
(mais déjà très largement corrompu) de cette première
religion dans « ces Mystères et ces orgies qui compo-
saient toute la religion des Phrygiens, des Égyptiens, et
des premiers Crétois, lesquels se regardaient eux-mêmes
comme les premiers peuples du monde [34] ». Cette
religion s'est corrompue mais, même dans ses attesta-
tions historiques et ethnographiques, que nous jugeons
« monstrueuses », se laissent repérer des « traces » de
sa pureté originelle, et donc de sa ressemblance avec
la « Religion véritable ». Les Sauvages et les Anciens
viennent donc attester, moins pour eux-mêmes que pour
un état plus ancien de l'humanité, qu'ils n'ont évidemment pas connu et dont ils n'avaient pas non plus une idée
exacte. Pour mieux faire saisir au lecteur ce qu'est son
projet, Lafitau a pris la peine de faire graver un frontispice, qu'il a lui-même commenté (fig. 3). À juste titre,
Pierre Vidal-Naquet et Michel de Certeau s'y sont l'un et
l'autre arrêtés [35]. Miroir et emblème de son œuvre, cette
planche donne à voir deux espaces séparés. Le premier
représente un cabinet de collectionneur avec, au premier
plan, un amas d'objets et de fragments antiques (médailles et statuettes, on y reconnaît, notamment, Isis,
Osiris, Astarté, la Diane d'Éphèse), mais aussi des livres,
des planches et des cartes, et à gauche une mappemonde.
Ce sont tous les matériaux réunis par l'auteur pour rédiger son ouvrage. Plus haut et à droite, assise à une table,
une personne « en attitude d'écrire » fait face à un
vieillard barbu et ailé, appuyé sur sa faux : le Temps. Qui
est cette « personne » ? Quelque Clio, peut-être ? À la
droite du vieillard, deux « génies » ailés tiennent dans
leurs mains, le premier, un calumet de la paix et un cadu-
cée de Mercure, le second, une tortue iroquoise et un
sistre antique. Montrant exactement ce que Lafitau fait
dans son ouvrage, rapprochant et comparant, ils donnent
la clé de son « système ». « Sur la comparaison que je dois

Écrire la première Antiquité, J.-F. Lafitau,
*Mœurs des sauvages amériquains comparées
aux mœurs des premiers temps*, Paris, 1724.

faire, écrit-il, ne ferai-je point difficulté de citer les coutumes de quelque pays que ce soit, sans prétendre en tirer d'autre conséquence que le seul rapport de ces coutumes avec celles de la première Antiquité [36]. » L'établissement de rapports est justement ce qui témoigne de cette toute première antiquité absente (mais nécessairement là). De ces traces indirectes et qui, par elles-mêmes, ne parlent pas, l'auteur va la faire surgir par son écriture.

Derrière le Temps, en haut et à gauche, un « tableau » : celui du second espace, décalé, séparé, que montre de sa main droite, le Vieillard-Temps. Comme si cet espace se dévoilait devant les yeux de la personne prête à écrire, le rideau se lève. Lafitau parle d'une « vision mystérieuse ». Apparaissant au milieu d'un double étage de nuages, on découvre Adam et Ève, puis au-dessus, le Christ ressuscité et la Femme de l'Apocalypse. Avec cette vision de l'origine, on sort du temps et on montre la réalité du monogénisme, sur quoi repose tout le travail de Lafitau. Sur ce second espace le Vieillard n'a pas directement prise, même si ce hors-temps est, pour finir, ce qui, dans une économie chrétienne, justifie sa fonction. Dans la scène du frontispice, il est celui qui indique où regarder et celui qui fait écran : il empêche très exactement de voir l'origine ou d'accéder à l'éternité. Entre l'Origine, hors du temps, et tous ces vestiges, plus ou moins ruinés par le temps, patiemment collectés par Lafitau, qu'ils soient matériels, textuels ou oraux (l'expérience des Sauvages), il y a cette première Antiquité, invisible, inaccessible et qui a pourtant dû exister, à faire surgir sous sa plume. Il doit réussir à la produire pour museler les athées.

Entre théologie et ethnologie, Lafitau proposait une combinaison renouvelée des trois termes. S'il s'adresse aux Modernes, ces derniers ne sont toutefois pas directement partie prenante dans la relation. Quant aux Anciens (qui ne se réduisent pas aux seuls Grecs et Romains) et aux Sauvages, ils ne sont pas là pour eux-mêmes, mais comme témoins. Chateaubriand présente le grand intérêt d'avoir fait, également, mais d'une autre façon, l'essai des trois termes. Il occupe même une place charnière. S'il a d'abord voyagé vers l'Amérique en quête du Sauvage en 1791, il s'est rendu, en 1806, en Grèce et à Jérusalem : d'où l'*Itinéraire*, ses *Tristes Tropiques* à lui. Avant de visiter les ruines de l'Ancien Monde, il a commencé par s'avancer vers les déserts du Nouveau Monde, en allant vers le Sauvage, tout plein de Rousseau mais aussi de références antiques, qu'il avait trouvées, en particulier, chez Lafitau. Dans son premier livre, écrit au retour de sa brève équipée américaine et alors qu'il est en exil à Londres, il se montre à la fois un grand adepte du parallèle entre les Anciens et les Modernes et un grand zélateur du Sauvage, présenté sous les traits de l'homme de la nature [37]. L'*Essai* se conclut en effet sur une scène, à première vue déplacée, dans un ouvrage tout entier consacré à une enquête sur les révolutions anciennes et modernes : une nuit dans les forêts du Nouveau Monde ! Pourquoi ce passage, ce saut plutôt de l'Ancien au Nouveau Monde ? L'histoire, fondée sur le recours aux *exempla* et la mise en œuvre de parallèles, semble tourner court et le livre déboucher sur une perspective où se mêlent nostalgie et utopie, puisqu'il est proclamé que la seule authentique liberté est celle du Sauvage.

Ce saut n'eût pas été possible sans Rousseau, dont Chateaubriand se montre alors l'admirateur et le disciple : celui du *Discours sur l'origine de l'inégalité*. D'où l'appel du Sauvage, entendu et repris par le jeune Chateaubriand : « Ô homme de la nature, c'est toi seul qui me fais me glorifier d'être homme ! ton cœur ne connaît point la dépendance [38]… » Tout est là, le Sauvage est autonome. Il n'a d'autre loi que celle de la nature et ignore la contrainte de la loi instituée, quelle qu'elle soit.

Car il importe peu, au total, que le maître s'appelle le
roi ou la loi, et que vous soyez conduit à la guillotine au
nom de l'un ou de l'autre.

Adopter ce point de vue sauvage, regarder l'Ancien
Monde depuis le Nouveau, amène une dévalorisation
complète de la liberté politique antique et la condamna-
tion des tentatives modernes (révolutionnaires) de l'instaurer ou de la restaurer : elle n'est qu'un « songe ».
L'*Essai* s'achève donc sur un hymne à la liberté sauvage,
mais c'est aussi une liberté impossible : Chateaubriand a
retraversé l'Atlantique pour rejoindre l'armée des émi-
grés et le Nouveau Monde n'est plus, ne sera plus qu'un
souvenir. Tel est le mouvement de ce livre touffu, contradictoire, passionné toujours. Après avoir tissé de multiples parallèles, aussi échevelés qu'approximatifs, entre
les Anciens et les Modernes, autour de la seule question
qui importe, celle de la Révolution, l'auteur abandonne
les uns et les autres pour passer au Sauvage (comme on
passe à l'ennemi), mais le Sauvage est hors histoire. Le
« retour » à la vie sauvage ne peut pas avoir lieu.

Intellectuellement, l'*Essai* s'appuie sur le fameux et
puissant *topos* de l'*historia magistra*. La formule, qui
remonte à Cicéron, exprime la conception classique de
l'histoire comme recueil d'exemples et dispensatrice
de leçons. Fort de ce principe, Chateaubriand entend
« considérer » les révolutions, d'abord anciennes, dans
leur rapport avec la Révolution française, pour comprendre ce qui s'est déjà passé et prévoir ce qui risque de
se produire. Les parallèles enseignent, au total, que toutes
les révolutions ont de funestes conséquences et qu'il n'y
a à peu près rien de nouveau dans la Révolution française,
car l'homme ne fait que se « répéter ». Mais, paradoxalement, ce recours à tout-va au parallèle amène à condamner résolument l'imitation, qui n'est, pourtant, que la
transposition dans le registre de l'action de ce qu'opère
le parallèle sur le plan intellectuel. Les jacobins ne sont

que de « fanatiques » imitateurs de l'Antiquité. « Le vieux Jupiter, réveillé d'un sommeil de quinze cents ans, dans la poussière d'Olympie, s'étonne de se trouver à Sainte-Geneviève ; on coiffe la tête du badaud de Paris du bonnet du citoyen de la Laconie [...] le contraignant à jouer le Pantalon aux yeux de l'Europe, dans cette mascarade d'Arlequin [39]. »

Mais l'histoire de l'*Essai historique* ne s'est pas arrêtée là. Engagé dans la publication de ses *Œuvres complètes*, Chateaubriand le republie en 1826, assorti d'un Avertissement, d'une préface et de notes critiques qui viennent marquer, de toutes les façons, la distance le séparant désormais de ce texte. Or, c'est l'Amérique, mais une autre Amérique revisitée, qui lui fournit le principe de sa relecture critique de l'*Essai*. Ce n'est plus du tout celle du rêve sauvage de 1791. Rousseau est loin. On a d'ailleurs méconnu que l'état sauvage n'était pas l'état de nature, mais une civilisation « commençante » ; et, aujourd'hui, les sauvages ne sont plus que des mendiants en train de mourir : ils n'en ont plus pour longtemps. L'Amérique n'est pas hors temps, mais dans le temps et aux prises avec lui.

Le *Voyage en Amérique* [40] ne se transforme toutefois pas complètement en requiem pour une Amérique défunte, car, par un ultime retournement, la conclusion fait surgir un « tableau miraculeux » : l'Amérique moderne est le lieu de la découverte de la république représentative, ou encore de la liberté des Modernes, qualifiée comme « l'un des plus grands événements politiques du monde ». Du coup, il n'y a plus la liberté sauvage d'un côté et rien de l'autre, une liberté politique factice, mais une liberté moderne, fille des Lumières, qu'un gouffre sépare de la liberté des Anciens. Dès lors, et c'est là la seule conséquence que je veuille retenir ici, le système des parallèles est condamné. On ne peut désormais plus faire de l'histoire ainsi : le *topos* de l'*historia magistra* devient caduc.

Le fleuve du temps est là, qui rend l'expérience des Anciens incommensurable à la nôtre, mais qui fixe aussi celle des Sauvages à un moment du temps. Au terme de la retraversée de son *Essai* et de la réécriture de son *Voyage*, Chateaubriand a opéré une double historicisation des Sauvages et des Anciens. Quant à l'Amérique moderne, elle est tout entière du côté du régime moderne d'historicité. Le parcours de Chateaubriand entre les Anciens, les Modernes et les Sauvages et la manière dont il a été amené, sous l'effet de l'ébranlement révolutionnaire, à rebattre les cartes, font de lui un cas particulièrement éclairant. Passant de l'évidence du parallèle à l'assignation d'écarts, il revient de l'utopie à l'histoire et quitte Rousseau pour Benjamin Constant. Tandis que l'Amérique sauvage devient moribonde, l'autre, la nouvelle, porteuse d'avenir, s'installe au Capitole. « Adieu sauvages, adieu voyages ! » aurait pu écrire Chateaubriand, pour résumer le parcours qui l'a mené de l'*Essai historique* au *Voyage en Amérique* !

Le Sauvage observé

Avec la Société des observateurs de l'homme, fondée en 1799, les Sauvages viennent au premier plan, les Modernes sont là, bien sûr, mais il n'est plus question de parallèles, et les Anciens s'éclipsent. Réunissant la plupart des Idéologues (cinquante membres, plus cinquante correspondants), la société se fixe pour objectif « d'observer l'homme sous ses différents rapports physiques, intellectuels et moraux [41] ». Elle entend constater, recueillir des « objets de comparaison » en assez grand nombre et comparer. Georges Cuvier, le naturaliste, se charge de rédiger les instructions sur les recherches à mener en matière d'anatomie. L'anatomie comparée est alors le principal modèle sollicité pour penser la comparaison, en vue d'établir une « anthropologie comparée ». Est en effet prévue une étroite collaboration entre les « membres voyageurs » et les « membres historiens », pour « jeter un grand jour sur l'anthropologie comparée ». Ces recherches – celles des historiens sur les anciens peuples, celles des voyageurs sur les peuples modernes – s'éclaireront mutuellement et, surtout, contribueront à « éclaircir les points les plus obscurs de *notre* histoire primitive [42] ». Tel est ce projet qui vise à l'établissement d'une science de l'homme, fondée philosophiquement, alimentée empiriquement et placée sous le signe de la comparaison.

Joseph-Marie Degérando, membre de la Société, reçoit mission de rédiger les instructions sur les « diverses méthodes à suivre dans l'observation des peuples sauvages ». Jeune philosophe de vingt-sept ans, il sera bientôt primé par l'Académie de Berlin pour un mémoire sur la génération des connaissances et fera ensuite une carrière de grand commis de l'État sous l'Empire. Il rédigera la partie « Philosophie » du *Rapport à l'empereur sur les progrès des sciences, des lettres et des arts depuis 1789* [43]. Mais, pour l'heure, il fixe le protocole de l'observation. Ces instructions sont destinées au capitaine Baudin, en partance pour les mers du Sud, et au citoyen Levaillant, sur le point d'entreprendre un troisième voyage dans l'intérieur de l'Afrique. Il ne s'agit donc pas de simples spéculations.

Entre les Sauvages et l'œil de l'observateur, il ne doit plus rien y avoir. Il n'y a plus qu'eux et nous, les Modernes, sans les Anciens. Aussi Degérando commence-t-il par dénoncer et démonter les « fautes » d'observation commises jusqu'alors par les voyageurs, qui n'ont pas su voir : « L'esprit d'observation a une marche sûre : il rassemble les faits pour les comparer, et les compare pour les mieux connaître. […] Or de tous les termes de comparaison que nous pouvons choisir, il

n'en est point de plus curieux, de plus fécond en méditations utiles que celui que nous présentent les peuples
sauvages[44]. » L'utilité de ces méditations est évidemment imprégnée de la pensée du XVIIIe siècle. Si voyage
dans l'espace et voyage dans le temps sont toujours équi-
valents, il est désormais envisagé comme une avancée en
direction des origines de l'humanité. Car ces sauvages,
que notre « vanité » méprise, représentent en fait
« d'antiques et majestueux monuments de l'origine des
temps ». Avec cette conséquence ou ce retournement
presque en forme de paradoxe qu'introduit le mot
« monument » : ils sont « bien plus dignes mille fois de
notre admiration et de notre respect que ces pyramides
célèbres dont les bords du Nil s'enorgueillissent ». Elles
n'attestent que la « frivole ambition » de quelques individus, dont nous ne savons qu'à peine les noms, tandis que
les sauvages « nous retracent l'histoire de nos propres
ancêtres[45] ». Ils sont *nos* vrais monuments. La médiation
des Anciens est, à tous égards, inutile et trompeuse.
Observer les sauvages est donc une façon d'être
moderne, en vue de mieux retracer comment nous
sommes devenus modernes.

La science de l'homme, est-il précisé, est « une
science naturelle, une science d'observation » : « Les
sciences naturelles ne sont en quelque sorte qu'une
suite de comparaisons. Comme chaque phénomène particulier est ordinairement le résultat de l'action combi-
née de plusieurs causes, il ne serait pour nous qu'un
profond mystère, si nous le considérions d'une manière
isolée : mais en le rapprochant des phénomènes analogues, il se renvoient les uns aux autres une mutuelle
lumière. L'action spéciale de chaque cause se montre à
nous distincte et indépendante, et les lois générales en
résultent. On n'observe bien qu'en analysant ; or, on
analyse en philosophie par les rapprochements, comme

en chimie par le jeu des affinités[46].» Or, en vue de déterminer ce qu'est l'homme, rien n'est plus utile comme terme de comparaison que les peuples sauvages. Leur simplicité nous indique ce qui appartient au « principe même de l'existence » et nous reporte en quelque sorte « aux premières époques de notre propre histoire ». Grâce au voyageur, qui « traverse la suite des âges », il nous sera possible de composer « une échelle exacte des divers degrés de civilisation[47] ». Les « degrés de la perfection » ne sont plus du tout de saison.

Devenu notre ancêtre, le Sauvage est en passe de se muer en primitif. Se référant aux affinités de la chimie, cette science naturelle compare en vue de remonter des effets aux causes, en déterminant quelle cause entraîne quel effet. Quelle est, par exemple dans l'individu qui nous entoure, la part du climat, de l'éducation, des institutions, etc. ? L'univers intellectuel n'est clairement plus celui du parallèle, mais il échappe à l'aporie de l'incomparable sur quoi risquait de déboucher le parallèle déstabilisé de Perrault. Tout au contraire, la nouvelle comparaison, redéfinie en faisant appel à l'anatomie et à la chimie, devient l'*organon* de la nouvelle science. À cette finalité de connaissance s'ajoute une dimension de philanthropie. Il convient d'aborder les peuples sauvages comme des « députés de l'humanité tout entière » et de leur faire oublier les « aventuriers », venus les « dépouiller » et les « asservir », en leur présentant « le pacte d'une fraternelle alliance[48] ».

Pourtant, la Société des observateurs de l'homme disparut dès 1805 et ses travaux ne laissèrent guère de traces. Quand l'ethnologie se constitua, elle ne fit pas des « Considérations sur les diverses méthodes à suivre dans l'observation des peuples sauvages », rédigées par Degérando, un de ses textes fondateurs. Napoléon, faut-il le rappeler, avait fait supprimer, dès 1803, la deuxième classe de l'Institut, celle des Sciences morales et politiques, qui était la base ou le repaire des Idéologues. On trouve dans sa *Correspondance* ce jugement révélateur sur les Idéologues : « C'est à l'Idéologie, à cette ténébreuse métaphysique qui, en recherchant avec subtilité les causes premières, veut sur ces bases fonder la législation des peuples, au lieu d'approprier les lois à la connaissance du cœur humain et aux leçons de l'histoire, qu'il faut attribuer tous les malheurs qu'a éprouvés notre belle France[49]. » Retour donc à l'*historia magistra*, avec le socle de la nature humaine et l'instrument éprouvé des leçons de l'histoire. En avant marche !

La Restauration, quant à elle, se préoccupa avant tout de terminer la Révolution, politiquement, mais aussi intellectuellement, et crut y réussir en juillet 1830. Le nom même de philosophe était suspect. L'histoire nationale devint le principal souci et l'enjeu immédiat, tandis que le spiritualisme de Victor Cousin n'avait que faire d'une science de l'homme fondée sur l'observation. La comparaison n'était donc plus à l'ordre du jour. Elle ne le redevint qu'à la fin du siècle mais dans les bagages, cette fois, de la jeune sociologie durkheimienne, et non sans avoir pris note et acte des théories de l'évolution, formulées par Charles Darwin et systématisées pour les sociétés par William Spencer[50].

Degérando, naturellement, n'écrivait pas à partir de rien. Il se place dans la suite de l'*Esquisse* de Condorcet, en particulier par l'insistance sur l'observation. Mais, plus encore, dans le prolongement du Rousseau du *Discours sur l'inégalité*, invitant la philosophie à voyager lorsqu'il lançait : « Toute la terre est couverte de nations dont nous ne connaissons que les noms, et nous nous mêlons de juger le genre humain ! Supposons un Montaigne, un Buffon, un Diderot, voyageant, observant, écrivant […]. Supposons qu'ils fissent ensuite l'histoire naturelle, morale et politique de ce qu'ils auraient vu,

nous verrions nous-mêmes sortir un monde nouveau des-
sous leur plume, et nous apprendrions ainsi à connaître le
nôtre[51]. » Rousseau aurait voulu voir « renaître ces tems
heureux où […] les Platons, les Thalès, les Pythagores
épris d'un ardent désir de savoir, entreprenoient les plus
grands voyages pour s'instruire, et alloient au loin
secouer le joug des préjugés Nationaux, apprendre à
connoître les hommes par leurs conformités et par leurs
différences… ». Avec la Société des observateurs de
l'homme, la supposition est devenue réalité et projet
scientifique, mais elle s'est réduite aussi. Le parallèle
n'a évidemment plus cours, mais le Sauvage est observé
pour nous instruire sur notre histoire primitive. S'il a une
place dans la suite des âges, elle est loin derrière nous et
la comparaison vise à reconstituer ce que nous avons été
il y a bien longtemps et ne sommes plus.

Ce coup de projecteur final éclaire comment, du
« siècle » de Louis XIV à l'ère ouverte par la Révolution, le parallèle perd son évidence et sa primauté. Mis
en question avec la Querelle, son insuffisance cognitive
et son inadéquation politique deviennent manifestes
avec la Révolution. Le parallèle, ce fier vaisseau venu
de l'Antiquité, achève sa course. Avec son naufrage,
sombre aussi le couple formé par les Anciens et les
Modernes. À dire vrai, plus tôt déjà, il n'avait pas traversé indemne l'épreuve du Nouveau Monde qui avait
fait surgir le Sauvage, transformé le monde des Anciens
et produit, en retour, un Ancien Monde. Désormais, les
Modernes allaient se retrouver de plus en plus face à
eux-mêmes : incomparables, sauf à eux-mêmes, sans
autres vis-à-vis, et instituteurs d'une « civilisation claquemurée ».

Notes

INTRODUCTION

1. Claude Lévi-Strauss, *Tristes Tropiques*, Paris, Plon, 1955, p. 78.
2. *Ibid.*, p. 82.
3. Ernest Renan, *Prière sur l'Acropole*, in *Œuvres complètes*, Paris, Calmann-Lévy, 1948, t. II, p. 752-759. Sur la *Prière sur l'Acropole*, voir Pierre Vidal-Naquet, « Renan et le miracle grec », in *La Démocratie grecque vue d'ailleurs*, Paris, Flammarion, 1990, p. 245-264 ; Claude Imbert, « Qualia », *in* M. Izard, éd., *Claude Lévi-Strauss*, nº spécial de *L'Herne*, 82, 2004, p. 434-435.
4. Sur Bacon et la devise, voir *infra*, p. 38, 43.
5. Voir *infra*, p. 270-274.
6. *Tristes Tropiques, op. cit.*, p. 18.
7. *Ibid.*, p. 474.
8. *Ibid.*, p. 493.
9. François Hartog, *Mémoire d'Ulysse. Récits sur la frontière en Grèce ancienne*, Paris, Gallimard, 1996, p. 41.
10. *Tristes tropiques, op. cit.*, p. 44.
11. Claude Lévi-Strauss, « Les trois humanismes », in *Anthropologie structurale 2*, Paris, Plon, 1973, p. 322.
12. L'Académie de France à Rome existait depuis 1666, première fondation à l'étranger, créée par Colbert.
13. Claude Nicolet, *Le Métier de citoyen dans la Rome républicaine*, Paris, Gallimard, 1976, avec cette question : « quel était le contenu quotidien, vécu, existentiel en quelque sorte, de la citoyenneté romaine ? » (p. 9).
14. Éric Michaud, *Histoire de l'art. Une discipline à ses frontières*, Paris, Hazan, 2005, p. 49-84 ; Vincent Descombes, *Philosophie par gros temps*, Paris, Minuit, 1989, p. 51-67.
15. Philippe Foro, « Archéologie et romanité fasciste. De la Rome des Césars à la Rome de Mussolini », *in* S. Caucanas, R. Cazals,

P. Payen, dir., *Retrouver, imaginer, utiliser l'Antiquité*, Toulouse, Privat, 2001, p. 203-217.

16. Éric Michaud, « Une généalogie des vainqueurs : le nazisme, régime de la citation ».

17. Ainsi pour les antimodernes dont Antoine Compagnon s'est employé à tracer un portrait de groupe, *Les Antimodernes, de Joseph de Maistre à Roland Barthes*, Paris, Gallimard, 2005 : l'antimoderne est un moderne « malgré lui », un moderne « déniaisé », et finalement peut-être le plus authentiquement moderne. Baudelaire en représente le « prototype ». Bruno Latour, *Nous n'avons jamais été modernes. Essai d'anthropologie symétrique*, Paris, La Découverte, 1991, 1997, p. 19-22, réfléchit sur le moderne à partir du partage opéré entre la nature d'un côté et la société de l'autre, et sur les impasses auxquelles il a conduit, laissant tomber ce qui était au milieu (qu'il nomme les hybrides). D'où la *conséquence*, selon Latour, que « nous n'avons jamais commencé d'entrer dans l'ère moderne », p. 69, renvoyant dos à dos aussi bien les antimodernes que les postmodernes.

18. Jean-François Lyotard, *La Condition postmoderne. Rapport sur le savoir*, Paris, Minuit, 1979 ; *L'Inhumain. Causeries sur le temps,* Paris, Galilée, 1988 : « La postmodernité n'est pas un âge nouveau, c'est la réécriture de quelques traits revendiqués par la modernité, et d'abord de sa prétention à fonder sa légitimité sur le projet d'émancipation de l'humanité tout entière par la science et la technique. Mais cette réécriture […] est à l'œuvre depuis longtemps déjà, dans la modernité même » (p. 43).

19. Je ne retiendrai que deux projets collectifs en cours. La revue *Anabases* a publié son premier numéro au printemps 2005. Conçue par Pascal Payen et son équipe toulousaine, elle est consacrée à « l'Antiquité après l'Antiquité ». Se plaçant dans le champ de l'histoire culturelle, elle a pour objectif d'inventorier les modes de transmission, la formation des savoirs, les usages, les réappropriations et les enjeux dont l'Antiquité a été l'objet. Sous le titre *Bibliotheca academica translationum. Traductions et circulations des savoirs dans l'Antiquité dans l'Europe des XVIIIᵉ et XIXᵉ siècles,* Oswyn Murray, initiateur du projet à Oxford, et Chryssanthi Avlami, qui s'en occupe désormais à Paris, ont entrepris depuis quelques années

d'inventorier les traductions d'ouvrages portant sur l'Antiquité classique entre l'Angleterre, la France, l'Allemagne, dans un premier temps au moins.

20. Moses Finley, *Démocratie antique et démocratie moderne*, précédé de « Tradition de la démocratie grecque » par P. Vidal-Naquet, Paris, Payot, 1976, p. 7-44, où il repart de l'Antiquité et de la Révolution française ; Id., « La formation de l'Athènes bourgeoise, essai d'historiographie 1750-1850 », repris dans P. Vidal-Naquet, *La Démocratie grecque vue d'ailleurs, op. cit.*, p. 161-209.

CHAPITRE 1

1. Pierre Roussel, « Essai sur le principe d'ancienneté dans le monde hellénique du Ve siècle av. J.-C. à l'époque romaine », *Mémoire de l'Académie des Inscriptions et Belles Lettres*, 43, 2, 1951, p. 123-228.
2. Cicéron, *Académiques*, 2, 1, 9. Claudia Moatti, *La Raison de Rome. Naissance de l'esprit critique à la fin de la République*, Paris, Seuil, 1997, chap. 3 ; E. Romano, « "Antichi" e "moderni" nella Roma di fine repubblica », *in* G. Cajani et D. Lanza, dir., *L'antico degli antichi*, Palerme, Palumbo, 2001, p. 125-132.
3. Voir *infra*, p. 140-142.
4. Voir *infra*, p. 144-146.
5. Cicéron, *Correspondance*, Q. *fr.*, 1, 1, 27-28, avec les remarques de Jean-Louis Ferrary sur les rapports entre philhellénisme et *humanitas* : *Philhellénisme et impérialisme*, Rome, Bibliothèque des Écoles françaises d'Athènes et de Rome, 1988, p. 511-514.
6. Denys d'Halicarnasse, *Opuscules rhétoriques*, Paris, Les Belles Lettres, 1978, t. I, 1-2, 5. Voir G. W. Bowersock, *Augustus and the Greek World*, Oxford, 1965, p. 122 *sq.* ; E. Gabba, *Dionysius and the History of Archaic Rome*, Berkeley, University of California Press, 1991, chap. 2.
7. Denys d'Halicarnasse, *Opuscules rhétoriques*, Paris Les Belles Lettres, 1992, t. V.
8. François Hartog, « Rome et la Grèce : les choix de Denys d'Halicarnasse », *in* S. Saïd, dir., *Hellenismos. Jalons sur l'identité grecque*, Strasbourg, 1991, voir maintenant *L'Évidence de l'histoire. Ce que*

voient les historiens, Paris, École des hautes études en sciences sociales, 2005.

9. Quintilien, *Institution oratoire*, 10, 2, 1-7.

10. Horace, *Épîtres*, II, 1, 90-91.

11. *Ibid.*, II, 1, 39.

12. Tacite, *Dialogue des orateurs*, 16.

13. Ernst Robert Curtius, *La Littérature européenne et le Moyen Âge latin*, Paris, PUF, 1956, p. 399. Jacques Le Goff, *Histoire et mémoire*, Paris, Gallimard, 1988, p. 69-71. *La Querelle des Anciens et des Modernes, XVIIe-XVIIIe siècles*, dir. A.-M. Lecoq, Paris, Gallimard, 2001, postface de J.-R. Armogathe, p. 801-849. On le trouve pour la première fois dans deux lettres du pape Gélase, en 494-495.

14. François Hartog, *Régimes d'historicité. Présentisme et expériences du temps*, Paris, Seuil, 2003.

15. E. R. Curtius, *op. cit.*, p. 400.

16. J. Le Goff, *op. cit.*, p. 69-70.

17. Hans Robert Jauss, *Pour une esthétique de la réception*, Paris, Gallimard, 1978, p. 167. Krzysztof Pomian, *L'Ordre du temps*, Paris, Gallimard, 1984, p. 41.

18. Karl Löwith, *Histoire et Salut,* trad. fr., Paris, Gallimard, 2002, p. 206-213.

19. Leonardo Bruni, *Epistolarum Libri VIII*, éd. L. Mehus, vol. I, p. 28-30. Voir Hans Baron, « The Querelle of the Ancients and the Moderns as a Problem for Renaissance Scholarship », *Journal of the History of Ideas*, 20, 1959, p. 17-18.

20. L. Bruni, *Historiarum Florentini populi*, in *Rerum Italicorum Scriptores*.

21. H. Baron, *loc. cit.*, p. 15 : « *The fact that* aemulatio *instead of* imitatio*, became the battle-cry of the best humanists from Poliziano in Lorenzo de Medici's Florence to Erasmus and subsequently throughout the sixteenth century, is today a commonplace.* [...] *We are clearly aware that numerous humanists in their efforts to defend the vital rights and peculiar merits of their own states, nations, cultures notwithstanding their love for the values of Greek and Roman life, had been paving the way to historical relativism.* »

22. H. R. Jauss, *op. cit.*, p. 170.

23. F. Hartog, *Régimes d'historicité, op. cit.*, p. 183-184. Pour Francisco Rico, il s'agit de « la vision d'un monde neuf reconstruit sur une parole antique » (*Le Rêve de l'humanisme,* Paris, Les Belles Lettres, 2002, p. 19).

24. Loys Le Roy, *De la vicissitude*, Paris, Fayard, 1988, p. 440.

25. H. Baron, *loc. cit.,* p. 9-10.

26. Francis Bacon, *Novum Organum*, I, 84, Paris, PUF, 1986, p. 144. Voir *supra*, p. 12. Anthony Grafton, *New Worlds, Ancient Texts. The Power of Tradition and the Shock of Discovery*, Cambridge, Harvard University Press, 1992, p. 198-205, 216-217. P. Zagorin, *Francis Bacon*, Princeton, Princeton University Press, 1998, p. 45, 76-77.

27. Daniel 12, 4. Bacon utilisera plusieurs fois cette référence, voir Charles Webster, *The Great Instauration, Science, Medicine and Reform 1626-1660*, Holmes & Meier, New York, 1975, p. 23-25.

28. Hippolyte Rigault, *Histoire de la Querelle des anciens et des modernes*, Paris, Hachette, 1856, p. 51-53.

29. Blaise Pascal, *Pensées et opuscules. Fragment d'un traité du vide*, éd. L. Brunschvicg, Paris, Hachette, 1945, p. 80-81.

30. Joseph M. Levine, *The Battle of the Books. History and Literature in the Augustan Age*, Ithaca, Cornell University Press, 1991.

31. Levent Yilmaz, *Le Temps moderne. Variations sur les Anciens et les contemporains*, Paris, Gallimard, 2004.

32. Grell, *op. cit.,* p. 3-106.

33. J. M. Levine, *op. cit.,* p. 5-6.

34. Charles Rollin, *Œuvres complètes,* t. 1I, *Traité des études ou De la manière d'enseigner et d'étudier les belles-lettres,* [1765], Discours préliminaire, Paris, Firmin Didot, 1821, p. 77.

35. *Ibid.,* p. 18, 37.

36. Montaigne, *Essais*, livre 3, chap. 6, « Des coches », Paris, Garnier, 1962, p. 341 ; voir M. de Certeau, *L'Écriture de l'histoire*, 2e éd., Paris, Gallimard, 1975, Avant-propos.

37. Voir *supra*, p. 38. A. Grafton, *op. cit.*, p. 198-200 pour le commentaire de Bacon.

38. Stephen Greenblatt, *Ces Merveilleuses Possessions. Découverte et appropriation du Nouveau Monde au XVIe siècle*, trad. fr., Paris, Les Belles Lettres, 1996.

39. Sur Thévet, voir Frank Lestringant, *L'Atelier du cosmographe*, Paris, Albin Michel, 1991, p. 92-94.

40. André Thévet, *Les Singularités de la France antarctique. Le Brésil des cannibales au XVIe siècle*, Paris, Maspero, 1983, chap. XVI, et les remarques de F. Lestringant dans sa présentation, p. 20-24.

41. P.-F. Fournier, « Un collaborateur de Thévet pour la rédaction des *Singularités de la France antarctique* », *CTHS, Bulletin de la section de géographie*, t. XXV, 1920, p. 39-42.

42. François Hartog, *Le Miroir d'Hérodote. Essai sur la représentation de l'autre*, Paris, Gallimard, coll. « Folio », 2001 ; la première partie du livre est consacrée aux Scythes d'Hérodote.

43. Anthony Pagden, *The Fall of Natural Man*, Cambridge, Cambridge University Press, 1982, p. 27-108.

44. *Ibid.*, p. 38.

45. *Ibid.*, p. 50.

46. Montaigne, *op. cit.*, p. 348.

47. A. Pagden, *op. cit.*, p. 97.

48. *Ibid.*, p. 105.

49. Montaigne, « Des cannibales », *Essais*, livre I, chap. XXXI, *op. cit.*, p. 234 ; M. de Certeau, « Le lieu de l'autre Montaigne, "Des cannibales" », *in* M. Olender, dir., *Le Racisme. Mythes et science*, Bruxelles, Complexe, 1981, p. 187-200. Frank Lestringant, *Le Huguenot et le Sauvage*, Paris, Klincksieck, 1990, p. 133-143.

50. Pierre Vidal-Naquet, *L'Atlantide*, Paris, Les Belles Lettres, 2005, p. 70-72.

51. Montaigne, « Des cannibales », *op. cit.*, p. 235.

52. *Ibid.*, p. 238.

53. *Ibid.*, p. 240.

54. Voir *infra*, p. 253-263.

55. René Descartes, *Discours de la méthode*, in *Œuvres*, Paris, Gallimard, coll. « Bibl. de la Pléiade », 1953, p. 129.

56. Id., *Recherche de la vérité, ibid.*, p. 804.

57. Michèle Duchet, *Anthropologie et histoire au siècle des Lumières*, Paris, Maspero, 1971.

58. Jean-Jacques Rousseau, *Œuvres complètes*, Paris, Gallimard, coll. « Bibl. de la Pléiade », 1964, t. III, p. 212, note X.

59. *Ibid.,* p. 171.
60. Voltaire, *Essai sur les mœurs et l'esprit des nations,* éd. établie par R. Pomeau, Paris, Garnier, 1963, t. I, p. 23, 25.
61. *Ibid.,* p. 23.

CHAPITRE 2

1. François-René de Chateaubriand, *Essai historique, politique et moral sur les révolutions anciennes et modernes considérées dans leurs rapports avec la révolution française,* Paris, Gallimard, coll. « Bibl. de la Pléiade », 1978, p. 90. Une note de 1826 évoquera ces « ressemblances déraisonnables » qu'il avait alors cru repérer. Ou bien cette notation : « C'était au moment que le corps politique tout maculé des taches de la corruption générale, tombait en une dissolution générale qu'une race d'hommes, se levant tout à coup, se met, dans son vertige, à sonner l'heure de Sparte et d'Athènes » (*ibid.,* p. 266).
2. Alain Rey, *Révolution. Histoire d'un mot,* Paris, Gallimard, 1989.
3. F. R. de Chateaubriand, *op. cit.,* p. 81-82.
4. Voir *Le Vieux Cordelier,* n° 7, rééd. et présenté par Pierre Pachet, Paris, Belin, 1987, p. 126, et les remarques de Pierre Vidal-Naquet, *La Démocratie grecque vue d'ailleurs, op. cit.,* p. 225-228.
5. Jean-Jacques Rousseau, « Réponse à Bordes » (1752) in *Œuvres complètes,* Paris, Gallimard, coll. « Bibl. de la Pléiade », 1964, t. III, p. 83.
6. Mably, *Entretiens de Phocion sur le rapport de la morale et de la politique* (1763). J.-L. Lecercle, « Utopie et réalisme politique chez Mably », *Studies on Voltaire,* XXVI, 1963, p. 1049-1070.
7. Pierre-Charles Lévesque, *Éloge historique de M. l'abbé de Mably,* Paris, 1787, p. 35.
8. Sur l'expérience politique thermidorienne, voir Bronislaw Baczko, *Comment sortir de la Terreur. Thermidor et la Révolution,* Paris, Gallimard, 1989.
9. Denise Leduc-Fayette, *Jean-Jacques Rousseau et le Mythe de l'Antiquité,* Paris, Vrin, 1974 ; Ronald Leigh, « Jean-Jacques Rousseau - and the Myth of Antiquity in the Eighteen Century », *in* R. R. Bolgar,

dir., *Classical Influences in the Western Thought A.D. 1650-1870*, Cambridge, Cambridge University Press, 1979, p. 155-168.

10. Voir *infra*, p. 225-229.

11. Jean Gaulmier, *L'Idéologue Volney. Contribution à l'histoire de l'orientalisme en France*, Beyrouth, 1951.

12. Volney, *Leçons d'histoire*, éd. J. Gaulmier, Paris, Garnier, 1980, p. 140.

13. H. T. Parker, *The Cult of Antiquity and the French Revolutionnaries*, Chicago, 1937, livre pionnier et longtemps isolé ; voir maintenant Jacques Bouineau, *Les Toges du pouvoir (1789-1799), ou la Révolution de droit antique*, Toulouse, université de Toulouse-Le-Mirail, 1986, thèse de droit où l'auteur part du dépouillement systématique du *Moniteur* et des *Archives parlementaires* ; Claude Mossé, *L'Antiquité dans la Révolution française*, Paris, Albin Michel, 1989.

14. Voir *infra,* p. 163-166.

15. Edgar Quinet, *La Révolution*, t. I, p. 58 (éd. 1876). Voir Myriam Revault-d'Allonnes, *D'une mort à l'autre. Précipices de la Révolution*, Paris, Seuil, 1990, p. 79-110.

16. Saint-Just, « Rapport du 26 Germinal an II », in *Œuvres complètes*, Paris, Gérard Lebovici, 1984, p. 819. Voir Miguel Abensour, « Saint-Just et les paradoxes de l'héroïsme révolutionnaire », *Esprit*, février 1989, p. 60-81. Dans les « Fragments d'institutions républicaines », Saint-Just, confronté à la question si présente (depuis Montesquieu au moins) de la décadence des empires, estime que l'héroïsme des grands hommes ne peut suffire à la prévenir, seules des institutions « qui sont immortelles et à l'abri des factions » le peuvent. Superlégislateur sans visage, elles sont à même d'« enchaîner le crime » et de « faire pratiquer à tous la justice et la probité » (*ibid.,* p. 967).

17. Alexis de Tocqueville, *L'Ancien Régime et la Révolution*, Paris, Gallimard, 1967, p. 43. Avec les remarques de Roger Chartier, *Les Origines culturelles de la Révolution française*, Paris, Seuil, 1990, notamment p. 237 : « Sa certitude d'inauguration [de la Révolution] a valeur performative : en énonçant la rupture, elle l'instaure. »

18. Luciano Guerci, *Liberta degli antichi e liberta dei moderni*, Naples, Guida, 1979.

19. Keith Baker, *Inventing the French Revolution,* Cambridge, Cambridge University Press, 1990, p. 135.

20. *Ibid.*, p. 151 : « La langue du républicanisme classique lui fournissait la possibilité de retrouver, au niveau conceptuel, le politique *per se.* »

21. J.-J. Rousseau, « Histoire de Lacédémone », in *Œuvres complètes*, t. III, *op. cit.*, p. 544, et les remarques de Claude Mossé, *L'Antiquité dans la Révolution française*, *op. cit.* p. 156-157.

22. Pierre Vidal-Naquet, « Tradition de la démocratie grecque », préface à Moses I. Finley *Démocratie antique et démocratie moderne*, trad. fr., Paris, Payot, 1976, repris dans *Les Grecs, les Historiens, la Démocratie,* Paris, La Découverte, 2000, p. 219-245. J.-L. Quantin, « Le mythe du législateur au XVIIIe siècle : état des recherches », in *Primitivisme et mythe des origines dans la France des Lumières, 1680-1820*, Paris, Presses de l'Université la Sorbonne, 1989, p. 153-164.

23. Mona Ozouf, *La Fête révolutionnaire, 1789-1799*, Paris, Gallimard, 1976, p. 327-335, ici p. 333. L'auteur montre bien comment la fête, avec son décor antique idéal-typique, entend représenter une histoire originaire, celle d'une société neuve, innocente, où l'adéquation des paroles et des actes est entière : transparente, en somme. Du même auteur, *L'Homme régénéré*, Paris, Gallimard, 1990, p. 122-124 notamment.

24. Michel de Certeau, *L'Écriture de l'histoire,* Paris, Gallimard, 1975, p. 100.

25. Friedrich Nietzsche, *Considérations inactuelles*, trad. fr., Paris, Garnier-Flammarion, 1964, p. 229, 233, 231.

26. Jaucourt, docteur en médecine, membre associé de plusieurs académies, a été le principal collaborateur de Diderot pour l'édition du Dictionnaire.

27. Cité par L. Guerci, *op. cit.*, p. 219.

28. Condorcet, *De l'influence de la Révolution d'Amérique sur l'Europe*, éd. F. Arago, Paris, 1847, t. VIII, p. 11.

29. Id., *Tableau historique des progrès de l'esprit humain. Projets, esquisses, fragments et notes (1772-1794)*, éd. par J.-P. Chandler et P. Crépel, Paris, INED, 2004.

30. Condorcet, *op. cit.*, p. 289-290.

31. *Une éducation pour la démocratie*, textes et projets de l'époque révolutionnaire présentés par B. Baczko, Paris, Garnier, 1982, p. 193. Voir les remarques de R. Chartier sur la lecture « désacralisée », *op. cit.*, p. 113-115.

32. Lévesque est nommé par arrêté du directoire du département de Paris (30 avril 1791) ; il remplace l'abbé Du Temps (qui n'avait pas voulu prêter serment). Dans son cours du premier semestre 1791, il traite de la morale, et le 14 novembre 1791, lors de la rentrée publique, il donne une lecture sur « La politique de Louis XI » (Archives du Collège de France. Rien n'est conservé pour les années suivantes. On sait simplement par Xavier de Pétigny que ses archives comprenaient aussi 52 cahiers inédits formant une histoire de la monarchie française depuis la Gaule jusqu'à l'Assemblée législative : cours ? professés quand ? Il reçoit la légion d'honneur en 1803 et il est nommé en 1809 professeur à la Faculté des lettres de Paris (cours d'histoire et géographie anciennes). Sur Lévesque, il existe peu de chose : un article de A. Mazon, « Pierre-Charles Lévesque, humaniste, historien et moraliste », *Revue des études slaves*, LXI, 1963, p. 7-66, qui s'intéresse avant tout à l'historien de la Russie ; une « Notice biographique » (1964) composée par X. de Pétigny de Saint-Romain sur son aïeul (il précise que les archives de P.-Ch. Lévesque ont totalement disparu) ; les remarques de P. Vidal-Naquet et N. Loraux, « Athènes bourgeoise » dans Vidal-Naquet, *La Démocratie grecque vue d'ailleurs*, p. 191-197.

33. Si l'on en croit les registres de présence (du moins ceux qui subsistent) que signent les professeurs lors de leur cours.

34. *Apophthegmes des Lacédémoniens*, Paris, 1794, « Avis ». Je remercie Dominique Julia de m'avoir signalé ce texte.

35. *Ibid.*, p. 4-5.

36. *Ibid.*, p. 26.

37. Benjamin Constant, *De l'esprit de conquête et de l'usurpation*, dans *De la liberté chez les modernes. Écrits politiques,* éd. Marcel Gauchet, Paris, Le Livre de poche, 1980, p. 185 (repris dans la coll. « Folio-essais », Gallimard, 1997) : « Les législateurs doivent renon-

cer à tout bouleversement d'habitudes, à toute tentative pour agir fortement sur l'opinion. Plus de Lycurgue, plus de Numa. »

38. *Apophthegmes*, *op. cit.*, p. 6.

39. *Ibid.*, p. 3.

40. Pierre-Charles Lévesque, *Éloge historique de M. l'abbé de Mably*, Paris, 1787, p. 63.

41. Traduisant alors Thucydide (*Histoire de Thucydide*, Paris, 1795), Lévesque indique dans sa Préface (p. VI) : « Tourmenté des maux de ma patrie, qui gémissait alors esclave d'une oligarchie féroce, je demandais vainement au travail quelque soulagement aux affections les plus douloureuses : j'avais sous les yeux Thucydide, et dans l'esprit des images sanglantes, et je cherchais le calme du cabinet avec un sang bouillonnant ou glacé. » Dans son « Éloge de feu M. Lévesque », Malte-Brun signale qu'au Collège de France, Lévesque, ne pouvant « se livrer à des travaux sur l'histoire d'une patrie déchirée par la discorde, se réfugia dans l'Antiquité » (en-tête de l'*Histoire de la Russie*, 4ᵉ éd., 1812). Voir *infra*, p. 74.

42. Même si, par-delà le public des élèves, leur écho dans le grand public fut faible, J. Gaulmier n'a relevé que deux comptes rendus (C. F. Volney, *La Loi naturelle. Les Leçons d'histoire*, présentées par J. Gaulmier, Paris, Garnier, 1980, p. 21). Membre important de la Constituante, Volney s'était fait connaître par son *Voyage en Syrie et en Égypte* (1787), avant de publier, en 1791, *Les Ruines ou méditations sur les Révolutions des Empires*.

43. C. F. Volney, *Leçons d'histoire*, *op. cit.*, p. 140.

44. *Ibid.*, p. 143.

45. *Ibid.*, p. 134. Volney connaissait lui-même le grec. En 1813, il publie ses *Recherches nouvelles sur l'histoire ancienne*, essai sur l'harmonisation des chronologies des peuples antiques.

46. M. S. Staum, « The Class of Moral and Political Sciences, 1795-1803 », *French Historical Studies*, 11, 1980, p. 372-397.

47. P.-C. Lévesque, *Histoire de Thucydide*, Paris, 1795, p. VI, XXVII.

48. Lus en l'an VII et en l'an VIII et publiés dans les *Mémoires de l'Institut national. Classe des sciences morales et politiques*, an IX, t. III, an XI, t. IV, ils seront repris dans ses *Études de l'histoire ancienne et de la Grèce*, Paris, 1811.

49. P.-C. Lévesque, *Histoire critique de la République romaine*, Paris, 1807, p. 142.

50. *Ibid.*, p. xxxv.

51. *Ibid.*, p. xxxviii.

52. *Rapports à l'Empereur sur le progrès des sciences, des lettres et des arts depuis 1789, IV, Histoire et Littérature ancienne*, par Bon-Joseph Dacier, présentation et notes sous la direction de F. Hartog, Paris, Belin, 1989. Dans son propre rapport consacré à la littérature française, Marie-Joseph Chénier félicite Lévesque pour sa traduction de Thucydide. Il est, en revanche, plus critique pour ses pages sur Rome : « Il déprime avec affectation le peuple dont il écrit l'histoire », répandant « inculpations frivoles » et « calomnies » sur des personnages dont « la gloire est fondée sur des titres immortels » (Paris, Belin, 1989, p. 45-46).

53. Au même moment, P. J. Bitaubé, membre de la classe de littérature et beaux-arts, propose un long mémoire, « Observations sur les deux premiers livres de la *Politique* d'Aristote », lu en Messidor an IV et Floréal an V, publié dans les *Mémoires* de la classe, an VIII, t. II, et an IX, t. III : il insiste, lui aussi, sur le thème de la perfectibilité. Tout au plus, et au mieux, les anciens gouvernements représentent « l'école naissante des institutions républicaines ».

54. Walter Benjamin, *Poésie et révolution*, trad. M. de Gandillac, Paris, Denoël, 1971, p. 285.

55. Benjamin Constant « De la liberté des anciens comparée à celle des modernes ». L'Athénée est alors une société d'enseignement libre destiné au grand public. Voir les réflexions et les précisions apportées par M. Gauchet dans son édition des écrits politiques de Constant, *De la liberté chez les modernes*, *op. cit.*, p. 43-53.

56. Prononcée en février, la conférence s'inscrit dans un cours entamé le 2 décembre 1819 et consacré à la Constitution anglaise. En mars de la même année, Constant entre enfin à la Chambre. « À l'occasion d'un sujet érudit, écrit Kurt Kloocke, il réussit à donner une nouvelle expression à la conscience politique, plus ou moins latente encore, du groupe libéral, à rattacher le mouvement libéral à la Révolution et à la Charte » (Benjamin Constant, *Une biographie intellectuelle*, Genève-Paris, 1984, p. 240, n. 64).

57. B. Constant, *De l'esprit de conquête...*, *op. cit.*, p. 183, n. 3.

58. Id., *Journal intime,* 2 avril 1804. Voir P. Deguise, « Coppet et le thème de la Grèce », *Actes et documents du 2ᵉ colloque de Coppet*, Genève-Paris, 1977, p. 325-345.

59. L'histoire grecque de J. Gillies est la première histoire moderne, ou la première avec celle de l'Anglais John Mitford, dont les deux premiers tomes avaient paru deux ans plus tôt.

60. K. Kloocke, *op. cit.*, notamment p. 15, 17, 18, 27, 119, 125, 328.

61. P. Deguise, *loc. cit.*, p. 335-338. « Les anciens étaient dans toute la jeunesse de la vie morale ; nous sommes dans la maturité, peut-être dans la vieillesse », il s'ensuit que l'enthousiasme, une conviction entière nous sont désormais inaccessibles ; « nous n'avons presque sur rien qu'une conviction molle et flottante, sur l'incomplet de laquelle nous cherchons en vain à nous étourdir. Le mot illusion ne se trouve dans aucune langue ancienne, parce que le mot ne se crée que lorsque la chose n'existe plus » (B. Constant, *De l'esprit de conquête...*, *op. cit.*, p. 184).

62. B. Constant, *De la liberté chez les modernes, op. cit.*, p. 503.

63. *Ibid.*, p. 501-502.

64. *Ibid.*, p. 502.

65. *Ibid.*, p. 494.

66. *Ibid.,* p. 499.

67. *Ibid.*, p. 496.

68. Chateaubriand, *Essai historique...*, *op. cit.*, p. 23. Sur le cheminement de sa réflexion, voir le rôle que Chateaubriand attribue, dans les *Mémoires d'outre-tombe* (t. I, p. 220), à son voyage en Amérique (Washington n'est pas exactement Cincinnatus).

69. François Furet, *Marx et la Révolution française*, textes de Marx présentés, réunis, traduits par Lucien Calvié, Paris, Flammarion, 1986, p. 168 (texte de Marx), et 33-34 (commentaires de Furet). Voir aussi Harold Rosenberg, *La Tradition du nouveau*, trad. fr., Paris, Minuit, 1962, p. 153-175.

70. *Marx et la Révolution française, op. cit.*, p. 169.

71. Paul-Laurent Assoun, *Marx et la Répétition historique*, Paris, PUF, 1978.

72. *Ibid.*, p. 66-105.

73. Karl Marx, *Le Dix-huit Brumaire de Louis Bonaparte*, in *Marx et la Révolution française*, *op. cit.*, p. 245-246.

74. Hannah Arendt, *La Crise de la culture*, Paris, Gallimard, 1985, p. 183. C'est ainsi que Arendt rend compte en profondeur de la prédominance de la référence romaine voir aussi *Essai sur la Révolution*, Paris, Gallimard, coll. « Tel », 1967, p. 291-292, 306. La fondation serait du côté romain ce qu'est le législateur du côté grec.

75. Marcel Gauchet *La Révolution des droits de l'homme*, Paris, Gallimard, 1989, p. 19-35.

76. Pierre Manent (in *Histoire intellectuelle du libéralisme. Dix leçons*, Paris, Calmann-Lévy, 1987, p. 188-189) suggère que Constant incrimine l'image de la cité antique pour ne pas avoir à remettre en question ce fondement du libéralisme qu'est la souveraineté populaire.

77. Marcel Gauchet, *Philosophie des sciences historiques. Le moment romantique*, textes réunis et présentés par M. Gauchet, Paris, Seuil, 2002. F. Hartog, *Le XIXe siècle et l'Histoire. Le cas Fustel de Coulanges*, Paris, Seuil, 2001.

78. H. Arendt, *Essai sur la Révolution*, *op. cit.*, p. 291. Voir Meyer Reinhold, *Classica Americana. The Greek and Roman Heritage in the United States*, Detroit, Wayne State University Press, 1984, p. 95-115 ; J. G. A. Pocock, *The Machiavelian Moment*, Princeton, Princeton University Press, 1975.

79. Benedetto Croce, « Constant e Jellinek : intorno alla differenza tra la libertà degli antichi e quella dei moderni », in *Etica e Politica* (1931), Bari, 1956, p. 301-308.

80. Arnaldo Momigliano, « George Grote et l'étude de l'histoire grecque », in *Problèmes d'historiographie ancienne et moderne*, Paris, Gallimard, p. 361-382 ; Chryssanthi Avlami, « Libertà liberale contra libertà antica. Francia e Inghiltera, 1752-1856 », *I Greci*, vol. 3, *I Greci oltre la Grecia*, Turin, Einaudi, 2001, p. 1311-1350. Edward Bulwer Lytton, *Athens : Its Rise and Fall, With views of the literature, philosophy, and social life of the Athenian People,* Bicentenary edition, éd. Oswyn Murray, Londres, Routledge, 2004, p. 1-33. Grote ne fait aucune mention du livre publié en 1837, soit neuf ans avant sa propre *Histoire*.

CHAPITRE 3

1. Élisabeth Décultot, *Johann Joachim Winckelmann. Enquête sur la genèse de l'histoire de l'art*, Paris, PUF, 2000, p. 4.

2. *Pompéi, le rêve sous les ruines*, éd. Claude Aziza, Paris, Presses de la Cité, 1992. Si, du côté du public, il y a une impatience de prendre connaissance des trouvailles, c'est pour d'autres l'occasion de « prouver » la supériorité des Modernes, notamment en matière de peinture. Tel est en particulier le cas de Falconet. Voir *Observations sur les antiquités de la ville d'Herculanum*, par Messieurs Cochin le fils et Bellicard, présentation E. Flamarion et C. Volpilhac-Auger, Publications de l'université de Saint-Étienne, 1996.

3. Chantal Grell, *Le XVIIIᵉ et l'Antiquité en France, 1680-1789*, Oxford, Voltaire Foundation, 1995, 2 vol.

4. La Grèce occupe néanmoins une place importante dans les *Éléments du Tableau historique*. Le Fragment 6, « Esquisse de la quatrième époque », est le plus long de tous. Yvon Garlan, « La démocratie grecque vue par Condorcet », in *L'Antiquité grecque au XIXᵉ siècle*, sous la dir. de Ch. Avlami, Paris, L'Harmattan, 2000, p. 55-69.

5. Voir *supra*, p. 60.

6. La première édition est publiée à Dresde en mai 1755 chez Hagenmüller ; voir Johann Joachim Winckelmann, *Kleine Schriften. Vorreden. Entwürfe*, éd. Walther Rehm, Berlin, 1968, p. 324-325.

7. Id., *Pensées sur l'imitation des Grecs dans les ouvrages de Peinture et de Sculpture*, in *Nouvelle Bibliothèque germanique*, vol. XVII, Amsterdam, juillet-septembre 1755, p. 302-329, et vol. XVIII, Amsterdam, janvier-mars 1756, p. 72-100, (la publication est dirigée par Formey, alors secrétaire perpétuel de l'Académie de Berlin) ; *Réflexions sur l'imitation des ouvrages des Grecs, en fait de Peinture et de Sculpture*, in *Journal étranger*, Paris, janvier 1756, p. 104-163. Sur la réception française de Winckelmann, Édouard Pommier, « Winckelmann et la vision de l'Antiquité classique dans la France des Lumières et de la Révolution », *Revue de l'art*, 1988, p. 9-20 ; Id., *L'Art de la liberté. Doctrines et débats de la Révolution française*, Paris, Gallimard, 1991.

8. Michel Espagne, « La diffusion de la culture allemande dans la France des Lumières : les amis de J. G. Wille et l'écho de Winckelmann », in *Winckelmann : la naissance de l'histoire de l'art à l'époque des Lumières* », sous la dir. de Édouard Pommier, Paris, La Documentation française, 1991, p. 101-135.

9. Jacques Chouillet, *L'Esthétique des Lumières*, Paris, 1974, p. 206-211.

10. Cité par Jean Ehrard, *L'Idée de nature en France dans la seconde moitié du XVIIIᵉ siècle,* Paris, 1963, p. 289.

11. Sur l'histoire et le sens de ces expressions, Annie Becq, *Genèse de l'esthétique française moderne. De la raison classique à l'imagination créatrice, 1680-1814*, Pise, 1984, 2 vol. (Paris, Albin Michel, 1994), notamment p. 516-546.

12. Diderot, *A.T.* VII, 120 ; voir Jean Seznec, *Essais sur Diderot et l'Antiquité*, Oxford, 1957, p. 106.

13. Anne Claude François de Caylus, *Recueil d'antiquités égyptiennes, étrusques, grecques et romaines*, Avertissement, I, XI, XIII (1752).

14. Alain Schnapp, *La Conquête du passé. Aux origines de l'archéologie*, Paris, Carré, 1993, p. 240.

15. *Encyclopédie*, t. VII, p. 254-258.

16. *Journal étranger*, *op. cit.*, p. 104-163. Fréron lui-même parle de compte rendu ; il s'agit, plus exactement, d'un montage qui mêle traduction et adaptation. La lecture de cet écrit, note-t-il dans son introduction, est « intéressante pour ceux mêmes qui ne sont ni peintres ni sculpteurs », et il n'est personne qui n'applaudisse à l'auteur « dont le but est de prouver que l'imitation des Grecs est la voie la plus sûre, peut-être la seule, pour atteindre le plus haut point de perfection dans les Arts ». Dans la *Nouvelle Bibliothèque germanique*, tout le texte est traduit, mais l'auteur de la traduction (vraisemblablement le philosophe berlinois J. Georg Sulzer) présente ainsi son travail : « C'est une traduction libre d'un Écrit qui a paru en Allemand sous le titre *Gedanken*. L'original a été si applaudi que nous avons cru devoir en procurer cette traduction » (p. 302).

17. *Encyclopédie*, t. VII, p. 917. Comparer avec la première phrase des « Réflexions » : « Le bon goût, qui se répand de plus en plus dans

l'univers, a commencé à se former tout d'abord sous le ciel grec. Toutes les inventions de peuples étrangers ne vinrent en Grèce, en quelque sorte, que comme une première semence, et reçurent une nature et une forme différentes dans le pays que Minerve, dit-on, à cause des saisons tempérées qu'elle y avait rencontrées, avait assigné comme séjour aux Grecs, de préférence à tous les autres pays, comme celui qui produirait des hommes intelligents. »

18. Robert Darnton, « The Literary Revolution of 1789 », *Studies in Eighteenth- Century Culture*, vol. 21, 1991, p. 3-26.

19. Caylus s'est aussi beaucoup intéressé à la peinture : celle des Anciens, en menant des recherches sur ses techniques, et celle des Modernes, en proposant aux peintres des sujets tirés de l'Antiquité (*Tableaux tirés de l'*Iliade*, de l'*Odyssée *d'*Homère *et de l'*Énéide *de Virgile, avec des observations générales sur le costume*, Paris, 1757).

20. Aleida Assmann, *Construction de la mémoire nationale. Une brève histoire de l'idée allemande de « Bildung »*, Paris, Maison des sciences de l'homme, 1994 (le livre ne s'arrête d'ailleurs pas sur Winckelmann).

21. J. J. Winckelmann, *Réflexions, op. cit.,* p. 95.

22. Voir *infra*, p. 256-264.

23. *Journal étranger, op. cit.,* p. 157.

24. Diderot emploie l'expression, justement, à propos de Winckelmann, dans le *Salon de 1765*, Paris, 1984, p. 277.

25. Fréron retient la beauté idéale, mais la glose ainsi : « le beau idéal ne doit être que le beau réel perfectionné ».

26. J. J. Winckelmann, *Briefe*, éd. W. Rehm, Berlin, de Gruyter, 1952-1957, vol. I, lettres à Berendis, p. 235 (juillet 1756), p. 267 (janvier 1757) ; vol. II, lettre à Gessner, p. 114 (janvier 1761).

27. « *Ein französischer Harlequin mehr als ein wahrer Deutscher gilt* ». Voir aussi Manfred Fuhrmann, « Winckelmann, ein deutsches Symbol », in *Brechungen,* Stuttgart, Klett-Cotta, 1982, p. 152-153.

28. « *Sie verstehen nur die Kindereien von Höflichkeiten, nicht aber das Wesentliche.* »

29. J. J. Winckelmann, *Réflexions, op. cit.,* p. 95.

30. La Bruyère, *Caractères*, in *Œuvres complètes*, Paris, 1978,

p. 15. Winckelmann avait d'ailleurs recopié la formule dans ses cahiers ; voir É. Décultot, *op. cit.,* p. 107.

31. Traduction donnée dans la *Nouvelle Bibliothèque germanique.*

32. Dans la traduction des *Réflexions* parue chez Barrois, en 1786 (et qui reprend celle publiée par le *Journal étranger,* en la complétant). Le *für uns*, « pour nous », a retrouvé la généralité du *on* de La Bruyère.

33. *Journal étranger, op. cit.*, p. 104.

34. André Tibal, *Inventaire des manuscrits de Winckelmann déposés à la Bibliothèque nationale*, Paris, 1911 ; G. Baumecker, *Winckelmann in seinen Dresdner Schriften*, Berlin, 1933 ; M. Fontius, « Winckelmann und die Französische Aufklärung », *Sitzungberichte der Deutschen Akademie der Wissenschaften zu Berlin,* 1968, 1, p. 3-27 ; Hans Robert Jauss, *Literaturgeschichte als Provokation*, Francfort, 1970, p. 79-82 ; M. L. Baeumer, « Simplicity and Grandeur : Winckelmann, French Classicism, and Jefferson », *Studies in Eighteenth-Century Culture*, vol. 7, 1978, p. 68-71. É. Décultot (*op. cit.*, p. 87) souligne, en particulier, toute l'attention que Winckelmann a portée à Perrault, recopiant « les moments incertains où l'éloge moderniste laisse entrevoir quelques fissures » ; et *ibid.*, p. 258-261, sur les modèles historiographiques hérités de la Querelle présents dans l'*Histoire de l'art.*

35. R. Brandt, « … ist endlich eine edle Einfalt, und eine stille Grösse », in *Johann Joachim Winckelmann, 1717-1764*, sous la dir. de Th. W. Gaehtengs, *Studien zum Achtzehnten Jahrhundert*, 7, Hambourg, 1986, p. 41-53. R. Meyer-Kalkus, « Schreit Laokoon ? Zur Diskussion Pathetisch-Erhabener Darstellungsformen im 18-Jahrhundert », in *Von der Rhetorik zur Ästhetik*, sous la dir. de Gérard Raulet, Rennes, 1992, p. 70-86.

36. *Encyclopédie, Suppléments*, t. II, p. 254-258, l'article est signé V. A. L : il s'agit d'un collaborateur étranger non identifié.

37. Goguet, *Origine des lois, des arts et des sciences* (1758) ; Caylus, *Recueils d'antiquités égyptiennes, étrusques, grecques et romaines* (1752-1757).

38. Citation presque exacte de l'*Histoire de l'art*, qui renvoie elle-même à un passage d'Hérodote, voir *infra*, p. 206.

39. J. J. Winckelmann, *Histoire de l'art… Geschichte der Kunst des*

Altertums (reprise de l'édition de 1934), Darmstadt, 1972, p. 42, 130, 133, 332, 347.

40. Remarque faite par Francis Haskell, « Winckelmann et son influence sur les historiens », *in* É. Pommier, dir., *op. cit.,* p. 90 (*Geschichte der Kunst...*, *op. cit.*, p. 295, pour la citation de Winckelmann).

41. É. Pommier, 1988, *loc. cit.*, p. 15. Tous ces exemples sont empruntés au travail d'Édouard Pommier, qui a retracé le parcours des références à Winckelmann au cours de cette période.

42. H. Jansen, *Projet tendant à conserver les arts en France*, 1791, cité par É. Pommier, *ibid.*, p. 9.

43. *Ibid.*, p. 14.

44. É. Pommier, *L'Art de la liberté*, *op. cit.*, p. 159.

45. Grégoire, *Rapport du 14 Fructidor an II*, cité dans É. Pommier, 1988, *loc. cit.*, p. 15.

46. François de Neufchâteau, *Le Rédacteur*, n° 957, 12 Thermidor, p. 1-6, dans É. Pommier, *L'Art de la liberté*, *op. cit.,* p. 453-454.

47. Dominique Poulot, *Musée, nation, patrimoine, 1789-1815*, Paris, Gallimard, 1997, p. 305-340. François Hartog, *Régimes d'historicité. Présentisme et expériences du temps*, Paris, Seuil, 2003, p. 191-192.

48. *Description historique et chronologique des Monuments de sculpture réunis au Musée des Monuments français,* Paris, an VI de la République, p. 1.

49. *Ibid.*, p. 351, n° 401.

50. *Ibid.,* p. 5-6. Daniel Milo, dans *Trahir le Temps (Histoire)*, Paris, Les Belles Lettres, 1991, p. 31-45, propose de voir la Révolution comme créatrice du siècle.

51. *Descriptions historiques...*, *op. cit.*, p. 4.

52. *Ibid.*, p. 10.

53. *Ibid.*, p. 13.

54. C'est là un autre épisode, qui fait intervenir Quatremère de Quincy. Lui aussi se réclame de Winckelmann, mais il est absolument hostile à l'idée même de musée.

55. Saint-Just, « Rapport du 26 Germinal an II », in *Œuvres complètes*, Paris, Gérard Lebovici, 1984, p. 819.

56. On pense à la fameuse phrase de Thucydide, dans l'Oraison

funèbre de Périclès, 2, 40 : « Nous cultivons le beau dans la simplicité (*euteleia*). » C'est en s'arrêtant sur ce même texte qu'Hannah Arendt (voir *infra*, p. 243) définit la culture grecque comme amour de la beauté et de la sagesse, « à l'intérieur des limites posées par l'institution de la *polis* ». Winckelmann n'a pas totalement disparu.

57. *La Décade* (9 et 19 avril 1796), repris en livre en 1798 ; voir É. Pommier, *L'Art de la liberté*, *op. cit.*, p. 337-344.

58. Pommereul, *op. cit.*, p. 235-236 ; É. Pommier, *L'Art de la liberté*, *op. cit.*, p. 340.

59. Pommereul, *ibid.*, p. 238 ; Pommier, *ibid.*, p. 341 (c'est moi qui souligne).

60. Annie Becq en a retracé les étapes, entre Thermidor et la fin de l'Empire, à travers les multiples discussions sur le Beau idéal (*op. cit.*, p. 789-878).

CHAPITRE 4

1. Paul-Louis Courier, *Œuvres complètes*, Paris, Gallimard, coll. « Bibl. de la Pléiade », 1951, p. 834. Courier défend en fait la supériorité de la gloire littéraire ou artistique : Homère plutôt qu'Alexandre, Molière plus que Condé. En fait, il a longtemps cherché à avoir de l'avancement et même il n'hésita pas à demander sa réintégration dans l'armée pour rejoindre Vienne, mais il arriva trop tard pour la bataille de Wagram… et ruina donc toute chance de promotion.

2. Élisabeth Brisson, *Le Sacre du musicien. La référence à l'Antiquité chez Beethoven*, Paris, CNRS Éditions, 2000, p. 7 (lettre du 29 juin 1801), 115-134.

3. Jean de Pierrefeu, *Plutarque a menti*, Paris, 1923 (qui connut deux cents éditions) ; avec réponse du général ***, *Plutarque n'a pas menti*, suivi de *L'Anti-Plutarque*, Paris, 1925 ; et *Nouveaux mensonges de Plutarque*, Paris, 1931. Voir Rémy Cazals, « Plutarque a-t-il menti ? », dans *Retrouver, imaginer, utiliser l'Antiquité*, sous la dir. de S. Cauconas, R. Cazals, P. Payen, Toulouse, Privat, 2001, p. 141-146.

4. Mona Ozouf, « Le Panthéon, l'École normale des morts », in *Lieux de mémoire*, sous la dir. de P. Nora, Paris, Gallimard, 1984, t. I, p. 139-166.

5. Molière, *Les Femmes savantes*, acte II, scène 7, vers 542-544.

6. Françoise Waquet, *Le Latin ou l'Empire d'un signe, XVIe-XXe siècle*, Paris, Albin Michel, 1998, p. 320.

7. Fernand Braudel, *La Méditerranée et le Monde méditerranéen à l'époque de Philippe II*, Paris, Armand Colin, 1949.

8. C'est le titre du livre important de Jean-Claude Bonnet, *Naissance du Panthéon*, Paris, Fayard, 1998.

9. *Démosthène*, 1, 4.

10. *Propos de table*, 1, 2, 613 b.

11. Diogène Laërce, *Vies des philosophes*, 8, 8.

12. *Flamininus*, 24, 5.

13. *Sylla*, 43, 6.

14. Jean-Claude Passeron, *Le Raisonnement sociologique*, Paris, Nathan, 1991, p. 196.

15. *Périclès*, 1, 2 ; 2, 4.

16. *Démétrios*, 1, 6.

17. *Caton le Jeune*, 24, 1. On peut rapprocher la notation sur les statues de ce que dit Plutarque du discours philosophique qui justement « ne sculpte pas des statues immobiles, mais tout ce qu'il touche il veut le rendre actif, efficace et vivant » (*Le philosophe doit surtout s'entretenir avec les grands*, 776 c-d.).

18. *Alexandre*, 1, 3.

19. *Cimon*, 2, 4-5.

20. *Le Démon de Socrate*, 575 B-C.

21. Arnaldo Momigliano, *Les Origines de la biographie en Grèce ancienne*, Strasbourg, Circé, 1991, p. 136-138.

22. *Antoine*, 1, 7 ; 28, 2.

23. *Démosthène*, 3, 5.

24. *Ibid.*, 35, 4.

25. *Lucullus*, 33, 1.

26. *Nicias*, 6, 2.

27. *Paul-Émile*, 35, 6.

28. *Marius*, 46, 1.

29. *Ibid.*, 2, 1.

30. *Nicias*, 1, 3.

31. *Phocion*, 3, 7-8.

32. Les *Apophtegmes de rois et de généraux*, dédiés à Trajan, présenteront justement une collection de ces dits mémorables.

33. *Cicéron*, 7, 2.

34. *Phocion*, 2, 5-9.

35. *Agis*, 2, 7.

36. *Préceptes politiques*, 805 A.

37. *Ibid.*, 813 E. La fin de la phrase est une citation de Sophocle.

38. *Sur les oracles de la Pythie*, 408 C.

39. *Sur la disparition des oracles*, 419 C.

40. *Démosthène*, 3, 4 ; 19, 1.

41. Ce qui est doublement «hors de saison», puisque le temps de Platon est loin et que la *République* n'a jamais existé.

42. *Flamininus*, 11, 5-7.

43. *Pompée*, 70, 1.

44. *Brutus*, 56, 11 ; 47, 7.

45. *Timoléon*, Préface, 1-3. Citation de l'*Iliade*, 24, 630 à propos d'Achille.

46. R. Weiss, *Medieval and Humanist Greek. Collected Essays*, Padoue, Antenor, 1977, p. 204-217.

47. Érasme, « À Alexius Thurzo », (préface à la traduction latine du *De non irascendo* et du *De curiositate* de Plutarque), in *La correspondance d'Érasme*, Bruxelles, Presses de l'université, 1977, p. 90.

48. Louis Delaruelle, *Guillaume Budé. Études sur l'humanisme français*, Paris, H. Champion, 1907.

49. Érasme, « À Guillaume, duc de Clèves », in *La Correspondance d'Érasme*, *op. cit.*, p. 180-190. La Popelinière estime que, plus qu'aucun autre auteur, Plutarque mérite d'être lu et fréquenté par le prince (*Histoire des histoires*, 1599, p. 294).

50. La traduction paraît en 1572 (après celle des *Vies*). Robert Aulotte, *Amyot et Plutarque. La tradition des moralia au XVIe siècle*, Genève, Droz, 1965.

51. Jacob Burckhardt, *La Civilisation de la Renaissance en Italie*, Paris, Plon, 1958.

52. Francis Haskell, *L'Historien et les Images*, Paris, Gallimard, 1995, p. 64-77.

53. *Ibid.*, p. 66.

54. Voir *supra*, p. 45-46.

55. Montaigne, *Essais*, livre I, chap. 26.

56. Jean Starobinski, *Montaigne en mouvement*, Paris, Gallimard, 1982, que je prends pour guide.

57. *Ibid.*, p. 29.

58. *Ibid.*, p. 30-31.

59. *Ibid.*, p. 32-33.

60. *Ibid.*, p. 46.

61. Montaigne, *Essais*, livre II, chap. 2.

62. *Ibid.*, livre III, chap. 13.

63. Chantal Grell et Christian Michel, *L'École des princes ou Alexandre disgracié*, Paris, Les Belles Lettres, 1988. Christian Jouhaud, *Les Pouvoirs de la littérature*, Paris, Gallimard, 2000, sur les divers usages d'Alexandre, p. 275-292

64. C. Grell et C. Michel, *op. cit.*, p. 65.

65. Louis Marin, *Le Portrait du roi*, Paris, Minuit, 1981, p. 49-51. Ch. Jouhaud, *op. cit.*, consacre un remarquable chapitre (p. 151-250) à cette impossible entreprise qu'a été tout au long du XVIIᵉ siècle l'écriture d'une histoire contemporaine suscitée par le pouvoir monarchique et qui le satisfasse.

66. Jean Racine, *Œuvres*, éd. par P. Mesnard, Paris, Hachette, 1865, p. 291-302.

67. Charles Perrault, *Le Siècle de Louis le Grand*, 1687.

68. Voir *supra*, p. 40, et *infra*, p. 254-263.

69. Voltaire, lettre à Thiériot, juillet 1735.

70. Fénelon, *Dialogue des morts* (1711), « Achille et Homère ».

71. Jean-Claude Bonnet, *Naissance du Panthéon*, Paris, Fayard, 1998.

72. Sur l'abbé de Saint-Pierre, voir la brève biographie intellectuelle tracée par Jean-Claude Perrot, *Une histoire politique de l'économie politique (XVIIᵉ-XVIIIᵉ siècle)*, Paris, éd. de l'École des hautes études en sciences sociales, 1992, p. 38-59. Un lien entre les réflexions politiques de l'abbé et ses considérations sur les grands hommes peut justement être fourni par la place attribuée à Descartes.

73. J.-C. Bonnet, *op. cit.*, p. 10.

74. La formule est de Thomas, cité par Bonnet, *ibid.*, p. 111 ; sur

Thomas et l'éloge, voir *ibid.*, p. 67-111, en particulier p. 87-89 sur le rapport au temps.

75. Annie Bruter, *L'Histoire enseignée au Grand Siècle. Naissance d'une pédagogie*, Paris, Belin, 1997, p. 122-135.

76. Mably, *De l'étude de l'histoire* (1775), Paris, Fayard, 1988, p. 13-14 (souligné par moi).

77. Charles Rollin, *Histoire ancienne*, 6, 258 ; *Traité des études* (1732), p. 198 ; voir Chantal Grell, *Le Dix-huitième Siècle et l'Antiquité en France, 1680-1789*, Oxford, Voltaire Foundation, 1995, 2 vol.

78. André Dacier, *Les Vies des hommes illustres de Plutarque* (1694), préface.

79. Jean Locquin, *La Peinture d'histoire*, Paris, H. Laurens, 1912, p. 163-164.

80. J.-C. Bonnet, *op. cit.,* p. 202.

81. Jean-Jacques Rousseau, *Les Confessions*, in *Œuvres complètes*, Paris, Gallimard, coll. « Bibl. de la Pléiade », 1959, t. I, p. 9.

82. *Ibid.*, p. 356.

83. J.-J. Rousseau, *Émile ou De l'éducation*, Paris, Gallimard, coll. « Folio », 1969, p. 362, 365, 367.

84. *Ibid.*, p. 371.

85. J.-J. Rousseau, *Rousseau juge de Jean-Jacques*, « Deuxième dialogue », in *Œuvres complètes*, *op. cit.*, t. I, p. 819.

86. Vauvenargues, lettre du 22 mai 1740, in *Œuvres posthumes*, 1857, p. 193.

87. Mme Roland, *Mémoires*, Paris, Mercure de France, 1986, p. 212.

88. J.-C. Bonnet, *op. cit.,* p. 255 *sq.*, 269. Descartes, quant à lui, n'y reposera pas.

89. Marat, *L'Ami du peuple*, 5 avril 1791 (voir J.-C. Bonnet, *op. cit.*, p. 288).

90. C. F. Volney, *Leçons d'histoire*, éd. J. Gaulmier, Paris, Garnier, 1980, p. 114-115.

91. *Ibid.*, p. 140, et *supra*, p. 71-73.

92. Si le crime est le 18 Brumaire, le « châtiment » est le neveu et ses sbires : « Ils t'appellent tout haut grand homme, entre eux, ganache. »

93. Las Cases, *Mémorial*, Paris, Garnier, 1961, t. I, p. 681.

94. Un décret (7 février 1800) fixe la liste des statues à placer dans la grande galerie des Tuileries : Démosthène, Alexandre, Hannibal, Scipion, Brutus, Cicéron, Caton, César, Gustave-Adolphe, Turenne, Condé, Duguay-Trouin, Marlborough, le prince Eugène, le maréchal de Saxe, Washington, Frédéric le Grand, Mirabeau, Dugommier, Dampierre, Marceau, Joubert. La liste sera plusieurs fois modifiée, certains des bustes partiront pour Saint-Cloud, puis pour Fontaine-bleau. Voir Annie Jourdan, *Napoléon, héros, imperator, mécène*, Paris, Aubier, 1998, p. 210-213.

95. A. Jourdan, *op. cit.*, p. 290.

96. Paul Valéry, *Cahiers*, Paris, Gallimard, coll. « Bibl. de la Pléiade », 1974, t. II, p. 1542.

97. G. W. F. Hegel, *Correspondance*, Paris, Gallimard, 1990, t. I, p. 114-115.

98. Thomas Carlyle, *Les Héros. Le culte des héros et l'héroïque dans l'histoire* (1841), Paris, Armand Colin, 1908.

99. Léon Tolstoï, *La Guerre et la Paix* (1869), Paris, Gallimard, coll. « Bibl. de la Pléiade », 1952, p. 1423, 1426. Isaiah Berlin, *The Hedge-hog and the Fox. An Essay on Tolstoy's View of History*, Londres, George Weidenfeld and Nicholson Limited, 1953.

100. Alice Gérard, « Le grand homme et la conception de l'histoire au XIXᵉ siècle », *Romantisme*, 100, 1998, p. 31-48.

101. Jules Michelet, note de 1845, cité par Paul Viallaneix, *La Voie royale*, Paris, Flammarion, 1971, p. 99.

102. Id., *Le Peuple*, Paris, Flammarion, 1974, p. 182. En 1819, Michelet avait consacré sa thèse française à l'*Examen des Vies des hommes illustres de Plutarque* (*Œuvres complètes*, Paris, Flamma-rion, 1974, t. I, p. 31-43). Dans ce bref texte, il suit de près Rous-seau. Les *Vies* sont « un cours pratique de morale ». Sous le rapport historique, elles valent par la « couleur locale ».

103. Victor Cousin, *Cours de l'histoire de la philosophie*, Paris, Fayard, 1991, p. 253-275.

104. J. Michelet, *Examen...*, *op. cit.*, p. 33.

105. Par exemple, Pierre Blanchard, *Vies des hommes célèbres de toutes les nations, ouvrage élémentaire faisant suite au « Plutarque de la jeunesse » et rédigé par le même auteur* (1818). L. Aimé Caron,

Le Petit Plutarque de la jeunesse, ou Abrégé de la Vie des hommes les plus marquants (1827). Alphonse Viollet, *Nouveau Plutarque de la jeunesse, ou biographie de tous les personnages illustres de l'antiquité* (1830).

106. Octave Gréard, *De la Morale de Plutarque*, Paris, Hachette, 1866, p. 417.

107. Mme Jules Favre, *La Morale de Plutarque. Préceptes et exemples*, Paris, H. Paulin, 1909.

108. J. de Crozals, *Plutarque*, Paris, Lecène et Oudin, 1888. On précise que tous les volumes parus dans cette collection ont été adoptés par le ministère de l'Instruction publique pour les bibliothèques scolaires et populaires. Notons aussi qu'Auguste Comte inscrit les *Vies* dans le choix des 150 volumes constituant la « Bibliothèque positiviste ».

109. *Ibid.*, p. 11. Montaigne, Rousseau, Mme Roland sont cités, ainsi qu'une lettre, bien commode (et pas forcément authentique), de Henri IV à sa femme Marie de Médicis : « Il a été longtemps l'instituteur de mon bas âge. Ma bonne mère, à qui je dois tout, et qui ne voulait pas (ce disait-elle) voir en son fils un illustre ignorant, me mit ce livre entre les mains, encore que je ne fusse à peine plus un enfant à la mamelle. Il m'a été comme ma conscience, et m'a dicté à l'oreille beaucoup de bonnes honnêtetés et maximes excellentes pour ma conduite et le gouvernement de mes affaires. »

110. *Ibid.*, p. 239.

111. Albert Thibaudet, *La Campagne avec Thucydide*, Éditions de la Nouvelle Revue française, 1922.

112. Jean de Pierrefeu, *L'Anti-Plutarque, op. cit.*, p. 25. Voir *supra*, note 3.

113. Christian Amalvi, « L'exemple des grands hommes de l'histoire de France », *Romantisme*, 100, 1998, p. 92-93.

114. *Ibid.*, p. 96-101.

115. Christian Amalvi, *Les Héros de l'histoire de France. Recherche iconographique sur le panthéon scolaire de la IIIᵉ République*, Paris, Éd. Phot'œil, 1979.

116. Ernest Lavisse, *Questions d'enseignement national*, Paris,

Armand Colin, 1885, p. 115-116 ; *Souvenirs*, Paris, Calmann-Lévy, 1912, p. 225.

117. Maurice Agulhon, « Sur les statues des grands hommes au XIXᵉ siècle », *Romantisme*, 100, 1998, p. 11-16.

118. Un siècle plus tard, à la fin des années 1960, ce sont les graphiques qui tendront à remplacer les noms propres dans les manuels d'histoire : les manuels sans noms et sans dates.

119. Alfred et Maurice Croiset, *Histoire de la littérature grecque*, Paris, Fontemoing, 1899, t. V, p. 484, évoquent la « sagesse aimable » d'un homme qui est « immédiatement au-dessous des hommes de génie ».

120. Émile Durkheim, *L'Évolution pédagogique en France. De la Renaissance à nos jours*, Paris, F. Alcan, 1938, p. 99.

121. *Ibid.*, p. 190, 192, 193.

122. François Hartog, *Mémoire d'Ulysse*, Paris, Gallimard, 1996, p. 78-79, 164-167 ; Plutarque, *Grecs et Romains en parallèle. Questions romaines – Questions grecques*, introduction, traduction, commentaires de M. Nouilhan, J.-M. Pailler et P. Payen, Paris, Le Livre de Poche, 1999.

123. Françoise Waquet, *Le Latin ou l'Empire d'un signe, op. cit.,* p. 319.

124. Louis Bourdeau, *L'Histoire et les Historiens. Essai critique sur l'histoire considérée comme science positive*, Paris, Alcan, 1888, et les critiques de Henri Berr à cette « mathématique historique » qui ignore l'individu, « La méthode statistique et la question des grands hommes », *La Nouvelle Revue*, LXIV, mai-juin 1890, p. 516-527 et 726-746.

125. Fernand Braudel, *Écrits sur l'histoire*, Paris, Flammarion, 1969, p. 21. Sur l'histoire, le visible et l'invisible, voir F. Hartog, *Évidence de l'histoire. Ce que voient les historiens*, Paris, Éd. de l'École des hautes études en sciences sociales, 2005.

126. Claude Lévi-Strauss, *Anthropologie structurale*, Paris, Plon, 1958, p. 25, 31. Voir F. Hartog, « Le regard éloigné : Claude Lévi-Strauss et l'histoire », in *L'Évidence de l'histoire. Historiographie ancienne et moderne,* Paris, Éd. de l'EHESS, 2005.

127. Jacques Le Goff, « Les mentalités, une histoire ambiguë », in

Faire de l'histoire, sous la dir. de J. Le Goff et P. Nora, Paris, Gallimard, 1974, t. III, p. 80.

128. Jean-Claude Passeron, *Le Raisonnement sociologique*, Paris, Nathan, 1991, p. 197.

129. Alain Corbin, *Le Monde retrouvé de Louis-François Pinagot. Sur les traces d'un inconnu, 1798-1876*, Paris, Flammarion, 1998, p. 8, 9.

130. Michel Foucault, *Dits et écrits*, Paris, Gallimard, 1994, t. III, p. 241-243.

131. Deux titres seulement parurent : Herculine Barbin, *Mes souvenirs*, présenté par M. Foucault, Paris, Gallimard, 1978, et Henry Legrand, *Le Cercle amoureux*, Paris, Gallimard, 1979.

132. Arlette Farge, *Le Goût de l'archive*, Paris, Seuil, 1989, p. 97, 112.

133. Giovanni Levi, « Usages de la biographie », *Annales ESC*, 6, 1989, p. 1325-1336 ; Sabina Loriga, « Faiseurs d'histoires ou mannequins », *Critique*, janvier-février 2000 ; François Dosse, *Le Pari biographique. Écrire une vie*, Paris, La Découverte, 2005, p. 17-55.

134. Jacques Le Goff, *Saint Louis*, Paris, Gallimard, 1996, p. 17.

135. Edgar Morin, *Les Stars,* Paris, Seuil, 1957 ; Gallilée, 1984 (édition illustrée).

136. « Le nouvel âge du sport », *Esprit*, numéro spécial, 4, 1987.

137. Je reprends ici le titre d'un livre *La Fabrique des héros*, sous la direction de P. Centlivres, D. Fabre et F. Zonabend, Paris, Éditions de la Maison des sciences de l'homme, 1998 ; voir, en particulier, le long essai de D. Fabre, « L'atelier des héros », p. 233-318.

138. Régis Debray, *Loués soient nos seigneurs. Une éducation politique*, Paris, Gallimard, 1996, p. 26.

CHAPITRE 5

1. François Dosse, *Le Pari biographique. Écrire une vie*, Paris, La Découverte, 2005. Jean-Noël Jeanneney et Philippe Joutard, *Du bon usage des grands hommes*, Paris, Perrin, 2003.

2. Rémi Brague, *Europe. La voie romaine*, Paris, Gallimard, 1999 (1re éd., 1992), p. 35, 37. Jacques Le Goff, *L'Europe est-elle née au Moyen Âge ?*, Paris, Seuil, 2003 (la réponse est oui, aux alentours de l'an Mille, selon l'auteur) ; Patrick J. Geary, *Quand les Nations refont l'his-*

toire. L'invention des origines médiévales de l'Europe, Paris, Aubier, 2004 ; Stéphane Ratti, « L'Europe est-elle née dans l'Antiquité ? », *Anabases*, 1, 2005, p. 193-211 (à la fin du IVe siècle, pour l'auteur).

3. Hannah Arendt, *Vies politiques*, p. 304.

4. Condorcet, « Fragment 6 : Esquisse de la quatrième époque », *Tableau historique des progrès de l'esprit humain. Projets, Esquisse, Fragments et Notes, 1772-1794*, sous la dir. de J.-P. Schandeler et P. Crépel, Paris, INED, 2004, p. 656.

5. Jean-Jacques Rousseau, *Discours sur les sciences et les arts*, in *Œuvres complètes,* Paris, Gallimard, coll. « Bibl. de la Pléiade », 1964, t. III, p. 10.

6. G. W. F. Hegel, *Esthétique*, III, Paris, Aubier, 1944, p. 114, et *Leçons sur la philosophie de l'histoire*, Paris, Vrin, 1979, p. 197.

7. Gh. Ceausescu, « Un *topos* de la littérature antique : l'éternelle guerre entre l'Europe et l'Asie », *Latomus*, 50, 1991, p. 327-341. *L'Europa nel mondo antico*, sous la dir. de M. Sordi, Milan, 1986. J.-B. Duroselle, *L'Idée d'Europe dans l'histoire*, Paris, 1965.

8. Thucydide, 1, 3, 3. Seuls les Cariens sont qualifiés de « barbarophones ».

9. *Hymne homérique à Apollon*, 290-291. On ignore la date de sa composition : VIIe siècle avant J.-C. pour la première partie, VIe pour la seconde ?

10. Pour Pierre Chantraine, *Dictionnaire étymologique de la langue grecque*, l'étymologie du mot est inconnue. Parmi les hypothèses envisagées, on a proposé *eurus* (large) et *ôps* (visage), ou *eurôpos* (ténébreux, d'où occidental), ou encore un composé grec et sémitique, voir C. Milani, « Note etimologiche su *Eurôpê* », *L'Europa nel mondo antico*, p. 3-11. D. Asheri : Erodoto, *Le Storie IV*, Fondation L. Valla, 1992, p. 268-269.

11. Hérodote, 4, 45. On note que, pour Hérodote, la Crète ne fait pas partie de l'Europe. Pour ce qui est de la taille de l'Europe, Hérodote est affirmatif : « On sait que dans le sens de la longueur, elle s'étend tout le long des deux autres parties ».

12. François Hartog, *Mémoire d'Ulysse. Récits sur la frontière en Grèce ancienne*, Paris, Gallimard, 1996, p. 90-92.

13. Hérodote, 1, 4. Quelle est la valeur exacte de ce « et » : *tên*

Europên kai to Hellênikon ? Inclusion du second dans le premier ou plutôt quasi équivalence des deux ? L'Europe, c'est-à-dire « le grec » ? D'autant que le premier membre de la phrase donne : « l'Asie *et* les peuples barbares qui l'habitent ». À l'Asie répond donc l'Europe, et aux peuples barbares, le *to Hellênikon*. Reste alors le problème du statut des Grecs d'Asie.

14. Marek Wecowski, « The Hedgehog and the Fox : Form and Meaning in the Prologue of Herodotus », *Journal of Hellenic Studies*, 124, 2004, p. 143-164.

15. Isocrate, *Éloge d'Hélène*, 67-68.

16. Arnaldo Momigliano, « L'Europa come concetto politico presso Isocrate e gli Isocratei », *Sesto Contributo alla storia degli studi classici*, Rome, 1980, p. 89-101.

17. Isocrate, *Philippe*, 132.

18. F. Hartog, *Mémoire d'Ulysse, op. cit.* p. 162-167. Claude Mossé, *Alexandre. La destinée d'un mythe,* Paris, Payot, 2001. Johann Gustav Droysen, *Histoire de l'hellénisme*, éd. intégrale, préface de P. Payen, Grenoble, Jérôme Millon, 2005, vol. 1, p. 335, vol. 2, p. 1208.

19. Hérodote, 4, 142.

20. Aristote, *Politique*, 7, 7, 1327 b 20-33. M. M. Sassi, *La scienza dell'uomo nella Grecia antica*, Turin, Boringhieri, 1988, p. 99-127.

21. Strabon, 2, 5, 26 (trad. G. Aujac légèrement modifiée ; c'est nous qui soulignons).

22. Aristote, *Politique*, I, 1252 b 8.

23. *Ibid.,* III, 3, 1276 a 24-30.

24. Jean-Louis Ferrary, « L'empire romain, l'*oikoumène* et l'Europe », in *L'Idée de l'Europe au fil de deux millénaires*, Paris, 1992, p. 39-54.

25. Claude Nicolet, *L'Inventaire du monde*, Paris, Fayard, 1988, p. 46, 48.

26. J.-L. Ferrary, *loc. cit.*, p. 43. P. Vidal-Naquet, « Flavius Arrien entre deux mondes », dans Arrien, *Histoire d'Alexandre*, trad. fr., Paris, Minuit, 1984, p. 311-330.

27. Ovide, *Fastes*, II, 684 ; Cl. Nicolet, *L'Inventaire, op. cit.,* p. 126-127.

28. Juvénal, *Satires*, III, 60 *sq*.

29. Nicole Loraux, *La Cité divisée. L'oubli dans la mémoire d'Athènes*, Paris, Payot, 1997, p. 41-58.

30. Moses I. Finley, *Démocratie antique et démocratie moderne,* trad. fr., Paris, Payot, 1976. Claude Mossé, *Périclès. L'Inventeur de la démocratie*, Paris, Payot, 2005. John Dunn, *Setting the People Free. The Story of Democraty*, Londres, Atlantic Books, 2005, p. 7-14.

31. Martin Ostwald, *From Popular Sovereignty to the Sovereignty of Law*, Berkeley, California University Press, 1986.

32. Nicole Loraux, *La Cité divisée, op. cit.,* p. 146-172, 256-277.

33. Démosthène, *Contre la loi de Leptine*, 105-108.

34. Nicole Loraux, *L'Invention d'Athènes. Histoire de l'oraison funèbre dans la cité classique*, Paris, La Haye, Mouton, 1981, p. 176-182.

35. Hérodote, 3, 142-143.

36. *Ibid.*, 80-82.

37. Eschyle, *Euménides*, 740-741.

38. Platon, *Protagoras*, 322 c-d ; Michel Narcy, « Quels modèles, quelle politique, quels Grecs ? », in *Nos Grecs et leurs modernes*, sous la dir. de B. Cassin, Paris, Seuil, 1992, p. 99-113.

39. Pseudo-Xénophon, *Constitution des Athéniens*, 1, 10. Voir l'analyse de Nicole Loraux, « La démocratie à l'épreuve de l'étranger (Athènes, Paris) », in *Né de la terre. Mythe et politique à Athènes*, Paris, Seuil, 1996, p. 190-216.

40. Sur le sens du mot, Michel Casevitz, « Mon *astu*, sa *polis* », *Ktêma*, 8, 1983, p. 77-83 ; Mogens H. Hansen, *Polis et Cité-État. Un concept antique et son équivalent moderne*, Paris, Les Belles Lettres, 2001, p. 31-54, où l'auteur n'a de cesse de confirmer « l'existence de similitudes saisissantes entre la *polis* antique et l'État moderne », p. 24.

41. Anthony Snodgrass, *La Grèce archaïque*, Paris, Hachette, 1986 ; Annie Schnapp-Gourbeillon, *Aux origines de la Grèce, XIIIe-VIIIe siècles. La genèse du politique*, Paris, Les Belles Lettres, 2002.

42. François de Polignac, *La Naissance de la cité*, Paris, La Découverte, 1995.

43. Jean-Pierre Vernant, *Les Origines de la pensée grecque*, Paris, PUF, 1962.

44. Id., *Mythe et pensée en Grèce ancienne*, Paris, La Découverte, 1988, p. 235-237.

45. Isocrate, *Nicoclès,* 5-9 ; Cicéron, *De l'orateur*, 1, 8, 33.

46. Platon, *Protagoras*, 322 c-e.

47. Aristote, *Politique*, 1, 1252 b 9-1253 a 14.

48. Josiah Ober, *Political Dissent in Democratic Athens. Intellectual Critics of Popular Rule*, Princeton, Princeton University Press, 1998, p. 5.

49. Isocrate, *Aréopagitique*, 14 ; *Panathénaïque*, 138.

50. Émile Benveniste, *Problèmes de linguistique générale*, Paris, Gallimard, 1974, p. 272-280.

51. Augustin, *Cité de Dieu*, II, 21.

52. Nicholas Machiavel, « Que la désunion entre la plèbe et le sénat romain rendit libre et puissante cette république », *Discours sur la première décade de Tite-Live*, livre I, chap. 4 ; Claude Lefort, *Le Travail de l'œuvre Machiavel*, Paris, Gallimard, 1972 ; Giuseppe Cambiano, *Polis. Histoire d'un modèle politique*, Paris, Aubier, 2003, p. 103-106.

53. Voir *supra*, p. 61-63.

54. Arnaldo Momigliano, « Le premier commentaire politique de Tacite », in *Problèmes d'historiographie ancienne et moderne*, Paris, Gallimard, 1983, p. 210-243.

55. Voir *supra*, p. 99.

56. Giuseppe Cambiano, « Montesquieu e le antiche repubbliche greche », *Rivista di Filosofia*, 65, 1974, p. 93-144 ; G. Cambiano, *op. cit.,* p. 298-300.

57. Montesquieu, *L'Esprit des lois*, *op. cit.,* XI, 6, p. 397. Kurt von Fritz, *The Theory of the Mixed Constitution in Antiquity : A Critical Analysis of Polybius Political Ideas*, New York, Columbia University Press, 1954.

58. Montesquieu, *Mes pensées,* 1873, p. 574.

59. Paul Ricœur, *Histoire et Vérité*, Paris, Seuil, 1964, p. 267.

60. Jean-Jacques Rousseau, « Réponse à Bordes », in *Œuvres complètes, op. cit.,* t. III, p. 83.

61. Benjamin Constant, voir *supra*, chap. 2, note 37.

62. Voir *supra*, p. 109, 121.

63. Fustel de Coulanges, *La Cité antique*, Paris, Flammarion, 1984, préface de F. Hartog, p. 2 et 466-473 (leçon d'ouverture du cours sur la famille et l'État de 1862). F. Hartog, *Le XIXᵉ siècle et l'Histoire. Le cas Fustel de Coulanges*, Paris, Seuil, 2001, p. 30-38 (où l'on trouve la bibliographie sur Fustel).

64. Voir *infra*, p. 233-234.

65. Fustel de Coulanges, *op. cit.,* p. 473.

66. *Ibid.*, p. 124.

67. *Ibid.*, livre III, chap. 18.

68. *Ibid.*, p. 265.

69. *Ibid.*, p. 464.

70. Fustel de Coulanges, *L'Alleu et le Domaine rural,* Paris, Hachette, 1889, p. IV-V.

71. Fustel était mort en 1889.

72. Émile Durkheim, *L'Année sociologique*, I, 1896, p. 1-7.

73. Id., *De la division du travail social*, Paris, Alcan, 1893, p. 154. Durkheim, comme on le sait, n'en restera pas à cette position. Dans *Les Formes élémentaires de la vie religieuse* (1912), le religieux crée le système social. Ainsi qu'Arnaldo Momigliano en faisait l'observation («La Cité antique de Fustel de Coulanges», in *Problèmes d'historiographie…, op. cit.*, p. 422), pour Fustel, «né catholique, l'immortalité des ancêtres est conçue comme personnelle, alors que, pour Durkheim, issu d'une famille rabbinique, l'immortalité personnelle compte moins que le sentiment collectif d'appartenance à une communauté qui préserve son existence et institue des règles de siècle en siècle. Il est digne de remarque que la société totémique australienne ait été judaïsée par Durkheim et en soit venue à ressembler à l'une de ces petites communautés que n'agitait plus alors aucune vague de mysticisme, que Durkheim, né en 1858, doit avoir connues dans l'Alsace-Lorraine de son enfance précoce et grave». Pour Jean-Claude Chamboredon, les *Formes élémentaires* «peuvent aussi se lire comme une *Cité primitive*, doublet archaïque et originel de la *Cité antique* ; et de même la *Division* comme une cité moderne», indiquant par là que «la préoccupation religieuse de Durkheim peut et doit aussi s'analyser dans sa relation aux thèses de

Fustel » (« Émile Durkheim : le social, objet de science. Du moral au politique ? », *Critique*, juin-juillet, 1984, p. 512).

74. Gustave Glotz, « Réflexions sur le but et la méthode de l'histoire », *Revue internationale de l'enseignement*, LIV, 1907, p. 488.

75. Id., *La Solidarité de la famille,* Paris, Fontemoing, 1904, p. XII. Dans son intervention à la soutenance de thèse de Glotz, Durkheim se déclare « heureux de constater que les historiens se rendent de mieux en mieux compte de cette vérité qu'entre l'histoire et la sociologie il n'y a pas de cloison étanche ». Mais il lui reproche de confondre sous le même nom de *genos*, agent principal de la vindicte collective, des organisations familiales très différentes (Durkheim, *Textes*, Paris, Minuit, 1975, t. I, p. 242-243).

76. *Ibid.*, p. 599.

77. *Ibid.*, p. I.

78. *Ibid.*, p. 606.

79. *Ibid.*, p. 607.

80. Gustave Glotz, *La Cité grecque*, Paris, La Renaissance du livre, 1928, p. 6. J. A. Dabdab Trabulsi, *La Cité grecque positiviste*, Paris, L'Harmattan, 2001.

81. G. Glotz, *La Solidarité...*, p. XI : progrès et déclin « qui semblent concorder avec le changement qui fait passer l'organisation sociale du type où l'unité de composition est la famille au type où l'unité de composition est l'individu ».

82. É. Durkheim, « Une révision de l'idée socialiste » (1899), in *Textes,* présentation de V. Karady, Paris, Minuit, 1975, t. III, p. 171.

83. Claude Nicolet, *L'Idée républicaine en France*, Paris, Gallimard, 1982, p. 481-482.

84. G. Glotz, *La Cité grecque, op. cit.*, p. 169. Voir aussi L. Lévy-Bruhl, « L'idéal républicain », *La Revue de Paris,* 15 février 1924, p. 812.

85. Junius, *Les Oligarques. Essai d'histoire partiale*, Paris, Minuit, 1945 ; Pierre Laborie, « Usages du passé au présent : *Les Oligarques* de Jules Isaac », dans *Retrouver, imaginer, utiliser l'Antiquité*, sous la dir. de S. Caucanas, R. Cazals et P. Payen, Toulouse, Privat, 2001, p. 163-169. En 1942, Pierre Jouguet publiait au Caire *Révolution dans la défaite, études athéniennes*, où il utilisait le même épisode, faisant ce même détour pour évoquer le présent.

86. *Les Oligarques*, *op. cit.*, p. 201 (p. 191 de la réédition, avec préface de P. Ory, Calmann-Lévy, 1989) ; sur les « bons » et les « méchants », voir *supra*, p. 204.

87. Louis Gernet, *Les Grecs sans miracle, textes 1903-1960*, Paris, Maspero/La Découverte, 1983, p. 353-354, avec la postface de Riccardo Di Donato.

88. *Ibid.*, p. 399.

89. Henri Jeanmaire, *Couroi et Courètes. Essais sur l'éducation spartiate et sur les rites d'adolescence dans l'Antiquité hellénique*, thèse, Lille, 1939, p. 591 et p. 149-155 à propos de la méthode comparative, où il mentionne les recherches de H. Schurtz (1902), H. Webster (1908) et L. Frobenius (1898). Il estime, par ailleurs, que le *genos* fait appel à une parenté fictive.

90. Louis Gernet, *Recherches sur le développement de la pensée juridique et morale en Grèce. Étude sémantique*, Paris, Leroux, 1917 ; Paris, Albin Michel, 2001, p. 15.

91. *Ibid.,* p. 302.

92. *Ibid.*, p. 433.

93. F. Hartog, *Le XIXᵉ siècle et l'Histoire*, *op. cit.,* p. 78-79, 306-346 (pour son *Essai sur l'aristocratie*, rédigé après la Commune).

94. Sur le *genos*, voir le livre de Denis Roussel, *Tribus et cités*, 1976, et l'enquête exhaustive sur les occurrences de *genos* de Felix Bourriot, *Recherches*, 1976. L'un et l'autre conviennent qu'on a affaire à un terme général, qui a connu, à différents moments, des réemplois pour désigner des réalités différentes. Tenir le *genos* grec et la *gens* romaine pour une seule et même réalité sociale (clan), comme le postulait Fustel, est, en tout cas, complètement intenable.

95. Cornelius Castoriadis, *Ce qui fait la Grèce. I. D'Homère à Héraclite, Séminaires 1982-1983*, Paris, Seuil, 2004, précédé de « Castoriadis et la Grèce ancienne » par P. Vidal-Naquet.

96. Hannah Arendt, *Les Origines du totalitarisme*, Paris, Quarto-Gallimard, 2002. Rédigé à partir de 1946, le livre paraît en 1951.

97. Id., *La Crise de la culture,* Paris, Gallimard, 1972, p. 26.

98. *Ibid.*, p. 13.

99. Claude Lefort, *Essais sur le politique*, Paris, Seuil, 1986, p. 66, avec ses remarques critiques sur le fait que jamais Arendt ne s'inté-

resse à la démocratie moderne, comme telle : « serait-ce parce qu'il s'agit d'une démocratie représentative, et que la notion de représentation lui est étrangère ou même lui répugne ? » (*ibid.*, p. 72).

100. Thucydide, 2, 40 : Φιλοκαλοῦμεν τε γὰρ μετ' εὐτελείας καί ΦιλοσοΦοῦμευ ἄνευ μαλακίας, « nous cultivons le beau dans la simplicité, et les choses de l'esprit sans manquer de fermeté », dans la traduction de J. de Romilly (CUF, Les Belles Lettres).

101. H. Arendt, *La Crise de la culture*, *op. cit.*, p. 274. Barbara Cassin, « Grecs et Romains : les paradigmes de l'Antiquité chez Arendt et Heidegger », in *Ontologie et politique. Hannah Arendt*, Paris, Tierce, 1989, p. 35-37.

102. Cornelius Castoriadis, *Domaines de l'homme. Les Carrefours du labyrinthe 2*, Paris, Seuil, 1986, p. 381.

103. Id., *Une société à la dérive. Entretiens et débats 1974-1997*, Paris, Seuil, 2005, p. 17.

104. Id., *Ce qui fait la Grèce. I*, *op. cit.*, p. 57.

105. Id., *Domaines de l'homme*, *op. cit.*, p. 328.

106. Id., *Ce qui fait la Grèce. I*, *op. cit.*, p. 36.

107. Id., *Domaine de l'homme*, *op. cit.*, p. 382.

108. Id., *Ce qui fait la Grèce. I*, *op. cit.*, « La pensée politique », p. 284.

109. *Ibid.*, p. 305

110. Maurice Merleau-Ponty, cité par Claude Lefort, *Essais sur le politique*, *op. cit.* p. 61.

111. Jean-Pierre Vernant, *La Traversée des frontières*, Paris, Seuil, 2004, p. 27.

112. Id., *Les Origines de la pensée grecque*, Paris, PUF, 1962, p. 7-8.

113. Les trois cités ne sont pas identiques, mais mon propos, ici, n'est pas d'étudier les écarts et les différences d'accent. Le côté romain d'Arendt, avec la place qu'elle accorde à la fondation, est étranger à Vernant, comme à Castoriadis. Si Vernant n'avait pas lu Arendt, Castoriadis avait lu Arendt et Vernant (qu'il discute), mais il est bien clair que « sa » cité s'accorde complètement avec sa définition de la politique.

114. J.-P. Vernant, *La Traversée des frontières*, *op. cit.*, p. 24.

115. *Ibid.*, p. 25.

116. J.-P. Vernant, *Mythe et pensée chez les Grecs* (1965), Paris, Maspero, 1988, p. 5-10.

117. *L'Homme grec*, sous la dir. de J.-P. Vernant, Paris, Seuil, 1993, p. 10-11.

118. J.-P. Vernant, *Religion grecque, religions antiques,* Paris, Maspero, 1975, p. 49.

119. Claude Lévi-Strauss, *Tristes Tropiques*, Paris, Plon, 1955, p. 471.

CONCLUSION

1. « Comparer à », « comparer entre » : j'emprunte cette distinction à Gérard Lenclud.

2. Pierre Fontanier, *Les Figures du discours*, Paris, Flammarion, 1968, p. 429.

3. *Rhétorique à Herennius*, 4, 59.

4. Voir *supra*, p. 143-146. Le parallèle a fait partie des exercices scolaires et de la formation littéraire de l'Antiquité à la fin de l'Ancien Régime, et au-delà.

5. Isocrate, *Aréopagitique*, 78-79.

6. John Dryden, *Life of Plutarch*, 1683, p. 4. : « *For mankind being the same in all ages, agitated by the same passions, and moved by the same interests, nothing can come to pass but some* precedent *of the like nature has already been produced, so that having the* causes *before our eyes, we cannot easily be deceived in the effects, if we have judgment enough but to draw the* parallel. »

7. P. Christophorov, *Sur les pas de Chateaubriand en exil*, Paris, Minuit, 1960, p. 82-87, où l'auteur retient plus d'une vingtaine d'ouvrages, parus entre 1789 et 1793, reposant sur le parallèle. Mais en 1740 déjà, Mably publiait un *Parallèle des romains et des François par rapport au gouvernement*, en 1791 le *Parallèle des révolutions* de l'abbé Guillon, en 1793 le *Manuel des révolutions suivi du parallèle des révolutions des siècles précédens avec celle actuelle* de l'abbé C.J. de Bévy.

8. Charles Perrault, *Le Siècle de Louis Le Grand*, repris dans *Parallèle des Anciens et des Modernes,* Slatkine Reprints, Genève, 1971, p. 79 ; voir *supra*, p. 40.

9. *Ibid.*, p. 19.

10. *Ibid.*, p. 28 ; voir *supra*, p. 37.

11. *Ibid.*, p. 29.

12. *Ibid.*, p. 288.

13. Voir, par exemple, L. Leroy, *De la vicissitude ou variété des choses en l'univers*, 1575. Voir *supra*, p. 36.

14. Ch. Perrault, *Parallèle ∞, op. cit.*, p. 40-41.

15. *Ibid.*, p. 54.

16. *Ibid.*, p. 164.

17. Marc Fumaroli, « La République des Lettres IV », *Annuaire du Collège de France*, 91, 1990-1991, p. 515-532.

18. La Bruyère, *Les Caractères ou les Mœurs de ce siècle,* Paris, Garnier, 1962, p. 251.

19. Ange Mariani, *Il piu curioso e memorabile della Francia*, 1673, cité par M. Fumaroli, *op. cit.*, p. 531. Voir le chapitre « De la mode » dans *Les Caractères*.

20. La Bruyère, *op. cit.*, p. 246.

21. Voltaire, *Correspondance*, 1739, lettre n° 1259, 1740, lettre n° 1372.

22. La Fontaine, *Épître à M. l'Évêque de Soissons*, in *Œuvres complètes*, Paris, Seuil, 1965, p. 493.

23. La Bruyère, *op. cit.*, p. 11-13.

24. *Ibid.*, p. 384.

25. Voir *supra*, p. 78-83.

26. Condorcet, *Tableau historique des progrès de l'esprit humain*, *op. cit.*, p. 235.

27. Constant, *De la liberté chez les Modernes, op. cit.*, p. 509.

28. Voir *supra*, p. 78-83.

29. Michèle Duchet, *Anthropologie et histoire au siècle des Lumières*, Paris, La Découverte, 1971.

30. Michèle Duchet, *Le Partage des savoirs*, Paris, La Découverte, 1984, p. 30-52. Philippe Borgeaud, *Aux origines de l'histoire des religions*, Paris, Seuil, 2004, p. 198-200.

31. Arnaldo Momigliano, *Problèmes d'historiographie ancienne et moderne*, Paris, Gallimard, 1983, p. 185.

32. J.-F. Lafitau, *Mœurs des Sauvages,* Paris, Saugrain et Hochereau, 1724, 2 vol., t. I, p. 3.

33. *Ibid.,* p. 18.

34. *Ibid.*, p. 7.

35. Pierre Vidal-Naquet, *Le Chasseur noir*, Paris, La Découverte, 1981, p. 179-180. Michel de Certeau, «Histoire et anthropologie chez Lafitau», *in* Claude Blanckaert, *Naissance de l'ethnologie ?,* Paris, Cerf, 1985, p. 63-89.

36. J.-F. Lafitau, *op. cit.*, t. I, p. 45.

37. Voir *supra*, p. 55, 83. François René de Chateaubriand, *Essai historique, politique et moral sur les révolutions anciennes et modernes, considérées dans leurs rapports avec la Révolution française*, Paris, Gallimard, coll. «Bibl. de la Pléiade», 1978. François Hartog, *Régimes d'historicité*, *op. cit.* p. 77-107.

38. Chateaubriand, *op. cit.*, p. 440.

39. *Ibid.*, p. 266.

40. Publié seulement en 1827, il est retravaillé, complété, corrigé dans le cadre de la publication des *Œuvres complètes*.

41. Jean Copans et Jean Jamin, *Aux origines de l'anthropologie française. Les mémoires de la Société des observateurs de l'homme en l'an VIII*, Paris, Jean-Michel Place, 1994, notamment, p. 73-111.

42. *Introduction aux Mémoires*, p. 58.

43. Bon-Joseph Dacier, *Rapports à l'empereur*, IV, *Histoire et littérature ancienne*, Paris, Belin, 1989, p. 233-286 (avec la présentation de Degérando par F. Azouvi et D. Bourel).

44. *Ibid.*, p. 130-131.

45. *Ibid.*, p. 131-132.

46. Degérando, «Considérations», *loc. cit.*, p. 75.

47. *Ibid.,* p. 76.

48. *Ibid.*

49. J. Copans et J. Jamin, *op. cit.*, p. 9.

50. Voir *supra*, p. 229-231.

51. Jean-Jacques Rousseau, *Discours sur l'origine de l'inégalité*, note X, in *Œuvres complètes*, Paris, Gallimard, 1964, t. III, p. 213-214.

Index

Acropole, 11, 14, 118.

Alexandre, 132, 134, 149, 154, 156-158, 166, 168, 171, 186.

Allemagne, 94-95, 108, 109, 121, 122, 142, 235.

Amyot, J., 125, 128, 148-152, 155.

Analogie, 62, 63, 65, 78, 92.

Ancien Monde, 11, 15, 16, 217, 249, 271.

Antiquité, 58, 60-62, 73, 81, 91, 92, 95, 98, 106-107, 108, 120, 124, 179, 220-221, 224, 249.

Arendt, H., 91, 93, 190, 241-243, 245, 247.

Aristote, 47, 48, 49, 77, 79, 198, 201, 210, 215, 222, 238, 243.

Art, 101 *sq.*, 111-124.

Arctayctès, 195.

Asie, 191-199.

Athènes, 11-12, 28, 55, 65, 72, 75, 79, 84, 94, 97, 100, 105, 106, 117-118, 122, 162, 204-207, 210-213, 224, 232-233.

Auguste, 22, 30, 40, 190, 199, 202.

Augustin, saint, 216, 259.

Bacon, F., 12, 37-38, 43, 218, 231.

Baker, K., 60-61.

Balzac, H. de, 169.

Barbare, 33-34, 49-51, 150, 193-196, 198, 213.

Beauté, 12, 102-107, 110, 112-113, 121, 123, 243-244.

Benjamin, W., 77, 122.

Benveniste, É., 216.

Bernard de Chartres, 34-35.

Biographe, 134, 138.

Biographie, 175, 179-183, 189.

Bodin, J., 219.

Boileau, N., 40, 110.

Boissy d'Anglas, E.,115, 116 .

Bonnet, J.-Cl., 159, 161.

Braudel, F., 129, 180.

Brésil, 11, 45.

Bruni, L., 35, 36.

Budé, G., 146, 147.

Cannibale, 21, 50.

Cassiodore, 32.

Castoriadis, C., 190, 242-245, 247.

Caylus, A. Cl. F. de, 102, 104, 108, 110, 111, 161.

Certeau, M. de, 268.

César, 132, 143, 158, 166, 171, 181.

Chateaubriand, F.R. de, 55-56, 83, 167, 254, 271-274.

Chéronée, 141.

Cicéron, 27, 29, 37, 58, 137, 139-141, 272.

Cité, 25, 46, 190, 200, 211, 212-224, 226-228, 232, 238-239, 241-248.

Climat, 196-200.

Clisthène, 75, 205, 211.

Colomb, Ch., 11, 43, 44, 45, 181, 205.

Comparaison, 18, 19, 42, 131-132, 179, 229-231, 255, 266-267, 276-277.

Condorcet, 39, 60, 65-67, 99, 100, 191, 264, 278.

Constant, B., 58, 65, 70, 78-85, 89, 93-94, 223, 225-226, 251, 263-265, 274.

Constitution des ancêtres, 207.

Corbin, A., 181.

Courier, P.-L., 125, 129, 130.

Cousin, V., 170, 278.

Croce, B., 93.

Croiset, A. et M., 177.

Crozals, J. de, 174.

Curtius, E.R., 32.

Cuvier, G., 274.

Daunou, P.C.F., 66, 73.

David, J.-L., 101.

Degérando, J.-M., 275-278.

Décultot, É., 97.

Démocratie, 25, 56, 84, 110, 118, 190, 204-212, 235, 240, 241, 243.

Démosthène, 67, 137, 140, 141, 208.

Denys d'Halicarnasse, 30.

Descartes, R., 37-38, 51-52, 159, 164.

Diderot, D., 102.

Durkheim, É., 178, 214, 229-231, 234, 235, 238.

Esclavage, 81-85, 100.

Ethnologie, 18, 179, 180, 249, 267, 270, 277.

Eschyle, 194, 210.

Europe, 25, 190-203.

Exemple, 133, 139, 144-145, 152-154, 161, 165, 174, 181-183, 219, 221.

Famille, 226-228, 229-234, 239.

Favre, J., 174.

Finley, M., 24, 204, 233.

Flamininus, 132, 142.

Fontenelle, 39-40, 256.

Foucault, M., 182.

Français, 107-108.

Fustel de Coulanges, N. D., 21, 57, 173, 214, 224, 225-229, 237, 240.

Futur, 33, 48, 167, 254, 258, 262.

Gambetta, L., 235.

Gernet, L., 236-239, 246.

Girard de Propiac, J.-F., 172.

Glotz, G., 21, 224, 231-235, 238-241.

Goût, 41, 98-99, 103-105, 108-109, 118.

Grand Homme, 112, 126 *sq.*, 157-177, 183, 184, 187, 188, 189, 221.

Gréard, O., 173-174, 177.

Grecs, 27-28, 37, 65, 66, 79-80, 93, 94, 95, 100, 102, 103, 104, 105, 109, 111-112, 117, 122, 123, 131, 141, 178, 190, 191, 193, 199, 201, 213, 220, 238, 245, 247, 249, 250.

Grèce, 98, 100, 102, 103, 112, 113, 114, 121, 128, 142, 160, 195-196, 203.

Grote, G., 94, 205.

Hegel, G.W.F., 94, 168, 170, 191, 195.

Hérodote, 42, 46, 192-194, 198, 206, 209, 210, 213, 266.

Homère, 30, 45, 102, 104, 144, 191.

Horace, 29-31.

Humanisme, 18, 177, 218, 249, 250.

Humanistes, 36, 128, 146-149, 178.

Idéologues, 90, 92, 274.

Illusion, 55, 57, 58, 63, 65, 71-73, 74, 77, 85, 86, 88-89, 95, 224.

Imitation, 30, 36, 57, 59, 61, 64, 77, 81, 87-88, 91, 95, 101, 106, 108-109, 112, 120-123, 133, 145, 150, 166-167, 218-219, 226, 261.

Indien, 46-50.

Individu, 25, 94, 190, 205, 223, 224, 225, 226, 227, 228, 232-234, 237, 238, 239, 240.

Isonomie, 209-210, 213-214.

Isaac, J., 235-236, 241.

Isocrate, 28, 195-196, 253, 254.

Jacobins, 78, 90, 91, 94, 95, 272.

Jaucourt, Chevalier de, 103-107, 109, 111.

Jeanmaire, H., 237.

Jove, Paul, 149.

Juvénal, 203.

La Bruyère, J. de, 40, 109, 260, 262, 263.

La Fontaine, J. de, 261.

Lafitau, J.-F., 46, 265-270.

Larousse, P., 171.

Lavisse, E., 176.

Lenoir, A., 117-120.

Le Goff, J., 181, 183.

Le Roy, L., 36, 37.

Législateur, 61-62, 67, 69-70, 75, 137, 208, 222.

Léry, J. de, 11.

Lévesque, P.-Ch., 56, 68-70, 74-77, 81, 82, 208.

Lévi-Strauss, Cl. 11, 14-15, 17, 18, 25, 43, 52, 178, 180, 248-250.

Liberté, 25, 59, 65, 76, 78-83, 91-95, 111 *sq.*, 141, 190, 191, 205, 213, 222-224, 233-234, 236, 240, 271-273.

Loraux, N., 24, 204, 207.

Louis XIV, 154-155, 156, 157, 158, 255, 261.

Lycurgue, 50, 55, 56, 59, 60, 62, 63, 66, 71, 84, 93, 208.

Lyotard, J.-F., 22.

Mably, abbé, 56-57, 60, 70-71, 79, 80, 81, 90, 91, 160.

Machiavel, N., 62, 217-219, 221, 225.

Marathon, 142, 190-192.

Marx, K., 58, 83-90, 180.

Meyerson, I., 246, 248.

Michelet, J., 88, 120, 147, 169-171.

Mill, J.-St., 190.

Miracle, 11, 12, 123, 224, 232, 234, 238.

Modèle, 105-106, 155, 165-166, 219-221, 235, 253-254, 260.

Modernus, 32-33.

Momigliano, A., 24, 266.

Montaigne, M. de, 20, 41, 47, 49, 144, 152-154, 163, 171-172.

Montesquieu, 99, 172, 220-221, 225, 229.

Moyen Âge, 19, 34, 36, 47, 49, 120, 146.

Napoléon, 86, 88, 166-169, 175, 177, 184, 277.

Nature, 52-53, 102, 107, 111, 256, 271, 273.

Nepos, C., 135, 161.

Neufchâteau, F. de, 116.

Nora, P., 187.

Nouveau Monde, 11, 14, 15, 41, 42, 217-218, 249, 271-272.

Nietzsche, F., 22, 92, 94, 125.

Pagden, A., 47.

Panthéon, 164, 176, 186-187.

Parallèle, 19, 33, 40, 42, 51, 55, 72, 78, 92, 94, 106, 127-128, 143-144, 145, 154, 156, 166-167, 189, 223, 236, 251-279.

Pascal, 38.

Passeron, J.-Cl., 132, 181.

Passé, 28, 62-65, 77-78, 86-88, 121.

Patrimoine, 114, 115, 183, 187, 188.

Péguy, Ch., 22.

Périclès, 140, 166, 209, 235, 243.

Perfection, 56, 106-107, 110, 256-264, 277.

Perrault, Ch., 20, 39-40, 77, 95, 98, 106, 156-157, 175, 225, 251, 253, 254-263.

Pétrarque, 19, 34, 148.

Pierrefeu, J. de, 126, 175.

Platon, 27, 36-37, 49-50, 56-57, 136-138, 142, 207, 211, 215.

Plutarque, 24, 29, 54, 57, 58, 69, 74, 75, 76, 77, 79, 125, 188, 189, 252, 261.

Polybe, 76, 216, 218, 221.

Pommereul, F., 122, 123.

Présent, 259-262.

Primitif, 21, 277.

Progrès, 28, 37, 63, 251, 257-258, 264.

Protagoras, 211, 214-215.

Querelles, 33, 39-41, 51, 55 *sq.*, 98, 110, 124, 263, 279.

Racine, J., 155.

Régime d'historicité, 24, 78, 264, 274.

Représentation (régime représentatif), 67, 76, 77, 81-83, 84-85, 100, 170-171, 222, 223, 264, 273.

Renaissance, 34, 36, 124, 148.

Renan, E., 11, 12, 232.

Révolution, 21, 41, 55 *sq.*, 86, 91, 92-93, 99, 116-117, 121, 123, 164, 169, 186, 208, 222-223, 272, 278.

Robespierre, M. de, 64, 78, 84, 85, 88.

Roland, Mme, 164.

Rollin, Ch., 40, 129, 160.

Romains, 27, 37, 45, 46, 94, 104, 131, 190, 200, 201, 220.

Rome, 76, 78, 84, 89, 91, 93, 95, 108, 112, 120, 123, 128, 142, 160, 162, 202-203, 205, 216-218, 219, 241.

Rousseau, J.-J., 14, 18, 52, 53, 56, 57, 60, 61, 79, 80, 81, 83, 85, 90, 91, 99, 161, 163, 164, 172, 191, 221-222, 271, 274, 278-279.

Saige, G.-J., 60-61, 100.

Saint-Just, L. A., 59, 64, 81, 85, 86, 88, 115, 120-122.

Saint-Pierre, abbé de, 158-159.

Salisbury, J. de, 34.

Sartre, J.-P., 130, 181.

Socrate, 66, 147, 163, 207, 215.

Solon, 28, 56, 71, 76, 158, 166, 207-208.

Source, 105-106.

Sparte, 27, 56-57, 59, 60, 62, 64-65, 69-72, 75, 81, 90, 93, 102, 122, 218, 235, 241.

Spartiates, 46, 54, 55, 65, 72, 84.

Star, 184.

Strabon, 30, 198, 201-202.

Swift, J., 20, 39.

Tacite, 31, 59, 74, 219.

Taine, H., 57.

Temple, W., 20, 39.

Temps, 24, 33, 35-37, 46, 48, 49, 105, 157, 159-160, 167, 184-185, 186, 251, 267, 268-270, 273-274.

Terreur, 64, 93, 114, 116.

Thévet, A., 45, 46, 149-151.

Thucydide, 28, 74, 77, 163, 175, 192, 209, 253, 254.

Tite-Live, 58, 72, 76, 219.

Tocqueville, A. de, 59.

Tolstoï, L., 168.

Trajan, 146, 147, 151.

Trente tyrans, 206, 216, 235-236.

Troie, 28, 191.

Ulysse, 16, 31.

Valéry, P., 167.

Varron, 27, 135, 149.

Vernant, J.-P., 179, 190, 214, 241-242, 245-250.

Vidal-Naquet, P., 7, 24, 268.
Vies, 130-146, 189.
Virgile, 104, 257.
Vitoria, F., 48, 49.
Volney, C.F., 57, 71-73, 77, 165.

Voltaire, 53, 60, 73, 98, 157, 158, 164, 261.
Wicar, J.-B, 114-115, 117.
Winckelmann J.J., 24, 80, 94, 97-122.

Remerciements

Mes premiers remerciements vont, à nouveau, à Gérard Lenclud, Jacques Revel et Jean-Pierre Vernant. Merci aussi à Françoise Cibiel. Je remercie Caroline Béraud pour son aide généreuse dans la mise au point du livre. Merci enfin à l'équipe de Galaade pour son audace à commencer.

Ce livre réunit des articles et des contributions, publiés précédemment en France ou à l'étranger, des pages inédites et d'autres nouvelles. Les pages ayant déjà paru ont été révisées, remaniées parfois, abrégées ou complétées selon les cas, en vue de composer cet ouvrage. Les études reprises sont :

« Entre les Anciens et les Modernes, les Sauvages, ou de Claude Lévi-Strauss à Claude Lévi-Strauss », *Gradhiva,* 11, 1992, p. 23-30.

« Il Confronto con gli Antichi », *in* S. Settis, dir., *I Greci*, Turin, Einaudi, 1996, t. I, p. 3-37.

« La Révolution française et l'Antiquité. Avenir d'une illusion ou cheminement d'un quiproquo ? » *in* Ch. Avlami, dir., *L'Antiquité grecque au XIXᵉ siècle. Un exemplum contesté ?*, Paris, L'Harmattan, 2000, p. 7-46.

« Faire le voyage d'Athènes : J. J. Winckelmann et sa réception française », in *Winckelmann et le retour à l'antique. Entretiens de La Garenne Lemot*, 1995, p. 127-143.

« Plutarque entre les Anciens et les Modernes », Plutarque, *Vies parallèles*, édition dirigée et préfacée par F. Hartog, Paris, Gallimard, coll. « Quarto », 2001, p. 9-49.

« Fondements grecs de l'idée d'Europe », *Quaderni di Storia*, 43, 1996, p. 5-17.

« La cité : histoire d'un concept », *in* Ph. Raynaud et St. Rials, dir., *Dictionnaire de philosophie politique*, Paris, PUF, 1997, p. 76-80.

« Les Anciens », *in* R. Darnton et O. Duhamel, dir., *Démocratie*, Paris, Éd. du Rocher, 1998, p. 69-73.

« Du parallèle à la comparaison », *Entretiens d'archéologie et d'histoire, St. Bertrand-de-Comminges, Plutarque : Grecs et Romains en questions*, 1998, p. 161-171.

Table

Introduction
« Adieu sauvages ! adieu voyages ! »   11

Chapitre 1
Anciens, Modernes, Sauvages   27
    Modernes et Anciens   31
    Sauvages   41

Chapitre 2
La dernière Querelle : Révolution et illusion   55
    Une scène politique   58
    Une nouvelle Sparte   64
    Lévesque et Volney   68
    Les deux libertés   78
    Imitation, action, illusion   83

Chapitre 3
Un Moderne chez les Anciens : J.J. Winckelmann   97
    Politique et esthétique   98
    Les Réflexions *et l'imitation.* 101
    Art et liberté 111
    Régénération et conservation 113
    Imiter, ne pas imiter 120

Chapitre 4
Un Ancien chez les Modernes : Plutarque 125
    Les Vies *par les* Vies : un miroir
    philosophique 130
    Les Vies *au-delà des* Vies le miroir
    des princes et l'homme des humanistes . . . 146
    L'exemple et l'exemplaire 152

Les grands hommes 157
Le grand homme 166
Les grands hommes, la société, l'histoire . . 168
Grands hommes ou stars ? 177

Chapitre 5
Cité et altérité 189
  1. Europe 190
    L'Europe polémique 193
    L'Europe et le climat 196
  2. Démocratie 204
    L'histoire 204
    Théorie et pratique 208
  3. Cité 212
    Polis 212
    Cité des Modernes 217
  4. Liberté, cité, altérité 224
    *De l'altérité politique à l'altérité
    religieuse* 225
    Entre la famille et l'État : l'individu 229
    *De l'individu à la cité : une altérité bien
    tempérée* 237
    *La cité à l'épreuve des totalitarismes
    et de la guerre* 241

Conclusion
Du parallèle à la comparaison 251

Notes 281
Index 321
Remerciements 327

Du même auteur

Le Miroir d'Hérodote
Essai sur la représentation de l'autre
Gallimard, 1980, nouv. éd. 1991 ; « Folio », 2001

Mémoire d'Ulysse
Récits sur la frontière en Grèce ancienne
Gallimard, 1996

L'Histoire, d'Homère à Augustin
Préfaces des historiens et textes sur l'histoire
(réunis et commentés par F. Hartog, traduits M. Casewitz)
Seuil, « Points Essais » n° 388, 1999

Histoire, Altérité, Temporalité
(en turc), Ankara, Dost, 2000

Plutarque, Vies parallèles
(volume dirigé et préfacé par F. Hartog)
Gallimard, « Quarto », 2001

Les Usages politiques du passé
(co-direction avec J. Revel)
EHESS, 2001

Le XIXe siècle et l'Histoire
Le cas Fustel de Coulanges
PUF, 1988
Seuil, nouvelle édition, 2001

Régimes d'historicité
Présentisme et expérience du temps
Seuil, « Bibliothèque du XXIe siècle », 2003

Évidence de l'histoire
Ce que voient les historiens
EHESS, 2005
et Gallimard, « Folio Histoire », 2007

Vidal-Naquet, historien en personne
L'homme-mémoire et le moment-mémoire
La Découverte, 2007

RÉALISATION : IGS-CP À L'ISLE-D'ESPAGNAC
NORMANDIE ROTO IMPRESSION S.A.S À LONRAI
DÉPÔT LÉGAL : MARS 2008. N° 96746 (080650)
IMPRIMÉ EN FRANCE